唐宋名家詞選

龍榆生

四川人民出版社

编 ● 選 ⊙

后浪

图书在版编目（CIP）数据

唐宋名家词选 / 龙榆生编选 . -- 成都 : 四川人民
出版社 , 2024. 10. -- ISBN 978-7-220-13788-4

Ⅰ . I222.84

中国国家版本馆 CIP 数据核字第 2024N1U278 号

TANG SONG MINGJIA CIXUAN

唐宋名家词选

著　　者	龙榆生　编选
选题策划	后浪出版公司
出版统筹	吴兴元
编辑统筹	梅天明　宋希於
特约编辑	暮　影　李子谦
责任编辑	王　雪
装帧制造	墨白空间·张萌
营销推广	ONEBOOK
营销编辑	张抿抿
出版发行	四川人民出版社（成都三色路 238 号）
网　　址	http://www.scpph.com
E - mail	scrmcbs@sina.com
印　　刷	北京盛通印刷股份有限公司
成品尺寸	143mm×210mm
印　　张	13.5
字　　数	270 千
版　　次	2024 年 10 月第 1 版
印　　次	2024 年 10 月第 1 次
书　　号	978-7-220-13788-4
定　　价	120.00 元

凡　例

一、本編所錄各家，以能卓然自樹或別開生面者為主。

二、本編所選作品，以能代表某一作家的作風或久經傳誦者為準。

三、詞緣樂曲產生，故於聲律方面，不容忽視。本編於此亦加注意。

四、本編所錄唐、五代詞，依花間、尊前諸集先例，兼收若干七言絕句體，如竹枝、楊柳枝、浪淘沙之類，以見詩、詞遞嬗之跡。

五、本編所收各作家，酌採舊聞作為傳記。其正史有傳者，概用節錄。

六、本編酌採前人評語，作為參考之助。

七、本編所採參考資料，經用原書覆勘者，概注卷目，其間接引用者，注明某書所引。但仍不免疏漏，容待續訂。

八、詞為依聲之作，舉凡抑揚抗墜聲情緩急之間，關係於句讀、韻腳者至鉅，惟各家亦常小有出入。因之除用標點外，別創符號，置於字下，以．表句，◎表平韻，△表仄韻，藉代詞譜。

九、詞中領句字，為關紐所在，以用有力之去聲字為多，藉以承上起下。有一字領者，如柳永八聲甘州："漸霜風淒緊，關河冷落，殘照當樓。""漸"字領下四字三句；秦觀八六子："念柳外青驄別後，水邊紅袂分時。""念"字領下六字二句。有二字領者，如周邦彥拜星月慢："似覺瓊枝玉樹相倚，暖日明霞光爛。""似覺"二字領下六字兩句。又四字句有上一、中二、下一者，如辛棄疾水龍吟："搵英雄淚。"吳文英八聲甘州："上琴臺去"等句。五字句有上一、下四者，如周邦彥拜星月慢："識秋娘庭院。""總平生稀見。""苦驚風吹散。""隔溪山不斷。"姜夔揚州慢："過春風十里，盡薺麥青青。"等句。七字句有上三、下四者，如辛棄疾賀新郎："千古事雲飛煙滅。"祝英臺近："倩誰勸啼鶯聲住。"等句。此類句法，未易一一標識，援上數例，即可推知。

目　錄

李　白 二首　錄自明翻宋刊本唐宋諸賢絕妙詞選卷一

菩薩蠻 一首

平林漠漠煙如織，寒山一帶傷心碧。暝色入高樓，有人樓
上愁。玉梯空佇立，宿鳥歸飛急。何處是歸程，長亭連短亭。

【宋僧文瑩湘山野錄卷上】此詞不知何人寫在鼎州滄水驛樓，復不知何
人所撰。魏道輔泰見而愛之。後至長沙，得古集於子宣（曾布）內翰
家，乃知李白所作。

憶秦娥 一首

簫聲咽，秦娥夢斷秦樓月。秦樓月，年年柳色，霸陵傷別。
樂遊原上清秋節，咸陽古道音塵絕。音塵絕，西風殘照，漢家
陵闕。

【宋黃昇唐宋諸賢絕妙詞選卷一】菩薩蠻、憶秦娥二詞，為百代詞曲
之祖。

【清劉熙載藝概卷四】梁武帝江南弄，陶弘景寒夜怨，陸瓊飲酒樂，徐
孝穆長相思，皆具詞體，而堂廡未大。至太白菩薩蠻之繁情促節，憶
秦娥之長吟遠慕，遂使前此諸家悉歸環內。太白菩薩蠻、憶秦娥兩闋，
足抵少陵秋興八首。想其情境，殆作於明皇西幸後乎？

【王國維人間詞話卷上】太白純以氣象勝。"西風殘照，漢家陵闕。"寥
寥八字，遂關千古登臨之口。後世唯范文正之漁家傲，夏英公之喜遷
鶯，差足繼武，然氣象已不逮矣！

【傳記】

李白（七○一——七六二）字太白。其先隋末以罪徙西域，神龍初，遁還，客巴西。白生十歲，通詩書。既長，隱岷山。喜縱橫術，擊劍為任俠，輕財重施。更客任城，與孔巢父等居徂徠山。天寶初，南入會稽。旋至長安，往見賀知章。知章見其文，歎曰："子謫仙人也！"言於玄宗，召見金鑾殿，有詔供奉翰林。後賜金放還。安祿山反，白轉側宿松、匡廬間，永王璘辟為府僚佐。璘起兵，逃還彭澤。璘敗，詔流夜郎。會赦，還尋陽。李陽冰為當塗令，白往依之。卒年六十餘。（參考新唐書列傳第一百二十七文藝中）唐詩人以李、杜最為傑出。白所作詩歌，每喜沿用樂府舊曲。世傳菩薩蠻，憶秦娥二調，黃花庵所稱為"百代詞曲之祖"者，有人據蘇鶚杜陽雜編（卷上），以為菩薩蠻曲調，大中（宣宗）初始傳入中國，白不得預為填詞。然明皇時，正值新興樂曲盛行，菩薩蠻曲已見於崔令欽之教坊記。令欽亦開元時人。域外樂曲，隋唐間次第傳入者甚富。以白之天才橫逸，偶然興到，依新聲作長短句，亦非絕對不可能。近人楊憲益主張"菩薩蠻"乃"驃苴蠻"或"符詔蠻"之異譯。其曲調乃古緬甸樂，開、天間傳入中國。李白原為氐人，或已於幼時熟習此種曲調。約當二十五歲左右，曾徘徊襄、漢間，可能於湖南鼎州滄水驛樓，題此曲辭云云。（零墨新箋）任二北亦稱："信如此說，驗之教坊記、奇男子傳，及敦煌卷子斯四三三二等所有資料，無不吻合，可知乃較為接近事實者。"（敦煌曲初探第五章）故本編仍依舊說，以白作冠首云。

張志和 一首　錄自唐宋諸賢絕妙詞選卷一

漁歌子 一首

　　西塞山前白鷺飛，桃花流水鱖魚肥。青箬笠，綠蓑衣，斜風細雨不須歸。

【歷代詩餘卷二百十一引樂府紀聞】張志和自稱煙波釣徒，嘗謁顏真卿於湖州，以舴艋敝，請更之，願為浮家泛宅，往來苕霅間。作漁歌子詞。

【藝概卷四】張志和漁歌子“西塞山前白鷺飛”一闋，風流千古。東坡嘗以其成句用入鷓鴣天，又用於浣溪沙。然其所足成之句，猶未若原詞之妙通造化也。太白菩薩蠻、憶秦娥，張志和漁歌子，兩家一憂一樂，歸趣難名。或靈均思美人、哀郢，莊叟濠上近之耳。

【傳記】

　　張志和字子同，婺州金華人。居江湖，自稱煙波釣徒。著玄真子，亦以為號。每垂釣，不設餌，志不在魚也。（唐宋諸賢絕妙詞選卷一）西塞山在吳興。志和蓋常往來於太湖附近各地云。

韋應物 三首 錄自明刊本韋江州集

調嘯詞 別作調笑令 二首

胡馬，胡馬，遠放燕支山下。跑沙跑雪獨嘶，東望西望路迷。迷路，迷路，邊草無窮日暮。

河漢，河漢，曉挂秋城漫漫。愁人起望相思，江南塞北別離。離別，離別，河漢雖同路絕。

三臺詞 一首

冰泮寒塘始綠，雨餘百草皆生。朝來門閭無事，晚下高齋有情。

【傳記】

韋應物，京兆長安人。少任俠，曾以三衞郎事明皇。大曆十四年（公元七七九），自鄠縣令除櫟陽令。歷任滁州、江州、蘇州刺史。罷郡，寓於永定佛寺。應物性高潔，所在焚香掃地而坐，唯顧況、皎然輩得與唱酬。白居易嘗語元稹云：“韋蘇州歌行，才麗之外，深得諷諫之意，而五言尤為高遠雅淡，自成一家。”其小詞不多見，唯三臺令、轉應曲流傳耳。（參考唐詩紀事及韋江州集附錄）

王　建 二首 錄自汲古閣刊本樂府詩集近代曲辭

宮中調笑 二首

團扇，團扇，美人病來遮面。玉顏憔悴三年，誰復商量管絃？絃管，絃管，春草昭陽路斷。

楊柳，楊柳，日暮白沙渡口。船頭江水茫茫，商人少婦斷腸。腸斷，腸斷，鷓鴣夜飛失伴。

【宋郭茂倩樂府詩集卷八十二近代曲辭】樂苑曰："調笑，商調曲也。"戴叔倫謂之轉應曲。

【傳記】

王建字仲初，潁川人。初為渭南尉，歷秘書丞，侍御史。太和中，出為陝州司馬，從軍塞上。後歸咸陽，卜居原上。建工樂府，與張籍齊名。（石印本全唐詩第十一冊）黃昇曰："王仲初以宮詞百首著名，三臺令、轉應曲，其餘技也。"（歷代詩餘卷一百十二引花庵詞客語）

劉禹錫 十二首　錄自樂府詩集近代曲辭

竹枝 三首

山桃紅花滿上頭，蜀江春水拍山流。花紅易衰似郎意，水流無限似儂愁。

巫峽蒼蒼煙雨時，清猿啼在最高枝。箇裏愁人腸自斷，由來不是此聲悲。

山上層層桃李花，雲間煙火是人家。銀釧金釵來負水，長刀短笠去燒畬。

【宋刊本劉夢得文集卷九竹枝詞引】四方之歌，異音而同樂。歲正月，余來建平，里中兒（原誤作見，依全唐詩改。）聯歌竹枝，吹短笛、擊鼓以赴節，歌者揚袂睢舞，以曲多為賢。聆其音，中黃鐘之羽，其卒章激訐如吳聲，雖倫儜不可分，而含思宛轉，有淇（原誤作湛）濮之豔。昔屈原居沅、湘間，其民迎神，詞多鄙陋，乃為作九歌。到于今，荊楚鼓舞之。故余亦作竹枝詞九篇，俾善歌者颺之附于末，後之聆巴歈，知變風之自焉。

【宋王灼碧雞漫志卷一】唐時古意亦未全喪，竹枝、浪淘沙、拋球樂、楊柳枝，乃詩中絕句，而定為歌曲。

【宋邵博聞見後錄卷十九】夔州營妓為喻迪孺扣銅盤，歌劉尚書竹枝詞九解，尚有當時含思宛轉之豔，他妓者皆不能也。迪孺云：歐陽詹為并州妓賦：「高城已不見，況乃城中人」詩，今其家尚為妓，詹詩本亦尚在。妓家夔州，其先必事劉尚書者，故獨能傳當時之聲也。

竹枝 　一首

　　楊柳青青江水平，聞郎江上唱歌聲。東邊日出西邊雨，道是無晴還有晴。

【案】兩"晴"字原皆作"情"，此依宋本劉集，諧聲雙關語也。

楊柳枝 　三首

　　金谷園中鶯亂飛，銅駝陌上好風吹。城東桃李須臾盡，爭似垂楊無限時？
　　煬帝行宮汴水濱，數株殘柳不勝春。昨_{劉集作晚}來風起花如雪，飛入宮牆不見人。
　　輕盈嫋娜占年華，舞榭妝樓處處遮。春盡絮飛留不得，隨風好去落誰家？

浪淘沙 　二首

　　汴水東流虎眼文，清淮曉色鴨頭春。君看渡口淘沙處，渡卻人間多少人！
　　八月濤聲吼地來，頭高數丈觸山回。須臾卻入海門去，捲起沙堆似雪堆。

瀟湘神 　二首

　　湘水流，湘水流，九疑雲物至今愁。君問二妃何處所？零陵香草露中秋。

斑竹枝，斑竹枝，淚痕點點寄相思。楚客欲聽瑤瑟怨，瀟湘深夜月明時。

憶江南 一首

春去也！多謝洛城人。弱柳從風疑舉袂，叢蘭裛露似霑巾，獨笑亦含嚬。

【樂府詩集卷八十二近代曲辭】憶江南一曰望江南。樂府雜錄曰："望江南本名謝秋娘，李德裕鎮浙西，為妾謝秋娘所製。後改為望江南。"【況周頤餐櫻廡詞話】唐賢為詞，往往麗而不流，與其詩不甚相遠也。劉夢得憶江南"春去也"云云，流麗之筆，下開北宋子野、少游一派。唯其出自唐音，故能流而不靡，所謂"風流高格調"，其在斯乎？

【傳記】

劉禹錫（七七二——八四二）字夢得，彭城人。貞元九年（七九三）擢進士第，又登宏辭科。從事淮南節度使杜佑幕，典記室。從佑入朝，為監察御史。貞元末，為王叔文知獎，以宰相器待之。叔文敗，坐貶連州刺史，在道貶朗州司馬。禹錫在朗州十年，唯以文章吟詠，陶冶情性。蠻俗好巫，每淫祠鼓舞，必歌俚辭。禹錫或從事於其間，乃依騷人之作，為新辭以教巫祝。故武陵谿洞間夷歌，率多禹錫之辭也。元和十年（八一五）自武陵召還，復出為播州刺史，改連州，又徙夔州、和州。徵還，拜主客郎中，轉禮部郎中，集賢院學士，旋授蘇州刺史，改汝州，遷太子賓客，分司東都。禹錫晚年，與白居易友善，常唱和往來。居易集其詩而序之，以謂"其鋒森然，少敢當者。"（參考舊唐書列傳卷一百十劉禹錫傳）中唐詩人，劉、白並稱。二人皆留意民間歌曲，因之在倚聲填詞方面，亦能相互切劘，以開晚唐、五代之盛，此治唐、宋詩詞所宜特為着眼者也。

白居易 六首　錄自樂府詩集近代曲辭

竹枝 二首

瞿塘峽口冷煙低，白帝城頭月向西。唱到竹枝聲咽處，寒猿晴鳥一時啼。

巴東船舫上巴西，波面風生雨腳齊。水蓼冷花紅簇簇，江蘺溼葉碧萋萋。

楊柳枝 一首

一樹春風萬萬枝，嫩於金色軟於絲。永豐西角荒園裏，盡日無人屬阿誰？

憶江南 三首

江南好，風景舊曾諳：日出江花紅勝火，春來江水綠如藍。能不憶江南？

江南憶，最憶是杭州：山寺月中尋桂子，郡亭枕上看潮頭。何日更重遊？

江南憶，其次憶吳宮：吳酒一杯春竹葉，吳娃雙舞醉芙蓉。早晚復相逢。

【傳記】

白居易（七七二——八四六）字樂天，其先太原人，徙下邽。貞元十四年（公元七九八），始以進士就試禮部，授祕書省校書郎，歷任盩厔縣尉，集賢校理。元和二年（八〇七），入翰林為學士，遷左拾遺。執政惡其言事，貶江州司馬。十三年冬，量移忠州刺史。十四年冬，召還京師，拜司門員外郎，轉主客郎中，知制誥。出任杭州刺史。秩滿，除太子左庶子，分司東都。復出為蘇州刺史。太和二年（八二八），轉刑部侍郎。三年，稱病東歸，求為分司官，尋除太子賓客。五年，除河南尹。開成元年（八三六），除同州刺史，辭疾不拜。尋授太子少傅。晚居洛陽履道里，疏沼種樹，構石樓香山，自號醉吟先生，又稱香山居士。會昌六年（八四六）卒，時年七十五。（參考舊唐書列傳卷一百一十六及新唐書列傳卷四十四）居易最工詩，其與元九書云：「感人心者，莫先乎情，莫始乎言，莫切乎聲，莫深乎義。詩者，根情，苗言，華聲，實義。上自賢聖，下至愚駿，微及豚魚，幽及鬼神，羣分而氣同，形異而情一，未有聲入而不應，情交而不感者。聖人知其然，因其言經之以六義，緣其聲緯之以五音。音有韻，義有類。韻協則言順，言順則聲易入；類舉則情見，情見則感易交。」又云：「文章合為時而著，歌詩合為事而作。」其文藝理論，頗合於現實主義精神，所作詩歌，亦力求與羣眾接近，因有「老嫗皆解」之傳說，（僧惠洪冷齋夜話卷一：「白樂天每作詩，令一老嫗解之，問曰：『解否？』嫗曰『解，』則錄之，『不解』則易之。」）而為人民所喜愛。居易自言：「自長安抵江西，三四千里，凡鄉校、佛寺、逆旅、行舟之中，往往有題僕詩者；士庶、僧徒、孀婦、處女之口，每有詠僕詩者。」其流傳之廣如是！惟其接近民眾，故對新興歌曲，亦最易接受而樂為加工。倚聲填詞之風，至中唐而漸盛，其為劉、白諸人所倡導，可推知也。

温庭筠 十八首 錄自四印齋覆宋刊本花間集

菩薩蠻 六首

①*小山重叠金明滅，鬢雲欲度香腮雪。懶起畫蛾眉，弄妝梳洗遲。 照花前後鏡，花面交相映。新帖繡羅襦，雙雙金鷓鴣。

水精簾裏頗黎枕，暖香惹夢鴛鴦錦。江上柳如煙，雁飛殘月天。 藕絲秋色淺，人勝參差剪。雙鬢隔香紅，玉釵頭上風。

杏花含露團香雪，綠楊陌上多離別。燈在月朧明，覺來聞曉鶯。 玉鉤褰翠幙，粧淺舊眉薄。春夢正關情，鏡中蟬鬢輕。

玉樓明月長相憶，柳絲裊娜春無力。門外草萋萋，送君聞馬嘶。 畫羅金翡翠，香燭銷成淚。花落子規啼，綠窗殘夢迷。

*寶函鈿雀金鸂鶒，沉香閣上吳山碧。楊柳又如絲，驛橋春雨時。 畫樓音信斷，芳草江南岸。鸞鏡與花枝，此情誰得知？

*南園滿地堆輕絮，愁聞一霎清明雨。雨後卻斜陽，杏華零落香。 無言勻睡臉，枕上屏山掩。時節欲黃昏，無聊獨倚門。

【五代孫光憲北夢瑣言卷四】宣宗愛唱菩薩蠻詞。令狐相國（綯）假其（温庭筠）新撰密進之，戒令勿泄，而遽言於人，由是疎之。温亦有言曰："中書堂內坐將軍。"譏相國無學也。②

① 凡篇首帶*號者為新舊兩版共有作品，後同。舊版收入而新版刪去者，附於該作者作品之末。
② 舊版無此評，為如下一段："湯顯祖曰：芟花間者，額以温飛卿菩薩蠻十四首，而李翰林一首為詞家鼻祖，以生不同時，不得劂入。今讀之，李如藐姑仙子，已脫盡人間煙火氣。温如芙蓉浴碧，楊柳艷青，意中之意，言外之言，無不巧雋而妙入。珠璧相耀，正自不妨並美。（湯評花間集）"

更漏子　三首

柳絲長，春雨細，花外漏聲迢遞。驚塞鴈，起城烏，畫屏金鷓鴣。　香霧薄，透簾幕，惆悵謝家池閣。紅燭背，繡簾垂，夢長君不知。

*星斗稀，鐘鼓歇，簾外曉鶯殘月。蘭露重，柳風斜，滿庭堆落花。　虛閣上，倚闌望，還似去年惆悵。春欲暮，思無窮，舊歡如夢中。

*玉鑪香，紅蠟淚，偏照畫堂秋思。眉翠薄，鬢雲殘，夜長衾枕寒。　梧桐樹，三更雨，不道離情正苦。一葉葉，一聲聲，空階滴到明。

【宋胡仔苕溪漁隱叢話後集卷十七】庭筠工於造語，極為綺靡，花間集可見矣。更漏子（玉鑪香）一首尤佳。
【清譚獻評詞辨卷一】“梧桐樹”以下，似直下語，正從“夜長”逗出，亦書家“無垂不縮”之法。

楊柳枝　五首

宜春苑外最長條，閑裊春風伴舞腰。正是玉人腸斷處，一渠春水赤欄橋。

蘇小門前柳萬條，毿毿金綫拂平橋。黃鶯不語東風起，深閉朱門伴舞腰。

*館娃宮外鄴城西，遠映征帆近拂堤。繫得王孫歸意切，不關芳草綠萋萋。

*兩兩黃鸝色似金，裊枝啼露動芳音。春來幸自長如綫，可惜牽纏蕩子心。

*織錦機邊鶯語頻，停梭垂淚憶征人。塞門三月猶蕭索，縱有垂楊未覺春。

【明湯顯祖評花間集】楊柳枝，唐自劉禹錫、白樂天而下，凡數十首。然惟詠史詠物，比諷隱含，方能各極其妙。如"飛入宮牆不見人。""隨風好去入誰家。""萬樹千條各自垂。"等什，皆感物寫懷，言不盡意，真托詠之名匠。此中三五卒章，真堪方駕劉、白。

【清鄭文焯評花間集】宋人詩好處，便是唐詞。然飛卿楊柳枝八首，終為宋詩中振絕之境，蘇、黃不能到也。唐人以餘力為詞，而骨氣奇高，文藻溫麗。有宋一代學人，嫥志於此，駸駸入古，畢竟不能脫唐、五代之窠臼，其道亦難矣！

南歌子　二首

手裏金鸚鵡，胸前繡鳳凰。偸眼暗形相。不如從嫁與，作鴛鴦。

*鬢墮低梳髻，連娟細掃眉。終日兩相思。為君憔悴盡，百花時。

【譚評詞辨卷一】盡頭語，單調中重筆，五代後絕響。（第一首）"百花時"三字加倍法，亦重筆也。（第二首）

夢江南　二首

*千萬恨，恨極在天涯。山月不知心裏事，水風空落眼前花，搖曳碧雲斜。

*梳洗罷，獨倚望江樓。過盡千帆皆不是，斜暉脈脈水悠悠，腸斷白蘋洲！①

附錄

酒泉子

楚女不歸，樓枕小河春水。月孤明，風又起，杏花稀。　玉釵斜篸雲鬟重，裙上縷金雙鳳。八行書，千里夢，雁南飛。

南歌子

臉上金霞細，眉間翠鈿深。欹枕覆鴛衾。隔簾鶯百囀，感君心。

遐方怨

花半坼，雨初晴。未卷珠簾，夢殘，惆悵聞曉鶯。宿妝眉淺粉山橫。約鬟鸞鏡裏，繡羅輕。

河傳

湖上。閒望。雨蕭蕭。煙浦花橋。路遙。謝娘翠蛾愁不銷。

---

① 舊版有評語："譚獻曰：猶是盛唐絕句。（譚評詞辨）"

終朝。夢魂迷晚潮。 蕩子天涯歸棹遠，春已晚，鶯語空腸斷。若耶溪，溪水西。柳堤。不聞郎馬嘶。

【傳記】

　　溫庭筠，太原人。本名岐，字飛卿。大中初（約八五〇），應進士。苦心硯席，尤長於詩賦。初至京師，人士翕然推重。然士行塵雜，不修邊幅，能逐絃吹之音，為側艷之詞。屢年不第。徐商鎮襄陽，署為巡官。商知政事，用為國子助教。商罷相，貶方城尉，再遷隋縣尉，卒。①（參考舊唐書列傳卷一百四十下及歷代詞人考略卷二）庭筠才思艷麗，每入試，押官韻作賦，凡八叉手而八韻成，時號溫八叉。（全唐詩話）詩與李商隱齊名，世稱“溫李”。更出其餘力，依新興曲調作歌詞，遂開五代、宋詞之盛，與韋莊並稱“溫韋”。溫麗密而韋清疏，各擅勝場。②溫詞金荃集，今已不傳。③諸家選本，以花間集收六十六首為最多，④全唐詩附詞收五十九首，金匳集收六十二首。江山劉毓盤輯金荃詞一卷（北京大學排印本唐五代宋遼金元名家詞集六十種），共得七十六首。⑤

---

①　舊版作者小傳引舊唐書本文，作：“溫庭筠者，太原人。本名岐，字飛卿。大中初，應進士。苦心硯席，尤長於詩賦。初至京師，人士翕然推重。然士行塵雜，不修邊幅，能逐絃吹之音，為側艷之詞。公卿家無賴子弟裴誠、令狐縚之徒，相與蒱飲酣醉終日，由是累年不第。徐商鎮襄陽，往依之，署為巡官。咸通中，失意歸江東，路由廣陵，心怨令狐綯在位時不為成名。既至，與新進少年，狂遊狹邪，久不刺謁。又乞索於楊子院，醉而犯夜，為虞侯所擊，敗面折齒。方遷揚州，訴之令狐綯，捕虞侯治之，極言庭筠狹邪醜跡，乃兩釋之。自是汙行聞於京師。庭筠自至長安，致書公卿間雪冤。屬徐商知政事，頗為言之。無何，商罷相出鎮，楊收怒之，貶方城尉。再遷隋縣尉卒。”
②　“庭筠才思”至“各擅勝場”，舊版均無。
③　本句舊版作：“其詞有金荃集，取其香而軟也。（北夢瑣言）惜與握蘭集俱不傳。”
④　此處舊版有：“尊前集收五首。”
⑤　“江山劉毓盤”至結束舊版作：“至彊邨叢書中之金匳集，雖署飛卿，而中雜韋莊、張泌、歐陽炯之作，溫詞僅得六十三首。天壤間殆不復有全本矣。”

【集評】

①王士禎云：弇州謂蘇、黃、稼軒為詞之變體，是也；謂溫、韋為詞之變體，非也。夫溫、韋視晏、李、秦、周，譬賦有高唐、神女而後有長門、洛神，詩有古詩、錄別而後有建安、黃初、三唐也；謂之正始則可，謂之變體則不可。又"蟬鬢美人愁絕，"果是妙語。飛卿更漏子、河瀆神，凡兩見之。李空同所謂"自家物終久還來"耶？溫、李齊名，然溫實不及李；李不作詞而溫為花間鼻祖，豈亦同能不如獨勝之意耶？（花草蒙拾）王拯云：唐之中葉，李白沿襲樂府遺音，為菩薩蠻、憶秦娥之闋，王建、韓偓、溫庭筠諸人復推衍之，而詞之體以立。其文窈深幽約，善達賢人君子惻惻怨悱不能自言之情，論者以庭筠為獨至。（龍壁山房文集懺盫詞序）周濟云：詞有高下之別，有輕重之別。飛卿下語鎮紙，端己揭響入雲，可謂極兩者之能事。皋文曰："飛卿之詞，深美閎約。"信然。飛卿醞釀最深，故其言不怒不懾，備剛柔之氣。鍼縷之密，南宋人始露痕迹，花間極有渾厚氣象。如飛卿則神理超越，不復可以迹象求矣。然細繹之，正字字有脈絡。（介存齋論詞雜著）劉熙載云：溫飛卿詞，精妙絕人；然類不出乎綺怨。（藝概卷四）王國維云：張皋文謂："飛卿之詞，深美閎約。"余謂此四字唯馮正中足以當之。劉融齋謂："飛卿精豔絕人。"差近之耳。"畫屏金鷓鴣。"飛卿語也，其詞品似之。溫飛卿之詞，句秀也。（人間詞話卷上）

---

① 舊版此處有："黃昇云：飛卿詞極流麗，宜為花間集之冠。（唐宋諸賢絕妙詞選）"後集評僅收劉熙載、謝章鋌、周濟、王國維幾家，餘缺。謝章鋌評語為："溫尉詞當看其清真，不當看其繁縟。胡元任謂庭筠工於造語，極為奇麗。（見苕溪漁隱叢話）然如更漏子云：梧桐樹云云，語彌淡，情彌苦，非奇麗為佳矣。（賭棋山莊詞話）"

皇甫松 六首 錄自花間集

浪淘沙 二首

*灘頭細草接疎林，浪惡罾船半欲沈。宿鷺眠鷗非舊浦，去年沙觜是江心！

【湯評】桑田滄海，一語破盡。紅顏變為白髮，美少年化為雞皮老翁，感慨系之矣！

*蠻歌豆蔻北人愁，蒲雨杉風野艇秋。浪起鵁鶄眠不得，寒沙細細入江流。

夢江南 二首

*蘭燼落，屏上暗紅蕉。閑夢江南梅熟日，夜船吹笛雨蕭蕭，人語驛邊橋。

*樓上寢，殘月下簾旌。夢見秣陵惆悵事，桃花柳絮滿江城，雙髻坐吹笙。

採蓮子 二首

菡萏香連十頃陂舉棹，小姑貪戲採蓮遲年少。晚來弄水船頭濕舉棹，更脫紅裙裹鴨兒年少。

船動湖光灩灩秋舉棹，貪看年少信舡流年少。無端隔水拋蓮子舉棹，**遙被人知半日羞**年少。

【況周頤餐櫻廡詞話】詞以含蓄為佳，亦有不妨說盡者。皇甫子奇摘得新云："繁紅一夜經風雨，是空枝。"語淡而沈痛欲絕。采蓮子云："船動湖光灩灩秋，貪看年少信船流。無端隔水拋蓮子，遙被人知半日羞。"寫出閨娃穉憨情態，匪夷所思，是何筆妙乃爾！

【傳記】

　　皇甫松，一作嵩，字子奇，睦州人。工部侍郎湜之子。(歷代詩餘卷一百一) 花間集稱為"皇甫先輩"，錄其詞十二首。①

_____

① 作者小傳舊版作："皇甫松字子奇，湜之子，自稱檀樂子。(全唐詩卷十三) 為牛僧孺甥。以天仙子詞著名。(黃昇語，引見詞林紀事) 花間集列之溫庭筠之下、韋莊之上，而稱之為先輩。又花間稱人皆舉官銜，惟松稱先輩，當係不曾為官。(鄭振鐸說) 其詞存於花間集者共十一首。含思哀惋，淒清入骨，視溫氏作風，故自不同。"

韋　莊 二十首 錄自花間集

浣溪沙 三首

　　*清曉粧成寒食天，柳毬斜裊閙花鈿，捲簾直出畫堂前。　指點牡丹初綻朶，日高猶自凭朱欄，含嚬不語恨春殘。

　　*惆悵夢餘山月斜，孤燈照壁背紅紗，小樓高閣謝娘家。　暗想玉容何所似？一枝春雪凍梅花，滿身香霧簇朝霞。

【湯評】以"暗想"句問起，越見下二句形容快絕。

　　*夜夜相思更漏殘，傷心明月凭闌干，想君思我錦衾寒。　咫尺畫堂深似海，憶來唯把舊書看，幾時攜手入長安？

【湯評】"想君"、"憶來"二句，皆意中意，言外言也。水中著鹽，甘苦自知。

菩薩蠻 五首

　　紅樓別夜堪惆悵，香燈半捲流蘇帳。殘月出門時，美人和淚辭。　琵琶金翠羽，絃上黃鶯語。勸我早歸家，綠窗人似花。

【清張惠言詞選卷一】此詞蓋留蜀後寄意之作。一章言奉使之志，本欲速歸。

　　人人盡說江南好，遊人只合江南老。春水碧於天，畫船聽雨眠。 壚邊人似月，皓腕凝雙雪。未老莫還鄉，還鄉須斷腸。

【張選】此章述蜀人勸留之辭，即下章云"滿樓紅袖招"也。江南即指蜀。中原沸亂，故曰"還鄉須斷腸"。

如今卻憶江南樂，當時年少春衫薄。騎馬倚斜橋，滿樓紅袖招。 翠屏金屈曲，醉入花叢宿。此度見花枝，白頭誓不歸。

【張選】上云："未老莫還鄉"，猶冀老而還鄉也。其後朱溫篡成，中原愈亂，遂決勸進之志。故曰："如今卻憶江南樂"，又曰："白頭誓不歸"，則此詞之作，其在相蜀時乎？

勸君今夜須沈醉，樽前莫話明朝事。珍重主人心，酒深情亦深。 須愁春漏短，莫訴金杯滿。遇酒且呵呵，人生能幾何！

【湯評】一起一結，直寓曠達之思，與郭璞遊仙、阮籍詠懷，將無同調？

洛陽城裏春光好，洛陽才子他鄉老。柳暗魏王堤，此時心轉迷。 桃花春水淥，水上鴛鴦浴。凝恨對殘暉，憶君君不知。

【張選】此章致思唐之意。

歸國遙 一首

金翡翠，為我南飛傳我意：罨畫橋邊春水，幾年花下醉？ 別後只知相愧，淚珠難遠寄。羅幕繡幃鴛被，舊歡如夢裏。

荷葉杯　二首

絕代佳人難得，傾國，花下見無期。一雙愁黛遠山眉，不忍更思惟。　閑掩翠屏金鳳，殘夢，羅幕畫堂空。碧天無路信難通，惆悵舊房櫳。

＊記得那年花下，深夜，初識謝娘時，水堂西面畫簾垂，攜手暗相期。　惆悵曉鶯殘月，相別，從此隔音塵。如今俱是異鄉人，相見更無因！

【歷代詩餘卷一百十三引楊湜古今詞話】韋莊字端己，著秦婦吟，稱為"秦婦吟秀才"。舉乾寧進士。以才名寓蜀，蜀主建羈留之。莊有寵人，姿質豔麗，兼善詞翰。建聞之，托以教內人為詞，強奪去。莊追念悒快，作荷葉杯、小重山詞，情意淒怨。人相傳播，盛行於時。（案：夏承燾韋端己年譜，考定莊留蜀時，年已七十左右，楊湜所云，殆不足信也。）①

清平樂　二首

＊野花芳草，寂寞關山道。柳吐金絲鶯語早，惆悵香閨暗老！　羅帶悔結同心，獨凭朱欄思深。夢覺半床斜月，小窗風觸鳴琴。

鶯啼殘月，繡閣香燈滅。門外馬嘶郎欲別，正是落花時節。　粧成不畫蛾眉，含愁獨倚金扉。去路香塵莫掃，掃即郎去歸遲。

---

① 舊版無此條評語，而有下面兩條："湯顯祖云：情景逼真，自與尋常豔語不同。（湯評花間集）""鄭文焯云：鍾中偉云：觀古今勝語，多非補假，皆由直尋。於韋詞益信其言。（鄭評花間集）"

【湯評】"門外"二句，情與時會，倍覺其慘。"去路"二句，如此想頭，幾轉法華。

天仙子 二首

*蟾彩霜華夜不分，天外鴻聲枕上聞，繡衾香冷懶重薰。人寂寂，葉紛紛，纔睡依前夢見君。

*夢覺雲屏依舊空，杜鵑聲咽隔簾櫳，玉郎薄倖去無蹤。一日日，恨重重，淚界蓮腮兩綫紅。

思帝鄉 一首

*春日遊，杏花吹滿頭。陌上誰家年少足風流？妾擬將身嫁與一生休。縱被無情棄，不能羞。

【清賀裳皺水軒詞筌】小詞以含蓄為佳，亦有作決絕語而妙者。如韋莊："陌上誰家年少足風流？妾擬將身嫁與一生休。縱被無情棄，不能羞。"之類是也。牛嶠："須作一生拚，盡君今日歡。"抑亦其次。柳耆卿："衣帶漸寬終不悔，為伊消得人憔悴。"亦即韋意，而氣加婉矣。

女冠子 二首

*四月十七，正是去年今日，別君時。忍淚佯低面，含羞半斂眉。 不知魂已斷，空有夢相隨。除卻天邊月，沒人知。

*昨夜夜半，枕上分明夢見，語多時。依舊桃花面，頻低柳葉眉。 半羞還半喜，欲去又依依。覺來知是夢，不勝悲！

木蘭花 一首

　*獨上小樓春欲暮，愁望玉關芳草路。消息斷，不逢人，卻斂細眉歸繡戶。　坐看落花空歎息，羅袂濕斑紅淚滴。千山萬水不曾行，魂夢欲教何處覓？

小重山 一首

　一閉昭陽春又春。夜寒宮漏永，夢君恩。臥思陳事暗銷魂。羅衣濕，紅袂有啼痕。　歌吹隔重闍。遠庭芳草綠，倚長門。萬般惆悵向誰論？凝情立，宮殿欲黃昏。

【湯評】向作"新搵舊啼痕，"語更超遠。"宮殿欲黃昏，"何等淒絕！宮詞中妙句也。

附錄

天仙子

　深夜歸來長酩酊，扶入流蘇猶未醒。醺醺酒氣麝蘭和。驚睡覺，笑呵呵，長道人生能幾何？

訴衷情

　燭燼香殘簾半捲，夢初驚。花欲謝，深夜，月朧明。何處按歌聲？輕輕，舞衣塵暗生，負春情。

【傳記】

韋莊（八三六——九一〇）字端己，京兆杜陵人。僖宗廣明元年（八八〇），應舉入長安。時值黃巢兵至，莊陷重圍，又為病困。中和三年（八八三）三月，在洛陽，著秦婦吟一篇，內一聯云：“內庫燒為錦繡灰，天街踏盡公卿骨。”爾後公卿亦多垂訝，莊乃諱之。時人號“秦婦吟秀才”。（北夢瑣言卷六）旋復南游，攜家至越，弟妹散居各郡。（參考唐才子傳）時已年過五十矣。其游蹤所至，自金陵、蘇州、揚州、浙西、湖北、湖南、江西、安徽，皆有題詠。（參考浣花集）至昭宗景福二年（八九三），始還京師。次年（乾寧元年，公元八九四），第進士，授職為校書郎。乾寧四年，兩川宣諭和協使李詢辟為判官，奉使入蜀見王建，不久返京。昭宗天復元年（九〇一），再入蜀，王建辟為掌書記。莊時年六十六歲。尋以起居舍人召，建表留之。二年，於浣花溪尋得杜工部草堂遺址。雖蕪沒已久，而砥柱猶存。因命弟藹，艾夷結茅為一室，遂定居焉。二年，藹為編次歷年所作詩，題曰浣花集。（參考韋藹浣花集序）天祐四年（九〇七），唐亡，王建稱帝。一切開國制度，多出莊手。拜左散騎常侍，判中書門下事。屢官至吏部侍郎，兼平章事。蜀高祖武成三年（九一〇）八月，卒於成都花林坊，謚文靖。（參考夏承燾著韋端己年譜）韋詞收入花間集者四十七首，收入金奩集者四十八首，收入全唐詩附詞者五十二首。劉毓盤輯為浣花詞一卷，共得五十五首，刊入唐五代宋遼金元詞六十種中。①

---

① 作者小傳舊版作：“韋莊字端己，杜陵人。僖宗廣明元年，應舉入長安。時值黃巢之亂，莊陷重圍，又為病困。至中和三年，入洛陽。三月，作秦婦吟。黃巢亂後，莊益窘，移家於越，周遊南方，其弟妹於南方各县散居焉。（見唐才子傳）其遊蹤所至，自金陵、蘇州、揚州、浙西、湖北、湖南、江西、安徽，皆有題詠。（見浣花集）至昭宗景福二年，始還京師。次年（乾寧元年）成進士，授職為校書郎。乾寧三年，奉使入蜀，不久即歸。昭宗光化元年，莊表陸龜蒙及孟郊等十人，皆贈右補闕。（據唐書陸龜蒙傳）三年，再入蜀。天復二年，王建留掌書記。尋以起居舍人召，建表留之。二年，於浣花溪尋得杜工部遺址。雖蕪沒已久，而砥柱猶存。因命其弟藹，艾夷結茅為一室。三年，藹為編次所為詩，名浣花集。（以上參考韋藹浣花集序）天祐四年，唐亡，王建稱尊建國。一切典制法度，多出莊手。拜左散騎常侍，進吏部侍郎，判中書門下事。累官至吏部尚書，同平章事。前蜀四年七月，（接下頁）

【集評】

　　張炎云：詞之難於令曲，如詩之難於絕句。不過十數句，一句一字閒不得。末句最當留意，有有餘不盡之意始佳。當以唐花間集中韋莊、溫飛卿為則。（詞源卷下）周濟云：端己詞清豔絕倫。初日芙蓉春月柳，使人想見風度。（介存齋論詞雜著）劉熙載云：韋端己、馮正中諸家詞，留連光景，惆悵自憐，蓋亦易飄颺於風雨者。若第論其吐屬之美，又何加焉！（藝概卷四）況周頤云：韋端己浣溪沙云：“咫尺畫堂深似海，憶來唯把舊書看。”謁金門云：“新睡覺來無力，不忍把君書跡。”一意化兩，並皆佳妙。（餐櫻廡詞話）韋文靖詞，與溫方城齊名，熏香掬豔，眩目醉心，尤能運密入疎，寓濃於淡，花間羣賢，殆尠其匹。（歷代詞人考略卷五）王國維云：“絃上黃鶯語，”端己語也；其詞品亦似之。韋端己之詞，骨秀也。（人間詞話卷上）

卒於成都花林坊，葬于白沙，諡文靖。（關於端己生平，可參閱夏承燾之韋端己年譜，及瑞典人Lionel Ciles所著秦婦吟之考證與校釋。）莊有浣花集五卷。其詞收入花間集者四十七首，收入全唐詩附錄者五十二首，收入尊前集者五首，收入金奩集者四十八首。去其重出，所存當不及六十首也。”

薛昭蘊 二首 錄自花間集

浣溪沙 一首

*傾國傾城恨有餘，幾多紅淚泣姑蘇，倚風凝睇雪肌膚。　吳主山河空落日，越王宮殿半平蕪，藕花菱蔓滿重湖。

小重山 一首

*春到長門春草青。玉階華露滴，月朧明。東風吹斷紫簫聲。宮漏促，簾外曉啼鶯。　愁極夢難成。紅粧流宿淚，不勝情。手挼裙帶遶階行。思君切，羅幌暗塵生。

附錄

浣溪沙

紅蓼渡頭秋正雨，印沙鷗跡自成行，整鬟飄袖野風香。不語含嚬深浦裏，幾回愁煞棹船郎，鷰歸帆盡水茫茫。
簾下三間出寺牆，滿街垂柳綠陰長，嫩紅輕翠間濃妝。瞥地見時猶可可，卻來閒處又思量，如今情事隔仙鄉。

離別難

寶馬曉鞴雕鞍，羅帷乍別情難。那堪春景媚，送君千萬里。

半妝珠翠落，露華寒。紅蠟燭，青絲曲，偏能勾引淚闌干。 良
夜促，香塵綠，魂欲迷。檀眉半斂愁低。未別，心先咽。欲語
情難說出，芳草路東西。搖袖立，春風急，櫻花楊柳雨淒淒。

【傳記】

　　薛昭蘊（北夢瑣言卷十一作昭緯），唐末官侍郎。[1]孫光憲云：薛
澄州昭緯，保遜之子也。恃才傲物，亦有父風。每入朝省，弄笏而行，
旁若無人。好唱浣溪紗詞。知舉後，有一門生辭歸鄉里，臨歧，獻規
曰："侍郎重德，某乃受恩。爾後請不弄笏與唱浣溪紗，即某幸也。"
時人謂之至言。（北夢瑣言卷四）花間集錄薛詞十九首，全唐詩同。

---

[1] 　舊版首句作："薛昭蘊字里無考。仕蜀至侍郎。（詞林紀事卷二）"

牛　嶠 一首 錄自花間集

望江怨 一首

*東風急，惜別花時手頻執，羅幃愁獨入。馬嘶殘雨春蕪濕。倚門立，寄語薄情郎：粉香和淚泣。①

附錄

江城子

鵁鶄飛起郡城東。碧江空。半灘風。越王宮殿，蘋葉藕花中。簾卷水樓魚浪起，千片雪，雨濛濛。

【傳記】

　　牛嶠字松卿，一字延峯，隴西人，唐相僧孺之後，乾符五年（八七八），登進士第，歷官拾遺、補闕、校書郎。王建鎮西川，辟為判官。及開國，拜給事中。（十國春秋卷四十四前蜀十）花間集載嶠詞三十一首，全唐詩附詞載二十七首。

【集評】

　　況周頤云：昔人情語豔語，大都靡曼為工。牛松卿西溪子云：“畫堂前，人不語，絃解語。彈到昭君怨處，翠蛾愁，不擡頭。”望江怨云：“惜別花時手頻執，羅幃愁獨入。馬嘶殘雨春蕪濕。倚門立，寄語薄情郎：粉香和淚泣。”繁絃促柱間有勁氣暗轉，愈轉愈深。此等佳處，南宋名作中間一見之。北宋人雖縣博如柳屯田，顧未克辦。（餐櫻廡詞話）

　　① 　舊版本詞後有兩條評語，一為：“鄭文焯曰：文情往復，雜寫景中，致足諷味。（鄭評花間集）”另一即況周頤語，見新版總評“繁絃促柱間”句。

毛文錫 二首　錄自花間集

醉花間　一首

　　*休相問，怕相問，相問還添恨。春水滿塘生，鸂鶒還相趁。　昨夜雨霏霏，臨明寒一陣。偏憶戍樓人，久絕邊庭信！

【餐櫻廡詞話】余祇喜其醉花間後段，情景不奇，寫出正復不易。語淡而真，亦輕清，亦沈著。

應天長　一首

　　平江波暖鴛鴦語，兩兩釣舡歸極浦。蘆洲一夜風和雨，飛起淺沙翹雪鷺。　漁燈明遠渚，蘭棹今宵何處？羅袂從風輕舉，愁殺採蓮女。

【餐櫻廡詞話】毛文錫應天長云："漁燈明遠渚，蘭棹今宵何處？"柳屯田雨霖鈴云："今宵酒醒何處？楊柳岸、曉風殘月。"毛詞簡質而情景具足。後人但能歌柳詞耳。"知者亦不易，"誠哉是言。

附錄

甘州遍

　　秋風緊，平磧雁行低，陣雲齊。蕭蕭颯颯，邊聲四起，愁聞戍角與征鼙。　青塚北，黑山西。沙飛聚散無定，往往路人迷。鐵衣冷，戰馬血沾蹄，破蕃奚。鳳凰詔下，步步躡丹梯。

【傳記】

　　毛文錫字平珪，高陽人。唐太僕卿龜範子。年十四，登進士第。已而來成都，從高祖（王建），官翰林學士承旨，進文思殿大學士，拜司徒。及國亡，隨後主（衍）降唐，未幾復事孟氏，與歐陽炯等五人以小詞為蜀後主所賞。所譔巫山一段雲詞，當世傳詠之。（十國春秋卷四十一前蜀七）花間集錄其詞三十一首，全唐詩同。①

---

① 作者小傳舊版作："毛文錫字平珪，南陽（十國春秋做高陽）人。年十四，登進士第。仕前蜀，為翰林學士承旨。永平四年，遷禮部尚書，判樞密院事。通正元年，進文思殿大學士，拜司徒。天漢時，宦官唐文扆譖之，貶茂州司馬。後復事孟蜀，以詞章供奉內廷。花間集錄毛詞三十一首，全唐詩同。尊前集僅錄巫山一段雲一首。"

牛希濟 一首　錄自花間集

生查子　一首

*春山煙欲收，天澹稀星小。殘月臉邊明，別淚臨清曉。　語已多，情未了，迴首猶重道：記得綠羅裙，處處憐芳草！

附錄

酒泉子

枕轉簟涼，清曉遠鐘殘夢。月光斜，簾影動，舊鑪香。　夢中說盡相思事，纖手勻雙淚。去年書，今日意，斷離腸。

【傳記】

　牛希濟，後主時，累官翰林學士，御史中丞。蜀亡，入洛，拜雍州節度副使。（十國春秋卷四十四前蜀十）花間集錄希濟詞十一首，全唐詩錄十二首。[①]

---

① 作者小傳舊版作：“牛希濟，字里待考。隴西人，嶠兄子。蜀王衍時，累官至翰林學士，御史中丞。蜀亡，降唐。同光三年，拜為雍州節度副使。（歷朝詞林考鑒）希濟詞，花間集錄十一首，全唐詩錄十二首。除生查子‘新月曲如眉，未有團欒意。紅豆不堪看，滿眼相思淚。終日劈桃穰，人在心兒裏。兩朵隔牆花，早晚成連理’一闋，為花間所無外，餘並同。”

歐陽炯 五首 錄自花間集

南鄉子 三首

畫舸停橈，槿花籬外竹橫橋。水上遊人沙上女，迴顧，笑指芭蕉林裏住。

岸遠沙平，日斜歸路晚霞明。孔雀自憐金翠尾，臨水，認得行人驚不起。

路入南中，桄榔葉暗蓼花紅。兩岸人家微雨後，收紅豆，樹底纖纖擡素手。

【湯評】短詞之難，難於起得不自然，結得不悠遠。諸起句無一重複，而結語皆有餘思，允稱合作。

獻衷心 一首

*見好花顏色，爭笑東風，雙臉上，晚粧同。閉小樓深閣，春景重重。三五夜，偏有恨，月明中。　情未已，信曾通，滿衣猶自染檀紅。恨不如雙燕，飛舞簾櫳。春欲暮，殘絮盡，柳條空。

【湯評】畫家七十二色中有檀色，淺赭所合，婦女暈眉色似之。唐人詩詞慣喜用此，此其一也。

【鄭評】飄忽而來，毫端神妙，不可思議！

江城子　一首

*晚日金陵岸草平，落霞明，水無情。六代繁華，暗逐逝波聲。空有姑蘇臺上月，如西子鏡照江城！

附錄

浣溪沙

相見休言有淚珠，酒闌重得敍歡娛，鳳屏鴛枕宿金鋪。　蘭麝細香聞喘息，綺羅纖縷見肌膚，此時還恨薄情無？

【評】況周頤曰：自有艷詞以來，殆莫艷於此（謂後半闋）矣。半塘僧鶩曰：奚翅艷而已，直是大且重。苟無花間詞筆，孰敢為斯語者？（蕙風詞話）

【傳記】

　　歐陽炯（宋史作迴），益州華陽人。少事王衍，為中書舍人。後唐同光中，蜀平，隨衍至洛陽。孟知祥鎮成都，炯復入蜀。知祥僭號，累遷門下侍郎，兼戶部尚書平章事。後從孟昶歸宋，為散騎常侍。以開寶四年（九七一）卒，年七十六。炯性坦率，無檢操，善長笛。（參考宋史卷四百七十九）曾為趙崇祚敍叙花間集。每言："愁苦之音易好，懽愉之語難工。"其詞大抵婉約輕和，不欲強作愁思者也。（歷代詩餘卷一百十三引蓉城集）花間集收炯詞十七首，尊前集收三十一首，全唐詩收四十八首。

【集評】

况周頤云：歐陽炯詞，豔而質，質而愈豔，行間句裏，卻有清氣往來。大概詞家如炯，求之晚唐五代，亦不多覯。其定風波云："暖日閑窗映碧紗，小池春水浸晴霞。數樹海棠紅欲盡，爭忍，玉闌深掩過年華？獨憑繡牀方寸亂，腸斷，淚珠穿破臉邊花。鄰舍女郎相借問，音信，教人羞道未還家。"此等詞如淡妝西子，肌骨傾城。（歷代詞人考略卷六）

顧　敻 五首 錄自花間集

虞美人 一首

　　深閨春色勞思想，恨共春蕪長。黃鸝嬌囀泥芳妍，杏枝如畫倚輕煙，鎖窗前。　凭欄愁立雙蛾細，柳影斜搖砌。玉郎還是不還家，教人魂夢逐楊花，繞天涯。

【明楊慎詞品卷一】俗謂柔言索物曰泥，乃計切，諺所謂軟纏也。字又作呢。花間集顧敻辭："黃鶯嬌囀泥芳妍，"又"記得泥人微斂黛。"字又作妮。王通叟辭："十三妮子綠窗中。"今山東人目婢曰小妮子，其語亦古矣。

河傳 一首

　　*棹舉，舟去，波光渺渺，不知何處？岸花汀草共依依，雨微，鷗鷺相逐飛。　天涯離恨江聲咽，啼猿切，此意向誰說？倚蘭橈，獨無憀，魂銷，小鑪香欲焦。

【餐櫻廡詞話】孫光憲之"兩槳不知消息，遠汀時起鸘鶒，"確是檃括顧詞。兩家並饒簡勁之趣；顧尤毫不著力，自然清遠。

訴衷情 一首

　　*永夜拋人何處去？絕來音。香閣掩，眉斂，月將沈，爭忍不相尋？怨孤衾。換我心，為你心，始知相憶深。

【花草蒙拾】顧太尉："換我心，為你心，始知相憶深。"自是透骨情語。
徐山民："妾心移得在君心，方知人恨深，"全襲此，然已為柳七一派
濫觴。

醉公子　二首

漠漠秋雲澹，紅藕香侵檻。枕倚小山屏，金鋪向晚扄。　睡
起橫波慢，獨望情何限！衰柳數聲蟬，魂銷似去年。

岸柳垂金綫，雨晴鶯百囀。家住綠楊邊，往來多少年。　馬
嘶芳草遠，高樓簾半捲。斂袖翠蛾攢，相逢爾許難！

【鄭評】極古拙，亦極高淡，非五代不能有是詞境。

附錄

浣溪沙

紅藕香寒翠渚平，月籠虛閣夜蛩清，塞鴻驚夢兩牽情。　寶
帳玉鑪殘麝冷，羅衣金縷暗塵生，小窗孤燭淚縱橫。

荷葉杯

一去又乖期信，春盡。滿院長莓苔，手挼裙帶獨徘徊。來
麼來，來麼來？

【傳記】

顧夐，前蜀通正時，以小臣給事內庭，會禿鶖鳥翔摩訶池上，夐

作詩刺之，禍幾不測。久之，擢刺史。已而復事高祖（孟知祥），累官
至太尉。敻善小詞，有醉公子曲，為一時豔稱。（十國春秋卷五十六後
蜀九）花間集收敻詞五十五首，全唐詩同。

【集評】

況周頤云：顧敻豔詞，多質樸語，妙在分際恰合。孫光憲便涉俗。
顧太尉，五代豔詞上駟也。工緻麗密，時復清疎。以豔之神與骨為清，
其豔乃益入神入骨。其體格如宋院畫工筆折枝小幀，非元人設色所及。
（餐櫻廡詞話）

鹿虔扆 一首 錄自花間集

臨江仙 一首

*金重門荒苑靜，綺窗愁對秋空。翠華一去寂無蹤。玉樓歌吹，聲斷已隨風。 煙月不知人事改，夜闌還照深宮。藕花相向野塘中。暗傷亡國，清露泣香紅。

【傳記】

鹿虔扆，孟蜀時登進士第，累官為學士。廣政間（約九三八——九五〇），出為永泰軍節度使，進檢校太尉，加太保。（歷代詞人考略卷五）虔扆與歐陽炯、韓琮、閻選、毛文錫等俱以工小詞，供奉後主，時人忌之者，號曰五鬼。虔扆思越人詞有“雙帶繡窠盤錦薦，淚侵花暗香消”之句，詞家推為絕唱。（十國春秋卷五十六後蜀九）國亡，不仕。詞多感慨之音。（樂府紀聞）花間集收虔扆詞六首，全唐詩同。

【集評】

倪瓚云：鹿公高節，偶爾寄情倚聲，而曲折盡變，有無限感慨淋漓處。（歷代詩餘卷一百十三引）

閣　選 一首　錄自花間集

八拍蠻 一首

　　愁鎖黛眉煙易慘，淚飄紅臉粉難勻。憔悴不知緣底事？遇人推道不宜春。

【湯評】仄聲七言絕句，唐人以入樂府，謂之阿那曲，宋人謂之雞叫子。平聲絕句以入樂府者，非楊柳枝、竹枝，即八拍蠻也。

【傳記】

　　閣選，故布衣也，酷善小詞，有臨江仙詞云：“畫簾深殿，香霧冷風殘。”又云：“猿啼明月照空灘。”時人目為閣處士。（十國春秋卷五十六後蜀九）其詞錄入花間集者八首，全唐詩錄十首。

尹 鶚 一首 錄自花間集

菩薩蠻 一首

隴雲暗合秋天白，俯窗獨坐窺煙陌。樓際角重吹，黃昏方醉歸。 荒唐難共語，明日還應去。上馬出門時，金鞭莫與伊。

【劉承幹歷代詞人考略卷五】唐無名氏醉公子云：「門外猧兒吠，知是蕭郎至。剗韤下香階，冤家今夜醉。扶得入羅幃，不肯脫羅衣。醉則從他醉，還勝獨睡時。」前輩謂讀此，可悟作詩之法。韓子蒼曰：「只是轉折多耳。且如喜其至是一轉，而苦其今夜醉，又是一轉。入羅幃是一轉，而不肯脫羅衣，又是一轉。二句自家開釋，又是一轉。直是賦盡醉公子也。」見懷古錄。尹鶚菩薩蠻詞，由未歸說到醉歸，由「荒唐難共語，」想到「明日出門時，」層層轉折，與無名氏醉公子略同。「金鞭莫與伊，」尤有不盡之情，癡絕，昵絕！

【傳記】

尹鶚，成都人也。工詩詞，與賓貢李珣友善。珣本波斯之種。鶚性滑稽，常作詩嘲之，珣名為頓損。（十國春秋卷四十四前蜀十）鶚事王衍，為翰林校書，累官參卿。（歷代詩餘卷一百一）花間集錄鶚詞六首，全唐詩錄十六首。

李 珣 九首 錄自花間集

漁歌子 二首

荻花秋，瀟湘夜，橘洲佳景如屏畫。碧煙中，明月下，小艇垂綸初罷。 水為鄉，蓬作舍，魚羹稻飯常飡也。酒盈杯，書滿架，名利不將心挂。

九疑山，三湘水，蘆花時節秋風起。水雲間，山月裏，棹水穿雲游戲。 鼓青琴，傾綠蟻，扁舟自得逍遙志。任東西，無定止，不議人間醒醉。

巫山一段雲 一首

古廟依青嶂，行宮枕碧流。水聲山色鎖粧樓，往事思悠悠！ 雲雨朝還暮，煙花春復秋。啼猿何必近孤舟，行客自多愁。

南鄉子 五首

蘭棹舉，水紋開，競攜藤籠採蓮來。迴塘深處遙相見，邀同宴，淥酒一巵紅上面。

乘綵舫，過蓮塘，棹歌驚起睡鴛鴦。游女帶香偎伴笑，爭窈窕，競折團荷遮晚照。

傾綠蟻，泛紅螺，閑邀女伴簇笙歌。避暑信船輕浪裏，閑遊戲，夾岸荔枝紅蘸水。

漁市散，渡船稀，越南雲樹望中微。行客待潮天欲暮，送春浦，愁聽猩猩啼瘴雨。

相見處，晚晴天，刺桐花下越臺前。晴裏迴眸深屬意，遺雙翠，騎象背人先過水。

【餐櫻廡詞話】周草窗云：“李珣、歐陽炯輩俱蜀人，各製南鄉子數首，以誌風土，亦竹枝體也。”珣所作南鄉子十七闋。首闋云：“思鄉處，潮退水平春色暮。”似乎誌風土之作矣。乃後闋句云：“采真珠處水風多。”又云：“夾岸荔枝紅蘸水。”又云：“越南雲樹望中微。”又云：“愁聽猩猩啼瘴雨。”又云：“越王臺下春風暖。”又云：“刺桐花下越臺前。”又云：“騎象背人先過水。”又云：“出向桃榔樹下立。”又云：“拾翠採珠能幾許？”又云：“孔雀雙雙迎日舞。”又云：“謝娘家接越王臺，一曲鄉歌齊撫掌。”又云：“椰子酒傾鸚鵡醆。”又云：“慣隨潮水采珠來。”珣，蜀人，顧所詠皆東粵景物，何耶？其巫山一段雲云：“啼猿何必近孤舟，行客自多愁。”河傳云：“依舊十二峯前，猿聲到客船。”則誠蜀人之言矣。

河傳　一首

去去！何處？迢迢巴楚，山水相連。朝雲暮雨，依舊十二峯前，猿聲到客船。　愁腸豈異丁香結？因離別，故國音書絕。想佳人花下，對明月春風，恨應同。

【餐櫻廡詞話】李德潤河傳云：“想佳人花下，對明月春風，恨應同。”高竹屋齊天樂中秋夜懷梅溪云：“古驛煙寒，幽垣夢冷，應念秦樓十二。”兩家用意略同。高詞傷格，不可學，李詞則否，其故當細審之。

附錄

酒泉子

　　雨漬花零。紅散香凋池兩岸。別情遙，春歌斷。掩銀屏。　孤帆早晚離三楚，閒理鈿箏愁幾許。曲中情，絃上語。不堪聽！

　　秋雨聯緜。聲散敗荷叢裏。那堪深夜枕前聽，酒初醒。　牽愁惹思更無停。燭暗香凝天欲曉。細和烟，冷和雨。透簾中。

【傳記】

　　李珣字德潤，先世本波斯人，家於梓州。（歷代詩餘卷一百一）珣有詩名，以秀才豫賓貢，事蜀主衍。國亡，不仕。有瓊瑤集，多感慨之音。其妹（李舜絃）為衍昭儀，亦能詞，有"鴛鴦瓦上忽然聲"句，誤入花蕊宮詞中。（歷代詩餘卷一百十三引茅亭客話）花間集錄珣詞三十七首，全唐詩錄五十四首。

【集評】

　　況周頤云：李德潤臨江仙云："彊整嬌姿臨寶鏡，小池一朵芙蓉。"是人是花，一而二，二而一。句中絕無曲折，却極形容之妙。昔人名作，此等佳處，讀者每易忽之。（蕙風詞話卷二）李秀才詞，清踈之筆，下開北宋人體格。五代人詞，大都奇豔如古蕃錦；惟李德潤詞，有以清勝者。如酒泉子云："秋雨連緜，聲散敗荷叢裏。那堪深夜枕前聽，酒初醒。"前調云："秋月嬋娟，皎潔碧紗窗外。照花穿竹冷沈沈，印池心。"浣溪沙云："翠疊畫屏山隱隱，冷鋪文簟水潾潾，斷魂何處一蟬新。"所云下開北宋體格者也。有以質勝者，西溪子云："歸去想嬌嬈，暗魂消。"中興樂云："忍孤前約，教人花貌，虛老風光。"宋人唯吳夢窗能為此等質句，愈質愈厚，蓋五代詞已開其先矣。（歷代詞人考略卷五）

和 凝 二首 錄自劉毓盤輯紅葉稿

江城子 二首

竹裏風生月上門。理秦箏，對雲屏。輕撥朱絃，恐亂馬嘶聲。含恨含嬌獨自語：今夜約，太遲生！

斗轉星移玉漏頻，已三更，對棲鶯。歷歷花間，似有馬蹄聲。含笑整衣開繡戶，斜斂手，下階迎。

【餐櫻廡詞話】和魯公江城子云："輕撥朱絃，恐亂馬嘶聲。"二語熨帖入微，似乎人人意中所有，卻未經前人道過，寫出柔情密意，真質而不涉尖纖。又一闋云："歷歷花間，似有馬蹄聲。"尤為渾雅，進乎高詣。

【傳記】

和凝（八九八——九五五）字成績，汶陽須昌人。年十七，舉明經，十九登進士第。歷事梁、唐、晉、漢、周五代，累官中書侍郎、平章事、太子太傅。周顯德二年（九五五）卒，年五十八。凝性好修整，自釋褐至登台輔，車服僕從，必加華楚，進退容止偉如也。平生為文章，長於短歌豔曲，有豔詞一編，名香奩集。凝後貴，乃嫁其名為韓偓。今世傳韓偓香奩集，乃凝所為也。（參考舊五代史卷一百二十七）凝少年時，好為曲子詞，布於汴洛。洎入相，專託人收拾焚毀不暇。契丹入夷門，號為曲子相公。（北夢瑣言卷六）花間集錄凝詞二十首，全唐詩錄二十四首。劉毓盤輯得二十九首為紅葉稿一卷（北京大學排印本）。跋尾云："余髫齔時，侍先大夫謁秀水杜方伯筱舫（文瀾）丈蘇州寓廬。丈所藏有宋大字本和凝紅葉稿一卷，凡百餘首。末附宋人跋曰：'魯公相晉高，悔其少作，悉索而燬之，其存者曰紅葉稿，故曰唐人也。'其後人不可問，紅葉稿更無知之者。"此"曲子相公"之豔詞，湮沒者殆不復重見矣。

孫光憲 十二首 錄自劉毓盤重刊宋本荊臺備稿

楊柳枝 一首

閶門風暖落花乾，飛遍江城雪不寒。獨有晚來臨水驛，閒人多凭赤欄干。

八拍蠻 一首

*孔雀尾拖金綫長，怕人飛起入丁香。越女沙頭爭拾翠，相呼歸去背斜陽。

竹枝 二首

亂繩千結竹枝絆人深女兒，越羅萬丈竹枝表長尋女兒。楊柳在身竹枝垂意緒女兒，藕花落盡竹枝見蓮心女兒。

門前春水竹枝白蘋花女兒，岸上無人竹枝小艇斜女兒。商女經過竹枝江欲暮女兒，散拋殘食竹枝飼神鴉女兒。

思帝鄉 一首

*如何？遣情情更多！永日水精簾下斂羞蛾。六幅羅裙窣地，微行曳碧波。看盡滿池疎雨打團荷。

酒泉子 一首

*空磧無邊，萬里陽關道路。馬蕭蕭，人去去，隴雲愁。 香貂舊製戎衣窄，胡霜千里白。綺羅心，魂夢隔，上高樓。

【湯評】三疊文之出塞曲，而長短句之弔古戰場文也。再讀不禁酸鼻。

浣溪沙 四首

蓼岸風多橘柚香，江邊一望楚天長，片帆煙際閃孤光。 月送征鴻飛杳杳，思隨流水去茫茫，蘭紅波碧憶瀟湘。

半踏長裙宛約行，晚簾疏處見分明，此時堪恨昧平生！ 早是銷魂殘燭影，更愁聞著品絃聲，杳無消息若為情。

輕打銀箏墜燕泥，斷絲高罥畫樓西，花冠閒上午牆啼。 粉簞半開新竹徑，紅苞盡落舊桃蹊，不堪終日閉深閨。

烏帽斜欹倒佩魚，靜街偷步訪仙居，隔牆應認打門初。 將見客時微掩斂，得人憐處且生疏，低頭羞問壁間書。

【湯評】樂府遺音，詞壇麗藻，好書不厭百回讀。如此數詞，亦應爾爾。

謁金門 一首

*留不得！留得也應無益。白紵春衫如雪色，揚州初去日。 輕別離，甘拋擲，江上滿帆風疾。却羨綵鴛三十六，孤鸞還一隻。

【湯評】"滿帆風，吹不上離人小船。"今南調中，最膾炙人口。只此數語，已足該括之矣。

漁歌子 一首

　　*泛流螢，明又滅。夜涼水冷東灣闊。風浩浩，笛寥寥，萬頃金波澄澈。　杜若洲，香郁烈。一聲宿雁霜時節。經雪水，過松江，盡屬儂家日月。

【湯評】竟奪了張志和、張季鷹坐位，忒覺狠些。

【傳記】

　　孫光憲字孟文，貴平人。家世業農，至光憲，獨讀書好學。唐時為陵州判官，有聲。天成初（約九二六），避地江陵。武信王（高季興）奄有荆土，招致四方之士，用梁震薦，入掌書記。光憲事南平三世，皆處幕中，累官荆南節度副使、檢校秘書少監。後教高繼冲悉獻三州之地，宋太祖嘉其功，授光憲黃州刺史。乾德末年卒。性嗜經籍，聚書凡數千卷。或手自鈔寫，孜孜校讎，老而不廢。自號葆光子。所著有北夢瑣言。（十國春秋卷一百二荆南三）孫詞見花間集者六十首，見尊前集者二十三首，見全唐詩者八十首。劉毓盤於其內戚費文恪公家，見所藏宋元殘本，有荆臺倡稿一冊，因錄副，刊入所輯唐五代宋遼金元名家詞集六十種中，共存詞八十四首。[①]

[①] 作者小傳舊版作："孫光憲字孟文，貴平人。仕荆南高從誨為書記，歷官御史大夫。曾勸高繼冲獻三州地，宋太祖授黃州刺史。乾德中卒。（詞林紀事）光憲遭兵戈之際，以金帛購書萬卷，著有北夢瑣言，亦多採詞家逸事。（詞林紀事引間集）其詞見花間集者六十首，見尊前集者二十三首，見全唐詩者八十首。"

張　泌 四首　錄自花間集

浣溪沙　二首

*馬上凝情憶舊游，照花淹竹小溪流，鈿箏羅幕玉搔頭。　早是出門長帶月，可堪分袂又經秋？晚風斜日不勝愁。

*枕障熏罏隔繡幃，二年終日兩相思，杏花明月始應知。　天上人間何處去？舊歡新夢覺來時，黃昏微雨畫簾垂。

楊柳枝　一首

*膩粉瓊粒透碧紗，雪休誇。金鳳搔頭墜鬢斜，鬢交加。　倚著雲屏新睡覺，思夢笑。紅腮隱出枕函花，有些些。

【湯評】此柳枝之變體也。“紅腮”一語，自見巧思。

胡蝶兒　一首

*胡蝶兒，晚春時。阿嬌初著淡黃衣，倚窗學畫伊。　還似花間見，雙雙對對飛。無端和淚拭燕脂，惹教雙翅垂。

【傳記】

張泌一作佖，常州人。後主朝，仕為考功員外郎，改內史舍人。隨後主入宋，以故臣在史館。後官河南，每寒食，必親拜後主墓，哭之甚哀。李氏子孫陵替，常分俸贍給焉。（十國春秋卷三十南唐十六）花間集收張詞二十七首，全唐詩同。[①]

① 作者小傳舊版作："張泌（宋詩紀事作張佖）字子澄，淮南人。初官句容尉，上書陳治道，後主徵為監察御史，歷考功員外郎，進中書舍人，改內史舍人。後歸宋，仍入史館。遷郎中，歸寓毗陵。有集一卷。（詞林考鑒稿本）近人胡適頗疑花間集中之張泌，與南唐張泌，別是一人。其理由謂花間集結集於九百四十年，其時南唐建國不及四年；後主嗣位，在九百六十一年，相距二十餘年。而花間集中已稱張舍人泌。花間稱人官爵，皆就結集時言，故和凝但稱學士而不稱相。疑此張泌亦為蜀人。（參看胡適詞選二十頁）其說近是。且花間所采，不及馮正中，是為地域所限，不應獨於張氏為例外也。花間集錄張詞二十七首，全唐詩同。"

馮延己 二十三首　錄自四印齋本陽春集

鵲踏枝　八首

誰道閑情拋擲久？每到春來，惆悵還依舊。日日華前常病酒，不辭鏡裏朱顏瘦。　河畔青蕪堤上柳。為問新愁，何事年年有？獨立小橋風滿袖，平林新月人歸後。

華外寒雞天欲曙。香印成灰，起坐渾無緒。庭際高梧凝宿霧，捲簾雙鵲驚飛去。　屏上羅衣閑繡縷。一晌關情，憶遍江南路。夜夜夢魂休謾語，已知前事無尋處。

叵耐為人情太薄。幾度思量，真擬渾拋卻。新結同心香未落，怎生負得當初約？　休向尊前情索莫。手舉金罍，憑仗深深酌。莫作等閑相鬥作，與君保取長歡樂。

蕭素清秋珠淚墜。枕簟微涼，展轉渾無寐。殘酒欲醒中夜起，月明如練天如水。　階下寒聲噦絡緯。庭樹金風，悄悄重門閉。可惜舊歡攜手地，思量一夕成顦顇。

煩惱韶光能幾許？腸斷魂銷，看却春還去。祇喜牆頭靈鵲語，不知青鳥全相誤。　心若垂楊千萬縷。水闊華蜚，夢斷巫山路。滿眼新愁無問處，珠簾錦帳相思否？

幾日行雲何處去？忘了歸來，不道春將暮。百草千華寒食路，香車繫在誰家樹？　淚眼倚樓頻獨語：雙燕飛來，陌上相逢否？撩亂春愁如柳絮，悠悠夢裏無尋處。

庭院深深深幾許？楊柳堆煙，簾幕無重數。玉勒珮鞍遊冶處，樓高不見章臺路。　雨橫風狂三月暮。門掩黃昏，無計留春住。淚眼問華華不語，亂紅飛過秋千去。

六曲闌干偎碧樹。楊柳風輕，展盡黃金縷。誰把鈿箏移玉柱？穿簾海燕雙飛去。　滿眼游絲兼落絮。紅杏開時，一霎清明雨。濃睡覺來鶯亂語，驚殘好夢無尋處。

【譚評詞辨卷一】金碧山水，一片空濛。此正周氏所謂："有寄託入，無寄託出"也。

采桑子　二首

笙歌放散人歸去，獨宿江樓，月上雲收，一半珠簾挂玉鉤。　起來點檢經由地，處處新愁。憑仗東流，將取離心過橘洲。

*華前失却遊春侶，獨自尋芳，滿目悲涼，縱有笙歌亦斷腸。　林間戲蝶簾間燕，各自雙雙。忍更思量？綠樹青苔半夕陽。

酒泉子　一首

*芳草長川，柳映危橋橋下路。歸鴻飛，行人去，碧山邊。　風微煙澹雨蕭然，隔岸馬嘶何處？九迴腸，雙臉淚，夕陽天。

清平樂　一首

雨晴煙晚，綠水新池滿。雙燕飛來垂柳院，小閣畫簾高捲。　黃昏獨倚朱闌，西南新月眉彎。砌下落華風起，羅衣特地春寒。

謁金門　三首

*楊柳陌，寶馬嘶空無迹。新著荷衣人未識，年年江海客。　夢覺巫山春色，醉眼飛華狼籍。起舞不辭無氣力，愛君吹玉笛。

秋已暮，重疊關山歧路。嘶馬搖鞭何處去？曉禽霜滿樹。　夢斷禁城鐘鼓，淚滴枕檀無數。一點凝紅和薄霧，翠娥愁不語。

*風乍起，吹縐一池春水。閑引鴛鴦香徑裏，手挼紅杏蕊。　鬥鴨闌干獨倚，碧玉搔頭斜墜。終日望君君不至，舉頭聞鵲喜。

【宋馬令南唐書卷二十一】元宗樂府辭云：“小樓吹徹玉笙寒”，延己有“風乍起，吹縐一池春水”之句，皆為警策。元宗嘗戲延己曰：“‘吹縐一池春水’，干卿何事？”延己曰：“未如陛下：‘小樓吹徹玉笙寒’。”元宗悅。

歸自謠　二首

*何處笛？終夜夢魂情脈脈。竹風檻雨寒窗滴。　離人數歲無消息。今頭白，不眠特地重相憶。

*春豔豔，江上晚山三四點，柳絲如翦華如染。　香閨寂寂門半掩。愁眉斂，淚珠滴破燕脂臉。

長命女　一首

*春日宴，綠酒一杯歌一遍，再拜陳三願：一願郎君千歲，二願妾身常健，三願如同梁上燕，歲歲長相見。

喜遷鶯　一首

　　*宿鶯啼，鄉夢斷，春樹曉朦朧。殘鐙和燼閉朱櫳，人語隔屏風。　香已寒，鐙已絕，忽憶去年離別：石城華雨倚江樓，波上木蘭舟。

三臺令　三首

　　*春色！春色！依舊青門紫陌。日斜柳暗華嫣，醉臥誰家少年？年少！年少！行樂直須及早。

　　*明月！明月！照得離人愁絕。更深影入空牀，不道幃屏夜長。長夜！長夜！夢到庭華陰下。

　　南浦！南浦！翠鬟離人何處？當時攜手高樓，依舊樓前水流。流水！流水！中有傷心雙淚。

點絳唇　一首

　　蔭綠圍紅，夢瓊家在桃源住。畫橋當路，臨水雙朱戶。　柳徑春深，行到關情處。顰不語，意憑風絮，吹向郎邊去。

附錄

抛球樂

　　酒罷歌餘興未闌，小橋流水共盤桓。波搖梅蕊當心白，風入羅衣貼體寒。且莫思歸去，須盡笙歌此夕歡。

【傳記】

馮延己（九〇三——九六〇）字正中，（夏承燾馮正中年譜引焦竑筆乘，釋氏六時，"可中時，巳也。正中時，午也。"因謂延己之己，當讀為辰巳之巳。）廣陵人。有辭學，多伎藝。烈祖李昇以為秘書郎，使與元宗（李璟）遊處。累遷駕部郎中，元帥府掌書記。保大四年（九四六），自中書侍郎拜平章事，出鎮撫州。及再入相，元宗悉以庶政委之。罷為宮傅。卒，年五十七。著樂章百餘闋。其鶴冲天詞云："曉月墜，宿雲披，銀燭錦屏幃。建章鐘動玉繩低，宮漏出花遲。"又歸國謠詞云："江水碧，江上何人吹玉笛？扁舟遠送瀟湘客，蘆花千里霜月白。傷行色，明朝便是關山隔。"見稱於世。（參考馬令南唐書卷二十一）陳世修序其陽春集云："公以金陵盛時，內外無事，朋僚親舊，或當燕集，多運藻思為樂府新詞，俾歌者倚絲竹而歌之，所以娛賓而遣興也。日月浸久，錄而成編。觀其思深辭麗，均律調新，真清奇飄逸之才也。"又云："公薨之後，吳王（李煜）納土，舊帙散失，十無一二。今采獲所存，勒成一帙，藏之于家云。"世修於延己為外孫，嘉祐戊戌（一〇五八），輯成此集。清末王鵬運始從彭文勤（元瑞）傳鈔汲古閣未刻詞錄出，刊入四印齋所刻詞中。其中亦有別見五代、北宋其他詞家集中者，尤以鵲踏枝"誰道閑情"、"幾日行雲"、"庭院深深"、"六曲闌干"諸闋，為最傑出之作，而世傳出歐陽修手。陳振孫云："陽春錄一卷，南唐馮延己撰，高郵崔公度伯易題其後，稱其家所藏最為詳確，而尊前、花間諸集，往往謬其姓氏，近傳歐陽永叔詞，亦多有之，皆失其真也。"（直齋書錄解題卷二十一）據此，則馮集混入他家之作，由來久矣。延己在五代為一大作家，與溫、韋分鼎三足，影響北宋諸家者尤鉅。南唐歌詞種子，向江西發展，轍迹可尋，馮氏實其中心人物，治詞史者所不容忽也。①

---

① 作者小傳舊版作："馮延己字正中，一名延嗣，廣陵人。南唐元宗優待藩邸舊僚，自元帥府書記為校書郎，累官翰林學士承旨，進中書侍郎。出知撫州，秩滿還朝。拜左僕射，同平章事，改太子太傅。建隆元年五月乙丑卒，年五十八。延己工詩，雖貴且老不廢，如'宮瓦數行曉日，龍旗百尺春風'，識者謂有元和詞人氣格。又以金陵盛時，內外無事，朋僚親舊，或當燕集，多運藻思，為樂府新詞，俾歌者倚絲竹（接下頁）

【集評】

①劉熙載云：馮延己詞，晏同叔得其俊，歐陽永叔得其深。（藝概卷四）馮煦云：詞雖導源李唐，然太白、樂天興到之作，非其顓詣。逮於季葉，茲事始暢。温韋崛興，專精令體。南唐起於江左，祖尚聲律，二主倡於上，翁（延己）和於下，遂為詞家淵藪。翁俯仰身世，所懷萬端，繆悠其辭，若顯若晦，揆之六義，比興為多。若三臺令、歸國謠、蝶戀花諸作，其旨隱，其詞微，類勞人、思婦、羇臣、屏子鬱伊愴悅之所為，翁何致而然耶？周師南侵，國勢岌岌。中主既昧本圖，汶闇不自強，強鄰又鷹瞵而鶚睨之，而務高拱，溺浮采，芒乎芴乎，不知其將及也。翁負其才略，不能有所匡救，危苦煩亂之中，鬱不自達者，一於詞發之。其憂生念亂，意內而言外，迹之唐、五季之交，韓致堯之於詩，翁之於詞，其義一也。世宣以靡曼目之，誣已。（四印齋刻陽春集序）又云：吾家正中翁，鼓吹南唐，上翼二主，下啟歐、晏，實正變之樞紐，短長之流別。（成肇麐唐五代詞選叙）況周頤云：陽春一集，為臨川、珠玉所宗，愈瓌麗，愈醇樸。南渡名家，霑丐膏馥，輒臻上乘。馮詞如古蕃錦，如周、秦寶鼎彝，琳瑯滿目，美不勝收。詞之境詣至此，不易學，並不易知，未容漫加選擇，與後主詞實異曲同工也。（歷代詞人考略卷四）王國維云：馮正中詞，雖不失五代風格，而堂廡特大，開北宋一代風氣。②正中詞除鵲踏枝、菩薩蠻十數闋最煊赫外，如醉花間之"高樹鵲啣巢，斜月明寒草。"余謂韋蘇州之"流螢度高閣"、孟襄陽之"疎雨滴梧桐"不能過也。正中詞品，若欲於其詞句中求之，則"和淚試嚴妝"殆近之歟？（人間詞話卷上）

而歌之。元宗嘗因曲宴內殿，從容謂曰：'吹皺一池春水，何干卿事？'延己對曰：'安得如陛下小樓吹徹玉笙寒之句。'其君臣相謔乃如此。（以上參考陸游南唐書卷十一及四印齋本陳世修陽春集序）有陽春集一卷。王氏四印齋刻本凡一百一十九首，又補遺七首。"
① 舊版此處有："陳世修曰：思深辭麗，均律調新，真清奇飄逸之才也。（陽春集序）"
② 舊版此處尚有："與中後二主詞，皆在花間範圍之外，宜花間集中，不登其隻字也。"並附編者案："花間集多西蜀詞人，不采二主及正中詞，當由道里隔絕，又年歲不相及，有以致然。非因流派不同，遂爾遺置也。王說非是。"

李　璟 二首 錄自馬令南唐書

浣溪沙 二首

菡萏香銷翠葉殘，西風愁起碧波間。還與容光共憔悴，不堪看。　細雨夢迴清漏永，小樓吹徹玉笙寒。簌簌淚珠多少恨，倚欄干。

手捲珠簾上玉鉤，依前春恨鎖重樓。風裏落花誰是主？思悠悠。　青鳥不傳雲外信，丁香空結雨中愁。迴首綠波春色暮，接天流。

【馬令南唐書卷二十五談諧傳】王感化善謳歌，聲韻悠揚，清振林木，繫樂部為“歌板色”。元宗嗣位，宴樂擊鞠不輟。嘗乘醉命感化奏水調詞。感化唯歌“南朝天子愛風流”一句，如是者數四。元宗輒悟，覆杯歎曰：“使孫、陳二主得此一句，不當有銜璧之辱也！”感化由是有寵。元宗嘗作浣溪沙二闋，手寫賜感化。後主即位，感化以其詞札上之。後主感動，賞賜感化甚優。

【案】歷代詩餘卷一百十三引耆舊續聞：“金陵妓王感化，善詞翰。元宗手寫山花子二闋賜之。”（知不足齋叢書本耆舊續聞，未見此條。）詞同南唐書所載，惟“碧波”作“綠波”，“容光”作“韶光”，“清漏永”作“雞塞遠”，“簌簌淚珠多少恨”作“多少淚珠何限恨”，“珠簾”作“真珠”，“春色”作“三峽”。各選本多從之。

【苕溪漁隱叢話前集卷五十九引雪浪齋日記】荊公問山谷：“作小詞，曾看李後主詞否？”云：“曾看。”荊公云：“何處最好？”山谷以“一江春水向東流”為對。荊公云：“未若‘細雨夢回雞塞遠，小樓吹徹玉笙寒，’最好。”

【案】“細雨”二句為中主詞，荊公亦誤記。可見唐、五代人詞常多相混，殊不足怪耳。

【人間詞話卷上】南唐中主詞：“菡萏香銷翠葉殘，西風愁起綠波間”，大有“衆芳蕪穢，美人遲暮”之感。乃古今獨賞其“細雨夢回雞塞遠，小樓吹徹玉笙寒”，故知解人正不易得。

【傳記】

　　李璟字伯玉，初名景通，烈祖元子也。美容止，器宇高邁，性寬仁，有文學。甫十歲，吟新竹詩云：“棲鳳枝梢猶軟弱，化龍形狀已依稀。”人皆奇之。烈祖受禪，封吳王。累遷太尉、中書令、諸道元帥、錄尚書事，改封齊王。嗣位，改元保大。在位十九年，以宋建隆二年（九六一）六月，殂於南都（南昌），年四十六。廟號元宗。（參考馬令南唐書嗣主書）徐鉉曰：“嗣主工筆札，善騎射，賓禮大臣，敦睦九族。每聞臣民不獲其所者，輒咨嗟傷憫，形於顏色，隨加救療。居處服御，節儉得中。初立，有經營四方之志。邪臣阿諂，職為厲階。晚歲悔之，已不及矣。少有至性，仍懷高世之量。始出閣，即命於廬山瀑布前構書齋，為他日終焉之計。及迫於紹襲，遂捨為開先精舍。”（嗣主書注）璟詞傳世者祇四闋。據陳振孫直齋書錄解題卷二十一：“南唐二主詞一卷，中主李璟、後主李煜撰。卷首四闋，應天長、望遠行各一，浣溪沙二，中主所作，重光嘗書之。墨蹟在旴江晁氏，題云：‘先皇御製歌詞。’余嘗見之，於麥光紙上作撥鐙書，有晁景迂題字。今不知何在矣？餘詞皆重光作。”今所傳明萬曆間虞山呂遠刊本南唐二主詞，首錄中主詞四闋，尚仍陳本之舊，而後主詞多斷缺，其最後捴練子一闋，且注：“出升菴詞林萬選”，則亦明人所輯，二主詞殆久無完本矣。

李　煜 十二首　錄自明萬曆呂遠刊本南唐二主詞

虞美人 一首

*春花秋月何時了，往事知多少？小樓昨夜又東風，故國不堪回首月明中！　　雕闌玉砌依然在，只是朱顏改。問君都有幾多愁？恰似一江春水向東流。

【唐宋諸賢絕妙詞選卷一】"秋月"作"秋葉"，"依然"作"應猶"，"都有"作"還有"。

【宋王銍默記卷上】徐鉉歸朝，為左散騎常侍，遷給事中。太宗一日問："曾見李煜否？"鉉對以"臣安敢私見之。"上曰："卿第往，但言朕令卿往相見可矣。"鉉遂徑往其居，望門下馬。但一老卒守門。徐言："願見太尉。"卒言："有旨，不得與人接，豈可見也？"鉉曰："我乃奉旨來見。"老卒往報。徐入，立庭下久之。老卒遂入，取舊椅子相對。鉉遙望見，謂卒曰："但正衙一椅足矣。"頃間，李主紗帽道服而出。鉉方拜，而李主遽下階，引其手以上。鉉告辭賓主之禮。主曰："今日豈有此禮？"徐引椅少偏，乃敢坐。後主相持大笑，默不言，忽長吁歎曰："當時悔殺了潘佑、李平！"鉉去，乃有旨再對，詢："後主何言？"鉉不敢隱，遂有秦王賜牽機藥之事。——牽機藥者，服之，前却數十回，頭足相就，如牽機狀也。——又後主在賜第，因七夕，命故妓作樂，聲聞於外。太宗聞之，大怒。又傳"小樓昨夜又東風"及"一江春水向東流"之句，併坐之，遂被禍云。【默記卷下】韓玉汝家有李國主歸朝後與金陵舊宮人書云："此中日夕，只以眼淚洗面。"

【譚評詞辨卷二】二詞（謂此闋及"風迴小院"闋）終當以神品目之。後主之詞，足當太白詩篇，高奇無匹。

喜遷鶯　一首

*晚月墜，宿雲微，無語枕頻欹。夢回芳草思依依，天遠雁聲稀。　啼鶯散，餘花亂，寂寞畫堂深院。片紅休掃儘從伊，留待舞人歸。

清平樂　一首

*別來春半，觸目愁腸斷。砌下落梅如雪亂，拂了一身還滿。　雁來音信無憑，路遙歸夢難成。離恨恰如春草，更行更遠還生。

【譚評詞辨卷二】"淚眼問花花不語，亂紅飛過秋千去，"與此同妙。

烏夜啼　一首

*林花謝了春紅，太忽忽！常恨朝來寒重晚來風！　胭脂淚，留人醉，幾時重？自是人生長恨水長東！

【全唐詩附詞一】"常恨"作"無奈"，"寒重"作"寒雨"，"留人"作"相留"。
【譚評詞辨卷二】濡染大筆。

長相思　一首

*雲一緺，玉一梭，澹澹衫兒薄薄羅，輕顰雙黛螺。　秋風多，雨相和。簾外芭蕉三兩窠。夜長人奈何！

搗練子令 一首

深院靜，小庭空，斷續寒砧斷續風。無奈夜長人不寐，數聲和月到簾櫳！

浪淘沙 一首

*往事只堪哀！對景難排。秋風庭院蘚侵堦。一行珠簾閒不捲，終日誰來？　金鎖已沉埋，壯氣蒿萊。晚涼天靜月華開。想得玉樓瑤殿影，空照秦淮！

【全唐詩附詞一】"一行"作"一桁"，"金鎖"作"金劍"，"天靜"作"天淨"。

虞美人 一首

*風迴小院庭蕪綠，柳眼春相續。凭闌半日獨無言，依舊竹聲新月似當年。　笙歌未散尊前在，池面冰初解。燭明香暗畫堂深，滿鬢清霜殘雪思難任。

【全唐詩附詞一】"尊前"作"尊罍"，是。"畫堂"作"畫樓"，"難任"作"難禁"。

破陣子 一首

四十年來家國，三千里地山河。鳳閣龍樓連霄漢，瓊枝玉樹作煙蘿，幾曾識干戈？　一旦歸為臣虜，沈腰潘鬢銷磨。最是蒼惶辭廟日，教坊猶奏別離歌，垂淚對宮娥。

【全唐詩附詞一】"鳳閣"作"鳳闕"，"瓊枝玉樹"作"玉樹瓊枝"，
"蒼惶"作"蒼黃"，"猶奏"作"獨奏"。【東坡志林卷四】"四十"作
"三十"，奪"鳳閣"二句，"識"作"慣"。
【宋蘇軾東坡志林卷四跋李王詞】後主既為樊若水所賣，舉國與人，故
當慟哭於九廟之外，謝其民而後行，顧乃揮淚宮娥，聽教坊離曲！

浪淘沙　一首

　　*簾外雨潺潺，春意將闌。羅衾不暖五更寒。夢裏不知身是
客，一晌貪歡。　獨自莫凭闌！無限關山，別時容易見時難。流
水落花歸去也，天上人間！

【全唐詩附詞一】"將闌"作"闌珊"，"不暖"作"不耐"，"莫"作
"暮"，"關山"作"江山"，"歸去"作"春去"。
【苕溪漁隱叢話前集卷五十九引西清詩話】南唐李後主歸朝後，每懷江
國，且念嬪妾散落，鬱鬱不自聊，嘗作長短句云："簾外雨潺潺"云云，
含思悽惋，未幾下世。
【苕溪漁隱叢話後集卷三十九引復齋漫錄】顏氏家訓云："別易會難，
古今所重。江南餞送，下泣言離。北間風俗，不屑此事，歧路言離，
懽笑分首。"李後主蓋用此語耳。故長短句云："別時容易見時難。"

烏夜啼　一首

此首呂刊本無，依唐宋諸賢絕妙詞選補。

　　*無言獨上西樓，月如鉤。寂寞梧桐深院鎖清秋。　剪不斷，
理還亂，是離愁，別是一般滋味在心頭。

【唐宋諸賢絕妙詞選卷一】此詞最悽惋，所謂"亡國之音哀以思"。

臨江仙 一首

依耆舊續聞補

櫻桃落盡春歸去，蝶翻輕粉雙飛。子規啼月小樓西。玉鉤羅幕，惆悵暮煙垂。　別巷寂寥人散後，望殘煙草低迷。爐香閒裊鳳凰兒。空持羅帶，回首恨依依。

【宋陳鵠西塘集耆舊續聞卷三】蔡絛作西清詩話，載江南李後主臨江仙，云："圍城中書，其尾不全。"以予考之，殆不然。余家藏李後主七佛戒經及雜書二本，皆作梵葉。中有臨江仙，塗注數字，未嘗不全。其後則書李太白詩數章，似平日學書也。本江南中書舍人王克正家物，後歸陳魏公之孫世功君懋。余，陳氏壻也。其詞云："櫻桃落盡"云云。後有蘇子由題云："淒涼怨慕，真亡國之音也。"

附錄　七首

子夜歌 一首

人生愁恨何能免，銷魂獨我情何限！故國夢重歸，覺來雙淚垂。　高樓誰與上？長記秋晴望。往事已成空，還如一夢中。

蝶戀花 一首

遙夜亭皋閒信步。繞過清明，早覺傷春暮。數點雨聲風約住，朦朧澹月雲來去。　桃杏依稀春暗度。誰在秋千，笑裏輕輕語? 一片芳思千萬緒，人間沒個安排處。

浣溪沙　一首

轉燭飄蓬一夢歸，欲尋陳蹟悵人非。天教心願與身違。　待月池臺空逝水，蔭花樓閣謾斜暉，登臨不惜更霑衣。

憶江南　四首

多少恨，昨夜夢魂中。還似舊時遊上苑，車如流水馬如龍。花月正春風。

多少淚，霑袖復橫頤。心事莫將和淚滴，鳳笙休向月明吹，腸斷更無疑。

閒夢遠，南國正芳春。船上管弦江面綠，滿城飛絮混輕塵。愁殺看花人！

閒夢遠，南國正清秋。千里江山寒色暮，蘆花深處泊孤舟，笛在月明樓。

【傳記】

李煜，字重光，元宗第六子，初名從嘉。文獻太子卒，以尚書令知政事，居東宮。元宗十九年，立為太子。元宗南巡，太子留金陵監國。建隆二年（九六一）嗣位，在位十五年。開寶八年（九七五），宋將曹彬攻破金陵，煜出降。明年，至京師，封違命侯。太平興國三年（九七八）七月七夕殂，年四十二。煜嗣位初，專以愛民為急，蠲賦息役，以裕民力。尊事中原，不憚卑屈。境內賴以少安者，十有五年。殂問至江南，父老有巷哭者。然酷好浮屠，崇塔廟，度僧尼不可勝算。

罷朝，輒造佛屋，易服膜拜，頗廢政事。故雖仁愛足感遺民，而卒不
能保社稷云。（參考陸游南唐書卷三後主紀）煜后周氏，善歌舞，尤工
琵琶。故唐盛時，霓裳羽衣，最為大曲。亂離之後，絕不復傳。后得
殘譜，以琵琶奏之。於是開元、天寶遺音，復傳於世。煜以后好音律，
因亦耽嗜。（陸書卷十六后妃諸王列傳）煜對歌詞之成就，於家庭父子
夫婦間，與當時風氣，皆有絕大影響，尤以周昭惠后精通樂律，從旁
贊助之力為多焉。煜詞傳世者，有明萬曆庚申（一六二〇）虞山呂遠
墨華齋刊南唐二主詞本，存後主詞三十三首，中多殘缺，亦有他人之
作混入其中，蓋皆後人輯錄而成者。清康熙二十八年（一六八九）侯
文燦刻十名家詞集本二主詞，與呂刻本殆出一源，惟無最末搗練子
"雲鬢亂"一首。全唐詩載後主詞三十四闋，未悉所據何本。此外有劉
繼曾校箋本、王國維校記本，可供參證。①

【集評】

②余懷曰：李重光風流才子，誤作人主，至有入宋牽機之恨。其
所作之詞，一字一珠，非他家所能及也。（玉琴齋詞序）納蘭性德曰：
花間之詞，如古玉器，貴重而不適用。宋詞適用而少質重。李後主兼
有其美，兼饒煙水迷離之致。（淥水亭雜識）③周濟曰：李後主詞，如
生馬駒，不受控捉。王嬙、西施，天下美婦人也。嚴妝佳，淡妝亦佳，
粗服亂頭，不掩國色。飛卿，嚴妝也；端己，淡妝也；後主則粗服亂
頭矣。（介存齋論詞雜著）④王鵬運曰：蓮峯居士（煜別號）詞，超逸絕

---

① 舊版作者小傳前段（至"卒不能保社稷云"）與新版略同，從略。後段為："後
主詞傳世者計四十六闋，全唐詩載三十四闋，尊前集載八闋。刻本以劉繼曾校箋本、
王國維校記本為最善。"
② 舊版尚有三條評語："胡應麟曰：後主目重瞳子，樂府為宋人一代開山。蓋溫韋
雖藻麗，而氣頗傷促，意不勝辭。至此君方為當行作家，清便宛轉，詞家王孟。（詩藪
雜編）""王世貞曰：花間猶傷促碎。至南唐李王父子而妙矣。（藝苑卮言）""沈謙曰：
男中李後主，女中李易安，極是當行本色。（徐釚詞苑叢談引）又曰：後主疏於治國，
在詞中猶不失為南面王。覺張郎中、宋尚書，直衒官耳。（沈雄古今詞話引）"
③ 舊版尚有："周之琦曰：予謂重光天籟也，恐非人力所及。（詞評）"
④ 舊版尚有三條評語："譚獻曰：後主之詞，足當太白詩篇，高奇無匹。（譚評詞
辨）""陳廷焯曰：後主詞思路悽惋，詞場本色。不及飛卿之厚，自勝牛松卿輩。（接下頁）

倫，虛靈在骨。芝蘭空谷，未足比其芳華；笙鶴瑤天，詎能方茲清怨？後起之秀，格調氣韻之間，或月日至，得十一於千百。若小晏，若徽廟，其殆庶幾。斷代南渡，嗣音闃然。蓋閒氣所鍾，以謂詞中之帝，當之無媿色矣。（半塘老人遺稿）王國維曰：李重光之詞，神秀也。詞至李後主而眼界始大，感慨遂深，遂變伶工之詞而為士大夫之詞。周介存置諸溫、韋之下，可謂顛倒黑白矣。"自是人生長恨水長東。""流水落花春去也，天上人間。"金荃、浣花，能有此氣象耶？詞人者，不失其赤子之心者也。故生於深宮之中，長於婦人之手，是後主為人君所短處，亦即為詞人所長處。客觀之詩人，不可不多閱世，閱世愈深，則材料愈豐富，愈變化，水滸傳、紅樓夢之作者是也。主觀之詩人，不必多閱世，閱世愈淺，則性情愈真，李後主是也。[①]（人間詞話卷上）

余嘗謂後主之視飛卿，合而離者也。端己之視飛卿，離而合者也。又云：李後主、晏叔原，皆非詞中正聲，而其詞則無人不愛，以其情勝也。情不深而為詞，雖雅不韻，何足感人？（白雨齋詞話）""馮煦曰：詞至南唐，二主作于上，正中和于下，詣微造極，得未曾有。宋初諸家，靡不祖述二主，憲章正中，譬之歐虞褚薛之書，皆出逸少。（陽春集序）"

[①] 舊版王國維評語尚有："尼采謂一切文學，余愛以血書者。後主之詞，真所謂以血書者也。宋道君皇帝燕山亭詞，亦略似之。然道君不過自道身世之感，後主則儼有釋迦基督擔荷人類罪惡之意，其大小固不同矣。又云：唐五代之詞，有句而無篇。南宋名家之詞，有篇而無句。有篇有句，唯李後主降宋後之作，及永叔、少游、美成、稼軒數人而已。"

潘 閬 五首 錄自四印齋刊宋元三十一家詞本逍遙詞

憶餘杭 五首

*長憶錢塘，不是人寰是天上，萬家掩映翠微間，處處水潺潺。 異花四季當窗放，出入分明在屏障。別來隋柳幾經秋，何日得重遊？

*長憶西湖，盡日憑闌樓上望，三三兩兩釣魚舟，島嶼正清秋。 笛聲依約蘆花裏，白鳥成行忽驚起。別來閒整釣魚竿，思入水雲寒。

*長憶孤山，山在湖心如黛簇，僧房四面向湖開，輕棹去還來。 芰荷香噴連雲閣，閣上清聲簷下鐸。別來塵土污人衣，空役夢魂飛。

*長憶西山，靈隱寺前三竺後，冷泉亭上幾行遊，三伏似清秋。 白猿時見攀高樹，長嘯一聲何處去？別來幾向畫闌看，終是欠峯巒！

*長憶觀潮，滿郭人爭江上望，來疑滄海盡成空，萬面鼓聲中。 弄潮兒向濤頭立，手把紅旗旗不溼。別來幾向夢中看，夢覺尚心寒。

【歷代詩餘卷一百十四引古今詞話】潘逍遙狂逸不羈，往往有出塵之語。自製憶餘杭三首，一時盛傳。東坡愛之，書於玉堂屏風，石曼卿使畫工繪之作圖。

附錄

憶餘杭

　　長憶錢塘，臨水傍山三百寺。僧房攜杖遍曾遊，閒話覺忘憂。 㫰檀樓閣雲霞畔，鐘梵清宵徹天漢。別來遙禮只焚香，便恐是西方。

　　長憶西湖，湖上春來無限景。吳姬個個是神仙，競泛木蘭船。 樓臺簇簇疑蓬島，野人祇合其中老。別來已是二十年，東望眼將穿。

　　長憶高峰，峰上塔高塵世外。昔年獨上最高層，月出見微稜。 舉頭咫尺疑天漢，星斗分明在身畔。別來無翼可飛騰，何日得重登？

　　長憶吳山，山上森森伍相廟。廟前江水怒為濤，千古恨猶高。 寒雅日暮鳴還聚，時有陰雲籠殿宇。別來有負謁靈祠，遙奠酒盈卮。

　　長憶龍山，日月宮中誰得到？宮中旦暮聽潮聲，臺殿竹風清。 門前歲歲生靈草，人采食之多不老。別來已白數莖頭，早晚卻重遊。

【傳記】

　　潘閬字逍遙，大名人。嘗居洛陽，賣藥。太宗朝，有薦其能詩者，召見崇政殿，賜進士及第，授四門國子博士。後坐事，遁入中條山，題詩鐘樓。寺僧疑而迹之，復逸去。尋出自首，謫信州，移太平。真宗朝，為滁州參軍。有逍遙詞一卷。（歷代詞人考略卷七）今所傳四印

齋刊本逍遙詞，僅存酒泉子十首。據崇寧五年（一一〇六）武夷黃靜
記：“酒泉子十首，乃得之蜀人。其石本今在彭之使廳。予適為西湖吏，
宜鑱諸石，庶共其傳。”又云：“潘閬，謫仙人也。放懷湖山，隨意
吟詠，詞翰飄洒，非俗子所可仰望。”其流傳最盛之憶餘杭三首，即
“長憶孤山”、“長憶西湖”、“長憶西山”（詞綜：“西山”作“西湖”）
是也。①

---

① 舊版作者小傳作：“潘閬字逍遙，大名人。嘗居錢塘，放懷湖山，隨意吟詠。詞
翰飄灑，非俗子所可仰望。太宗召對，賜進士第，坐事遁中條山，後收繫。真宗釋其
罪，以為滁州參軍。卒。（參考王刻逍遙詞武夷黃靜後記及詞林紀事卷三）閬詞以王
刻十首為最多。其為世傳誦者，僅朱氏詞綜所載三首而已。古今詞話稱潘逍遙狂逸不
羈，往往有出塵之語，自製憶餘杭三首，（張宗橚云：按湘山野錄，潘閬自度曲因憶
西湖諸勝，故名憶餘杭。詞綜、詞律俱作酒泉子者誤。）一時盛傳。東坡愛之，書於
玉堂屏風，石曼卿使畫工繪之作圖。”後並有總評一條：“陸子逌曰：句法清古，語
帶煙霞，近時罕及。（逍遙詞跋）”

寇　準 一首 錄自詞綜卷四

陽關引 一首

　　塞草煙光闊，渭水波聲咽。春朝雨霽，輕塵斂，征鞍發。指青青楊柳，又是輕攀折。動黯然，知有後會，甚時節？　更盡一杯酒，歌一闋。歎人生裏，難歡聚，易離別。且莫辭沉醉，聽取陽關徹。念故人千里，自此共明月。

【傳記】

　　寇準（九六一——一〇二三）字平仲，華州下邽人。太平興國中進士，累官尚書右僕射、集賢殿大學士。景德中，同中書門下平章事，封萊國公。乾興元年（一〇二二），貶雷州司戶參軍。天聖元年（一〇二三），徙衡州司馬。是年卒於雷州。後十一年，追諡忠愍。（參考宋史卷二百八十一寇準傳）有巴東集。朱彝尊詞綜錄其詞三首。

范仲淹 三首　錄自詞綜卷四

蘇幕遮 一首

*碧雲天，黃葉地。秋色連波，波上寒煙翠。山映斜陽天接水。芳草無情，更在斜陽外。　黯鄉魂，追旅思。夜夜除非，好夢留人睡。明月樓高休獨倚。酒入愁腸，化作相思淚。

【清彭孫遹金粟詞話】范希文蘇幕遮一調，前段多入麗語，後段純寫柔情，遂成絕唱。
【譚評詞辨卷二】大筆振迅。

漁家傲 一首

*塞下秋來風景異，衡陽雁去無留意。四面邊聲連角起。千嶂裏，長煙落日孤城閉。　濁酒一杯家萬里，燕然未勒歸無計！羌管悠悠霜滿地。人不寐，將軍白髮征夫淚。

【宋魏泰東軒筆錄卷十一】范文正公守邊日，作漁家傲樂歌數闋，皆以"塞下秋來"為首句，頗述邊鎮之勞苦。歐陽公嘗呼為窮塞主之詞。及王尚書素出守平涼，文忠亦作漁家傲一詞以送之，其斷章曰："戰勝歸來飛捷奏，傾賀酒，玉階遙獻南山壽，"顧謂王曰："此真元帥之事也。"
【譚評詞辨卷二】沈雄似張巡五言。

御街行 一首

*紛紛墜葉飄香砌。夜寂靜，寒聲碎。真珠簾捲玉樓空，天

淡銀河垂地。年年今夜，月華如練，長是人千里！　愁腸已斷
無由醉。酒未到，先成淚。殘鐙明滅枕頭敧，諳盡孤眠滋味。
都來此事，眉間心上，無計相迴避。[①]

附錄

憶王孫

　　颼颼風冷荻花秋，明月斜侵獨倚樓。十二珠簾不上鉤。黯
凝眸，一點漁鐙古渡頭。

【傳記】

　　范仲淹（九八九——一〇五二）字希文，其先邠人，後徙蘇州吳
縣。大中祥符八年（一〇一五）進士，仕至樞密副使，參知政事。以
資政殿學士為陝西四路宣撫使，知邠州。仲淹守邊數年，羌人親愛，
呼為"龍圖老子"。為將號令明白，愛撫士卒。諸羌來者，推心接之不
疑，故賊亦不敢輒犯其境。以疾，請鄧州，尋徙荊南、杭州、青州。
卒，年六十四。諡文正。（參考宋史卷三百十四范仲淹傳）仲淹詞傳作
甚少，彊邨叢書所刻范文正公詩餘，只得六首，而憶王孫一首為李重
元作，見唐宋諸賢絕妙詞選卷七，不知何以竟行輯入也？

---

① 本詞後舊版有評語："王闓運曰：是壯語，不嫌不入律。又曰：都來即算來也。
因此字宜平，故用都字，究嫌不醒。（湘綺樓詞選）"

張 先 十四首 錄自彊邨叢書本張子野詞

醉垂鞭 一首

*雙蝶繡羅裙。東池宴，初相見。朱粉不深勻，閒花淡淡春。 細看諸處好，人人道：柳腰身。昨日亂山昏，來時衣上雲。

菩薩蠻 二首

憶郎還上層樓曲，樓前芳草年年綠。綠似去時袍，回頭風袖飄。 郎袍應已舊，顏色非長久。惜恐鏡中春，不如花草新。

牡丹含露真珠顆，美人折向簾前過。含笑問檀郎：花強妾貌強？ 檀郎故相惱，剛道花枝好。花若勝如奴，花還解語無？

謝池春慢 一首

玉仙觀道中逢謝媚卿

*繚牆重院，時聞有，啼鶯到。繡被掩餘寒，畫幕明新曉。朱檻連空闊，飛絮知多少？徑莎平，池水渺。日長風靜，花影閒相照。 塵香拂馬，逢謝女，城南道。秀豔過施粉，多媚生輕笑。鬭色鮮衣薄，碾玉雙蟬小。歡難偶，春過了！琵琶流怨，都入相思調。

【歷代詩餘卷一百十四引古今詞話】子野於玉仙觀道中逢謝媚卿，作謝池春慢，一時傳唱幾遍。

【夏敬觀評張子野詞】長調中純用小令作法，別具一種風味。晏小山亦如此。

江南柳　一首

隋堤遠，波急路塵輕。今古柳橋多送別，見人分袂亦愁生，何況自關情？　斜照後，新月上西城。城上樓高重倚望，願身能似月亭亭，千里伴君行。

一叢花令　一首

又見歐陽修六一詞

*傷高懷遠幾時窮？無物似情濃。離愁正引千絲亂，更東陌飛絮濛濛。嘶騎漸遙，征塵不斷，何處認郎蹤？　雙鴛池沼水溶溶，南陌小橈通。梯橫畫閣黃昏後，又還是斜月簾櫳。沈恨細思，不如桃杏，猶解嫁東風。

【歷代詞人考略卷十引黃嬭餘話】“欲見‘雲破月來花弄影’郎中”，此宋子京語也。范公稱過庭錄記張子野一叢花詞云：“不如桃杏，猶解嫁東風。”歐陽永叔尤愛之。子野謁永叔，永叔倒屣迎之，曰：“此乃‘桃杏嫁東風’郎中。”歐公標目，又與小宋不同。世但知子野以“三影”自誇，否則稱為“張三中”而已。

蝶戀花　一首

移得綠楊栽後院，學舞宮腰，二月青猶短。不比灞陵多送遠，殘絲亂絮東西岸。　幾葉小眉寒不展，莫唱陽關，真箇腸先斷。分付與春休細看，條條盡是離人怨。

天仙子　一首

時為嘉禾小倅，以病眠，不赴府會。

　　*水調數聲持酒聽，午醉醒來愁未醒。送春春去幾時回？臨晚鏡，傷流景，往事後期空記省。　沙上並禽池上暝，雲破月來花弄影。重重簾幕密遮燈，風不定，人初靜，明日落紅應滿徑。

【漁隱叢話前集卷三十七引古今詩話】有客謂子野曰：“人皆謂公張三中，即心中事，眼中淚，意中人也。”子野曰：“何不目之為張三影？”客不曉。公曰：“雲破月來花弄影。嬌柔懶起，簾壓捲花影。柳徑無人，墮風絮無影。此余生平所得意也。”
【宋劉攽貢父詩話】歐陽文忠公見張安陸，迎謂曰：“好！雲破月來花弄影。”
【漁隱叢話前集卷三十七引遯齋閒覽】張子野郎中，以樂章擅名一時。宋子京尚書奇其才，先往見之，遣將命者謂曰：“尚書欲見‘雲破月來花弄影’郎中。”子野屏後呼曰：“得非‘紅杏枝頭春意鬧’尚書耶？”遂出，置酒，甚歡。蓋二人所舉，皆其警策也。

千秋歲　一首

　　數聲鶗鴂，又報芳菲歇。惜春更把殘紅折。雨輕風色暴，梅子青時節。永豐柳，無人盡日花飛雪。　莫把么絃撥，怨極絃能說。天不老，情難絕。心似雙絲網，中有千千結。夜過也，東方未白凝殘月。

木蘭花　一首

乙卯吳興寒食

龍頭舴艋吳兒競，筍柱秋千游女竝。芳洲拾翠暮忘歸，秀野踏青來不定。　行雲去後遙山暝，已放笙歌池院靜。中庭月色正清明，無數楊花過無影。

【清朱彝尊靜志居詩話】張子野吳興寒食詞："中庭月色正清明，無數楊花過無影。"余嘗歎其工絕，在世所傳"三影"之上。

浣溪沙　一首

樓倚春江百尺高，煙中還未見歸橈，幾時期信似江潮？　花片片飛風弄蝶，柳陰陰下水平橋，日長纔過又今宵。

惜瓊花　一首

汀蘋白，苕水碧。每逢花駐樂，隨處歡席。別時攜手看春色。螢火而今，飛破秋夕。　汴河流，如帶窄。任身輕似葉，何計歸得？斷雲孤鶩青山極。樓上徘徊，無盡相憶。

青門引　一首

*乍暖還輕冷，風雨晚來方定。庭軒寂寞近清明，殘花中酒，又是去年病。　樓頭畫角風吹醒，入夜重門靜。那堪更被明月，隔牆送過鞦韆影！

菩薩蠻 一首

哀箏一弄湘江曲，聲聲寫盡江波綠。纖指十三絃，細將幽恨傳。 當筵秋水慢，玉柱斜飛雁。彈到斷腸時，春山眉黛低。

附錄

山亭宴慢

宴亭（一作堂）永晝喧簫鼓。倚青空、畫闌紅柱。玉瑩紫微人，藹和氣、春融日煦。故宮池館更樓臺，約風月、今宵何處？湖水動鮮衣，競拾翠湖邊路。 落花蕩漾愁空樹。曉山靜、數聲杜宇。天意送芳菲，正黯淡、疏煙逗雨。新歡寧似舊歡長，此會散、幾時還聚？為挹飛雲，問解寄相思否？

【評】周濟曰：結奇。（宋四家詞選）

卜算子慢

溪山別意，煙樹去程，日落采蘋春晚。欲上征鞍，更掩翠簾（一本下有回面二字）相眄。惜彎彎淺黛長長眼。奈畫閣歡遊，也學狂花亂絮輕散。 水影橫池館。對靜夜無人，月高雲遠。一晌凝思，兩袖淚痕還滿（一本下有難遣二字）。恨私書、又逐東風斷。縱西北（一作夢澤）層樓萬尺（一作丈），望重（一作湖）城那見。

【傳記】

張先（九九〇——一〇七八）字子野，烏程人。天聖八年（一〇三〇）進士。晏殊尹京兆，辟為通判，歷官都官郎中。詩格清新，尤長於樂府。晚歲優遊鄉里，常泛扁舟，垂釣為樂。卒年八十九，葬弁山多寶寺之右。（參考歷代詩餘卷一百二及湖州詞徵卷一引談鑰吳興志）李公擇守吳興，招先及蘇軾、陳舜俞、楊繪、劉述雅集郡圃，為六客之會。（李堂湖州府志）王安石有寄張先郎中詩，梅聖俞有送張子野屯田知渝州詩，又有送張子野知虢州先歸湖州詩，可略見子野宦游蹤跡。（參考乾隆辛丑葛鳴陽刻安陸集）蘇軾題其詞集云："子野詩筆老妙，歌詞乃其餘波耳。華州西溪詩云：'浮萍破處見山影，小艇歸時聞草聲。'又和余詩云：'愁似鰥魚知夜永，懶同蝴蝶為春忙。'若此之類，皆可以追配古人，而世俗但稱其歌詞。昔周昉畫人物，皆入神品，而世但知有周昉士女，蓋所謂'未見好德如好色'者歟？"（侯文燦刻十名家詞本安陸集）王明清云："本朝有兩張先，皆字子野。一則樞密副使遜之孫，與歐陽文忠同在洛陽幕府，其後文忠為作墓誌，稱其'志守端方，臨事敢決'者。一乃與東坡先生遊，東坡推為前輩，詩中所謂'詩人老去鶯鶯在，公子歸來燕燕忙'，能為樂府，號'張三影'者。"（玉照新志卷一）張詞傳世者，有康熙時侯氏亦園刻本，乾隆時葛鳴陽刻本，並題安陸集。葛本前有詩八首，皆掇輯而來者。彊邨叢書本題張子野詞。鮑廷博曾得菉斐軒鈔本，凡百有六闋，區分宮調，猶屬宋時編次。又輯補遺二卷，合得一百八十四闋，刻入知不足齋叢書中。彊邨本即從鮑本出。①

---

① 舊版作者小傳作："張先字子野，吳興人。天聖八年進士。嘗知吳江縣，又為嘉禾郡倅。（按子野天仙子詞水調數聲閣題云：'時為嘉禾小倅，以病眠，不赴府會。'宋嘉禾郡，今嘉興府。）晏殊尹京兆，辟為通判，累官都官郎中，以祕書丞歷知虢州、渝州。晚居西湖，嘗與蘇軾、陳襄諸人唱和。軾稱其詩筆老妙，歌詞乃其餘波云。彊邨叢書有張子野詞二卷，又補遺二卷。"並有附考曰："嘉泰吳興志：子野晚歲優遊鄉里，常泛扁舟，垂釣為樂，至今號張公釣魚灣。公仕至都官郎中，卒年八十九，葬卞山多寶寺之右。又玉照新志：本朝有兩張先，皆字子野。一樞密副使遜之孫，與歐陽文忠同在洛陽幕府，其後文忠為作墓誌銘，稱其志守端方，臨事敢決者。一與東坡先生遊，東坡推為前輩，詩中所謂'詩人老去鶯鶯在，公子歸來燕燕忙'。能為樂府，號'張三影'者。以二說推之，則詞人張子野，自當以吳興志所言為是。"

【集評】

①周濟曰：子野清出處、生脆處，味極雋永。只是偏才，無大起落。（宋四家詞選序論）夏敬觀曰：子野詞，凝重古拙，有唐、五代之遺音。慢詞亦多用小令作法。在北宋諸家中，可云獨樹一幟。比之於書，乃鍾繇之體也。（手批張子野詞）

① 舊版集評尚有兩條："晁補之曰：張子野與柳耆卿齊名。人以為子野不及耆卿富，而子野韻高，是耆卿所乏處。（復齋漫錄引）""李端叔曰：子野詞才不足而情有餘。（詞林紀事引）"

晏　殊 十七首　錄自朱彊邨校汲古閣六十家詞本珠玉詞

浣溪沙　二首

　　*一曲新詞酒一杯，去年天氣舊亭臺，夕陽西下幾時
迴？　無可奈何花落去，似曾相識燕歸來，小園香徑獨徘徊。

【漁隱叢話後集卷二十引復齋漫錄】晏元獻赴杭州，道過維揚，憩大明
寺，瞑目徐行，使侍史讀壁間詩板，戒其勿言爵里姓氏，終篇者無幾。
又俾誦一詩云：“水調隋宮曲，當年亦九成。哀音已亡國，廢沼尚留
春。儀鳳終陳迹，鳴蛙秖沸聲。淒涼不可問，落日下蕪城。”徐問之，
江都尉王琪詩也。召至，同飯，飯已，又同步池上。時春晚，已有落
花。晏云：“每得句，書牆壁間，或彌年未嘗強對。且如‘無可奈何花
落去，’至今未能對也。”王應聲曰：“似曾相識燕歸來。”自此辟置館
職，遂躋侍從矣。
【花草蒙拾】或問：詩詞、詞曲分界？予曰：“無可奈何花落去，似
曾相識燕歸來”，定非香奩詩。“良辰美景奈何天，賞心樂事誰家院？”
（牡丹亭還魂記）定非草堂詞也。
【詞林紀事卷三】檔案：元獻尚有示張寺丞、王校勘七律一首：“上巳
清明假未開，小園幽徑獨徘徊。春寒不定斑斑雨，宿醉難禁灩灩杯。
無可奈何花落去，似曾相識燕歸來。梁園賦客多風味，莫惜青錢萬選
才。”中三句與此詞同，只易一字。細玩“無可奈何”一聯，情致纏
綿，音調諧婉，的是倚聲家語。若作七律，未免軟弱矣。

　　*一向年光有限身，等閒離別易銷魂，酒筵歌席莫辭
頻。　滿目山河空念遠，落花風雨更傷春，不如憐取眼前人。

清商怨　一首

*關河愁思望處滿，漸素秋向晚。雁過南雲，行人回淚眼。雙鸞衾裯悔展，夜又永、枕孤人遠。夢未成歸，梅花聞塞管。

訴衷情　一首

芙蓉金菊鬥馨香，天氣欲重陽。遠村秋色如畫，紅樹間疏黃。　流水淡，碧天長，路茫茫。憑高目斷，鴻雁來時，無限思量。

採桑子　一首

時光只解催人老，不信多情，長恨離亭，淚滴春衫酒易醒。　梧桐昨夜西風急，淡月朧明，好夢頻驚，何處高樓雁一聲？

清平樂　二首

*金風細細，葉葉梧桐墜。綠酒初嘗人易醉，一枕小窗濃睡。　紫薇朱槿花殘，斜陽卻照闌干。雙燕欲歸時節，銀屏昨夜微寒。

　紅牋小字，說盡平生意。鴻雁在雲魚在水，惆悵此情難寄！　斜陽獨倚西樓，遙山恰對簾鉤。人面不知何處，綠波依舊東流。

撼庭秋　一首

*別來音信千里，恨此情難寄。碧紗秋月，梧桐夜雨，幾回無寐！　樓高目斷，天遙雲黯，只堪憔悴。念蘭堂紅燭，心長焰短，向人垂淚。

玉樓春　三首

燕鴻過後鶯歸去，細算浮生千萬緒。長於春夢幾多時？散似秋雲無覓處。　聞琴解佩神仙侶，挽斷羅衣留不住。勸君莫作獨醒人，爛醉花間應有數。

池塘水綠風微暖，記得玉真初見面。重頭歌韻響錚琮，入破舞腰紅亂旋。　玉鈎闌下香階畔，醉後不知斜日晚。當時共我賞花人，點檢如今無一半！

【貢父詩話】晏元獻尤喜江南馮延己歌詞，其所自作，亦不減延己。樂府木蘭花皆七言詩，有云：“重頭歌韻響錚琮，入破舞腰紅亂旋。”“重頭”、“入破”，皆絃管家語也。

玉樓朱閣橫金鎖，寒食清明春欲破。窗間斜月兩眉愁，簾外落花雙淚墮。　朝雲聚散真無那！百歲相看能幾箇？別來將為不牽情，萬轉千回思想過。

踏莎行　四首

細草愁煙，幽花怯露，憑欄總是銷魂處。日高深院靜無人，

時時海燕雙飛去。　帶緩羅衣，香殘蕙炷，天長不禁迢迢路。垂
楊只解惹春風，何曾繫得行人住？

祖席離歌，長亭別宴，香塵已隔猶迴面。居人匹馬映林嘶，
行人去棹依波轉。　畫閣魂消，高樓目斷，斜陽只送平波遠。無
窮無盡是離愁，天涯地角尋思遍。

碧海無波，瑤臺有路，思量便合雙飛去。當時輕別意中人，
山長水遠知何處？　綺席凝塵，香閨掩霧，紅牋小字憑誰附？
高樓目盡欲黃昏，梧桐葉上蕭蕭雨。

*小徑紅稀，芳郊綠遍，高臺樹色陰陰見。春風不解禁楊
花，濛濛亂撲行人面。　翠葉藏鶯，朱簾隔燕，鑪香靜逐游絲
轉。一場愁夢酒醒時，斜陽卻照深深院。

【譚評詞辨卷一】刺詞。"樹色陰陰"句，正與"斜陽"相映。

蝶戀花　一首

檻菊愁煙蘭泣露。羅幙輕寒，燕子雙飛去。明月不諳離恨
苦，斜光到曉穿朱戶。　昨夜西風凋碧樹。獨上高樓，望盡天涯
路。欲寄彩牋兼尺素，山長水闊知何處？

山亭柳　一首

贈歌者

家住西秦，賭薄藝隨身。花柳上，鬭尖新。偶學念奴聲調，
有時高遏行雲。　蜀錦纏頭無數，不負辛勤。　數年來往咸京

道，殘杯冷炙謾消魂。衷腸事，託何人？若有知音見採，不辭
遍唱陽春。一曲當筵落淚，重掩羅巾。

附錄

木蘭花

綠楊芳草長亭路，年少拋人容易去。樓頭殘夢五更鐘，花
底離愁三月雨。　無情不似多情苦，一寸還成千萬縷。天涯地角
有窮時，只有相思無盡處。

相思兒令

昨日探春消息，湖上綠波平。無奈遶堤芳草，還向舊痕
生。　有酒且醉瑤觥。更何妨檀板新聲。誰教楊柳千絲，就中牽
繫人情。

【傳記】

晏殊（九九一——一〇五五）字同叔，撫州臨川人。七歲能屬文。
張知白安撫江南，以神童薦。帝（真宗）召殊，與進士千餘人並試廷
中。殊神氣不懾，援筆立成。帝嘉賞，賜同進士出身。擢秘書省正字，
累官至樞密使，進同中書門下平章事。慶曆（仁宗年號）中，拜集賢
殿學士，同平章事，兼樞密使。殊平居好賢，當世知名之士，如范仲
淹、孔道輔，皆出其門。及為相，益務進賢材，而仲淹與韓琦、富弼
皆進用。後降工部尚書，知潁州、陳州、許州。稍復至戶部尚書，以
觀文殿大學士知永興軍，徙河南府。以疾請歸京師，踰年卒。諡元獻。
殊性剛簡，文章贍麗，應用不窮，尤工詩，閑雅有情思。（參考宋史卷

三百十一）①殊詞承南唐系統，為北宋初期一大家。所傳珠玉詞，有明毛氏汲古閣刊宋六十家詞本。清咸豐二年（一八五二）晏端書刻珠玉詞鈔，則從歷代詩餘中錄出，復以毛本多出三十七首為補遺云。

【集評】

②王灼曰：晏元獻公長短句，風流縕藉，一時莫及，而溫潤秀潔，亦無其比。（碧雞漫志卷二）馮煦曰：晏同叔去五代未遠，馨烈所扇，得之最先。故左宮右徵，和婉而明麗，為北宋倚聲家初祖。（宋六十一家詞選例言）

---

① 舊版此處有："間作小詞。其暮子幾道云：先公為詞，未嘗作婦人語也。（以上參考毛晉珠玉詞跋）"
② 舊版此處有評語："劉攽曰：晏元獻尤喜馮延己歌詞，其所自作，亦不減延己樂府。（貢父詩話）"

宋　祁 一首　錄自唐宋諸賢絕妙詞選卷三

玉樓春　一首

　　東城漸覺風光好，縠皺波紋迎客棹。綠楊煙外曉寒輕，紅
杏枝頭春意鬧。　浮生長恨歡娛少，肯愛千金輕一笑？為君持酒
勸斜陽，且向花間留晚照。

【花草蒙拾】"紅杏枝頭春意鬧尚書"，當時傳為美談。吾友公𪟝極歎
之，以為卓絕千古。然實本花間："暖覺杏梢紅"，特有"青藍"、"冰水"
之妙耳。

【人間詞話卷上】"紅杏枝頭春意鬧，"著一"鬧"字而境界全出。"雲
破月來花弄影，"著一"弄"字而境界全出矣。

【傳記】

　　宋祁（九九八——一〇六一）字子京，安州安陸人，後徙開封之
雍邱。與兄庠同時舉進士，人呼曰二宋，以大小別之。歷官翰林學士，
史館修撰。主修唐書。唐書成，進工部尚書，逾月，拜翰林學士承旨。
卒，諡景文。（參考宋史卷二百八十四）近人趙萬里輯宋景文公長短句
一卷，得詞六首，刊入校輯宋金元人詞中。

【集評】

　　劉熙載曰：宋子京詞，是宋初體。張子野始創瘦硬之體，雖互相
稱美，其實趣尚不同。（藝概卷四）

張 昇 一首 錄自詞綜卷四

離亭燕 一首

一帶江山如畫，風物向秋瀟灑。水浸碧天何處斷？霽色冷光相射。蓼嶼荻花洲，掩映竹籬茅舍。 雲際客帆高挂，煙外酒旗低亞。多少六朝興廢事，盡入漁樵閑話。悵望倚層樓，寒日無言西下。

【歷代詞人考略卷八】張康節離亭燕云：「悵望倚層樓，寒日無言西下。」秦少游滿庭芳云：「凭闌久，疏煙淡日，寂寞下蕪城。」兩歇拍意境相若，而張詞尤極蒼涼蕭遠之致。

【傳記】

張昇字杲卿，韓城人。舉進士，為楚邱主簿。歷知絳州、鄧州、慶州、秦州、青州。嘉祐三年（一〇五八），擢樞密副使，遷參知政事、樞密使。以彰信軍節度使，同中書門下平章事判許州，改鎮河陽三城。拜太子太師，致仕。熙寧十年（一〇七七）卒，年八十六，諡康節。（參考宋史卷三百十八張昇傳）

歐陽修 二十七首 錄自吳氏雙照樓影宋刊本歐陽文忠公近體樂府

採桑子 十首

西湖念語

昔者王子猷之愛竹，造門不問於主人。陶淵明之臥輿，過酒便留於道上。況西湖之勝概，擅東潁之佳名。雖美景良辰，固多於高會；而清風明月，幸屬於閑人。並遊或結於良朋，乘興有時而獨往。鳴蛙暫聽，安問屬官而屬私？曲水臨流，自可一觴而一詠。至歡然而會意，亦傍若於無人。乃知偶來常勝於特來，前言可信；所有雖非於己有，其得已多。因翻舊闋之辭，寫以新聲之調。敢陳薄伎，聊佐清歡。

輕舟短棹西湖好，綠水逶迤，芳草長堤，隱隱笙歌處處隨。　無風水面琉璃滑，不覺船移，微動漣漪，驚起沙禽掠岸飛。

春深雨過西湖好，百卉爭妍，蝶亂蜂喧，晴日催花暖欲然。　蘭橈畫舸悠悠去，疑是神仙。返照波間，水闊風高颺管絃。

*畫船載酒西湖好，急管繁絃，玉盞催傳，穩泛平波任醉眠。　行雲卻在行舟下，空水澄鮮，俯仰留連，疑是湖中別有天。

*羣芳過後西湖好，狼籍殘紅，飛絮濛濛，垂柳闌干盡日風。　笙歌散盡遊人去，始覺春空。垂下簾櫳，雙燕歸來細雨中。

何人解賞西湖好？佳景無時，飛蓋相追，貪向花間醉玉卮。　誰知閒憑闌干處，芳草斜暉，水遠煙微，一點滄洲白鷺飛。

清明上巳西湖好，滿目繁華，爭道誰家？綠柳朱輪走鈿車？　遊人日暮相將去，醒醉喧譁，路轉堤斜，直到城頭總是花。

*荷花開後西湖好，載酒來時，不用旌旗，前後紅幢綠蓋隨。　畫船撐入花深處，香泛金卮，煙雨微微，一片笙歌醉裏歸。

天容水色西湖好，雲物俱鮮，鷗鷺閑眠，應慣尋常聽管絃。　風清月白偏宜夜，一片瓊田。誰羨驂鸞？人在舟中便是仙。

殘霞夕照西湖好，花塢蘋汀，十頃波平，野岸無人舟自橫。　西南月上浮雲散，軒檻涼生，蓮芰香清，水面風來酒面醒。

平生為愛西湖好，來擁朱輪。富貴浮雲，俯仰流年二十春！　歸來恰似遼東鶴，城郭人民，觸目皆新，誰識當年舊主人？

【夏敬觀評六一詞】此潁州西湖詞。公昔知潁，此晚居潁州所作也。十詞無一重複之意。

朝中措　一首

平山堂

平山欄檻倚晴空，山色有無中。手種堂前垂柳，別來幾度春風？　文章太守，揮毫萬字，一飲千鍾。行樂直須年少，尊前看取衰翁。

【宋葉夢得避暑錄話卷一】歐陽文忠公在揚州作平山堂，壯麗為淮南第一，上據蜀岡，下臨江南數百里，真、潤、金陵三州，隱隱若可見。公每暑時，輒凌晨攜客往遊。

【宋張邦基墨莊漫錄卷二】揚州蜀岡上大明寺平山堂前，歐陽文忠公手植柳一株，謂之“歐公柳”，公詞所謂“手種堂前楊柳，別來幾度春風”者。薛嗣昌作守，相對亦種一株，自榜曰“薛公柳”，人莫不嗤之。嗣昌既去，為人伐之。不度德有如此者！

【漁隱叢話後集卷二十三】藝苑雌黃云：送劉貢父守維揚，作長短句云：“平山欄檻倚晴空，山色有無中。”平山堂望江左諸山甚近，或以謂永叔短視，故云“山色有無中”。東坡笑之，因賦快哉亭，道其事云：“長記平山堂上，欹枕江南煙雨，杳杳沒孤鴻。認取醉翁語：‘山色有無中’。”蓋“山色有無中”，非煙雨不能然也。

踏莎行 一首

*候館梅殘，溪橋柳細，草薰風暖搖征轡。離愁漸遠漸無窮，迢迢不斷如春水。 寸寸柔腸，盈盈粉淚，樓高莫近危闌倚。平蕪盡處是春山，行人更在春山外。

望江南 一首

江南蝶，斜日一雙雙。身似何郎全傅粉，心如韓壽愛偷香，天賦與輕狂。 微雨後，薄翅膩煙光。縈伴遊蜂來小院，又隨飛絮過東牆，長是為花忙。

生查子 一首

去年元夜時，花市燈如畫。月到柳梢頭，人約黃昏後。 今年元夜時，月與燈依舊。不見去年人，淚滿春衫袖。

瑞鷓鴣 一首

楚王臺上一神仙，眼色相看意已傳。見了又休還似夢，坐來雖近遠如天。 隴禽有恨猶能說，江月無情也解圓。更被春風送惆悵，落花飛絮兩翩翩。

蝶戀花　一首

面旋落花風蕩漾。柳重煙深，雪絮飛來往。雨後輕寒猶未放，春愁酒病成惆悵。　枕畔屏山圍碧浪。翠被華燈，夜夜空相向。寂寞起來褰繡幌，月明正在梨花上。

漁家傲　三首

喜鵲填河仙浪淺，雲軿早在星橋畔。街鼓黃昏霞尾暗。炎光斂，金鉤側倒天西面。　一別經年今始見，新歡往恨知何限？天上佳期貪眷戀。良宵短，人間不合催銀箭。

乞巧樓頭雲幔卷，浮花催洗嚴粧面。花上蛛絲尋得遍。顰笑淺，雙眸望月牽紅綫。　奕奕天河光不斷，有人正在長生殿，暗付金釵清夜半。千秋願：年年此會長相見。

別恨長長歡計短，疎鐘促漏真堪怨！此會此情都未半。星初轉，鸞琴鳳樂忽忽卷。　河鼓無言西北盰，香娥有恨東南遠。脈脈橫波珠淚滿。歸心亂，離腸便逐星橋斷。

【夏評】七夕詞三闋，意皆不複，此詞選韻尤新。

玉樓春　四首

尊前擬把歸期說，未語春容先慘咽。人生自是有情癡，此恨不關風與月。　離歌且莫翻新闋，一曲能教腸寸結。直須看盡洛城花，始共春風容易別。

【人間詞話卷上】永叔："人間自是有情癡，此恨不關風與月。""直
須看盡洛城花，始與東風容易別。"於豪放之中，有沈著之致，所以
尤高。

　　洛陽正值芳菲節，穠豔清香相間發。遊絲有意苦相縈，垂
柳無端爭贈別。　杏花紅處青山缺，山畔行人山下歇。今宵誰肯
遠相隨？惟有寂寥孤館月。

　　西湖南北煙波闊，風裏絲簧聲韻咽。舞餘裙帶綠雙垂，酒
入香腮紅一抹。　杯深不覺瑠璃滑，貪看六么花十八。明朝車馬
各東西，惆悵畫橋風與月。

【碧雞漫志卷三】六么一名綠腰，一名樂世，一名錄要。段安節琵琶錄
云："綠腰，本錄要也。樂工進曲，上令錄其要者。"歐陽永叔云："貪
看六么花十八。"此曲內一疊名"花十八"，前後十八拍，又四花拍，
共二十二拍。樂家者流所謂花拍，蓋非其正也。曲節抑揚可喜，舞亦
隨之，而舞"築球六么"，至"花十八"，益奇。（案"花拍"即今之
"贈板"，見方成培香研居詞塵。）

　　別後不知君遠近，觸目凄涼多少悶！漸行漸遠漸無書，水
闊魚沈何處問？　夜深風竹敲秋韻，萬葉千聲皆是恨。故欹單
枕夢中尋，夢又不成燈又燼。

臨江仙 一首

　　柳外輕雷池上雨，雨聲滴碎荷聲。小樓西角斷虹明。闌干
倚處，待得月華生。　燕子飛來窺畫棟，玉鉤垂下簾旌。涼波不
動簟紋平。水精雙枕，傍有墮釵橫。

【明蔣一葵堯山堂外紀】歐陽永叔任河南推官，親一妓。時錢文僖為西京
留守，梅聖俞、尹師魯同在幕下。一日，宴於後園，客集而歐與妓俱不
至。移時方來。錢責妓云：“末至，何也？”妓云：“中暑，往涼堂睡覺，
失金釵，猶未見。”錢曰：“若得歐推官一詞，當為償汝。”歐卽席云：“柳
外輕雷池上雨”云云。坐皆擊節，命妓滿斟送歐，而令公庫償釵。

浪淘沙　一首

　　把酒祝東風，且共從容。垂楊紫陌洛城東。總是當時攜手
處，遊遍芳叢。　聚散苦匆匆，此恨無窮。今年花勝去年紅。可
惜明年花更好，知與誰同？

浣溪沙　二首

　　堤上遊人逐畫船，拍堤春水四垂天，綠楊樓外出鞦韆。　白
髮戴花君莫笑，六么催拍盞頻傳，人生何處似尊前？

【能改齋漫錄卷十六】晁无咎評本朝樂章，歐陽永叔浣溪沙云：“堤上
遊人逐畫船，拍隄春水四垂天，綠楊樓外出鞦韆”，要皆絕妙。然只一
“出”字，自是後人道不到處。（侯鯖錄卷八，亦引此段，文字小異。）
余案：唐王摩詰寒食城東即事詩云：“蹴踘屢過飛鳥上，鞦韆競出垂楊
裏。”歐公用“出”字，蓋本此。
【人間詞話卷上】歐九浣溪沙詞：“綠楊樓外出鞦韆。”晁補之謂：“只
一出字，便後人所不能道。”余謂此本於正中（馮延己）上行杯詞：“柳
外秋千出畫牆”，但歐語尤工耳。

　　*湖上朱橋響畫輪，溶溶春水浸春雲，碧瑠璃滑淨無塵。　當
路遊絲縈醉客，隔花啼鳥喚行人，日斜歸去奈何春！

附錄

蝶戀花

庭院深深深幾許？楊柳堆煙，簾幕無重數。玉勒雕鞍遊冶處，樓高不見章臺路。　雨橫風狂三月暮。門掩黃昏，無計留春住。淚眼問花花不語，亂紅飛過鞦韆去。

誰道閒情拋棄久？每到春來，惆悵還依舊。日日花前常病酒，不辭鏡裏朱顏瘦。　河畔青蕪隄上柳。為問新愁，何事年年有？獨立小橋風滿袖，平林新月人歸後。

幾日行雲何處去？忘了歸來，不道春將暮。百草千花寒食路，香車繫在誰家樹？　淚眼倚樓頻獨語：雙燕來時，陌上相逢否？撩亂春愁如柳絮，悠悠夢裏無尋處。

青玉案

一年春事都來幾，早過了、三之二。綠暗紅嫣渾可事。綠楊庭院，暖風簾幙，有箇人憔悴。　買花載酒長安市，又爭似、家山見桃李。不枉東風吹客淚。相思難表，夢魂無據，惟有歸來是。

【傳記】

歐陽修（一〇〇七——一〇七二）字永叔，廬陵人。四歲而孤，母鄭，親誨之學。家貧，至以荻畫地學書。幼敏悟過人。得唐韓愈遺稿於廢書簏中，讀而心慕焉，苦志探賾，至忘寢食，必欲並轡絕馳而追與之並。舉進士，試南宮第一，擢甲科，調西京推官。始從尹洙游，為古文，議論當世事，迭相師友；與梅堯臣游，為詩歌相唱和；遂以文章名冠天下。入朝為館閣校勘，累遷龍圖閣直學士，知制誥，歷知滁州、揚州、潁州。以翰林學士修唐書。唐書成，拜禮部侍郎，兼翰林侍讀學士。遷刑部尚書，知亳州。改兵部尚書，知青州、蔡州。熙寧四年（一〇七一）以太子少師致仕，五年卒，諡文忠。修始在滁州，號醉翁，晚更號六一居士。天資剛勁，見義勇為，雖機穽在前，觸發之不顧。放逐流離，至於再三，志氣自若也。蘇軾叙其文曰：“論大道似韓愈，論事似陸贄，記事似司馬遷，詩賦似李白。”識者以為知言。（參考宋史卷三百十九歐陽修傳）元吳師道云：“歐公小詞，間見諸詞集。陳氏書錄云：‘一卷，其間多有與陽春、花間相雜者，亦有鄙褻之語一二廁其中，當是仇人無名子所為。’近有醉翁琴趣外篇凡六卷，二百餘首，所謂鄙褻之詞，往往而是，不止一二也。”（吳禮部詩話）今傳世有毛氏汲古閣六十家詞本六一詞，吳氏雙照樓影宋刊本歐陽文忠公近體樂府及醉翁琴趣外篇。毛本即從近體樂府出，亦頗有削減云。

【集評】

劉熙載曰：馮延己詞，晏同叔得其俊，歐陽永叔得其深。（藝概卷四）馮煦曰：宋初大臣之為詞者，寇萊公、晏元獻、宋景文、范蜀公與歐陽文忠，並有聲藝林。然數公或一時興到之作，未為專詣。獨文忠與元獻，學之既至，為之亦勤，翔雙鵠於交衢，馭二龍於天路。且文忠家廬陵而元獻家臨川，詞家遂有西江一派。其詞與元獻同出南唐，而深致則過之。宋至文忠，文始復古，天下翕然師尊之，風尚為之一變。即以詞言，亦疏雋開子瞻，深婉開少游。本傳云：“超然獨騖，衆莫能及，”獨其文乎哉？獨其文乎哉？（宋六十家詞選例言）①

① 舊版集評共三條：“曾慥曰：歐公一代儒宗，風流自命，詞章幼眇，世所矜式。（樂府雅詞）”“羅大經曰：歐陽雖游戲作小詞，亦無媿唐人花間集。（鶴林玉露）”“尤侗曰：六一婉麗，實妙於蘇。”

梅堯臣 一首　錄自能改齋漫錄

蘇幕遮 一首

草

露隄平，煙墅杳，亂碧萋萋，雨後江天曉。獨有庾郎年最少。窣地春袍，嫩色宜相照。　接長亭，迷遠道。堪怨王孫，不記歸期早。落盡梨花春又了。滿地殘陽，翠色和煙老。

【能改齋漫錄卷十七】梅聖俞在歐陽公座，有以林逋草詞：“金谷年年，亂生青草誰為主”為美者。聖俞因別為蘇幕遮一闋，云：“露隄平”云云，歐公擊節賞之。

【傳記】

梅堯臣（一〇〇二——一〇六〇）字聖俞，宣州宣城人。工為詩，以深遠古淡為意，間出奇巧。用詢蔭為河南主簿。錢惟演留守西京，特嗟賞之。堯臣嘗語人曰：“凡詩，意新語工，得前人所未道者，斯為善矣。必能狀難寫之景，如在目前；含不盡之意，見於言外，然後為至也。”世以為知言。歷德興縣令，知建德、襄城縣。召試，賜進士出身，累遷尚書都官員外郎。預修唐書，成，未奏而卒。有宛陵集四十卷。（參考宋史卷四百四十三文苑傳五）

韓 縝 一首 錄自詞綜卷四

鳳簫吟 一首

鎖離愁，連綿無際，來時陌上初熏。繡幃人念遠，暗垂珠露，泣送征輪。長行長在眼，更重重遠水孤雲。但望極、樓高盡日，目斷王孫。 消魂！池塘別後，曾行處、綠妒輕裙。恁時攜素手，亂花飛絮裏，緩步香茵。朱顏空自改，向年年芳意長新。遍綠野、嬉游醉眼，莫負青春。

【歷代詩餘卷一百十四引樂府紀聞】韓縝有愛姬，能詞。韓奉使時，姬作蝶戀花送之云：“香作風光濃著露。正恁雙棲，又遣分飛去。密訴東君應不許，淚波一灑奴衷素。”神宗知之，遣使送行。劉貢父贈以詩：“卷耳幸容留婉變，皇華何啻有光輝。”莫測中旨何自而出。後乃知姬人別曲傳入內庭也。韓亦有詞云云。此鳳簫吟詠芳草以留別，與蘭陵王咏柳以叙別同意。後人竟以芳草為調名，則失鳳簫吟原唱意矣。

【傳記】

韓縝（一〇一九——一〇九七）字玉汝，開封雍丘人。登進士第，累官兩浙淮南轉運使，移河北。朝廷方責夏人不修職貢，欲擇人詰其使。神宗命縝至驛問罪，使者引服。改使陝西，歷知秦州、瀛州。熙寧七年（一〇七四），遼使蕭禧來議代北地界，召縝館客，遂報聘，令持圖牒致遼主，不克見而還。知開封府。禧再至，復館之。詔乘驛詣河東，與禧分畫，以分水嶺為界。哲宗立，拜尚書右僕射，以太子太保致仕。紹聖四年（一〇九七）卒，年七十九，諡莊敏。（參考宋史卷三百十五韓縝傳）

柳　永 二十五首　錄自彊邨叢書本樂章集

甘草子 一首

秋暮，亂灑衰荷，顆顆真珠雨。雨過月華生，冷徹鴛鴦浦。 池上憑闌愁無侶，奈此箇單棲情緒！卻傍金籠共鸚鵡，念粉郎言語。

【清彭孫遹金粟詞話】柳耆卿："卻傍金籠敎鸚鵡，念粉郎言語，"花間之麗句也。

曲玉管 一首

*隴首雲飛，江邊日晚，煙波滿目憑闌久。立望關河蕭索，千里清秋，忍凝眸？ 杳杳神京，盈盈仙子，別來錦字終難偶。斷鴈無憑，冉冉飛下汀洲，思悠悠。 暗想當初，有多少幽歡佳會，豈知聚散難期，翻成雨恨雲愁！阻追遊。每登山臨水，惹起平生心事，一場消黯，永日無言，卻下層樓。

雨霖鈴 一首

*寒蟬淒切，對長亭晚，驟雨初歇。都門帳飲無緒，留戀處、蘭舟催發。執手相看淚眼，竟無語凝噎。念去去、千里煙波，暮靄沈沈楚天闊。 多情自古傷離別，更那堪冷落清秋節！今宵酒醒何處？楊柳岸、曉風殘月。此去經年，應是良辰好景

虛設。便縱有千種風情，更與何人說？

【歷代詩餘卷一百十五引俞文豹吹劍錄】東坡在玉堂日，有幕士善歌，因問："我詞何如柳七？"對曰："柳郎中詞，只合十七八女郎，執紅牙板，歌'楊柳岸、曉風殘月'。學士詞，須關西大漢、銅琵琶、鐵綽板，唱'大江東去'。"東坡為之絕倒。①

【藝概卷四】詞有點、有染。柳耆卿雨淋鈴云："多情自古傷離別，更那堪冷落清秋節！今宵酒醒何處？楊柳岸曉風殘月。"上二句點出離別冷落，"今宵"二句，乃就上二句意染之。點染之間，不得有他語相隔，隔則警句亦成死灰矣。

佳人醉　一首

暮景蕭蕭雨霽，雲淡天高風細。正月華如水，金波銀漢，瀲灩無際。冷浸書帷夢斷，卻披衣重起臨軒砌。　素光遙指，因念翠娥杳隔，音塵何處？相望同千里。儘凝睇，厭厭無寐，漸曉雕闌獨倚。

婆羅門令　一首

昨宵裏恁和衣睡，今宵裏又恁和衣睡。小飲歸來，初更過，醺醺醉。中夜後、何事還驚起？霜天冷，風細細，觸疏窗、閃閃燈搖曳。　空牀展轉重追想，雲雨夢、任欹枕難繼。寸心萬緒，咫尺千里。好景良天，彼此，空有相憐意，未有相憐計。

---

① 舊版此處尚有一條評語："周濟曰：清真詞多從耆卿奪胎，思力沈摯處，往往出藍。然耆卿秀淡幽豔，實不可及。後人摭其樂章，嘗為俗筆，真瞽說也。（宋四家詞選）"

鳳棲梧 一首

佇倚危樓風細細。望極春愁，黯黯生天際。草色煙光殘照裏，無言誰會凭闌意？　擬把疏狂圖一醉。對酒當歌，強樂還無味。衣帶漸寬終不悔，為伊消得人憔悴。

卜算子 一首

*江楓漸老，汀蕙半凋，滿目敗紅衰翠。楚客登臨，正是暮秋天氣。引疏砧、斷續殘陽裏。對晚景、傷懷念遠，新愁舊恨相繼。　脈脈人千里。念兩處風情，萬重煙水。雨歇天高，望斷翠峯十二。儘無言、誰會凭高意？縱寫得、離腸萬種，奈歸雲誰寄！

【清周濟宋四家詞選】後闋一氣轉注，聯翩而下，清真最得此妙。

二郎神 一首

炎光謝，過暮雨、芳塵輕灑。乍露冷風清庭戶爽，天如水、玉鉤遙挂。應是星娥嗟久阻，叙舊約、飆輪欲駕。極目處、微雲暗度，耿耿銀河高瀉。　閒雅，須知此景，古今無價。運巧思穿鍼樓上女，擡粉面、雲鬟相亞。鈿合金釵私語處，算誰在、回廊影下？願天上人間，占得歡娛，年年今夜。

定風波 一首

*自春來、慘綠愁紅，芳心是事可可。日上花梢，鶯穿柳

帶，猶壓香衾臥。暖酥消，膩雲嚲，終日厭厭倦梳裹。無那！恨薄情一去，音書無箇！　早知恁麽，悔當初、不把雕鞍鎖。向雞窗、只與蠻牋象管，拘束教吟課。鎮相隨，莫拋躲，針綫閒拈伴伊坐，和我，免使年少光陰虛過。

【宋豔卷五引張舜民畫墁錄】柳三變既以詞忤仁廟，吏部不放改官。三變不能堪，詣政府。晏公曰："賢俊作曲子麽？"三變曰："祇如相公亦作曲子。"公曰："殊雖作曲子，不曾道'綵綫慵拈伴伊坐'。"柳遂退。

訴衷情近　一首

雨晴氣爽，竚立江樓望處，澄明遠水生光，重疊暮山聳翠。遙認斷橋幽徑，隱隱漁村，向晚孤煙起。　殘陽裏，脈脈朱闌靜倚。黯然情緒，未飲先如醉。愁無際！暮雲過了，秋光老盡，故人千里，竟日空凝睇！

少年遊　二首

長安古道馬遲遲，高柳亂蟬棲。夕陽島外，秋風原上，目斷四天垂。　歸雲一去無蹤迹，何處是前期？狎興生疏，酒徒蕭索，不似去年時。

參差煙樹霸陵橋，風物盡前朝。衰楊古柳，幾經攀折，憔悴楚宮腰。　夕陽閒淡秋光老，離思滿蘅皋。一曲陽關，斷腸聲盡，獨自凭蘭橈。

戚氏 一首

　　晚秋天，一霎微雨灑庭軒。檻菊蕭疏，井梧零亂，惹殘煙。淒然，望江關，飛雲黯淡夕陽間。當時宋玉悲感，向此臨水與登山。遠道迢遞，行人淒楚，倦聽隴水潺湲。正蟬吟敗葉，蛩響衰草，相應喧喧。　孤館，度日如年，風露漸變，悄悄至更闌。長天淨、絳河清淺，皓月嬋娟。思綿綿。夜永對景，那堪屈指，暗想從前，未名未祿，綺陌紅樓，往往經歲遷延。　帝里風光好，當年少日，暮宴朝歡。況有狂朋怪侶，遇當歌對酒競留連。別來迅景如梭，舊遊似夢，煙水程何限！念利名憔悴長縈絆，追往事、空慘愁顏。漏箭移、稍覺輕寒。漸鳴咽畫角數聲殘。對閒窗畔，停燈向曉，抱影無眠。

夜半樂 一首

　　*凍雲黯淡天氣，扁舟一葉，乘興離江渚。渡萬壑千巖，越溪深處，怒濤漸息，樵風乍起。更聞商旅相呼，片帆高舉，泛畫鷁翩翩過南浦。　望中酒斾閃閃，一簇煙村，數行霜樹，殘日下、漁人鳴榔歸去。敗荷零落，衰楊掩映，岸邊兩兩三三，浣紗遊女，避行客、含羞笑相語。　到此因念：繡閣輕拋，浪萍難駐。歎後約丁寧竟何據？慘離懷、空恨歲晚歸期阻，凝淚眼、杳杳神京路，斷鴻聲遠長天暮。

【陳銳褒碧齋詞話】柳詞夜半樂云："怒濤漸息，樵風乍起。更聞商旅相呼，片帆高舉，泛畫鷁翩翩過南浦。"此種長調，不能不有此大開大闖之筆。後吳夢窗鶯啼序云："長波妒盼，遙山羞黛，漁鐙分影春江宿，記當時短檝桃根渡。"三四段均用此法。

望海潮　一首

東南形勝，江吳都會，錢塘自古繁華。煙柳畫橋，風簾翠幕，參差十萬人家。雲樹繞隄沙。怒濤卷霜雪，天塹無涯。市列珠璣，戶盈羅綺，競豪奢。　重湖疊巘清嘉。有三秋桂子，十里荷花。羌管弄晴，菱歌泛夜，嬉嬉釣叟蓮娃。千騎擁高牙。乘醉聽簫鼓，吟賞煙霞。異日圖將好景，歸去鳳池誇。

【宋羅大經鶴林玉露卷十三】孫何帥錢塘，柳耆卿作望海潮詞贈之云："東南形勝"云云。此詞流播，金主亮聞歌，欣然有慕於"三秋桂子，十里荷花，"遂起投鞭渡江之志。近時謝處厚詩云："誰把杭州曲子謳？荷花十里桂三秋。那知卉木無情物，牽動長江萬里愁！"余謂此詞雖牽動長江之愁，然卒為金主送死之媒，未足恨也。至於荷豔桂香，粧點湖山之清麗，使士夫流連於歌舞嬉遊之樂，遂忘中原，是則深可恨耳！

【宋吳自牧夢粱錄卷十九】柳永詠錢塘詞曰："參差十萬人家，"此元豐前語也。自高廟車駕自建康幸杭駐蹕，幾近二百餘年，戶口蕃息，近百萬餘家。杭城之外城，南西東北，各數十里，人煙生聚，民物阜蕃，市井坊陌，鋪席駢盛，數日經行不盡，各可比外路一州郡，足見杭城繁盛耳。

玉胡蝶　一首

*望處雨收雲斷，憑闌悄悄，目送秋光。晚景蕭疏，堪動宋玉悲涼。水風輕、蘋花漸老，月露冷、梧葉飄黃。遣情傷，故

人何在？煙水茫茫。　難忘：文期酒會，幾孤風月，屢變星霜。海闊山遙，未知何處是瀟湘？念雙燕、難憑遠信，指暮天、空識歸航。黯相望，斷鴻聲裏，立盡斜陽。

滿江紅　一首

暮雨初收，長川靜、征帆夜落。臨島嶼、蓼煙疏淡，葦風蕭索。幾許漁人飛短艇，盡載燈火歸村落。遣行客、當此念回程，傷漂泊。　桐江好，煙漠漠。波似染，山如削。繞嚴陵灘畔，鷺飛魚躍。遊宦區區成底事？平生況有雲泉約。歸去來、一曲仲宣吟，從軍樂。

【唐宋諸賢絕妙詞選卷五】題作"桐川"，"長川"作"長江"，"飛短艇"作"橫短艇"，"盡載"作"盡將"，"村落"作"村郭"，"當此"作"到此"，"雲泉"作"林泉"，"吟"作"樓"。又云："換頭數語最工。"
【湘山野錄卷中】范文正公謫睦州，過嚴陵祠下。會吳俗歲祀，里巫迎神，但歌滿江紅，有"桐江好，煙漠漠，波似染，山如削，遶嚴陵灘畔，鷺飛魚躍"之句。公曰："吾不善音律，撰一絕送神，"曰："漢包六合網英豪，一箇冥鴻惜羽毛。世祖功臣三十六，雲臺爭似釣臺高？"吳俗至今歌之。

望遠行　一首

長空降瑞，寒風翦、淅淅瑤花初下。亂飄僧舍，密灑歌樓，迤邐漸迷鴛瓦。好是漁人，披得一蓑歸去，江上晚來堪畫。滿長安、高卻旗亭酒價。　幽雅，乘興最宜訪戴，泛小棹、越溪瀟灑。皓鶴奪鮮，白鷗失素，千里廣鋪寒野。須信幽蘭歌斷，彤雲收盡，別有瑤臺瓊樹。放一輪明月，交光清夜。

八聲甘州 一首

*對瀟瀟暮雨灑江天，一番洗清秋。漸霜風淒慘，關河冷落，殘照當樓。是處紅衰翠減，苒苒物華休。惟有長江水，無語東流。 不忍登高臨遠，望故鄉渺邈，歸思難收。歎年來蹤迹，何事苦淹留？想佳人妝樓顒望，誤幾回天際識歸舟？爭知我、倚闌干處，正恁凝愁！

【宋趙令畤侯鯖錄卷七】東坡云：世言柳耆卿曲俗，非也。如八聲甘州云："霜風淒緊，關河冷落，殘照當樓。"此語於詩句不減唐人高處。[1]
【清劉體仁七頌堂詞繹】詞有與古詩同妙者："問甚時同賦，三十六陂秋色？"（姜夔惜紅衣）即霸岸（王粲七哀詩）之興也。"關河冷落，殘照當樓"，即勅勒之歌也。
【梁令嫻藝蘅館詞選乙卷】家大人（梁啟超）云：飛卿詞："照花前後鏡，花面交相映。"此詞境頗似之。

竹馬子 一首

登孤壘荒涼，危亭曠望，靜臨煙渚。對雌霓挂雨，雄風拂檻，微收煩暑。漸覺一葉驚秋，殘蟬噪晚，素商時序。覽景想前歡，指神京，非霧非煙深處。 向此成追感，新愁易積，故人

---

[1] 舊版為："晁補之曰：世言耆卿曲俗，非也。如"霜風淒慘"云云，真不減唐人語。（復齋漫錄）"

難聚。憑高盡日凝竚，贏得消魂無語。極目霽靄霏微，暝鴉零亂，蕭索江城暮。南樓畫角，又送殘陽去。

迷神引 一首

一葉扁舟輕帆卷，暫泊楚江南岸。孤城暮角，引胡笳怨。水茫茫，平沙鴈，旋驚散。煙斂寒林簇，畫屏展。天際遙山小，黛眉淺。 舊賞輕抛，到此成遊宦。覺客程勞，年光晚。異鄉風物，忍蕭索，當愁眼？帝城賒，秦樓阻，旅魂亂。芳草連空闊，殘照滿。佳人無消息，斷雲遠。

木蘭花慢 一首

拆桐花爛漫，乍疏雨，洗清明。正豔杏燒林，緗桃繡野，芳景如屏。傾城，盡尋勝去，驟雕鞍紺幰出郊坰。風暖繁絃脆管，萬家競奏新聲。 盈盈，鬪草踏青，人豔冶，遞逢迎。向路傍往往，遺簪墮珥，珠翠縱橫。歡情，對佳麗地，信金罍罄竭玉山傾。拚卻明朝永日，畫堂一枕春醒。

【元沈義父樂府指迷】近時詞人，多不詳看古曲下句命意處，但隨俗念過便了。如柳詞木蘭花云："拆桐花爛漫。"此正是第一句不用空頭字在上，故用"拆"字，言開了桐花爛漫也。有人不曉此意，乃云："此花名為拆桐，"於詞中云："開到拆桐花。"開了又拆，此何意也？

憶帝京 一首

薄衾小枕涼天氣，乍覺別離滋味。展轉數寒更，起了還重睡。畢竟不成眠，一夜長如歲。 也擬待卻回征轡，又爭奈已成行計。萬種思量，多方開解，只恁寂寞厭厭地。繫我一生心，負你千行淚。

安公子 一首

*遠岸收殘雨，雨殘稍覺江天暮。拾翠汀洲人寂靜，立雙雙鷗鷺。望幾點、漁燈隱映蒹葭浦。停畫橈、兩兩舟人語，道：去程今夜，遙指前村煙樹。 遊宦成羈旅，短檣吟倚閒凝佇。萬水千山迷遠近，想鄉關何處？自別後、風亭月榭孤歡聚。剛斷腸、惹得離情苦。聽杜宇聲聲，勸人不如歸去。

【宋四家詞選】後闋音節態度，絕類拜星月慢。清真“夜色催更”一闋，全從此脫化出來，特更較跌宕耳。

傾杯 一首

*鶩落霜洲，雁橫煙渚，分明畫出秋色。暮雨乍歇。小檝夜泊，宿葦村山驛。何人月下臨風處，起一聲羌笛？離愁萬緒，聞岸草切切蛩吟如織。 為憶芳容別後，水遙山遠，何計憑鱗翼？想繡閣深沈，爭知憔悴損天涯行客？楚峽雲歸，高陽人散，寂寞狂蹤跡。望京國，空目斷、遠峯凝碧。

【譚評詞辨卷一】耆卿正鋒，以當杜詩。"何人"二句，扶質立幹。"想繡閣深沈"二句，忠厚悱惻，不媿大家。"楚峽雲歸"三句，寬處坦夷，正見家數。

附錄

黃鶯兒

園林晴晝春誰主？暖律潛催，幽谷暄和，黃鸝翩翩，乍遷芳樹。觀露溼縷金衣，葉映如簧語。晚來枝上緜蠻，似把芳心深意低訴。　無據。乍出暖煙來，又趁遊蜂去。恣狂蹤跡，兩兩相呼，終朝霧吟風舞。當上苑柳穠時，別館花深處。此際海燕偏饒，都把韶光與。

鬭百花

滿搦宮腰纖細，年紀方當笄歲。剛被風流沾惹，與合垂楊雙髻。初學嚴妝，如描似削身材，怯雨羞雲情意。舉措多嬌媚。　爭奈心性，未會先憐佳婿。長是夜深，不肯便入鴛被。與解羅裳，盈盈背立銀釭，卻道你但先睡。

慢卷紬

閒窗燭暗，孤幃夜永，欹枕難成寐。細屈指尋思，舊事前歡，都來未盡，平生深意。到得如今，萬般追悔。空只添憔悴。對好景良辰，皺著眉兒，成甚滋味。　紅茵翠被。當時事（詞律脫事字）、一一堪垂淚。怎生得、依前似恁，偎香倚暖，抱着日高猶睡。算得伊家，也應隨分，煩惱心兒裏。又爭似從前，淡淡相看，免恁牽繫。

浪淘沙慢

夢覺透窗風一綫，寒燈吹息。那堪酒醒，又聞空階，夜雨頻滴。嗟因循、久作天涯客。負佳人、幾許盟言，便忍把、從前歡會，陡頓翻成憂戚。　愁極。再三追思，洞房深處，幾度飲散歌闌（詞律作闕），香暖鴛鴦被。豈暫時疎散，費伊心力。殢雲尤雨，有萬般千種，相憐相惜。　恰到如今，天長漏永，無端自家疎隔。知何時、卻擁秦雲態？願低幃昵枕，輕輕細說與，江鄉夜夜，數寒更思憶。

【傳記】

柳永字耆卿，初名三變，崇安（歷代詩餘及詞綜皆作樂安）人。景祐元年（一〇三四）進士。（詞林紀事卷四）永為舉子時，多游狹邪，善為歌辭。教坊樂工，每得新腔，必求永為辭，始行於世。（避暑錄話卷三）柳詞骫骳從俗，天下詠之。遂傳禁中。仁宗頗好其詞，每對宴，必使侍從歌之再三。三變聞之，作宮詞號“醉蓬萊”，因內官達後宮，且求其助。仁宗聞而覺之，自是不復歌其詞矣。（后山詩話）嘗有鶴冲天詞云：“忍把浮名，換了淺斟低唱？”及臨軒放榜，特落之，曰：“此人風前月下，好去淺斟低唱，何要浮名？且填詞去。”三變由此自稱“奉旨填詞”。後改名永，方得磨勘轉官。（能改齋漫錄卷十六）歷餘杭令、鹽場大使。（餘杭舊志）永亦善為他文辭，而偶先以是得名，始悔為己累。一西夏歸朝官云：“凡有井水飲處，即能歌柳詞。”言其傳之廣也。永終屯田員外郎，死，旅殯潤州僧寺。王和甫為守時，求其後，不得，乃為出錢葬之。（避暑錄話卷三）（案：曾敏行獨醒雜志卷四："柳耆卿風流俊邁，聞于一時。既死，葬于襄陽縣花山。遠近之人，每遇清明，多載酒肴，飲于耆卿墓側，謂之弔柳會。"與葉說不同，姑錄附於此。）徐度嘗記柳事云："耆卿以歌詞顯名于仁宗朝，官為屯田員外郎，故世號柳屯田。其詞雖極工緻，然多雜以鄙語，故流俗人尤喜道之。其後歐、蘇諸公繼出，文格一變，至為歌詞，體製高雅。柳氏之作，殆不復稱於文士之口，然流俗好之自若也。劉季高侍郎，宣和間，嘗飯于相國寺之智海院，因談歌詞，力詆柳氏，旁若無人者。有老宦者聞之，默然而起，徐取紙筆，跪於季高之前，請曰：'子以柳詞為不佳者，盍自為一篇示我乎？'劉默然無以應。"（卻掃編卷五）[①] 柳作樂章集，有毛氏汲古閣宋六十家詞本，吳氏石蓮庵刻山左人詞本，朱氏彊邨叢書本。朱本晚出，最善。

【集評】

[②]陳振孫曰：柳詞格固不高，而音律諧婉，語意妥帖，承平氣象，形容曲盡，尤工於羈旅行役。（直齋書錄解題卷二十一）張炎曰：康

[①] 以上作者小傳，舊版作："柳永字耆卿，初名三變，字景莊，崇安人。（歷代詩餘詞綜並作樂安人）喜作小詞。然薄於操行，遊東都南北二巷，作新樂府，猥褻從俗，天下詠之，遂傳禁中。宋仁宗頗好其詞，每對酒，必使侍妓歌之再三。三變聞之，作宮詞號'醉蓬萊'，因內官達後宮，且求其助。後仁宗聞而覺之，自是不復歌此詞。當時有薦其才者，上曰：'得非填詞柳三變乎？'曰：'然。'上曰：'且去填詞。'（又據能改齋漫錄：初進士柳三變，好為淫冶謳歌之曲，傳播四方。嘗有鶴冲天詞云：'忍把浮名，換了淺斟低唱？'及臨軒放榜，特落之，曰：'且去淺斟低唱，何要浮名？'）三變既以詞忤仁廟，吏部不放改官。三變不能堪，詣政府。晏公曰：'賢俊作曲子麼？'三變曰：'祇如相公亦作曲子。'公曰：'殊雖作曲子，不曾道綵線慵拈伴伊坐。'柳遂退。由此不得志，日與儇子縱遊娼館酒樓間，無復檢約，自稱云'奉聖旨填詞柳三變'。教坊樂工每得新腔，必求永為辭，始行於世。景祐元年及第，改名永，方得磨勘轉官。歷餘杭令、鹽場大使。終屯田員外郎，卒于襄陽。死之日，家無餘財，羣妓合金葬之南門外。每春月上冢，謂之弔柳七。（以上參考能改齋漫錄、苕溪漁隱叢話、藝苑雌黃、避暑錄話、畫墁錄、方輿勝覽、餘杭舊志等書。）葉夢得曰：'余仕丹徒，嘗見一西夏歸朝官云：凡有井水飲處，即能歌柳詞。言其傳之廣也。'（避暑叢話）"後段論版本處與新版略同，從略。
[②] 舊版此處有："李端叔曰：耆卿詞鋪敘展衍，備足無餘。較之花間所集，韻終不勝。（詞林紀事引）"

（與之）柳詞亦自批風抹月中來。風月二字，在我發揮，二公則為風月所使耳。（詞源卷下）彭孫遹曰：柳七亦自有唐人妙境。今人但從淺俚處求之，遂使金荃、蘭畹之音，流入掛枝、黃鶯之調，此學柳之過也。（金粟詞話）宋翔鳳曰：柳詞曲折委婉，而中具渾淪之氣，雖多俚語，而高處足冠羣流，倚聲家當尸而祝之。如竹垞（詞綜）所錄，皆精金粹玉。以屯田一生精力在是，不似東坡輩以餘事為之也。（樂府餘論）周濟曰：柳詞總以平叙見長，或發端，或結尾，或換頭，以一二語鉤勒提掇，有千鈞之力。（宋四家詞選）耆卿為世訾謷久矣！然其鋪叙委婉，言近意遠，森秀幽淡之趣在骨。耆卿樂府多，故惡濫可笑者多。使能珍重下筆，則北宋高手也。（介存齋論詞雜著）劉熙載曰：柳耆卿詞，昔人比之杜詩，為其實說無表德也。余謂此論其體則然；若論其旨，少陵恐不許之。耆卿詞，細密而妥溜，明白而家常，善於叙事，有過前人。惟綺羅香澤之態，所在多有，故覺風期未上耳。（藝概卷四）馮煦曰：耆卿詞，曲處能直，密處能疏，奡處能平，狀難狀之景，達難達之情，而出之以自然，自是北宋巨手。然好為俳體，詞多媟黷，有不僅如提要所云："以俗為病"者。避暑錄話謂："凡有井水飲處，即能歌柳詞。"三變之為世詬病，亦未嘗不由於此。蓋與其千夫競聲，毋寧白雪之寡和也。（宋六十一家詞選例言）鄭文焯曰：屯田，北宋專家，其高渾處不減清真。長調尤能以沈雄之魄，清勁之氣，寫奇麗之情，作揮綽之聲。私輯柳詞之深美者，精選三十餘解，更冥探其一詞之命意所注，確有層折，如畫龍點睛，神觀飛越，只在一二筆，便爾破壁飛去也。蓋能見耆卿之骨，始可通清真之神。不獨聲律之空積忽微，以歲世緜邈而求之至難，即文字之託於音，切於情，發而中節，亦非深於文章，貫串百家，不能識其流別。（與人論詞遺札）夏敬觀曰：耆卿詞，當分雅、俚二類。雅詞用六朝小品文賦作法，層層鋪叙，情景兼融，一筆到底，始終不懈。俚詞襲五代淫靡之風氣，開金、元曲子之先聲，比於里巷歌謠，亦復自成一格。耆卿寫景無不工，造句不事雕琢。清真效之。故學清真詞者，不可不讀柳詞。耆卿多平鋪直叙。清真特變其法，一篇之中，迴環往復，一唱三歎。故慢詞始盛於耆卿，大成於清真。（手評樂章集）

王安石 四首 前三首錄自四部叢刊影舊鈔本樂府雅詞

桂枝香 一首

登臨送目，正故國晚秋，天氣初肅。千里澄江似練，翠峯如簇。征帆去棹殘陽裏，背西風、酒旗斜矗。綵舟雲淡，星河鷺起，畫圖難足。　念往昔、繁華競逐，嘆門外樓頭，悲恨相續。千古憑高對此，謾嗟榮辱。六朝舊事隨流水，但寒煙芳草凝綠。至今商女，時時猶唱，後庭遺曲。

【臨川先生歌曲】"猶唱"作"猶歌"。

【歷代詩餘卷一百十四引古今詞話】金陵懷古，諸公寄調桂枝香者三十餘家，惟王介甫為絕唱。東坡見之，歎曰："此老乃野狐精也！""畫圖"作"圖畫"，"芳草"作"衰草"。

【詞源卷下】詞以意為主，不要蹈襲前人語意。如東坡中秋水調歌、夏夜洞仙歌，王荊公金陵桂枝香，姜白石暗香賦梅，此數詞，皆清空中有意趣，無筆力者未易到。

【藝蘅館詞選乙卷】梁啟超云：李易安謂："介甫文章似西漢，然以作歌詞，則人必絕倒。"但此作卻頡頏清真、稼軒，未可謾詆也。

菩薩蠻 一首

數家茅屋閒臨水，輕衫短帽垂楊裏。今日是何朝？看余度石橋。　梢梢新月偃，午醉醒來晚。何物最關情？黃鸝一兩聲。

【能改齋漫錄卷十七】王荊公築草堂於半山，引八功德水作小港，其上疊石作橋，為集句填菩薩蠻云："數間茅屋閒臨水，窄衫短帽垂楊裏。

花是去年紅，吹開一夜風。梢梢新月偃，午醉醒來晚。何物最關情？黃鸝三兩聲。”其後豫章（黃庭堅）戲效其體云：“半烟半雨谿橋畔，漁翁醉著無人喚。疎懶意何長？春風花草香。江山如有待，此意陶潛解。問我去何之？君行即自知。”

【漁隱叢話後集卷三十九】苕溪漁隱曰：魯直書荆公集句菩薩蠻詞碑本云：“數間茅屋閑臨水，窄衫短帽垂楊裏。花是去年紅，吹開一夜風。娟娟新月偃，午醉醒來晚。何許最關情？黃鸝三兩聲”。因閱臨川集，乃云：“今日是何朝？看余度石橋。”余謂不若“花是去年紅，吹開一夜風”為勝也。

漁家傲 一首

平岸小橋千嶂抱，柔藍一水縈花草。茅屋數間窗窈窕。塵不到，時時自有春風掃。 午枕覺來聞語鳥，攲眠似聽朝雞早。忽憶故人今總老。貪夢好，茫然忘了邯鄲道。

千秋歲引 一首 錄自唐宋諸賢絕妙詞選卷二

秋景

別館寒砧，孤城畫角，一派秋聲入寥廓。東歸燕從海上去，南來雁向沙頭落。楚臺風，庾樓月，宛如昨。 無奈被些名利縛！無奈被它情擔閣！可惜風流總閑卻！當初謾留華表語，而今誤我秦樓約。夢闌時，酒醒後，思量著。

【傳記】

王安石（一○二一——一○八六）字介甫，撫州臨川人。少好讀書，一過目，終身不忘。其屬文動筆如飛，初若不經意，既成，見者皆服其精妙。友生曾鞏攜以示歐陽修，修為之延譽，擢進士上第。安石議論高奇，能以辨博濟其說，果於自用，慨然有矯世變俗之志，於是上萬言書。俄直集賢院，知制誥。神宗立，命知江寧府。數月，召為翰林學士，兼侍講。熙寧二年（一○六九），拜參知政事，始行新法。三年，拜同中書門下平章事。七年，罷。八年，復相，屢謝病，出判江寧府。元豐二年（一○七九），復拜左僕射，封舒國公，改封荆。哲宗立，加司空。元祐元年（一○八六）卒，年六十八，諡曰文。（參考宋史卷三百二十七王安石傳）安石晚居金陵，自號半山老人，工詩、文，並為北宋大家，有臨川集行世。其論填詞云："古之歌者，皆先有詞，後有聲。故曰：'詩言志，歌永言，聲依永，律和聲。'如今先撰腔子，後填詞，卻是永依聲也"。（侯鯖錄卷七）安石不常作詞。宋紹興重刊臨川集附有歌曲十八首，近人朱孝臧錄出為臨川先生歌曲一卷，又雜採諸家選本、筆記，得六首，為補遺，刻入彊邨叢書中。

王安國 一首　錄自唐宋諸賢絕妙詞選卷二

清平樂 一首

春晚

留春不住，費盡鶯兒語。滿地殘紅宮錦污，昨夜南園風
雨。　小憐初上琵琶，曉來思遶天涯。不肯畫堂朱戶，春風自在
梨花。

【詞綜卷七】"梨花"作"楊花"。

【宋周少隱竹坡老人詩話卷一】大梁羅叔共為余言："頃在建康士人
家，見王荊公親寫小詞一紙，其家藏之甚珍。其詞云：'留春不住'云
云。公平生不作是語，而有此，何也？"儀真沈彥述謂余言："荊公詩，
如：'繁綠萬枝紅一點，動人春色不須多。''春色惱人眠不得，月移花
影上欄干。'等篇，皆父詩，非荊公詩也。"沈乃元龍家壻，故嘗見
之耳。叔共所見，未必非平甫詞也。

【譚評詞辨卷二】倒裝二句（滿地二句）以見筆力，結筆品格自高。

【傳記】

　　王安國（一○二八——一○七四）字平甫，安石之弟。熙寧初，
以韓絳薦，召試，賜進士及第，歷官至秘閣校理。屢以新法力諫安石，
又質責曾布誤其兄。及安石罷相，呂惠卿遂因鄭俠事陷安國，坐奪官，
放歸田里。卒年四十七。（參考宋史卷三百二十七王安國傳）魏泰嘗
稱："安國性亮直，嫉惡太甚。王荊公初為參知政事，閒日因閱讀晏
元獻公小詞而笑曰：'為宰相而作小詞可乎？'平甫曰：'彼亦偶然自
喜而為爾，顧其事業豈止如是耶？'時呂惠卿為館職，亦在坐，遽曰：
'為政必先放鄭聲，況自為之乎？'平甫正色曰：'放鄭聲不若遠佞人
也。'呂大以為議己，自是尤與平甫相失。"（東軒筆錄卷五）唐宋諸賢
絕妙詞選錄安國詞三首。

晏幾道 三十一首　錄自彊邨叢書本小山詞

臨江仙　一首

*夢後樓臺高鎖，酒醒簾幕低垂。去年春恨卻來時。落花人獨立，微雨燕雙飛。　記得小蘋初見，兩重心字羅衣，琵琶絃上說相思。當時明月在，曾照彩雲歸。

【宋楊萬里誠齋詩話】晏叔原云："落花人獨立，微雨燕雙飛。"可謂好色而不淫矣。

【譚評詞辨卷一】名句（落花二句）千古不能有二。結筆，所謂柔厚在此。

【藝蘅館詞選乙卷】康南海（有為）云：起二句，純是華嚴境界。

蝶戀花　三首

初撚霜紈生悵望。隔葉鶯聲，似學秦娥唱。午睡醒來慵一餉，雙紋翠簟鋪寒浪。　雨罷蘋風吹碧漲。脈脈荷花，淚臉紅相向。斜貼綠雲新月上，彎環正是愁眉樣。

*醉別西樓醒不記。春夢秋雲，聚散真容易！斜月半窗還少睡，畫屏閒展吳山翠。　衣上酒痕詩裏字，點點行行，總是淒涼意。紅燭自憐無好計，夜寒空替人垂淚。

*夢入江南煙水路。行盡江南，不與離人遇。睡裏消魂無說處，覺來惆悵消魂誤。　欲盡此情書尺素，浮雁沈魚，終了無憑據。卻倚緩絃歌別緒，斷腸移破秦箏柱。

鷓鴣天　五首

*彩袖殷勤捧玉鍾，當年拚卻醉顏紅。舞低楊柳樓心月，歌盡桃花扇影風。　從別後，憶相逢，幾回魂夢與君同？今宵賸把銀釭照，猶恐相逢是夢中！

【侯鯖錄卷七】晁無咎言：叔原不蹈襲人語，而風調閑雅，自是一家。如"舞低楊柳樓心月，歌盡桃花扇底風。"自可知此人不生在三家村中也。

【漁隱叢話前集卷五十九引雪浪齋日記】晏叔原工小詞。"舞低楊柳樓心月，歌盡桃花扇底風。"不愧六朝宮掖體。

*守得蓮開結伴游，約開萍葉上蘭舟。來時浦口雲隨棹，采罷江邊月滿樓。　花不語，水空流，年年拚得為花愁。明朝萬一西風動，爭奈朱顏不耐秋。

*醉拍春衫惜舊香，天將離恨惱疏狂。年年陌上生秋草，日日樓中到夕陽。　雲渺渺，水茫茫，征人歸路許多長。相思本是無憑語，莫向花牋費淚行。

*小令尊前見玉簫，銀燈一曲太妖嬈。歌中醉倒誰能恨？唱罷歸來酒未消。　春悄悄，夜迢迢，碧雲天共楚宮遙。夢魂慣得無拘檢，又踏楊花過謝橋。

【邵氏聞見後錄卷十九】程叔微云：伊川聞誦晏叔原："夢魂慣得無拘檢，又踏楊花過謝橋"長短句，笑曰："鬼語也！"意亦賞之。程、晏二家有連云。

*十里樓臺倚翠微，百花深處杜鵑啼。殷勤自與行人語，不似流鶯取次飛。　驚夢覺，弄晴時，聲聲只道“不如歸”。天涯豈是無歸意？爭奈歸期未可期！

生查子　四首

*金鞭美少年，去躍青驄馬。牽繫玉樓人，繡被春寒夜。　消息未歸來，寒食梨花謝。無處說相思，背面鞦韆下。

【宋曾季貍艇齋詩話】晏叔原小詞：“無處說相思，背面鞦韆下。”呂東萊極喜誦此詞，以為有思致。然此語本李義山詩云：“十五泣春風，背面鞦韆下。”

*墜雨已辭雲，流水難歸浦。遺恨幾時休？心抵秋蓮苦！　忍淚不能歌，試託哀絃語。絃語願相逢，知有相逢否？
*關山魂夢長，魚鴈音塵少。兩鬢可憐青，只為相思老！　歸夢碧紗窗，說與人人道：真箇別離難，不似相逢好。
*長恨涉江遙，移近溪頭住。聞蕩木蘭舟，誤入雙鴛浦。　無端輕薄雲，暗作廉纖雨。翠袖不勝寒，欲向荷花語。

南鄉子　一首

*新月又如眉，長笛誰教月下吹？樓倚暮雲初見鴈，南飛，漫道行人鴈後歸。　意欲夢佳期，夢裏關山路不知。卻待短書來破恨，應遲，還是涼生玉枕時。

清平樂 一首

留人不住，醉解蘭舟去。一棹碧濤春水路，過盡曉鶯啼處。 渡頭楊柳青青，枝枝葉葉離情。此後錦書休寄，畫樓雲雨無憑。

【宋四家詞選】結語殊怨，然不忍割。

木蘭花 一首

鞦韆院落重簾暮，彩筆閒來題繡戶。牆頭丹杏雨餘花，門外綠楊風後絮。 朝雲信斷知何處？應作襄王春夢去。紫騮認得舊游蹤，嘶過畫橋東畔路。

【沈謙填詞雜說】填詞結句，或以動蕩見奇，或以迷離稱雋，著一實語，敗矣。康伯可："正是銷魂時候也，撩亂花飛。"晏叔原："紫騮認得舊遊蹤，嘶過畫橋東畔路。"秦少游："放花無語對斜暉，此恨誰知？"深得此法。

玉樓春 一首

東風又作無情計，豔粉嬌紅吹滿地。碧樓簾影不遮愁，還似去年今日意。 誰知錯管春殘事，到處登臨曾費淚。此時金盞直須深，看盡落花能幾醉？

阮郎歸 二首

*舊香殘粉似當初，人情恨不如。一春猶有數行書，秋來書

更疏。 衾鳳冷，枕鴛孤，愁腸待酒舒。夢魂縱有也成虛，那堪和夢無！

　　*天邊金掌露成霜，雲隨雁字長。綠杯紅袖趁重陽，人情似故鄉。 蘭佩紫，菊簪黃，殷勤理舊狂。欲將沈醉換悲涼，清歌莫斷腸。

【況周頤蕙風詞話卷二】"綠杯"二句，意已厚矣。"殷勤理舊狂"五字三層意。狂者，所謂"一肚皮不合時宜"，發見於外者也。狂已舊矣，而理之，而殷勤理之，其狂若有甚不得已者。"欲將沈醉換悲涼"，是上句注腳。"清歌莫斷腸"，仍含不盡之意。此詞沈著厚重，得此結句，便覺竟體空靈。小晏神仙中人，重以名父之貽，賢師友相與沆瀣，其獨造處，豈凡夫肉眼所能見及？"夢魂慣得無拘管，又踏楊花過謝橋。"以是為至，烏足與論小山詞耶？

歸田樂 一首

　　試把花期數，便早有感春情緒。看即梅花吐。願花更不謝，春且長住，只恐花飛又春去。 花開還不語。問此意年年，春還會否？絳脣青鬢，漸少花前語。對花又記得，舊曾游處，門外垂楊未飄絮。

六么令 一首

　　綠陰春盡，飛絮繞香閣。晚來翠眉宮樣，巧把遠山學。一寸狂心未說，已向橫波覺。畫簾遮币，新翻曲妙，暗許閒人帶偷掐。 前度書多隱語，意淺愁難答。昨夜詩有回紋，韻險還慵押。都待笙歌散了，記取留時霎。不消紅蠟，閒雲歸後，月在庭花舊闌角。

【夏評】此倒押韻之法，甚峭拔。"帀"、"掐"、"答"、"押"、"霎"、"蠟"，皆閉口音，係"合"韻與"覺"韻同叶。

更漏子 一首

柳絲長，桃葉小，深院斷無人到。紅日淡，綠煙輕，流鶯三兩聲。　雪香濃，檀暈少，枕上臥枝花好。春思重，曉妝遲，尋思殘夢時。

御街行 一首

街南綠樹春饒絮，雪滿游春路。樹頭花豔雜嬌雲，樹底人家朱戶。北樓閒上，疏簾高卷，直見街南樹。　闌干倚盡猶慵去，幾度黃昏雨。晚春盤馬踏青苔，曾傍綠陰深駐。落花猶在，香屏空掩，人面知何處？

點絳唇 一首

花信來時，恨無人似花依舊。又成春瘦，折斷門前柳。　天與多情，不與長相守。分飛後，淚痕和酒，占了雙羅袖。

少年遊　二首

離多最是，東西流水，終解兩相逢。淺情終似，行雲無定，猶到夢魂中。　可憐人意，薄於雲水，佳會更難重。細想從來，斷腸多處，不與者番同。

【夏評】雲水意相對，上分述而又總之，作法變幻。

西樓別後，風高露冷，無奈月分明。飛鴻影裏，攜衣砧外，總是玉關情。　王孫此際，山重水遠，何處賦西征？金閨魂夢枉丁寧，尋盡短長亭。

虞美人　二首

曲闌干外天如水，昨夜還曾倚。初將明月比佳期，長向月圓時候望人歸。　羅衣著破前香在，舊意誰教改？一春離恨懶調絃，猶有兩行閒淚寶箏前。

疏梅月下歌金縷，憶共文君語：更誰情淺似春風？一夜滿枝新綠替殘紅。　蘋香已有蓮開信，兩槳佳期近。采蓮時節定來無？醉後滿身花影倩人扶。

留春令　一首

*畫屏天畔，夢回依約，十洲雲水。手撚紅牋寄人書，寫無限傷春事。　別浦高樓曾漫倚，對江南千里。樓下分流水聲中，有當日凭高淚。

【鄭文焯評小山詞】晏小山留春令："樓下分流水聲中，有當日凭高淚"二語，亦襲馮延己三臺令："流水！流水！中有傷心雙淚。"宋人所承如是，但乏質茂氣耳。

思遠人　一首

*紅葉黃花秋意晚，千里念行客。飛雲過盡，歸鴻無信，何處寄書得？　淚彈不盡臨窗滴，就硯旋研墨。漸寫到別來，此情深處，紅牋為無色。

碧牡丹　一首

*翠袖疏紈扇，涼葉催歸燕。一夜西風，幾處傷高懷遠。細菊枝頭，開嫩香還遍。月痕依舊庭院。　事何限？悵望秋意晚，離人鬢華將換。靜憶天涯路，比此情猶短。試約鸞牋，傳素期良願，南雲應有新鴈。

附錄

生查子

官身幾日間，世事何時足。君貌不長紅，我鬢無重綠。　榴花滿琖香，金縷多情曲。且盡眼中歡，莫歎時光促。

南鄉子

淥水帶春潮，水上朱闌小渡橋。橋上女兒雙笑靨，妖嬈，倚著闌干弄柳條。　月夜落花朝，減字偷聲按玉簫。柳外行人回首處，迢迢，若比銀河路更遙。

菩薩蠻

　　相逢欲話相思苦，淺情肯信相思否？還恐漫相思，淺情人不知。　憶曾攜手處，月滿窗前路。長到月來時，不眠猶待伊。

【傳記】

　　晏幾道，字叔原，殊第七子。（歷代詞人考略卷十二）監潁昌府許田鎮，手寫自作長短句，上府帥韓少師（維），少師報書："得新詞盈卷，蓋才有餘而德不足者。願郎君捐有餘之才，補不足之德，不勝門下老吏之望"云。（邵氏聞見後錄卷十九）年未至，乞身，退居京城賜第，不踐諸貴之門。蔡京重九、冬至日，遣客求長短句，欣然兩為作鷓鴣天："九日悲秋不到心，鳳城歌管有新音。風彫碧柳愁眉淡，露染黃花笑靨深。初過雁，已聞砧，綺羅叢裏勝登臨。須教月戶纖纖玉，細捧霞觴豔豔金。""曉日迎長歲歲同，太平簫鼓閒歌鐘。雲高未有前村雪，梅小初開昨夜風。羅幕翠，錦筵紅，釵頭羅勝寫宜冬。從今屈指春期近，莫使金罇對月空。"竟無一語及蔡者。（碧雞漫志卷二）黃庭堅序其小山詞云：晏叔原，臨淄公之暮子也。磊隗權奇，疏於顧忌，文章翰墨，自立規摹，常欲軒輊人，而不受世之輕重。諸公雖稱愛之，而又以小謹望之，遂陸沈於下位。平生潛心六藝，玩思百家，持論甚高，未嘗以沽世。余嘗怪而問焉。曰："我槃跚勃窣，猶獲罪於諸公，憤而吐之，是唾人面也。"乃獨嬉弄於樂府之餘，而寓以詩人之句法，清壯頓挫，能動搖人心。士大夫傳之，以為有臨淄之風耳，罕能味其言也。余嘗論：叔原、固人英也，其癡亦自絕人。愛叔原者，皆慍而問其目。曰："仕宦連蹇，而不能一傍貴人之門，是一癡也。論文自有體，不肯一作新進士語，此又一癡也。費資千百萬，家人寒飢，而面有孺子之色，此又一癡也。人百負之而不恨，己信人，終不疑其欺己，此又一癡也。"乃共以為然。雖若此，至其樂府，可謂狎邪之大雅，豪士之鼓吹，其合者高唐、洛神之流，其下者豈減桃葉、團扇哉？（彊邨叢書本小山詞）幾道自序其小山詞云：補亡一編，補樂府之亡也。叔原往者浮沈酒中，病世之歌詞，不足以析酲解慍，試續南部諸賢緒餘，作五、七字語，期以自娛。不獨敘其所懷，兼寫一時杯酒間聞見所同游者意中事。嘗思感物之情，古今不易。竊以謂篇中之意，昔人所不遺，第於今無傳爾。故今所製，通以補亡名之。始時沈十二廉叔、陳十君龍家，有蓮、鴻、蘋、雲，品清謳娛客。每得一解，即以草授諸兒。吾三人持酒聽之，為一笑樂而已。而君龍疾廢臥家，廉叔下世。昔之狂篇醉句，遂與兩家歌兒酒使，俱流轉於人間。自爾郵傳滋多，積有竄易。七月己巳，為高平公綴緝成編。追惟往昔過從飲酒之人，或壠木已長，或病不偶。考其篇中所記悲歡合離之事，如幻如電、如昨夢前塵，但能掩卷憮然，感光陰之易遷，歎境緣之無實也！（彊邨叢書本小山詞）觀庭堅及幾道自序所言，於小山詞之風格、蘄嚮，可窺見一斑矣。小山詞傳世者，有毛氏汲古閣宋六十家詞本，晏端書刻二晏詞鈔本，朱氏彊邨叢書本。[①]

【集評】

[②]王灼曰：叔原如金陵王、謝子弟，秀氣勝韻，得之天然，將不可學。（碧雞漫志卷二）王銍曰：賀方回遍讀唐人遺集，取其意以為詩詞。然所得在善取唐人遺意也。不如晏叔原，盡見昇平氣象，所得者

① 舊版作者小傳作："晏幾道叔原，號小山，殊之幼子。監潁昌許田鎮。熙寧中，鄭俠上書下獄，悉治平時所往還厚善者，幾道亦在其中。從俠家搜得其詩，裕陵稱之，始得釋。事見侯鯖錄。黃庭堅小山詞序曰：'其樂府，可謂狎邪之大雅，豪士之鼓吹，其合者高唐、洛神之流，其下者豈減桃葉、團扇哉？'又古今詞話載程叔微之言曰：伊川聞人誦叔原詞'夢魂慣得無拘檢，又踏楊花過謝橋'，曰：'鬼語也！'意頗賞之。然則幾道之詞，固甚為當時推挹矣。馬端臨文獻通考載小山詞一卷。（四庫全書總目提要詞曲類一）傳本有毛氏汲古閣本，朱氏彊邨叢書本。"
② 舊版此處有："黃庭堅曰：叔原嬉弄於樂府之餘，而寓以詩人之句法，清壯頓挫，能動搖人心。（小山詞序）"

人情物態。叔原妙在得于婦人，方回妙在得詞人遺意。（默記卷下）陳振孫曰：叔原詞在諸名勝中，獨可追逼花間，高處或過之。（直齋書錄解題卷二十一）毛晉曰：諸名勝詞集，刪選相半，獨小山集直逼花間，字字娉娉嫋嫋，如攬嬙、施之袂，恨不能起蓮、鴻、蘋、雲，按紅牙板唱和一過。晏氏父子，具足追配李氏父子云。（汲古閣本小山詞跋）周濟曰：晏氏父子，仍步溫、韋，小晏精力尤勝。（介存齋論詞雜著）馮煦曰：淮海、小山，古之傷心人也。其淡語皆有味，淺語皆有致。求之兩宋詞人，實罕其匹。子晉欲以晏氏父子追配李氏父子，誠為知言。（宋六十一家詞選例言）況周頤曰：小山詞從珠玉出，而成就不同，體貌各具。珠玉比花中之牡丹，小山其文杏乎？（蕙風詞話未刊稿）夏敬觀曰：晏氏父子，嗣響南唐二主，才力相敵，蓋不特詞勝，尤有過人之情。叔原以貴人暮子，落拓一生，華屋山邱，身親經歷，哀絲豪竹，寓其微痛纖悲，宜其造詣又過於父。山谷謂為“狎邪之大雅，豪士之鼓吹，”未足以盡之也。（夏評小山詞跋尾）

蘇 軾 四十二首 錄自彊邨叢書本東坡樂府

少年遊 一首

潤州作，代人寄遠。

*去年相送，餘杭門外，飛雪似楊花。今年春盡，楊花似雪，猶不見還家。 對酒捲簾邀明月，風露透窗紗。恰似姮娥憐雙燕，分明照、畫梁斜。

江城子 一首

湖上與張先同賦

*鳳凰山下雨初晴，水風清，晚霞明。一朵芙蕖，開過尚盈盈。何處飛來雙白鷺？如有意，慕娉婷。 忽聞江上弄哀箏，苦含情，遣誰聽？煙斂雲收，依約是湘靈。欲待曲終尋問取，人不見，數峯青。

【墨莊漫錄卷一】東坡在杭州，一日，遊西湖，坐孤山竹閣前臨湖亭上。時二客皆有服，預焉。久之，湖心有一綵舟，漸近亭前。靚妝數人，中有一人尤麗，方鼓箏，年且三十餘，風韻嫻雅，綽有態度。二客競目送之。曲未終，翩然而逝。公戲作長短句云云。

虞美人 一首

有美堂贈述古

湖山信是東南美，一望彌千里。使君能得幾回來？便使尊前醉倒更徘徊。　沙河塘裏鐙初上，水調誰家唱？夜闌風靜欲歸時，惟有一江明月碧琉璃。

【傅藻紀年錄】甲寅（一〇七四）述古將去作。【王文誥蘇詩總案】陳襄將罷任，宴僚佐於有美堂作。

南鄉子　一首

送述古

*回首亂山橫，不見居人只見城。誰似臨平山上塔，亭亭，迎客西來送客行？　歸路晚風清，一枕初寒夢不成。今夜殘鐙斜照處，熒熒，秋雨晴時淚不晴。

【王案】甲寅七月，追送陳襄移守南都，別於臨平舟中作。

永遇樂　一首

孫巨源以八月十五日離海州，坐別於景疏樓上。既而與余會於潤州，至楚州，乃別。余以十一月十五日至海州，與太守會於景疏樓上，作此詞以寄巨源。

*長憶別時，景疏樓上，明月如水。美酒清歌，留連不住，月隨人千里。別來三度，孤光又滿，冷落共誰同醉？捲珠簾，淒然顧影，共伊到明無寐。　今朝有客，來從淮上，能道使君深意。憑仗清淮，分明到海，中有相思淚。而今何在？西垣清禁，夜永露華侵被。此時看，回廊曉月，也應暗記。

【紀年錄】甲寅，海州寄巨源作。

減字木蘭花　一首

空牀響琢，花上春禽冰上雹。醉夢尊前，驚起湖風入坐寒。　轉關濩索，春水流絃霜入撥。月墮更闌，更請宮高奏獨彈。

【朱孝臧校注東坡樂府】（以下簡稱朱注）本集，公與蔡景繁書：「朐山臨海石室，信如所諭。某嘗攜家一遊。時家有胡琴婢，就室中作濩索涼州，凜然有冰車、鐵馬之聲。」案公於甲寅十一月至海州，是詞疑賦胡琴婢事。

【漁隱叢話前集卷十六】蔡寬夫詩話云：近時樂家，多為新聲，其音譜轉移，類以新奇相勝，故古曲多不存。頃見一教坊老工，言：「惟大曲不敢增損，往往猶是唐本，而絃索家守之尤嚴。故言涼州者謂之濩索，取其音節繁雄；言六么者謂之轉關，取其聲調閑婉。」元微之詩云：「涼州大遍最豪嘈，錄要散序多籠撚。」「濩索」「轉關」，豈所謂「豪嘈」「籠撚」者耶？唐起樂皆以絲聲，竹聲次之，樂家所謂「細抹將來」者是也。故王建宮詞云：「琵琶先抹綠腰頭，小管丁寧側調愁。」近世以管色起樂，而猶存「細抹」之語，蓋沿襲弗悟爾。「綠腰」本名「錄要」，後訛為此名，今又謂之「六么」。然「六么」自白樂天時已若此云，不知何義也？

蝶戀花　一首

密州上元

*鐙火錢塘三五夜，明月如霜，照見人如畫。帳底吹笙香吐麝，更無一點塵隨馬。　寂寞山城人老也！擊鼓吹簫，卻入農桑社。火冷鐙稀霜露下，昏昏雪意雲垂野。

【紀年錄】乙卯作。【年譜】熙寧八年乙卯，先生年四十，到密州任。

江城子　一首

乙卯正月二十日夜記夢

*十年生死兩茫茫！不思量，自難忘。千里孤墳，無處話淒涼。縱使相逢應不識，塵滿面，鬢如霜。　夜來幽夢忽還鄉。小軒窗，正梳妝。相顧無言，惟有淚千行。料得年年腸斷處，明月夜，短松岡。

【王案】詞注謂公悼亡之作。考通義君卒於治平二年乙巳（一〇六五），至是熙寧八年乙卯，正十年也。

望江南　一首

超然臺作

春未老，風細柳斜斜。試上超然臺上看，半壕春水一城花，煙雨暗千家。　寒食後，酒醒卻咨嗟。休對故人思故國，且將新火試新茶，詩酒趁年華。

【朱注】紀年錄："乙卯，於超然臺作望江南。"案公於甲寅十一月，至密州任。超然臺記謂："移守膠西，處之期年。園之北，因城以為臺者舊矣。稍葺而新之，時相與登覽，放意肆志焉。"詞作於春，當屬丙辰。

水調歌頭 　一首

丙辰中秋，歡飲達旦，大醉，作此篇，兼懷子由。

　　*明月幾時有？把酒問青天。不知天上宮闕，今夕是何年？我欲乘風歸去，惟恐瓊樓玉宇，高處不勝寒。起舞弄清影，何似在人間？　　轉朱閣，低綺戶，照無眠。不應有恨，何事長向別時圓？人有悲歡離合，月有陰晴圓缺，此事古難全。但願人長久，千里共嬋娟。

【宋蔡絛鐵圍山叢談卷三】歌者袁綯，乃天寶之李龜年也。宣和間，供奉九重。嘗為吾言：「東坡公昔與客遊金山，適中秋夕，天宇四垂，一碧無際，加江流澒湧，俄月色如畫，遂共登金山山頂之妙高臺，命綯歌其水調歌頭曰：『明月幾時有？把酒問青天。』歌罷，坡為起舞而顧問曰：『此便是神仙矣！』吾謂：『文章人物，誠千載一時，後世安所得乎？』」

【漁隱叢話前集卷五十九】先君嘗云：坡詞：「低綺戶」，當云：「窺綺戶」。二字既改，其詞益佳。【後集卷三十九】中秋詞，自東坡水調歌頭一出，餘詞盡廢。

【元李冶敬齋古今黈卷八】東坡水調歌頭：「我欲乘風歸去，只恐瓊樓玉宇，高處不勝寒。起舞弄清影，何似在人間？」一時詞手，多用此格。如魯直云：「我欲穿花尋路，直入白雲深處，浩氣展虹蜺。祇恐花深裏，紅露濕人衣。」蓋效坡語也。近世閒閒老（趙秉文）亦云：「我欲騎鯨歸去，只恐神仙官府，嫌我醉時真。笑拍羣仙手，幾度夢中身？」

【藝概卷四】詞以不犯本位為高。東坡滿庭芳：「老去君恩未報，空回首彈鋏悲歌，」語誠慷慨。究不若水調歌頭：「我欲乘風歸去，又恐瓊樓玉宇，高處不勝寒，」尤覺空靈蘊藉。

【鄭文焯評東坡樂府】發端從太白仙心脫化，頓成奇逸之筆。湘綺（王闓運）誦此詞，以為此"全"字韻，可當"三語掾"，自來未經人道。①

洞仙歌　一首

江南臘盡，早梅花開後，分付新春與垂柳。細腰肢自有入格風流，仍更是、骨體清英雅秀。　永豐坊那畔，盡日無人，誰見金絲弄晴晝？斷腸是飛絮時，綠葉成陰，無箇事、一成消瘦。又莫是東風逐君來，便吹散眉間一點春皺。

陽關曲　一首

中秋作

*暮雲收盡溢清寒，銀漢無聲轉玉盤。此生此夜不長好，明月明年何處看？

【朱注】紀年錄："戊午作。是年在徐州。"案：本集書彭城觀月詩云："余十八年前，中秋與子由觀月彭城，作此詩，以陽關歌之。今復此夜，宿於贛上，方遷嶺表，獨歌此曲，聊復書之。"公南遷過贛，在紹聖甲戌，上推至丁巳為十八年。若云戊午中秋，子由已在南京簽判任矣。今改編丁巳。

浣溪沙　五首

徐門石潭謝雨道上作五首。潭在城東二十里，常與泗水增減清濁相應。

---

① 舊版尚有兩條評語："張炎曰：清空中饒意趣，非有大筆力者不能到。（詞源）""王闓運曰：'人有'三句，大開大合之筆，他人所不能。（湘綺樓詞選）"

照日深紅暖見魚，連村綠暗晚藏烏，黃童白叟聚睢盱。 麇鹿逢人雖未慣，猿猱聞鼓不須呼，歸來說與采桑姑。

旋抹紅妝看使君，三三五五棘籬門，相排踏破蒨羅裙。 老幼扶攜收麥社，烏鳶翔舞賽神村，道逢醉叟臥黃昏。

麻葉層層檾葉光，誰家煮繭一村香？隔籬嬌語絡絲娘。 垂白杖藜擡醉眼，捋青擣麨軟飢腸，問言豆葉幾時黃？

簌簌衣巾落棗花，村南村北響繰車，牛衣古柳賣黃瓜。 酒困路長惟欲睡，日高人渴漫思茶，敲門試問野人家。

軟草平莎過雨新，輕沙走馬路無塵，何時收拾耦耕身？ 日暖桑麻光似潑，風來蒿艾氣如薰，使君元是此中人。

永遇樂 一首

彭城夜宿燕子樓，夢盼盼，因作此詞。

*明月如霜，好風如水，清景無限。曲港跳魚，圓荷瀉露，寂寞無人見。紞如三鼓，鏗然一葉，黯黯夢雲驚斷。夜茫茫，重尋無處，覺來小園行遍。 天涯倦客，山中歸路，望斷故園心眼。燕子樓空，佳人何在？空鎖樓中燕。古今如夢，何曾夢覺？但有舊歡新怨。異時對，黃樓夜景，為余浩歎。

【白氏長慶集卷十五燕子樓三首并序】徐州故尚書（建封）有愛妓曰盼盼，善歌舞，雅多風態。予為校書郎時，遊徐、泗間。張尚書宴予，酒酣，出盼盼以佐歡，歡甚，予因贈詩云：「醉嬌勝不得，風嫋牡丹花。」一歡而去，爾後絕不相聞，迨茲僅一紀矣。昨日司勳員外郎張仲素繢之訪予，因吟新詩，有燕子樓三首，詞甚婉麗。詰其由，為盼盼作也。續之從事武寧軍累年，頗知盼盼始末，云："尚書既歿，歸葬東洛，而彭城有張氏舊第，第中有小樓名燕子。盼盼念舊愛而不嫁，居是樓十餘年，幽獨塊然，于今尚在。"予愛續之新詠，感彭城舊遊，因同其題，作三絕句："滿窗明月滿簾霜，被冷燈殘拂臥牀。燕子樓中霜月夜，秋來只為一人長。""鈿暈羅衫色似煙，幾迴欲著即潸然。自從不舞霓裳曲，疊在空箱十一年！""今春有客洛陽迴，曾到尚書墓上來。見說白楊堪作柱，爭教紅粉不成灰？"

【宋曾敏行獨醒雜志卷三】東坡守徐州，作燕子樓樂章，方具藁，人未知之，一日，忽聞傳布城中。東坡訝焉，詰其所從來，乃謂發端於邏卒。東坡召而問之。對曰："某稍知音律，嘗夜宿張建封廟，聞有歌聲，細聽，乃此詞也，記而傳之，初不知何謂。"東坡笑而遣之。

【歷代詩餘卷一百十五引高齋詩話】少游自會稽入都，見東坡。坡問："別作何詞？"少游舉"小樓連苑橫空，下窺繡轂雕鞍驟。"東坡曰："十三個字，只說得一個人騎馬樓前過。"少游問公近作，乃舉"燕子樓空，佳人何在？空鎖樓中燕。"晁无咎曰："只三句，便說盡張建封事。"

【宋張炎詞源卷下】詞，用事最難，要體認著題，融化不澀。如東坡永遇樂云："燕子樓空，佳人何在？空鎖樓中燕，"用張建封事。白石疏影云："猶記深宮舊事，那人正睡裏，飛近蛾綠，"用壽陽事。又云："昭君不慣胡沙遠，但暗憶江南江北，想珮環月夜歸來，化作此花幽獨，"用少陵詩。此皆用事不為事所使。

【一統志江蘇徐州府】黃樓在銅山縣城東門，宋郡守蘇軾建。

【鄭評】公以"燕子樓空"三句語秦淮海，殆以示詠古之超宕，貴神情，不貴跡象也。

南歌子 一首

*雨暗初疑夜，風回便報晴。淡雲斜照著山明，細草軟沙溪路馬蹄輕。 卯酒醒還困，仙村夢不成。藍橋何處覓雲英？只有多情流水伴人行。

浣溪沙 二首

十二月二日，雨後微雪。太守徐君猷攜酒見過，坐上作浣溪沙三首。明日，酒醒，雪大作，又作二首。

*覆塊青青麥未蘇，江南雲葉暗隨車，臨皋煙景世間無。　雨腳半收簷斷綫，雪牀（自注：京師俚語，謂霰為雪牀。）初下瓦跳珠，歸來冰顆亂黏鬚。

*醉夢昏昏曉未蘇，門前輵轢使君車，扶頭一醆怎生無？　廢圃寒蔬挑翠羽，小槽春酒滴真珠，清香細細嚼梅鬚。

【詩集施元之注】徐君猷，名大受，東海人。東坡來黃州，君猷為守，厚禮之，無遷謫意。君猷秀惠列屋，杯觴流行，多為賦詞。滿去而殂，坡有祭文、挽詞，意甚悽惻。

水龍吟 一首

閭丘大夫孝終公顯，嘗守黃州，作棲霞樓，為郡中勝絕。元豐五年，余謫居黃。正月十七日，夢扁舟渡江，中流回望，樓中歌樂雜作，舟中人言："公顯方會客也。"覺而異之，乃作此曲，蓋越調鼓笛慢。公顯時已致仕，在蘇州。

小舟橫截春江，臥看翠壁紅樓起。雲間笑語，使君高會，佳人半醉。危柱哀絃，豔歌餘響，繞雲縈水。念故人老大，風流未減，空回首，煙波裏。　推枕惘然不見，但空江、月明千里。五湖聞道，扁舟歸去，仍攜西子。雲夢南州，武昌東岸，昔遊應記。料多情夢裏，端來見我，也參差是。

【吳郡志】閭丘孝終字公顯，郡人。嘗守黃州。既挂冠，與諸名人耆艾為九老會。東坡經從，必訪孝終，賦詩為樂。

【鄭評】突兀而起，仙乎！仙乎！"翠壁"句奇嶄，不露雕琢痕。上闋全寫夢境，空靈中雜以淒麗。過片始言情，有滄波浩渺之致，真高格也。"雲夢"二句，妙能寫閒中情景。煞拍不說夢，偏說夢來見我，正是詞筆高渾不猶人處。讀東坡先生詞，於氣韻、格律，并有悟到空靈妙境，匪可以詞家目之，亦不得不目為詞家。世每謂其以詩入詞。豈知言哉？董文敏論畫曰："同能不如獨詣，"吾於坡仙詞亦云。

定風波　一首

三月七日，沙湖道中遇雨，雨具先去，同行皆狼狽，余獨不覺，已而遂晴，故作此。

　　*莫聽穿林打葉聲，何妨吟嘯且徐行。竹杖芒鞋輕勝馬，誰怕？一蓑煙雨任平生。　料峭春風吹酒醒，微冷，山頭斜照卻相迎。回首向來蕭瑟處，歸去，也無風雨也無晴。

【鄭評】此足徵是翁坦蕩之懷，任天而動。琢句亦瘦逸，能道眼前景。以曲筆直寫胸臆，倚聲能事盡之矣！

浣溪沙　一首

遊蘄水清泉寺，寺臨蘭溪，溪水西流。

　　山下蘭芽短浸溪，松間沙路淨無泥，蕭蕭暮雨子規啼。　誰道人生無再少？門前流水尚能西，休將白髮唱黃雞。

【東坡志林卷一】黃州東南三十里為沙湖，亦曰螺師店。予買田其間，因往相田得疾，聞麻橋人龐安常善醫而聾，遂往求療。安常雖聾，而穎悟絕人，以紙畫字，書不數字，輒深了人意。余戲之曰："余以手為口，君以眼為耳，皆一時異人也。"疾愈，與之同遊清泉寺。寺在蘄水郭門外二里許，有王逸少洗筆泉，水極甘，下臨蘭溪，溪水西流。余作歌云："山下蘭芽"云云。是日劇飲而歸。

【獨醒雜誌卷二】徐公師川嘗言：東坡長短句有云："山下蘭芽短浸溪，松間沙路淨無泥。"白樂天詩云："柳橋晴有絮，沙路潤無泥。""淨"、"潤"兩字，當有能辨之者。

哨遍 一首

陶淵明賦歸去來，有其詞而無其聲。余既治東坡，築雪堂於上。人俱笑其陋，獨鄱陽董毅夫（鉞）過而悅之，有卜鄰之意。乃取歸去來詞，稍加檃括，使就聲律，以遺毅夫。使家僮歌之，時相從於東坡，釋耒而和之，扣牛角而為之節，不亦樂乎？

　　為米折腰，因酒棄家，口體交相累。歸去來，誰不遣君歸？覺從前皆非，今是。露未晞，征夫指予歸路，門前笑語喧童穉。嗟舊菊都荒，新松暗老，吾年今已如此！但小窗容膝閉柴扉，策杖看孤雲暮鴻飛，雲出無心，鳥倦知還，本非有意。 噫！歸去來兮，我今忘我兼忘世。親戚無浪語，琴書中有真味。步翠麓崎嶇，泛溪窈窕，涓涓暗谷流春水。觀草木欣榮，幽人自感，吾生行且休矣！念寓形宇內復幾時？不自覺皇皇欲何之？委吾心、去留誰計？神仙知在何處？富貴非吾志。但知臨水登山嘯詠，自引壺觴自醉。此生天命更何疑？且乘流、遇坎還止。

【坡仙集外紀】東坡在儋耳，常負大瓢，行歌田間，所歌皆哨遍也。一日，遇一媼，謂坡曰："學士昔日富貴，一場春夢耳！"東坡因呼為"春夢婆"。

【詞源卷下】東坡詞如水龍吟詠楊花、詠聞笛，又如過秦樓（案集中未見此詞）、洞仙歌、卜算子等作，皆清麗舒徐，高出人表。哨遍一曲，檃括歸去來辭，更是精妙，周、秦諸人所不能到。

洞仙歌 一首

余七歲時，見眉山老尼，姓朱，忘其名，年九十歲。自言嘗隨其師入蜀主孟昶宮中。一日，大熱，蜀主與花蕊夫人夜納涼摩訶池上，作一詞，朱具能記之。今四十年，朱已死久矣！人無知此詞者，但記其首兩句。暇日尋味，豈洞仙歌令乎？乃為足之云：

*冰肌玉骨，自清涼無汗。水殿風來暗香滿。繡簾開，一點明月窺人，人未寢，敧枕釵橫鬢亂。 起來攜素手，庭戶無聲，時見疏星渡河漢。試問夜如何？夜已三更，金波淡、玉繩低轉。但屈指西風幾時來？又不道流年暗中偷換。

【朱注】公生丙子，七歲為壬午，又四十年為壬戌也。
【墨莊漫錄卷九】東坡作長短句洞仙歌，所謂"冰肌玉骨，自清涼無汗"者，公自叙云："予幼時見一老人，能言孟蜀主時事云：'蜀主嘗與花蕊夫人夜起納涼於摩訶池上，作洞仙歌令。'老人能歌之。予但記其首兩句，乃為足之。"近見李公彥季成詩話，乃云："楊元素作本事曲，記洞仙歌：'冰肌玉骨，自清涼無汗。'錢唐有老尼能誦後主詩首章兩句，後人為足其意，以填此詞。"其說不同。予友陳興祖德昭云："頃見一詩話，亦題云：'李季成作。'乃全載孟蜀主一詩：'冰肌玉骨清無汗，水殿風來暗香滿。簾間明月獨窺人，敧枕釵橫雲鬢亂。三更庭院悄無聲，時見疎星度河漢。屈指西風幾時來？只恐流年暗中換。'云：'東坡少年遇美人，喜洞仙歌，又邂逅處景色暗相似，故檃括稍協律以贈之也。'予以謂此說乃近之。"據此，乃詩耳，而東坡自敍乃云："是洞仙歌令，"蓋公以此叙自晦耳。洞仙歌腔出近世，五代及國初未之有也。
【漁隱叢話前集卷六十】漫叟詩話云：楊元素（繪）作本事曲，記洞仙歌："冰肌王骨"云云。錢塘有一老尼，能誦後主詩首章兩句，後人為足其意，以填此詞。余嘗見一士人誦全篇。（文同墨莊漫錄，惟"滿"作"暖"，"間"作"開"，"三更庭院悄"作"起來瓊戶啟"。）苕溪漁隱曰：漫叟詩話所載本事曲云："錢唐一老尼，能誦後主詩首章兩句，"
與東坡洞仙歌序全然不同，當以序為正也。[①]

念奴嬌 一首

赤壁懷古

*大江東去，浪淘盡、千古風流人物。故壘西邊，人道是：
三國周郎赤壁。亂石崩雲，驚濤裂岸，捲起千堆雪。江山如畫，
一時多少豪傑。　遙想公瑾當年，小喬初嫁了，雄姿英發。羽扇
綸巾，談笑間、強虜灰飛煙滅。故國神遊，多情應笑我，早生
華髮。人間如夢，一尊還酹江月。

【紀年錄】壬戌（一〇八二）七月作。
【清朱彝尊詞綜卷六】"浪淘盡"作"浪聲沈"。"周郎"作"孫吳"，
"裂"作"掠"，"強虜"作"檣櫓"，"多情應笑我，早生華髮"作"多
情應是，笑我生華髮"，"如夢"作"如寄"，云："從容齋隨筆所載黃
魯直手書本。"
【宋張耒明道雜志】黃州江南流，在州西，其上流乃謂之東津，其下水
謂之下津。去治無百步，有山入江，石崖頗峻峙，土人言："此赤壁磯
也。"按：周瑜破曹公於赤壁，云陳於江北，而黃州江東西流，無江
北。至漢陽、江南北流，復有赤壁山。疑漢陽是瑜戰處。南人謂山入
水處為磯，而黃人呼赤壁訛為赤鼻。
【艇齋詩話】東坡大江東去詞，其中云："人道是三國周郎赤壁。"陳無
己見之，言："不必道三國。"東坡改云"當日"。今印本兩出，不知東
坡已改之矣。

[①] 舊版評語為："鄭文焯曰：坡老改添此詞數字，誠覺意象萬千。其聲亦如空山鳴
泉，琴筑並奏。（手批東坡樂府）"

【漁隱叢話後集卷二十八】東坡云：黃州西山麓，斗入江中，石色如丹，傳云曹公敗處所謂赤壁者。或曰：非也。曹公敗歸，由華容路，路多泥濘，使老弱先行踐之而過，曰："劉備智過人而見事遲，華容夾道皆葭葦，若使縱火，吾無遺類矣。"今赤壁少西對岸即華容鎮，庶幾是也。然岳州復有華容縣，竟不知孰是？今日李委秀才來，因以小舟載酒，飲於赤壁下。李善吹笛，酒酣，作數弄。風起水湧，大魚皆出，山上有栖鶻，亦驚起。坐念孟德、公瑾，如昨日耳！

【漁隱叢話前集卷五十九】苕溪漁隱曰：東坡"大江東去"赤壁詞，語意高妙，真古今絕唱。【後集卷二十六】苕溪漁隱曰：後山詩話謂："退之以文為詩，子瞻以詩為詞，如教坊雷大使之舞，雖極天下之工，要非本色。"余謂後山之言過矣。子瞻佳詞最多，其間傑出者，如"大江東去，浪淘盡千古風流人物。"——赤壁詞，"明月幾時有？把酒問青天。"——中秋詞，"落日繡簾捲，庭下水連空。"——快哉亭詞，"乳燕飛華屋，悄無人、桐陰轉午。"——初夏詞，"明月如霜，好風如水，清景無限。"——夜登燕子樓詞，"楚山修竹如雲，異材秀出千林表。"——詠笛詞，"玉骨那愁瘴霧，冰肌自有仙風。"——詠梅詞，"東武南城，新隄固、漣漪初溢。"——宴流杯亭詞，"冰肌玉骨，自清涼無汗。"——夏夜詞，"有情風萬里捲潮來，無情送潮歸。"——別參寥詞，"缺月掛疏桐，漏斷人初靜。"——秋夜詞，"霜降水痕收，淺碧鱗鱗露遠洲。"——重九詞，凡此十餘詞，皆絕去筆墨畦徑間，直造古人不到處，真可使人一唱而三歎。若謂以詩為詞，是大不然。子瞻自言，平生不善唱曲，故間有不入腔處，非盡如此。後山乃比之教坊司雷大使舞，是何每况愈下，蓋其謬耳。

南鄉子　一首

重九，涵輝樓呈徐君猷。

霜降水痕收，淺碧鱗鱗露遠洲。酒力漸消風力軟，颼颼，破帽多情卻戀頭。 佳節若為酬，但把清尊斷送秋。萬事到頭都是夢，休休，明日黃花蝶也愁。

臨江仙 一首

*夜飲東坡醒復醉，歸來髣髴三更。家童鼻息已雷鳴。敲門都不應，倚杖聽江聲。 長恨此身非我有，何時忘卻營營？夜闌風靜穀紋平。小舟從此逝，江海寄餘生。

【王案】壬戌九月，雪堂夜飲，醉歸臨皋作。

【避暑錄話卷二】子瞻在黃州，病赤眼，踰月不出，或疑有他疾，過客遂傳以為死矣。有語范景仁於許昌者，景仁絕不置疑，即舉袂大慟，召子弟，具金帛，遣人賙其家。子弟徐言：“此傳聞未審，當先書以問其安否，得實，弔恤之，未晚。”乃走僕以往，子瞻發書大笑。故後量移汝州謝表，有云：“疾病連年，人皆相傳為已死。”未幾，復與數客飲江上，夜歸，江面際天，風露浩然，有當其意，乃作歌辭，所謂“夜闌風靜穀紋平，小舟從此逝，江海寄餘生”者，與客大歌數過而散。翼日喧傳：“子瞻夜作此詞，挂冠服江邊，拏舟長嘯去矣。”郡守徐君猷聞之，驚且懼，以為州失罪人，急命駕往謁，則子瞻鼻鼾如雷，猶未興也。然此語卒傳至京師，雖裕陵亦聞而疑之。

卜算子 一首

黃州定慧院寓居作

*缺月挂疏桐，漏斷人初靜。誰見幽人獨往來？縹緲孤鴻影。 驚起卻回頭，有恨無人省。揀盡寒枝不肯棲，寂寞沙洲冷。

【王案】壬戌十二月作。

【能改齋漫錄卷十六】東坡先生謫居黃州，作卜算子云云，其屬意蓋為王氏女子也，讀者不能解。張右史文潛繼貶黃州，訪潘邠老，嘗得其詳，題詩以誌之："空江月明魚龍眠，月中孤鴻影翩翩。有人清吟立江邊，葛巾藜杖眼窺天。夜冷月墮幽蟲泣，鴻影翹沙衣露濕。仙人采詩作步虛，玉皇飲之碧琳腴。"
【漁隱叢話前集卷三十九】山谷云：東坡道人在黃州，作卜算子云云，語意高妙，似非吃烟火食人語，非胸中有數萬卷書，筆下無一點塵俗氣，孰能至此？苕溪漁隱曰："揀盡寒枝不肯棲"之句，或云："鴻雁未嘗棲宿樹枝，惟在田野葦叢間，此亦語病也。"此詞本詠夜景，至換頭但只說鴻。正如賀新郎詞"乳燕飛華屋，"本詠夏景，至換頭但只說榴花，蓋其文章之妙，語意到處即為之，不可限以繩墨也。①

滿庭芳　一首

有王長官者，棄官黃州，三十三年，黃人謂之王先生。因送陳慥來過余，因為賦此。

　　三十三年，今誰存者？算只君與長江。凜然蒼檜，霜榦苦難雙。聞道司州古縣，雲溪上、竹隝松窗。江南岸，不因送子，寧肯過吾邦？　　摐摐，疏雨過，風林舞破，煙蓋雲幢。願持此邀君，一飲空缸。居士先生老矣！真夢裏、相對殘釭。歌聲斷，行人未起，船鼓已逄逄。

【王案】癸亥五月，陳慥報荊南莊田，同王長官來作。
【詩集施注】陳季常名慥，少時慕朱家、郭解為人，稍壯，折節讀書，晚乃遯於光、黃間。東坡至黃，季常數從之遊。

---

① 舊版尚有評語："鄭文焯曰：此亦有所感觸，不必附會溫都監女故事，自成馨逸。（手批東坡樂府）"

【鄭評】健句入詞，更奇峯特出，此境匪稼軒所能夢到。不事雕鑿，字字蒼寒，如空巖霜榦，天風吹墮頗黎地上，鏗然作碎玉聲。

水調歌頭 一首

黃州快哉亭，贈張偓佺。

*落日繡簾捲，亭下水連空。知君為我，新作窗戶溼青紅。長記平山堂上，攲枕江南煙雨，渺渺沒孤鴻。認得醉翁語："山色有無中"。　一千頃，都鏡淨，倒碧峯。忽然浪起，掀舞一葉白頭翁。堪笑蘭臺公子，未解莊生天籟，剛道有雌雄。一點浩然氣，千里快哉風。

【朱注】王案："癸亥六月，張夢得營新居於江上，築亭，公榜曰快哉亭，作水調歌頭。"欒城集黃州快哉亭記："清河張君夢得，謫居齊安，即其廬之西南為亭，以覽觀江流之勝，而余兄子瞻名之曰快哉。"王文誥曰："夢得又字偓佺。"
【鄭評】此等句法，使作者稍稍矜才使氣，便流入粗豪一派。妙能寫景中人，用生出無限情思。

定風波 一首

王定國歌兒曰柔奴，姓宇文氏，眉目娟麗，善應對，家世住京師。定國南遷歸，余問柔："廣南風土，應是不好？"柔對曰："此心安處，便是吾鄉。"因為綴詞云：

*常羨人間琢玉郎，天應乞與點酥娘。自作清歌傳皓齒，風起，雪飛炎海變清涼。　萬里歸來年愈少，微笑，笑時猶帶嶺梅香。試問："嶺南應不好？"卻道："此心安處是吾鄉。"

【朱注】詩集施注："王鞏字定國，文正公旦之孫，懿敏公素之子。從東坡學為文。東坡下御史獄，而定國亦坐累，貶賓州監酒稅，凡三年，亦幾死，而無幽憂憤歎之意。"　張宗橚（詞林紀事卷五）曰："柔奴"或作"寓娘"。考柳州志："王鞏侍兒柔奴，"與詞叙同。

鷓鴣天　一首

　　*林斷山明竹隱牆，亂蟬衰草小池塘。翻空白鳥時時見，照水紅蕖細細香。　村舍外，古城旁，杖藜徐步轉斜陽。殷勤昨夜三更雨，又得浮生一日涼。

【鄭評】淵明詩："嘯傲東軒下，聊復得此生。"此詞從陶詩中得來，逾覺清異。較"浮生半日閒"句，自是詩詞異調。論者每謂坡公以詩筆入詞，豈審音知言者？

浣溪沙　一首

　　元豐七年十二月二十四日，從泗州劉倩叔遊南山。

　　*細雨斜風作小寒，淡煙疏柳媚晴灘，入淮清洛漸漫漫。　雪沫乳花浮午盞，蓼茸蒿筍試春盤，人間有味是清歡。

水調歌頭　一首

　　歐陽文忠公嘗問余："琴詩何者最善？"答以退之聽穎師琴詩。公曰："此詩固奇麗，然非聽琴，乃聽琵琶詩也。"余深然之。建安章質夫家善琵琶者，乞為歌詞。余久不作，特取退之詞，稍加檃括，使就聲律以遺之云：

　　*昵昵兒女語，鐙火夜微明。恩怨爾汝來去，彈指淚和聲。

忽變軒昂勇士，一鼓填然作氣，千里不留行。回首暮雲遠，飛
絮攬青冥。　衆禽裏，真彩鳳，獨不鳴。躋攀寸步千險，一落百
尋輕。煩子指間風雨，置我腸中冰炭，起坐不能平。推手從歸
去，無淚與君傾。

【朱注】詩集查注：“窟字質夫，浦城人，仕至資政殿學士，諡莊簡。”
【昌黎先生集卷五聽穎師彈琴】昵昵兒女語，恩怨相爾汝。劃然變軒
昂，勇士赴敵場。浮雲柳絮無根蒂，天地闊遠隨飛揚。喧啾百鳥羣，
忽見孤鳳凰。躋攀分寸不可上，失勢一落千丈強。嗟余有兩耳，未肯
聽絲簧。自聞穎師彈，起坐在一旁。推手遽止之，溼衣淚滂滂。穎乎
爾誠能，無以冰炭置我腸。
【漁隱叢話前集卷十六】西清詩話云：三吳僧義海，以琴名世。六一居
士嘗問東坡：“琴詩孰優？”東坡答以“退之聽穎師琴。”公曰：“此祇
是聽琵琶耳。”或以問海。海曰：“歐陽公一代英偉，然斯語誤矣。‘昵
昵兒女語，恩怨相爾汝，’言輕柔細屑，真情出見也。‘劃然變軒昂，
勇士赴敵場，’精神餘溢，竦觀聽也。‘浮雲柳絮無根蒂，天地闊遠隨
飛揚，’縱橫變態，浩乎不失自然也。‘喧啾百鳥羣，忽見孤鳳凰，’又
見穎孤絕，不同流俗下俚聲也。‘躋攀分寸不可上，失勢一落千丈強，’
起伏抑揚，不主故常也。皆指下絲聲妙處，惟琴為然。琵琶格上聲，
烏能爾耶？退之深得其趣，未易譏評也。”　苕溪漁隱曰：東坡嘗因章
質夫家善琵琶者乞歌詞，亦取退之聽穎師琴詩，稍加檃括，使就聲律，
為水調歌頭以遺之。其自序云：“歐公謂退之此詩最奇麗，然非聽琴，
乃聽琵琶耳。余深然之。”觀此，則二公皆以此詩為聽琵琶矣。今西清
詩話所載，義海辨證此詩，復曲折能道其趣，為是真聽琴詩。世有深
於琴者，必能辨之矣。

水龍吟 一首

次韻章質夫楊花詞

　　*似花還似非花，也無人惜從敎墜。抛家傍路，思量卻是，無情有思。縈損柔腸，困酣嬌眼，欲開還閉。夢隨風萬里，尋郎去處，又還被鶯呼起。　不恨此花飛盡，恨西園、落紅難綴。曉來雨過，遺蹤何在？一池萍碎。春色三分，二分塵土，一分流水。細看來、不是楊花，點點是離人淚。

【唐宋諸賢絕妙詞選卷五】章質夫水龍吟柳花云："燕忙鶯懶花殘，正堤上柳花飛墜。輕飛點畫青林，誰道（別本作"輕飛亂舞，點畫青林。"）全無才思。閑趁游絲，靜臨深院，日長門閉。傍珠簾散漫，垂垂欲下，依前被、風扶起。蘭帳玉人睡覺，怪春衣、雪霑瓊綴。繡牀漸滿，香毬無數，才圓卻碎。時見蜂兒，仰黏輕粉，魚吞池水。望章臺路杳，金鞍遊蕩，有盈盈淚。""傍珠簾散漫"數語，形容盡矣。

【宋朱弁曲洧舊聞卷五】章粢質夫作水龍吟，詠楊花，其命意用事，清麗可喜。東坡和之，若豪放不入律呂，徐而視之，聲韻諧婉，便覺質夫詞有織繡工夫。

【艇齋詩話】東坡和章質夫楊花詞云："思量卻是，無情有思，"用老杜："落絮游絲亦有情"也。"夢隨風萬里，尋郎去處，依前被鶯呼起，"即唐人詩云："打起黃鶯兒，莫教枝上啼，幾回驚妾夢，不得到遼西"。"細看來、不是楊花，點點是離人淚，"即唐人詩云："時人有酒送張八，惟我無酒送張八，君看陌上梅花紅，盡是離人眼中血"。皆奪胎換骨手。質夫，建安人。建安有二章，子厚號南章，質夫號北章。子厚（惇），弟也；質夫，兄也。

【宋魏慶之詩人玉屑卷二十】章質夫詠楊花詞，東坡和之。晁叔用以為："東坡如王嬙、西施，淨洗却面，與天下婦人鬪好，質夫豈可比哉？"是則然矣。余以為質夫詞中所謂："傍珠簾散漫，垂垂欲下，依前被風扶起，"亦可謂曲盡楊花妙處。東坡所和雖高，恐未能及。詩人議論不公如此！

【詞源卷下】詞中句法，要平妥精粹。一曲之中，安能句句高妙？只要拍搭襯副得去，於好發揮筆力處，極要用工，不可輕易放過，讀之使人擊節可也。如東坡楊花詞云：「似花還似非花，也無人惜從教墜。」又云：「春色三分，二分塵土，一分流水。」此皆平易中有句法。詞不宜強和人韻。若倡者之曲韻寬平，庶可賡歌。倘韻險，又為人所先，則必牽強賡和，句意安能融貫？徒費苦思，未見有全章妥溜者。東坡次章質夫楊花水龍吟韻，機鋒相摩，起句便合讓東坡出一頭地，後片愈出愈奇，真是壓倒今古！

【樂府指迷】近世作詞者，不曉音律，乃故為豪放不羈之語，遂借東坡、稼軒諸賢自諉。諸賢之詞，固豪放矣，不放處未嘗不協律也。如東坡之哨遍、楊花水龍吟，稼軒之摸魚兒之類，則知諸賢非不能也。

【藝概卷四】東坡水龍吟，起云：「似花還似非花。」此句可作全詞評語，蓋不離不即也。

【人間詞話卷上】東坡水龍吟詠楊花，和韻而似原唱；章質夫詞，原唱而似和韻；才之不可強也如是！

【鄭評】煞拍畫龍點睛，此亦詞中一格。

八聲甘州 一首

寄參寥子

*有情風、萬里卷潮來，無情送潮歸。問錢塘江上，西興浦口，幾度斜暉？不用思量今古，俯仰昔人非！誰似東坡老，白首忘機？ 記取西湖西畔，正春山好處，空翠煙霏。算詩人相得，如我與君稀。約他年東還海道，願謝公雅志莫相違。西州路，不應回首，為我沾衣。

【詩集施注】僧道潛，字參寥，於潛人，能文章，尤喜為詩。東坡守錢塘，卜智果精舍居之。坡南遷，當路亦摘其詩語，謂有刺譏，得罪，反初服。

【鄭評】突兀雪山，卷地而來，真似錢塘江上看潮時，添得此老胸中數萬甲兵，是何氣象雄且傑！妙在無一字豪宕，無一語險怪，又出以閒逸感喟之情，所謂骨重神寒，不食人間煙火氣者，詞境至此，觀止矣！雲錦成章，天衣無縫，是作從至情流出，不假熨貼之工。

木蘭花令 一首

次歐公西湖韻

　　霜餘已失長淮闊，空聽潺潺清穎咽。佳人猶唱醉翁詞，四十三年如電抹。　草頭秋露流珠滑，三五盈盈還二八。與余同是識翁人，惟有西湖波底月！

【王案】辛未（一〇九一）五月，到闕。八月，告下，除龍圖閣學士，知穎州軍州事。到穎州，遊西湖，聞唱木蘭花令詞，歐陽修所遺也，和韻。

【宋傅幹注坡詞卷十一】本事曲集云：汝陰西湖，勝絕名天下，蓋自歐陽永叔始。往歲子瞻自禁林出守，賞詠尤多，而去歐陽公時已久，故其繼和木蘭花，有“四十三年如電抹”之句。二詞皆奇峭雅麗，如出一人，此所以中間歌詠，寂寥無聞也。文忠公自號醉翁。

青玉案 一首

和賀方回韻，送伯固還吳中。

　　三年枕上吳中路，遣黃犬，隨君去。若到松江呼小渡，莫驚鴛鷺，四橋盡是，老子經行處。　輞川圖上看春暮，常記高人右丞句。作簡歸期天已許。春衫猶是，小蠻針綫，曾溼西湖雨。

【詩集施注】蘇伯固名堅，博學，能詩。東坡與講宗盟，自黃移汝，同遊廬山，有歸朝歡詞，以劉夢得比之。坡自翰林守杭，道吳興。伯固以臨濮縣主簿，監杭州在城商稅，自杭來會。作後六客詞，伯固與焉。方經理開西湖，伯固建議，謂當參酌古今而用中策，湖成，其力為多。後一歲，又相從於廣陵，有和伯固韻送李學博詩。坡歸自海南，伯固在南華相待，有詩。黃魯直謫死宜州，至大觀間，伯固在嶺外，護其喪歸葬雙井。其風義如此！

【蕙風詞話卷二】東坡詞青玉案用賀方回韻送伯固歸吳中，歇拍云：「作簡歸期天已許。春衫猶是，小蠻鍼綫，曾溼西湖雨。」上三句未為甚豔。「曾溼西湖雨，」是清語，非豔語，與上三句相連屬，遂成奇豔、絕豔，令人愛不忍釋。坡公天仙化人，此等詞猶為非其至者，後學已未易撫傚其萬一。

賀新郎　一首

*乳燕飛華屋。悄無人、桐陰轉午，晚涼新浴。手弄生綃白團扇，扇手一時似玉。漸困倚、孤眠清熟。簾外誰來推繡戶？枉教人夢斷瑤臺曲。又卻是，風敲竹。　石榴半吐紅巾蹙。待浮花浪蕊都盡，伴君幽獨。穠豔一枝細看取，芳心千重似束。又恐被、西風驚綠。若待得君來向此，花前對酒不忍觸。共粉淚，兩簌簌。

【宋趙彥衞雲麓漫鈔卷四】版行東坡長短句，賀新郎詞云：「乳燕飛華屋。」嘗見其真蹟，乃「棲華屋」。水調歌詞，版行者末云：「但願人長久，」真蹟云：「但得人長久。」以此知前輩文章，為後人妄改亦多矣！①

【艇齋詩話】東坡賀新郎，在杭州萬頃寺作。寺有榴花樹，故詞中云石榴。又是日有歌者晝寢，故詞中云："漸困倚孤眠清熟。"其真本云："乳燕栖華屋"。今本作"飛"字，非是。

【元吳師道禮部詩話】東坡賀新郎詞："乳燕飛華屋"云云，後段："石榴半吐紅巾蹙"以下皆詠榴，卜算子："缺月挂疏桐"云云，"縹緲孤鴻影"以下皆說鴻，別一格也。

【譚評詞辨卷二】頗欲與少陵佳人一篇互證。下闋別開異境，南宋惟稼軒有之，變而近正。

浣溪沙　一首

送梅庭老赴上黨學官

門外東風雪灑裾，山頭回首望三吳，不應彈鋏為無魚。　上黨從來天下脊，先生元是古之儒，時平不用魯連書。

附錄

江城子

陳直方妾嵇，錢塘人也，求新詞，為作此。錢塘人好唱陌上花緩緩曲，余嘗作數絕以紀其事。

玉人家在鳳凰山，水雲間，掩門閒。門外行人，立馬看弓彎。十里春風誰指似，斜日映，繡簾斑。　多情好事與君還，閔新鰥，拭餘潸。明月空江，香霧著雲鬟。陌上花開春盡也，聞舊曲，破朱顏。

---

① 舊版尚有一條評語："胡仔曰：託意高遠，本詠夏景，至換頭但只說榴花。蓋其文章之妙，語意到處即為之，不可限以繩墨也。與卜算子本詠夜景，至換頭但只說鴻正同。（苕溪漁隱叢話）"

南歌子

帶酒衝山雨，和衣睡晚晴。不知鐘鼓報天明。夢裏栩然胡蝶一身輕。　老去才都盡，歸來計未成。求田問舍笑豪英。自愛湖邊沙路免泥行。

行香子

病起小集

昨夜霜風，先入梧桐。渾無處、回避衰容。問公何事，不語書空。但一回醉，一回病，一回慵。　朝來庭下，飛英如霰，似無言、有意催儂。都將萬事，付與千鍾。任酒花白，眼花亂，燭花紅。

【傳記】

蘇軾（一〇三六──一一〇一）字子瞻，眉州眉山人。父洵，游學四方。母程氏，親授以書。聞古今成敗，輒能語其要。比冠，博通經史，屬文日數千言。好賈誼、陸贄書。既而讀莊子，歎曰："吾昔有見，口未能言，今見是書，得吾心矣。" 嘉祐元年（一〇五六）試禮部，主司歐陽修語梅聖俞曰①："吾當避此人出一頭地。"聞者始譁不厭，久乃信服。歷通判杭州，知密州、徐州、湖州。御史李定、舒亶、何正言，媒糵所為詩，以為訕謗，逮赴臺獄，欲寘之死，鍛鍊久之不決。神宗獨憐之，以黃州團練副使安置。軾與田父、野老相從溪山間，築室於東坡，自號東坡居士。旋移汝州。哲宗立，復朝奉郎，知登州。

① 舊版此句作："主司歐陽修得軾《刑賞忠厚論》，驚喜，欲擢冠多士，猶疑其客曾鞏所為，但寘第二，復以《春秋》對議居第一，殿試中乙科。後以書見修，修語梅聖俞曰"。

累遷翰林學士，知杭州。召為吏部尚書，改翰林承旨，出知潁州。紹聖初，御史論軾掌內外制日所作詞命，以為譏斥先朝，貶寧遠軍節度副使，惠州安置。居三年，泊然無所蒂芥。又貶瓊州別駕，居昌化。① 初僦官屋以居，有司猶謂不可，軾遂買地築室，儋人運甓畚土以助之。獨與幼子過處，讀書以為樂。徽宗立，移廉州。更三大赦，還，提舉玉局觀。建中靖國元年（一一〇一），卒于常州，年六十六。軾嘗自謂：「作文如行雲流水，初無定質，但常行於所當行，止於所不可不止，雖嬉笑怒罵之辭，皆可書而誦之。」其體渾涵光芒，雄視百代，有文章以來，蓋亦鮮矣。一時文人如黃庭堅、晁補之、秦觀、張耒、陳師道，舉世未之識，軾待之如朋儔，未嘗以師資自予也。（節錄宋史卷三百三十八蘇軾傳）軾工詩，與黃庭堅合稱「蘇黃」。詞更別開風氣，為後世所宗仰。毛氏汲古閣宋六十家詞內有東坡詞，王氏四印齋所刻詞有影元延祐本東坡樂府，朱氏彊邨叢書復據以編年，為東坡樂府三卷。龍榆生得傅幹注坡詞殘本，更依朱本編年，別作箋注，為東坡樂府箋，頗便檢閱。

【集評】

②王直方曰：東坡嘗以所作小詞示无咎、文潛，曰：「何如少游？」二人皆對云：「少游詩似小詞，先生小詞似詩。」（漁隱叢話前集卷四十二引王直方詩話）王灼曰：東坡先生以文章餘事作詩，溢而作詞曲，高處出神入天，平處尚臨鏡笑春，不顧儕輩。或曰：「長短句中詩也。」為此論者，乃是遭柳永野狐涎之毒。詩與樂府同出，豈當分異？若從柳氏家法，正自不分異耳。東坡先生非心醉於音律者，偶爾作歌，指出向上一路，新天下耳目，弄筆者始知自振。今少年妄謂東坡移詩律作長短句，十有八九不學柳耆卿則學曹元寵，雖可笑，亦毋用笑也。（碧雞漫志卷二）陸游曰：世言東坡不

---

① 舊版此處尚有："昌化故儋耳地，非人所居，藥餌皆無有。"
② 舊版尚有："晁補之曰：居士詞人謂多不諧音律。然橫放傑出，自是曲子內縛不住者。（復齋漫錄引）""陳師道曰：子瞻以詩為詞，如教坊雷大使之舞，雖極天下之工，要非本色。（后山詩話）"

能歌，故所作樂府，多不協律。晁以道謂："紹聖初，與東坡別於
汴上，東坡酒酣，自歌陽關曲。"則公非不能歌，但豪放，不喜翦
裁以就聲律耳。試取東坡諸詞歌之，曲終，覺天風海雨逼人。（歷代
詩餘卷一百十五引）[1]　胡寅曰：詞曲者，古樂府之末造也。文章豪
放之士，鮮不寄意於此者，隨亦自掃其跡，曰謔浪遊戲而已也。唐
人為之最工者。柳耆卿後出，掩眾製而盡其妙，好之者以為不可復
加。及眉山蘇氏，一洗綺羅香澤之態，擺脫綢繆宛轉之度，使人登
高望遠，舉首高歌，而逸懷浩氣，超然乎塵垢之外，於是花間為皂
隸，而柳氏為輿臺矣。（汲古閣本向子諲酒邊詞序）王若虛曰：晁
无咎云："眉山公之詞短於情，蓋不更此境耳。"陳後山曰："宋玉
不識巫山神女而能賦之，豈待更而後知？"是直以公為不及于情也。
嗚呼！風韻如東坡，而謂不及于情，可乎？彼高人逸士，正當如
是。其溢為小詞，而間及於脂粉之間，所謂滑稽玩戲，聊復爾爾者
也。若乃纖豔淫媟，入人骨髓，如田中行、柳耆卿輩，豈公之雅趣
也哉？公雄文大手，樂府乃其游戲，顧豈與流俗爭勝哉？蓋其天資
不凡，辭氣邁往，故落筆皆絕塵耳。（滹南詩話）元好問曰：唐歌詞
多宮體，又皆極力為之。自東坡一出，情性之外，不知有文字，真
有"一洗萬古凡馬空"氣象。雖時作宮體，亦豈可以宮體概之？人
有言，樂府本不難作，從東坡放筆後便難作。此殆以工拙論，非知
坡者。所以然者，詩三百所載小夫賤婦幽憂無聊賴之語，時猝為外
物感觸，滿心而發，肆口而成者爾。其初果欲被管絃，諧金石，經
聖人手，以與六經並傳乎？小夫賤婦且然，而謂東坡翰墨游戲，乃
求與前人角勝負，誤矣。自今觀之，東坡聖處，非有意於文字之為
工，不得不然之為工也。坡以來，山谷、晁無咎、陳去非、辛幼安
諸公，俱以歌詞取稱，吟詠情性，留連光景，清壯頓挫，能起人妙
思。亦有語意拙直，不自綠飾，因病成妍者，皆自坡發之。（遺山文
集卷三十六新軒樂府引）王士禛曰：山谷云："東坡書挾海上風濤

---

[1]　舊版尚有："周煇曰：居士詞豈無去國懷鄉之感，殊覺哀而不傷。（清波雜誌）""胡
仔曰：東坡詞皆絕去筆墨畦徑間，直造古人不到處，真可使人一唱而三歎。（苕溪漁隱
叢話）""張炎曰：東坡詞清麗舒徐處，高出人表。周、秦諸人所不能到。（詞源）"

之氣。"讀坡詞，當作如是觀。瑣瑣與柳七較錙銖，無乃為髯公所笑？（花草蒙拾）周濟曰：人賞東坡粗豪，吾賞東坡韶秀。韶秀是東坡佳處，粗豪則病也。東坡每事俱不十分用力，古文、書、畫皆爾，詞亦爾。（介存齋論詞雜著）劉熙載曰：東坡詞頗似老杜詩，以其無意不可入，無事不可言也。若其豪放之致，則時與太白為近。太白憶秦娥，聲情悲壯。晚唐、五代，惟趨婉麗。至東坡始能復古。後世論詞者，或轉以東坡為變調，不知晚唐、五代乃變調也。東坡定風波云："尚餘孤瘦雪霜姿。"荷華媚云："天然地，別是風流標格。""雪霜姿"，"風流標格"，學坡詞者，便可從此領取。東坡詞具神仙出世之姿，方外白玉蟾諸家，惜未詣此。（藝概卷四）① 王鵬運曰：北宋人詞，如潘逍遙之超逸，宋子京之華貴，歐陽文忠之騷雅，柳屯田之廣博，晏小山之疏俊，秦太虛之婉約，張子野之流麗，黃文節之雋上，賀方回之醇肆，皆可撫擬得其彷彿。唯蘇文忠之清雄，敻乎軼塵絕迹，令人無從步趨。蓋霄壤相懸，寧止才華而已？其性情，其學問，其襟抱，舉非恆流所能夢見。詞家蘇辛並稱，其實辛猶人境也，蘇其殆仙乎！（半塘遺稿）沈曾植曰："東坡以詩為詞，如雷大使之舞，雖極天下之工，要非本色。"此後山談叢語也。然考蔡絛鐵圍山叢談，稱："上皇在位，時屬昇平。手藝之人有稱者，棋則有劉仲甫、晉士明，琴則有僧梵如、僧全雅，教坊琵琶則有劉繼安，舞有雷中慶，世皆呼之為雷大使，笛則孟水清。此數人者，視前代之技皆過之。"然則雷大使乃教坊絕技，謂非本色，將外方樂乃為本色乎？（菌閣瑣談）夏敬觀曰：東坡詞如春花散空，不著跡象，使柳枝歌之，正如天風海濤之曲，中多幽咽怨斷之音，此其上乘也。若夫激昂排宕、不可一世之概，陳無己所謂："如教坊雷大使之舞，雖極天下之工，要非本色，"乃其第二乘也。後之學蘇者，惟能知第二乘，未有能達上乘者，即稼軒亦然。東坡永遇樂詞云："紞如三鼓，鏗然一葉，黯黯夢雲驚斷。夜茫茫，重尋無處，覺來小園行遍。"此數語，可作東坡自道聖處。（映庵手批東坡詞）

② 舊版尚有："樓敬思曰：東坡老人，故自靈氣仙才，所作小詞，衝口而出，無窮清新，不獨寓以詩人句法，一洗綺羅香澤之態也。（詞林紀事引）"

黃庭堅 十四首 錄自宋刊本山谷琴趣外篇者八首，錄自汲古閣宋六十家詞本山谷詞者六首。

念奴嬌 一首

八月十七日，同諸甥待月。有客孫彥立者，善吹笛，有名酒酌之。

斷虹霽雨，淨秋空、山染脩眉新綠。桂影扶疎，誰便道、今夕清輝不足？萬里青天，姮娥何處？駕此一輪玉。寒光零亂，為誰偏照醽醁？　年少從我追游，晚涼幽徑，遶張園森木。共倒金荷，家萬里、難得尊前相屬。老子平生，江南江北，最愛臨風曲。孫郎微笑，坐來聲噴霜竹。

【汲古閣本山谷詞】題作"八月十八日，同諸生步自永安城樓，過張寬夫園，待月。偶有名酒，因以金荷酌眾客。客有孫彥立，善吹笛。援筆作樂府長短句，文不加點。""姮娥"作"常娥"，"從我追遊"作"隨我追涼"，"晚涼"作"晚尋"，"共倒"作"醉倒"，"臨風曲"作"臨風笛"。

【宋陸游老學庵筆記卷二】魯直在戎州，作樂府曰："老子平生，江南江北，最愛臨風笛。孫郎微笑，坐來聲噴霜竹。"予在蜀，見其稿。今俗本改"笛"為"曲"以協韻，非也。然亦疑笛字太不入韻。及居蜀久，習其語音，乃知瀘、戎間謂"笛"為"獨"，故魯直得借用，亦因以戲之耳。

【漁隱叢話後集卷三十一】山谷云：八月十七日，與諸生步自永安城，入張寬夫園，待月。以金荷葉酌客。客有孫叔敏，善長笛，連作數曲。諸生曰："今日之會樂矣，不可以無述。"因作此曲記之，文不加點，或以為可繼東坡赤壁之歌云。

水調歌頭 一首

瑤草一何碧？春入武陵溪。溪上桃花無數，花上有黃鸝。我欲穿花尋路，直入白雲深處，浩氣展虹蜺。祇恐花深裏，紅露濕人衣。 坐玉石，欹玉枕，拂金徽。謫仙何處？無人伴我白螺杯。我為靈芝仙草，不為朱脣丹臉，長嘯亦何為？醉舞下山去，明月逐人歸。

【汲古本】"花上"作"枝上"，"紅露"作"紅霧"，"欹"作"倚"，"朱脣"作"絳脣"。

滿庭芳 一首

茶

北苑春風，方圭圓璧，萬里名動京關。碎身粉骨，功合上凌煙。樽俎風流戰勝，降春睡、開拓愁邊。纖纖捧，研膏濺乳，金縷鷓鴣斑。 相如雖病渴，一觴一詠、賓有羣賢。為扶起燈前，醉玉頹山。搜攪胸中萬卷，還傾動、三峽詞源。歸來晚，文君未寢，相對小窗前。

醉蓬萊 一首

對朝雲靉靆，暮雨霏微，亂峯相倚。巫峽高唐，鎖楚宮朱翠。畫戟移春，靚妝迎馬，向一川都會。萬里投荒，一身弔影，成何歡意！ 盡道黔南，去天尺五。望極神州，萬重煙水。樽

酒公堂，有中朝佳士。荔頰紅深，麝臍香滿，醉舞裀歌袂。杜
宇聲聲，催人到曉，不如歸是。

【汲古本】“亂峯”作“翠峯”，“朱翠”作“佳麗”，“杜宇”二句作“杜
宇催人，聲聲到曉”。

定風波 一首

萬里黔中一漏天，屋居終日似乘船。及至重陽天也霽，催
醉，鬼門關外蜀江前。 莫笑老翁猶氣岸，君看，幾人黃菊上華
顛？戲馬臺南追兩謝，馳射，風流猶拍古人肩。

【汲古本】題作“次高左藏使君韻”，“關外”作“關近”，“黃菊”作“白
髮”，“臺南”作“臺前”，“風流”作“風情”。
【東坡詩集王注】戲馬臺在徐州彭城縣，項羽所築。宋武建第舍，重九
日，引賓客登臺賦詩。

清平樂 一首

春歸何處？寂寞無行路。若有人知春去處，喚取歸來同住。 春
無蹤跡誰知？除非問取黃鸝。百囀無人能解，因風飛過薔薇。

【汲古本】“飛過”作“吹過”。
【漁隱叢話後集卷三十九】復齋漫錄云：王逐客送鮑浩然之浙東長短
句：“水是眼波橫，山是眉峯聚。欲問行人去那邊？眉眼盈盈處。纔始
送春歸，又送君歸去。若到江南趕上春，千萬和春住！”韓子蒼在海
陵送葛亞卿，用其意以為詩，斷章云：“明日一杯愁送春，後日一杯愁
送君。君應萬里隨春去，若到桃源記歸路。” 苕溪漁隱曰：山谷詞云：

"春歸何處？寂寞無行路。若有人知春去處，喚取歸來同住。"王逐客云："若到江南趕上春，千萬和春住。"體山谷語也。

鷓鴣天　一首

　　黃菊枝頭生曉寒，人生莫放酒杯乾。風前橫笛斜吹雨，醉裏簪花倒著冠。　身健在，且加餐，舞裙歌板盡清歡。黃花白髮相牽挽，付與時人冷眼看。

【汲古本】題作"坐中有眉山隱客史應之，和前韻，即席答之"。"清歡"作"情歡"，"時人"作"傍人"。
【清沈謙東江集鈔】東坡"破帽多情卻戀頭，"翻龍山事，特新。山谷"風前橫笛斜吹雨，醉裏簪花倒著冠，"尤用得幻。

謁金門　一首

戲贈知命

　　山又水，行盡吳頭楚尾。兄弟燈前家萬里，相看如夢寐。　君似成蹊桃李，入我草堂松桂。莫厭歲寒無氣味，餘生今已矣！

【汲古本】題作"示知命弟"，"今"作"吾"。

滿庭芳　一首　以下不見琴趣外篇，從汲古閣本補錄。

　　脩水濃青，新條淡綠，翠光交映虛亭。錦鴛霜鷺，荷徑拾幽蘋。香渡欄干屈曲，紅粧映、薄綺疎櫺。風清夜，橫塘月滿，

水淨見移星。　堪聽，微雨過，嫛姍藻荇，瑣碎浮萍。便移轉胡
牀，湘簟方屏。練靄鱗雲旋滿，聲不斷、簷響風鈴。重開宴，
瑤池雪滿，山露佛頭青。

【夏敬觀評山谷詞】方之少游，靈動不足，嚴整有餘。

千秋歲　一首

少游得謫，嘗夢中作詞云：“醉臥古藤陰下，了不知南北。”竟以元符庚辰死
於藤州光華亭上。崇寧甲申，庭堅竄宜州，道過衡陽，覽其遺墨，始追和其千
秋歲詞。

　苑邊花外，記得同朝退。飛騎軋，鳴珂碎。齊歌雲繞扇，
趙舞風回帶。嚴鼓斷，杯盤狼籍猶相對。　灑淚誰能會？醉臥藤
陰蓋。人已去，詞空在。兔園高宴悄，虎觀英遊改。重感慨，
波濤萬頃珠沈海。

【漁隱叢話後集卷三十三】復齋漫錄云：少游為千秋歲，世尤稱之。秦
既歿藤州，晁無咎嘗和其韻以弔之云：“江頭苑外，常記春朝退。飛
騎軋，鳴珂碎。齊謳雲遶扇，趙舞風回帶。嚴鼓斷，杯盤藉草猶相對。
洒涕誰能會？醉臥藤陰蓋。人已去，詞空在。兔園高宴悄，虎觀英游
改。重感慨，驚濤自卷珠沈海。”中云“醉臥藤陰蓋”者，少游臨終作
詞，所謂：“醉臥古藤陰下，了不知南北。”故無咎用之。山谷守當塗
日，郭功甫寓焉，日過山谷論文。一日，山谷云：“少游千秋歲詞，歎
其句意之善，欲和之而海字難押。”功甫連舉數海字，若孔北海之類。
山谷頗厭，未有以卻之。次日，功甫又過山谷，問焉。山谷答曰：“昨
晚偶尋得一海字韻。”功甫問其所以。山谷云：“羞殺人也爺娘海。”
自是功甫不復論文於山谷矣。蓋山谷用俚語以卻之。
【詞林紀事卷六】櫺按：復齋漫錄，此闋作晁無咎。汲古閣山谷詞、琴

趣外篇（晁補之作）並收，當以山谷詞序為正。

虞美人 一首

宜州見梅作

天涯也有江南信，梅破知春近。夜闌風細得香遲，不道曉來開遍向南枝。 玉臺弄粉花應妒，飄到眉心住。平生箇裏願杯深，去國十年老盡少年心。

南鄉子 一首

重陽日，宜州城樓宴集，即席作。

諸將說封侯，短笛長歌獨倚樓。萬事盡隨風雨去，休休，戲馬臺南金絡頭。 催酒莫遲留，酒味今秋似去秋。花向老人頭上笑，羞羞，白髮簪花不解愁。

【宋王暐道山清話】山谷之在宜也，其年乙酉，即崇寧四年也。重九日，登郡城之樓，聽邊人相語：「今歲當鏖戰取封侯。」因作小詞云：「諸將說封侯」云云，（「歌」作「吹」，「盡隨」作「總成」，「味」作「似」，「似」作「勝」，結句作「人不羞花花自羞」。）倚欄高歌，若不能堪者。是月三十日，果不起。范寥自言親見之。

望江東 一首

江水西頭隔煙樹，望不見江東路。思量只有夢來去，更不怕江闌住。 燈前寫了書無數，算沒箇人傳與。直饒尋得雁分付，又還是秋將暮。

訴衷情 一首

小桃灼灼柳鬖鬖，春色滿江南。雨晴風軟煙淡，天氣正醺酣。 山潑黛，水挼藍，翠相攙。歌樓酒旆，故故招人，權典青衫。

【傳記】

黃庭堅（一〇四五——一一〇五）字魯直，洪州分寧人。舉進士，調葉縣尉。熙寧初，教授北京國子監。蘇軾嘗見其詩文，以為"超軼絕塵，獨立萬物之表，世久無此作。"由是聲名始震。知太和縣。哲宗立，召為校書郎，累擢起居舍人、國史編修官。紹聖初，出知宣州，改鄂州。旋貶涪州別駕，移戎州。庭堅泊然不以遷謫介意，蜀士慕從之游，講學不倦。徽宗即位，起監鄂州稅，知舒州，以吏部員外郎召，皆辭不行。丐郡，得知太平州。至之九日，罷，主管玉龍觀。復除名，編管宜州。三年，徙永州，未聞命而卒，年六十一。庭堅與張耒、晁補之、秦觀俱遊蘇軾門，天下稱為四學士，而庭堅於文章尤長於詩，蜀、江西君子以庭堅配軾，故稱"蘇黃"。軾為侍從時，舉庭堅自代，其詞有"瓌偉之文，妙絕當世；孝友之行，追配古人"之語，其重之也如此！初遊灊皖山谷寺石牛洞，樂其林泉之勝，因自號山谷道人云。（節錄宋史卷四百四十四文苑傳）庭堅詞行世者，有毛氏汲古閣宋六十家詞本山谷詞，朱氏彊邨叢書本山谷琴趣外篇。商務印書館四部叢刊影宋本山谷琴趣外篇，為彊邨本所從出。

【集評】

陳師道曰：今代詞手，惟秦七、黃九耳，唐諸人不逮也。（漁隱叢話後集卷三十三）劉熙載曰：黃山谷詞，用意深至，自非小才所能辦。

惟故以生字、俚語侮弄世俗，若為金、元曲家濫觴。（藝概卷四）馮
煦曰：后山以秦七、黃九並稱，其實黃非秦匹也。若以比柳，差為得
之。蓋其得也，則柳詞明媚，黃詞疏宕，而褻諢之作，所失亦均。（宋
六十一家詞選例言）夏敬觀曰：后山稱："今代詞手，惟秦七、黃九。"
少游清麗，山谷重拙，自是一時敵手。至用謔語作俳體，時移世易，
語言變遷，後之閱者漸不能明，此亦自然之勢。試檢揚子雲絕代語，
有能一一釋其義者乎？以市井語入詞，始於柳耆卿；少游、山谷各有
數篇，山谷特甚之又甚，至不可句讀，若此類者，學者可不必步趨耳。
曩疑山谷詞太生硬，今細讀，悟其不然。"超軼絕塵，獨立萬物之表；
馭風騎氣，以與造物者游"，東坡譽山谷之語也。吾於其詞亦云。（手
批山谷詞）

秦 觀 十九首 　錄自彊邨叢書本淮海居士長短句

望海潮 一首

梅英疏淡，冰澌溶洩，東風暗換年華。金谷俊游，銅駝巷陌，新晴細履平沙。長記誤隨車。正絮翻蝶舞，芳思交加。柳下桃蹊，亂分春色到人家。 西園夜飲鳴笳。有華燈礙月，飛蓋妨花。蘭苑未空，行人漸老，重來是事堪嗟！煙暝酒旗斜。但倚樓極目，時見棲鴉。無奈歸心，暗隨流水到天涯。

【汲古閣本淮海詞】題作"洛陽懷古。"
【宋四家詞選】兩兩相形，以整見勁，以兩"到"字作眼，點出"換"字精神。
【譚評詞辨卷一】"長記誤隨車"句頓宕，"柳下桃谿"二句旋斷仍連，後遍陳、隋小賦縮本，填詞家不以唐人為止境也。

水龍吟 一首

小樓連遠橫空，下窺繡轂雕鞍驟。朱簾半捲，單衣初試，清明時候。破煖輕風，弄晴微雨，欲無還有。賣花聲過盡，斜陽院落，紅成陣，飛鴛甃。 玉佩丁東別後，悵佳期、參差難又。名韁利鎖，天還知道，和天也瘦。花下重門，柳邊深巷，不堪回首，念多情，但有當時皓月，向人依舊。

【艇齋詩話】少游詞："小樓連苑橫空，"為都下一妓姓樓，名琬，字東玉。詞中欲藏"樓琬"二字。然少游亦自用出處，張籍詩云："妾家高樓連苑起。"

八六子　一首

*倚危亭，恨如芳草，淒淒剗盡還生。念：柳外青驄別後，水邊紅袂分時，愴然暗驚。　無端天與娉婷，夜月一簾幽夢，春風十里柔情。怎奈向、歡娛漸隨流水，素絃聲斷，翠綃香減，那堪片片飛花弄晚，濛濛殘雨籠晴。正銷凝，黃鸝又啼數聲。

【宋洪邁容齋四筆卷十三】秦少游八六子詞云："片片飛花弄晚，濛濛殘雨籠晴。正銷凝，黃鸝又啼數聲。"話句清峭，為名流推激。予家舊有建本蘭畹曲集，載杜牧之一詞，但記其末句云："正銷魂，梧桐又移翠陰。"秦公蓋效之，似差不及也。

【尊前集】杜牧八六子："洞房深，畫屏燈照，山色凝翠沈沈。聽夜雨冷滴芭蕉，驚斷紅窗好夢，龍煙細飄繡衾。辭恩久歸長信，鳳帳蕭疏，椒殿閒局。輦路苔侵，繡簾垂，遲遲漏傳丹禁。舜華偷悴，翠鬟羞整，愁坐望處，金輿漸遠，何時綵仗重臨？正消魂，梧桐又移翠陰。"

【詞源卷下】離情當如此作，全在情景交鍊，得言外意。

【宋四家詞選】發端神來之筆。

滿庭芳　三首

*山抹微雲，天連衰草，畫角聲斷譙門。暫停征棹，聊共引離尊。多少蓬萊舊事，空回首、煙靄紛紛。斜陽外，寒鴉萬點，流水繞孤村。　銷魂！當此際，香囊暗解，羅帶輕分，謾贏得青樓，薄倖名存。此去何時見也？襟袖上、空惹啼痕。傷情處，高城望斷，燈火已黃昏。

【汲古本】"天連"作"天粘"，"萬點"作"數點"，"空惹"作"空染"。附注："天粘衰草"，今本改"粘"作"連"，非也。韓文："洞庭漫汗，粘天無壁。"張祐詩："草色粘天鶗鴂恨。"山谷詩："遠水粘天吞釣舟。"邵博詩："平浪勢粘天。"趙文昇詞："玉關芳草粘天碧。"嚴次山詞："粘雲紅影傷千古。"葉夢得詞："浪粘天、蒲桃漲綠。"劉行簡詞："山翠欲粘天。"劉叔安詞："暮煙細草粘天遠。""粘"字極工，且有出處。若作"連天"，是小兒之語也。[1]

【避暑錄話卷三】秦觀少游亦善為樂府，語工而入律，知樂者謂之作家歌。元豐間，盛行於淮、楚。"寒鴉千萬點，流水繞孤村，"本隋煬帝詩也。少游取以為滿庭芳詞，而首言"山抹微雲，天粘衰草，"尤為當時所傳。蘇子瞻於四學士中最善少游，故他文未嘗不極口稱善，豈特樂府。然猶以氣格為病，故常戲云："山抹微雲秦學士，露花倒影柳屯田。""露花倒影，"柳永破陣子語也。

【鐵圍山叢談卷四】范內翰祖禹，作唐鑑，名重天下，坐黨錮事久之。其幼子溫，字元實，與吾善。溫嘗預貴人家會，貴人有侍兒，善歌秦少游長短句，坐間略不顧溫，溫亦謹不敢吐一語。及酒酣懽洽，侍兒者始問："此郎何人耶？"溫遽起，叉手而對曰："某乃'山抹微雲'女壻也。"聞者多絕倒。

【高齋詩話】少游自會稽入都，見東坡。東坡曰："不意別後，公卻學柳七作詞！"少游曰："某雖無學，亦不如是。"東坡曰："'銷魂當此際'，非柳七語乎？"

【宋四家詞選】將身世之感，打并入豔情，又是一法。

【譚評詞辨卷一】淮海在北宋，如唐之劉文房。下闋不假雕琢，水到渠成，非平鈍所能藉口。

*紅蓼花繁，黃蘆葉亂，夜深玉露初零。霽天空闊，雲淡楚江清。獨棹孤篷小艇，悠悠過、煙渚沙汀。金鈎細，絲綸慢

---

[1] 舊版尚有："晁補之曰：近來作者，皆不及少游。如'斜陽外寒鴉數點，流水繞孤村'，雖不識字人，亦知是天生好言語。（復齋漫錄引）"

捲，牽動一潭星。　時時橫短笛，清風皓月，相與忘形。任人笑生涯，泛梗飄萍。飲罷不妨醉臥，塵勞事、有耳誰聽？江風靜，日高未起，枕上酒微醒。

　　碧水驚秋，黃雲凝暮，敗葉零亂空堦。洞房人靜，斜月照徘徊。又是重陽近也。幾處處、砧杵聲催。西窗下，風搖翠竹，疑是故人來。　傷懷，增悵望，新歡易失，往事難猜。問籬邊黃菊，知為誰開？謾道愁須殢酒，酒未醒、愁已先回。憑闌久，金波漸轉，白露點蒼苔。

江城子　一首

　　*西城楊柳弄春柔。動離憂，淚難收。猶記多情曾為繫歸舟。碧野朱橋當日事，人不見，水空流。　韶華不為少年留。恨悠悠，幾時休？飛絮落花時候一登樓。便做春江都是淚，流不盡，許多愁。

鵲橋仙　一首

　　纖雲弄巧，飛星傳恨，銀漢迢迢暗度。金風玉露一相逢，便勝卻人間無數。　柔情似水，佳期如夢，忍顧鵲橋歸路。兩情若是久長時，又豈在朝朝暮暮？

減字木蘭花　一首

　　*天涯舊恨，獨自淒涼人不問。欲見回腸，斷盡金鑪小篆

香。　黛蛾長斂，任是春風吹不展。困倚危樓，過盡飛鴻字字愁。

畫堂春　一首

落紅鋪徑水平池，弄晴小雨霏霏。杏園憔悴杜鵑啼，無奈春歸！　柳外畫樓獨上，凭闌獨撚花枝。放花無語對斜暉，此恨誰知？

千秋歲　一首

*水邊沙外，城郭春寒退。花影亂，鶯聲碎。飄零疏酒盞，離別寬衣帶。人不見，碧雲暮合空相對。　憶昔西池會，鵷鷺同飛蓋。攜手處，今誰在？日邊清夢斷，鏡裏朱顏改。春去也！飛紅萬點愁如海。

【汲古本】題作"謫虔州日作"。

【艇齋詩話】少游"水邊沙外，城郭春寒退"詞，為張芸叟作。有簡與芸叟云："古者以代勞歌，此真所謂勞歌。"秦少游詞云："春去也，落紅萬點愁如海。"今人多能歌此詞。方少游作此詞時，傳至予家丞相（曾布），丞相曰："秦七必不久於世，豈有愁如海而可存乎？"已而少游果下世。少游第七，故云秦七。

【獨醒雜志卷五】少游謫古藤，意忽忽不樂。過衡陽，孔毅甫為守，與之厚，延留，待遇有加。一日，飲於郡齋，少游作千秋歲詞。毅甫覽至"鏡裏朱顏改"之句，遽驚曰："少游盛年，何為言語悲愴如此！"遂賡其韻以解之。居數日，別去。毅甫送之於郊，復相語終日，歸謂所親曰："秦少游氣貌大不類平時，殆不久於世矣！"未幾果卒。

踏莎行　一首

*霧失樓臺，月迷津渡，桃源望斷無尋處。可堪孤館閉春寒，杜鵑聲裏斜陽暮。　驛寄梅花，魚傳尺素，砌成此恨無重數。郴江幸自繞郴山，為誰流下瀟湘去？

【汲古本】題作“郴州旅舍”。詞後附注：坡翁絕愛此詞尾兩句，自書于扇云：“少游已矣！雖萬人何贖！”

【漁隱叢話前集卷五十】詩眼云：後誦淮海小詞云：“杜鵑聲裏斜陽暮。”公（山谷）曰：“此詞高絕。但既云‘斜陽’，又云‘暮’，則重出也。”欲改“斜陽”作“簾櫳”。余曰：“既言‘孤館閉春寒’，似無簾櫳。”公曰：“亭傳雖未必有簾櫳，有亦無害。”余曰：“此詞本模寫牢落之狀，若曰簾櫳，恐損初意。”先生曰：“極難得好字，當徐思之。”然余因此曉句法不當重疊。

【人間詞話卷上】有有我之境，有無我之境。“淚眼問花花不語，亂紅飛過秋千去。”“可堪孤館閉春寒，杜鵑聲裏斜陽暮。”有我之境也。“采菊東籬下，悠然見南山。”“寒波澹澹起，白鳥悠悠下。”無我之境也。有我之境，以我觀物，故物皆著我之色彩。無我之境，以物觀物，故不知何者為我？何者為物？少游詞境，最為淒惋。至“可堪孤館閉春塞，杜鵑聲裏斜陽暮。”則變而淒厲矣。東坡賞其後二語，猶為皮相。“風雨如晦，雞鳴不已。”“山峻高以蔽日兮，下幽晦以多雨。霰雪紛其無垠兮，雲霏霏而承宇。”“樹樹皆秋色，山山盡落暉。”“可堪孤館閉春寒，杜鵑聲裏斜陽暮。”氣象皆相似。①

---

① 舊版有附錄一則：“苕溪漁隱叢話：黃山谷曰：此詞高絕，但‘斜陽’‘暮’為重出。欲改‘斜陽’為‘簾櫳’。范元實曰：只看‘孤館閉春寒’，似無簾櫳。山谷曰：亭傳雖無簾櫳，有亦無礙。范曰：詞本摹寫牢落之狀，若曰簾櫳，恐損初意。今郴州志竟改作‘斜陽度’，余謂斜屬日，暮屬時，不為累，何必改也？東坡‘回首斜陽暮’，美成‘雁背斜陽紅欲暮’，可法也。”

浣溪沙 一首

*漠漠輕寒上小樓，曉陰無賴是窮秋，淡煙流水畫屏幽。 自在飛花輕似夢，無邊絲雨細如愁，寶簾閒掛小銀鉤。

如夢令 二首

門外鴉啼楊柳，春色著人如酒。睡起熨沈香，玉腕不勝金斗。消瘦！消瘦！還是褪花時候。

遙夜沈沈如水，風緊驛亭深閉。夢破鼠窺燈，霜送曉寒侵被。無寐！無寐！門外馬嘶人起。

【汲古本】調作“憶仙姿”。

阮郎歸 一首

*湘天風雨破寒初，深沈庭院虛。麗譙吹罷小單于，迢迢清夜徂。 鄉夢斷，旅魂孤，崢嶸歲又除。衡陽猶有雁傳書，郴陽和雁無！

滿庭芳 一首

*曉色雲開，春隨人意，驟雨纔過還晴。古臺芳榭，飛燕蹴紅英。舞困榆錢自落，秋千外、綠水橋平。東風裏，朱門映柳，低按小秦箏。 多情，行樂處，珠鈿翠蓋，玉轡紅纓。漸酒空金榼，花困蓬瀛。豆蔻梢頭舊恨，十年夢、屈指堪驚。憑闌久，

疏煙淡日，寂寞下蕪城。

【汲古本】調下有"向誤王觀"四字，"曉色"作"晚色"，"纔過"作
"方過"，"古臺芳樹"作"高臺芳樹"。
【宋四家詞選】"秋千"句一筆挽轉。

點絳脣　一首

　　醉漾輕舟，信流引到花深處。塵緣相誤，無計花間住。　煙
水茫茫，千里斜陽暮。山無數，亂紅如雨，不記來時路。

【汲古本】題作"桃源"。附注："或刻蘇子瞻"。

好事近　一首

　　　　夢中作

　　*春路雨添花，花動一山春色。行到小溪深處，有黃鸝
千百。　飛雲當面化龍蛇，夭矯轉空碧。醉臥古藤陰下，了不知
南北。

【東坡跋】供奉官莫君沔官湖南，喜從遷客游，尤為呂元鈞所稱。又能
誦少游事甚詳，為予誦此詞至流涕，乃錄本，使藏之。
【魯直跋少游好事近】少游醉臥古藤下，誰與愁眉唱一杯？解作江南斷
腸句，只今惟有賀方回。①

---

① 　舊版尚有："周濟曰：櫽括一生，結語遂作藤州之讖。造語奇警，不似少游尋常
手筆。(宋四家詞選)"

【傳記】

秦觀（一〇四九———一一〇〇）字少游，一字太虛，揚州高郵人。少豪雋，慷慨溢於文詞。舉進士，不中。強志盛氣，好大而見奇，讀兵家書，與己意合。見蘇軾於徐，為賦黃樓，軾以為有屈、宋才。又介其詩於王安石，安石亦謂清新似鮑、謝。軾勉以應舉為親養，始登第，調定海主簿、蔡州教授。元祐初，軾薦於朝，除太學博士，兼國史院編修官。紹聖初，坐黨籍，出通判杭州，貶監處州酒稅。削秩，徙郴州，繼編管橫州，又徙雷州。徽宗立，復宣德郎，放還，至藤州，出游華光亭，為客道夢中長短句，索水欲飲，水至，笑視之而卒。先自作挽詞，其語哀甚，讀者悲傷之。年五十三。觀長於議論，文麗而思深。及死，軾聞之，歎曰：「少游不幸死道路，哀哉！世豈復有斯人乎？」（節錄宋史卷四百四十四文苑傳）秦觀有毛氏汲古閣宋六十家詞本淮海詞，朱氏彊邨叢書本淮海居士長短句。近人葉恭綽復取宋刊本二種，影印行世，最稱善本。

【集評】

①王灼曰：張子野、秦少游，俊逸精妙。少游屢困京洛，故疏蕩之風不除。（碧雞漫志卷二）張炎曰：秦少游詞，體製淡雅，氣骨不衰，清麗中不斷意脈，咀嚼無滓，久而知味。（詞源卷下）②董士錫曰：少游正以平易近人，故用力者終不能到。（介存齋論詞雜著引）周濟曰：少游最和婉醇正，稍遜清真者辣耳。少游意在含蓄，如花初胎，故少重筆。（宋四家詞選序論）劉熙載曰：少游詞有小晏之妍，其幽趣則過之。秦少游詞，得花間、尊前遺韻，卻能自出清新。東坡詞雄姿逸氣，高軼古人，且稱少游為詞手。山谷傾倒於少游千秋歲詞「落紅萬點愁

---

① 舊版尚有：「蔡伯世曰：子瞻辭勝乎情，耆卿情勝乎辭。辭情相稱者，唯少游而已。（詞林紀事引）」

② 舊版尚有：「蘇籀曰：秦校理詞，落盡畦畛，天心月脅，逸格超絕，妙中之妙。議者謂前無倫而後無繼。（詞林紀事引）」「樓敬思曰：淮海詞風骨自高，如紅梅作花，能以韻勝。覺清真亦無此氣味也。（詞林紀事引）」「張綖曰：少游多婉約，子瞻多豪放。當以婉約為主。（張刻淮海集）」

如海"之句，至不敢和。要其他詞之妙，似此者豈少哉?（藝概卷四）①
馮煦曰：少游以絕塵之才，早與勝流，不可一世，而一謫南荒，遽喪
靈寶。故所為詞，寄慨身世，閑雅有情思，酒邊花下，一往而深，而
怨悱不亂，悄乎得小雅之遺，後主而後，一人而已。昔張天如論相如
之賦云："他人之賦，賦才也；長卿，賦心也。"予於少游之詞亦云：
他人之詞，詞才也；少游，詞心也；得之於內，不可以傳。雖子瞻之
明儁，耆卿之幽秀，猶若有瞠乎後者，況其下耶?（宋六十一家詞選例
言）況周頤曰：有宋熙、豐間，詞學稱極盛。蘇長公提倡風雅，為一
代斗山。黃山谷、秦少游、晁无咎，皆長公之客。山谷、无咎皆工
倚聲，體格於長公為近。惟少游自闢蹊徑，卓然名家。蓋其天分高，
故能抽秘騁妍於尋常擩染之外，而其所以契合長公者獨深。張文潛贈
李德載詩，有云："秦文倩麗舒桃李。"彼所謂文，固指一切文字而言。
若以其詞論，直是初日芙蓉，曉風楊柳。倩麗之桃李，容猶當之有愧
色焉。王晦叔碧雞漫志云："黃、晁二家詞，皆學坡公，得其七八，"
而於少游獨稱其"俊逸精妙"，與張子野並論，不言其學坡公，可謂知
少游者矣。（蕙風詞話卷二）夏敬觀曰：少游詞清麗婉約，辭情相稱，
誦之回腸蕩氣，自是詞中上品。比之山谷，詩不及遠甚，詞則過之。
蓋山谷是東坡一派，少游則純乎詞人之詞也。東坡嘗譏少游："不意別
後，公卻學柳七！"少游學柳，豈用諱言？稍加以坡，便成為少游之
詞。學者細玩，當不易吾言也。（映庵手校淮海詞跋）

---

③　舊版尚有："王國維曰：或曰：淮海、小山，古之傷心人也。其淡語皆有味，淺
語皆有致。余謂此唯淮海足以當之。小山矜貴有餘，但可方駕子野、方回，未足抗衡
淮海也。（人間詞話）"

張　耒 二首 錄自趙萬里校輯宋金元人詞本柯山詩餘

秋蕊香 一首

簾幕疏疏風透，一綫香飄金獸。朱欄倚遍黃昏後，廊上月華如晝。　別離滋味濃於酒，著人瘦。此情不及牆東柳，春色年年如舊。

風流子 一首

木葉亭皐下，重陽近，又是搗衣秋。奈愁入庾腸，老侵潘鬢，謾簪黃菊，花也應羞。楚天晚，白蘋煙盡處，紅蓼水邊頭。芳草有情，夕陽無語，雁橫南浦，人倚西樓。　玉容知安否？香箋共錦字，兩處悠悠。空恨碧雲離合，青鳥沈浮。向風前懊惱，芳心一點，寸眉兩葉，禁甚閒愁？情到不堪言處，分付東流。

【歷代詩餘卷一百十五引堯山堂外紀】張文潛十七歲作函關賦，從東坡游。元祐中，在秘閣，上巳日集西池，張詠云：“翠浪有聲黃繖動，春風無力綵旌垂。”少游云：“簾幕千家錦繡垂。”同人笑曰：“又將入小石調也。”因文潛作大石調風流子，故云。

【餐櫻廡詞話】張文潛風流子：“芳草有情，夕陽無語，雁橫南浦，人倚西樓。”景語亦復尋常，惟用在過拍，即此頓住，便覺老當渾成。換頭：“玉容知安否？”融景入情，力量甚大。此等句有力量，非深於詞，不能知也。“香箋”至“沈浮”，微嫌近滑，幸風前四句，深婉入情，為之補救，而“芳心”、“翠眉”，又稍稍刷色。下云“情到不堪言處，分付東流。”蓋至是不能不用質語為結束矣。雖古人用心，未必如我所云，要不失為知人之言也。"香箋共錦字，兩地悠悠。"吾人填詞，斷不堪如此率意，勢必縮兩句為一句，下句更添一意，由情中、景中生出皆可，情景兼到，又盡善矣。雖然突過前人不易，或反不逮前人，視平昔之功力，臨時之杼軸何如耳。

【傳記】

　　張耒（一○五二——一一一二）字文潛，楚州淮陰人。游學於陳，學官蘇轍愛之，因得從軾游，軾稱其文汪洋沖澹，有一倡三歎之聲。弱冠第進士，歷臨淮主簿、壽安尉、咸平縣丞，入為太學錄。范純仁以館閣薦，試秘書省正字，累擢起居舍人。紹聖初，以直龍圖閣知潤州。坐黨籍，徙宣州，謫監黃州酒稅。徽宗立，起為通判黃州，知兗州。召為太常少卿，復出知潁州、汝州。崇寧初，復坐黨籍落職，貶房州別駕，安置於黃。五年，得自便居陳州。耒儀觀甚偉，有雄才，筆力絕健，於騷詞尤長。二蘇及黃庭堅、晁補之輩相繼沒，耒獨存，士人就學者眾，分日載酒殽飲食之。卒年六十一。（節錄宋史卷四百四十四文苑傳）耒在蘇門四學士中，作詞最少。近人趙萬里於諸家選本及宋人筆記中輯得六首，題曰柯山詩餘，刊入校輯宋金元人詞中。

賀 鑄 二十九首 錄自彊邨叢書本東山詞及賀方回詞

半死桐 思越人，亦名鷓鴣天 一首

*重過閶門萬事非，同來何事不同歸？梧桐半死清霜後，頭白鴛鴦失伴飛。 原上草，露初晞，舊棲新壠兩依依。空牀臥聽南窗雨，誰復挑燈夜補衣！

杵聲齊 擣練子 一首

砧面瑩，杵聲齊，擣就征衣淚墨題。寄到玉關應萬里，戍人猶在玉關西！

望書歸 擣練子 一首

*邊堠遠，置郵稀，附與征衣襯鐵衣。連夜不妨頻夢見，過年惟望得書歸。

【夏敬觀評東山詞】觀以上凡七言二句，皆唐人絕句作法。

夢江南 太平時 一首

九曲池頭三月三，柳毿毿。香塵撲馬噀金銜，涴春衫。 苦筍鱸魚鄉味美，夢江南。閶門煙水晚風恬，落歸帆。

【夏評】多以唐人成句入詞，有天衣無縫之妙。

愁風月　生查子　一首

風清月正圓，正是佳時節。不會長年來，處處愁風月。　心將熏麝焦，吟伴寒蟲切。欲遽就牀眠，解帶翻成結。

陌上郎　生查子　一首

*西津海鶻舟，徑度滄江雨。雙艣本無情，鴉軋如人語。　揮金陌上郎，化石山頭婦。何物繫君心？三歲扶牀女。

芳心苦　蹋莎行　一首

*楊柳回塘，鴛鴦別浦，綠萍漲斷蓮舟路。斷無蜂蝶慕幽香，紅衣脫盡芳心苦。　返照迎潮，行雲帶雨，依依似與騷人語：當年不肯嫁春風，無端却被秋風誤！

掩蕭齋　減字浣溪沙　一首

*落日逢迎朱雀街，共乘青舫度秦淮，笑拈飛絮冒金釵。　洞戶華燈歸別館，碧梧紅藥掩蕭齋，願隨明月入君懷。

行路難　小梅花　一首

縛虎手，懸河口，車如雞棲馬如狗。白綸巾，撲黃塵，不知我輩可是蓬蒿人？衰蘭送客咸陽道，天若有情天亦老。作雷顛，不論錢，誰問旗亭美酒斗十千？　酌大斗，更為壽，青鬢常青古無有。笑嫣然，舞翩然，當壚秦女十五語如絃。遺音能記秋風曲，事去千年猶恨促。攬流光，繫扶桑，爭奈愁來一日卻為長！

【夏評】稼軒豪邁之處，從此脫胎。豪而不放，稼軒所不能學也。

淩歊銅人捧露盤引　一首

控滄江，排青嶂，燕臺涼。駐綵仗、樂未渠央。巖花礎蔓，妒千門珠翠倚新妝。舞閑歌悄，恨風流不管餘香。　繁華夢，驚俄頃；佳麗地，指蒼茫。寄一笑、何與興亡？量船載酒，賴使君相對兩胡牀。緩調清管，更為儂三弄斜陽。

【宋李之儀姑溪居士文集卷四十跋淩歊引後】淩歊臺表見江左，異時詞人墨客，形容藻繪，多發於詩句，而樂府之傳，則未聞焉。一日，會稽賀方回登而賦之，借金人捧露盤以寄其聲，於是昔之形容藻繪者，奄奄如九泉下人矣。至其必待到而後知者，皆因語以會其境，緣聲以同其感，亦非深造而自得者，不足以擊節。方回又以一時所寓，固已超然絕詣，獨無桓野王輩相與周旋，遂於卒章以申其不得而已者，則方回之人物，茲可量已。
【夏評】"寄一笑"句，為全詞之眼。

獨倚樓更漏子　一首

*上東門，門外柳，贈別每煩纖手。一葉落，幾番秋，江南獨倚樓。　曲闌干，凝竚久，薄暮更堪搔首。無際恨，見閑愁，侵尋天盡頭。

臺城游 水調歌頭　一首

*南國本蕭灑，六代浸豪奢。臺城游冶，襞箋能賦屬宮娃。雲觀登臨清夏，璧月留連長夜，吟醉送年華。回首飛鴛瓦，却羨井中蛙。　訪烏衣，尋白社，不容車。舊時王謝，堂前雙燕過誰家？樓外河橫斗挂，淮上潮平霜下，檣影落寒沙。商女篷窗罅，猶唱後庭花。

宛溪柳 六么令　一首

*夢雲蕭散，簾捲畫堂曉。殘薰盡，燭隱映，綺席金壺倒。塵送行鞭嫋嫋，醉指長安道。波平天渺，蘭舟欲上，回首離愁滿芳草。　已恨歸期不早，枉負狂年少。無奈風月多情，此去應相笑。心記新聲縹緲，翻是相思調。明年春杪，宛溪楊柳，依舊青青為誰好？

【朱孝臧評東山詞】後遍筆如轆轤。

橫塘路 青玉案　一首

*淩波不過橫塘路，但目送，芳塵去。錦瑟華年誰與度？月橋花院，瑣窗朱戶，只有春知處。　飛雲冉冉蘅皋暮，彩筆新題斷腸句。若問閒情都幾許？一川煙草，滿城風絮，梅子黃時雨。

【碧雞漫志卷二】賀方回初在錢塘（案當作橫塘），作青玉案。魯直喜之，賦絕句云："解道江南斷腸句，只今惟有賀方回。"賀集中如青玉案者甚眾。大抵二公（賀與周邦彥）卓然自立，不肯浪下筆。予故謂語意精新，用心甚苦。

【宋周少隱竹坡老人詩話卷一】賀方回嘗作青玉案詞，有"梅子黃時雨"之句，人皆服其工，士大夫謂之"賀梅子"。郭功父有示耿天隲一詩，王荊公嘗為書之。其尾云："廟前古木藏訓狐，豪氣英風亦何有？"方回晚倅姑孰，與功父遊，甚歡。方回寡髮，功父指其髻，謂曰："此真賀梅子也！"方回乃捋其鬚曰："君可謂郭訓狐矣。"功父白髯而鬍，故有是語。

【鶴林玉露卷七】詩家有以山喻愁者，杜少陵云："憂端如山來，澒洞不可掇。"趙嘏云："夕陽樓上山重疊，未抵閒愁一倍多。"是也。有以水喻愁者，李頎云："請量東海水，看取淺深愁。"李後主云："問君能有幾多愁？恰似一江春水向東流。"秦少游云："落紅萬點愁如海。"是也。賀方回云："試問閒愁都幾許？一川煙草，滿城風絮，梅子黃時雨。"蓋以三者比之愁多也，尤為新奇；兼興中有比，意味更長。

【夏評】稼軒穠麗之處，從此脫胎。細讀東山詞，知其為稼軒所師也。世但言蘇、辛為一派，不知方回，亦不知稼軒。[①]

人南渡感皇恩　一首

*蘭芷滿芳洲，游絲橫路。羅韈塵生步。迎顧，整鬟顰黛，脈脈兩情難語。細風吹柳絮，人南渡。　回首舊游，山無重數。花底深朱戶。何處？半黃梅子，向晚一簾疏雨。斷魂分付與，春將去。

---

① 舊版有附錄："中吳紀聞：鑄有小築，在姑蘇盤門之內十餘里，地名橫塘。方回來往其間，作此詞。後山谷有詩云：'解道江南腸斷句，只今惟有賀方回。'其為前輩推重如此。潘子真云：寇萊公詩：'杜鵑啼處血成花，梅子黃時雨如霧。'世推方回所作'梅子黃時雨'為絕唱，蓋用萊公語也。"

薄倖　一首

*豔真多態，更的的頻回眄睞。便認得琴心相許，與寫宜男雙帶。記畫堂斜月朦朧，輕顰微笑嬌無奈。便翡翠屏開，芙蓉帳掩，與把香羅偷解。　自過了收燈後，都不見踏青挑菜。幾回憑雙燕，丁寧深意，往來翻恨重簾礙。約何時再？正春濃酒暖，人閒晝永無聊賴。厭厭睡起，猶有花梢日在。

【宋四家詞選】耆卿於寫景中見情，故淡遠。方回於言情中布景，故穠至。

伴雲來天香　一首

*煙絡橫林，山沈遠照，邐迤黃昏鐘鼓。燭映簾櫳，蛩催機杼，共苦清秋風露。不眠思婦，齊應和幾聲砧杵。驚動天涯倦宦，駸駸歲華行暮。　當年酒狂自負，謂東君以春相付。流浪征驂北道，客檣南浦，幽恨無人晤語。賴明月曾知舊游處，好伴雲來，還將夢去。

【朱評】橫空盤硬語。以上錄自東山詞卷上。

擁鼻吟吳音子　一首

別酒初銷，憮然弭櫂兼葭浦。回首不見高城，青樓更何許？大艑軻峨，越商巴賈，萬恨龍鍾，篷下對語。　指征路，山缺處，孤煙起、歷歷聞津鼓。江豚吹浪，晚來風轉夜深雨。擁鼻微吟，斷腸新句，粉碧羅牋，封淚寄與。

點絳脣　一首

一幅霜綃，麝煤熏膩紋絲縷。掩妝無語，的是銷凝處。　薄暮蘭橈，漾下蘋花渚，風留住。綠楊歸路，燕子西飛去。

清平樂　一首

林皋葉脫，樓下清江闊。船裏琵琶金捍撥，彈斷么絃再抹。　夜潮洲渚生寒，城頭星斗闌干。忍話舊游新夢，三千里外長安！

減字浣溪沙　五首

*鼓動城頭啼暮鴉，過雲時送雨些些，嫩涼如水透窗紗。　弄影西廂侵戶月，分香東畔拂牆花，此時相望抵天涯。

*煙柳春梢蘸暈黃，井闌風綽小桃香，覺時簾幙又斜陽。　望處定無千里眼，斷來能有幾迴腸？少年禁取恁淒涼！

*夢想西池輦路邊，玉鞍驕馬小輜軿，春風十里鬭嬋娟。　臨水登山漂泊地，落花中酒寂寥天，簡般情味已三年！

*閒把琵琶舊譜尋，四絃聲怨却沈吟，燕飛人靜畫堂深。　欹枕有時成雨夢，隔簾無處說春心，一從燈夜到如今！

*樓角初銷一縷霞，淡黃楊柳暗棲鴉，玉人和月摘梅花。　笑撚粉香歸洞戶，更垂簾幙護窗紗，東風寒似夜來些。

【漁隱叢話前集卷五十九】詞句欲全篇皆好，極為難得。如賀方回"淡黃楊柳帶棲鴉，"秦處度"藕葉清香勝花氣"二句，寫景詠物，可謂造微入妙。若其全篇，皆不逮此矣。

以上錄自賀方回詞。

六州歌頭　一首

*少年俠氣，交結五都雄。肝膽洞，毛髮聳。立談中，死生同，一諾千金重。推翹勇，矜豪縱，輕蓋擁，聯飛鞚，斗城東。轟飲酒壚，春色浮寒甕。吸海垂虹。閒呼鷹嗾犬，白羽摘雕弓，狡穴俄空，樂恩恩。　似黃粱夢，辭丹鳳；明月共，漾孤篷。官冗從，懷倥傯，落塵籠，簿書叢。鶡弁如雲衆，供麤用，忽奇功。笳鼓動，漁陽弄，思悲翁，不請長纓，繫取天驕種。劍吼西風。恨登山臨水，手寄七絃桐，目送歸鴻。

【夏評】與小梅花曲，同樣功力，雄姿壯采，不可一世！

石州引　一首

*薄雨收寒，斜照弄晴，春意空闊。長亭柳蓓纔黃，倚馬何人先折？煙橫水漫，映帶幾點歸鴻，平沙銷盡龍荒雪。猶記出關來，恰如今時節。　將發，畫樓芳酒，紅淚清歌，便成輕別。回首經年，杳杳音塵都絕。欲知方寸，共有幾許新愁？芭蕉不展丁香結。憔悴一天涯，兩厭厭風月。

【碧雞漫志卷二】賀方回石州慢，予舊見其藁。"風色收寒，雲影弄晴，"改作"薄雨收寒，斜照弄晴。"又"冰垂玉筯，向午滴瀝簷楹，泥融消盡牆陰雪，"改作"煙橫水際，映帶幾點歸鴻，東風消盡龍沙雪。"

小梅花　一首

思前別，記時節，美人顏色如花發。美人歸，天一涯，娟娟姮娥三五滿還虧。翠眉蟬鬢生離訣，遙望青樓心欲絕。夢中尋，臥巫雲，覺來珠淚滴向湘水深。　愁無已，奏綠綺，歷歷高山與流水。妙通神，絕知音，不知暮雨朝雲何山岑？相思無計堪相比，珠箔雕闌幾千里。漏將分，月窗明，一夜梅花忽開疑是君。

天門謠　一首

牛渚天門險，限南北、七雄豪占。清霧斂，與閒人登覽。　待月上潮平波灩灩，塞管輕吹新阿濫。風滿檻，歷歷數西州更點。

以上錄自東山詞補

附錄

辨絃聲迎春樂

瓊瓊絕藝真無價。指尖纖，態閒暇。幾多方寸關情話。都付與，絃聲寫。　三月十三寒食夜，映花月絮風臺榭。明月待歡來，久背面，鞦韆下。

惜餘春踏莎行

急雨收春，斜風約水。浮紅漲綠魚文起。年年游子惜餘春，春歸不解招游子。　留恨城隅，關情紙尾。闌干長對西曛倚。鴛鴦俱是白頭時，江南渭北三千里。

將進酒小梅花

城下路，淒風露，今人犁田古人墓。岸頭沙，帶蒹葭，漫漫昔時流水今人家。黃埃赤日長安道，倦客無漿馬無草。開函關，掩函關，千古如何不見一人閒？　六國擾，三秦掃，初謂商山遺四老。馳單車，致緘書，裂荷焚芰接武曳長裾。高流端得酒中趣，深入醉鄉安穩處。生忘形，死忘名。誰論二豪初不數劉伶？

要銷凝商清怨

雕梁尋巢舊燕侶。似向人欲語。試問來時，逢郎郎健否。　春風深閉繡戶。盡便旋，一庭花絮。要自銷凝，吟郎長短句。

西江月

攜手看花深徑，扶肩待月斜廊。臨分少佇已倀倀，此段不堪回想。　欲寄書如天遠，難銷夜似年長。小窗風雨碎人腸，更在孤舟枕上。

江城子

麝熏微度繡芙蓉。翠衾重，畫堂空。前夜偷期，相見卻恩恩。心事兩知何處問，依約是，夢中逢。　坐疑行聽竹窗風。出簾櫳，杳無蹤。已過黃昏，纔動寺樓鐘。暮雨不來春又去，花滿地，月朦朧。

浪淘沙

一葉忽驚秋，分付東流。殷勤為過白蘋洲。洲上小樓簾半捲，應認歸舟。　回首戀朋游，迹去心留。歌塵蕭散夢雲收。惟有尊前曾見月，相伴人愁。

謁金門

李黃門夢得一曲，前遍二十言，後遍二十二言，而無其聲。余采其前遍，潤一橫字，已續二十五字寫之云。

楊花落，燕子橫穿朱閣。常恨春醪如水薄，閒愁無處著。　綠野帶江山絡角，桃葉參差前約。歷歷短檣沙外泊，東風晚來惡。

南柯子

別恨

斗酒纔供淚，扁舟只載愁。畫橋青柳小朱樓。猶記出城車

馬為遲留。　有恨花空委，無情水自流。河陽新鬢儘禁秋。蕭散
楚雲巫雨此生休。

【傳記】

　　賀鑄（一〇五二——一一二五）字方回，衞州人。（案慶湖遺老詩
集自序稱"越人"，彊邨叢書本東山詞題作"山陰賀鑄"。）長七尺，面
鐵色，眉目聳拔。喜談當世事，可否不少假借。雖貴要權傾一時，少
不中意，極口詆之無遺辭。人以為近俠。博學強記，工語言，深婉麗
密，如次組繡。尤長於度曲，掇拾人所棄遺，少加隱括，皆為新奇。
嘗言："吾筆端驅使李商隱、温庭筠，常奔命不暇。"　初娶宗女，隸籍
右，選監太原工作。時江淮間有米芾，以魁岸奇譎知名。鑄以氣俠雄
爽，適相先後。二人每相遇，瞑目抵掌，論辯鋒起，終日各不能屈，
談者爭傳為口實。元祐中，李清臣執政，奏換通直郎，通判泗州，又
倅太平州。竟以尚氣使酒，不得美官，悒悒不得志，食宮祠祿，退居
吳下，稍務引遠世故，亦無復軒輊如平日。家藏書萬餘卷，手自校讎，
無一字誤。其所與交終始厚者，惟信安程俱。鑄自衷歌詞，名東山樂
府，俱為序之。嘗自言唐諫議大夫知章之後，居越之湖澤所謂鏡湖者，
本慶湖也，故鑄自號慶湖遺老。（摘錄宋史卷四百四十三文苑傳）[1] 年
七十四，以宣和七年二月甲寅，卒于常州之僧舍。（據程俱撰賀公墓誌
銘）譙郡張耒序其東山詞云：余友賀方回，博學，業文，而樂府之詞，
高絕一世，攜一編示余，大抵倚聲而為之詞，皆可歌也。或者譏方回
好學、能文，而惟是為工，何哉？余應之曰：是所謂滿心而發，肆口

---

[1]　以上作者小傳舊版作："賀方回名鑄，衞州人。（慶湖遺老詩集自序作越人，彊
邨叢書作山陰人。）自言唐諫議大夫知章後，故號慶湖遺老。（據詩序，鑄生於皇祐
壬辰。）長七尺，眉目聳拔，面鐵色。喜歡談天下事，可否不略少假借，人以為近俠。
然博學強記，工語言，深婉麗密，如此組繡。尤長於度曲，掇拾人所遺棄，少加隱括，
皆為新奇。嘗言：'吾筆端驅使李商隱、温庭筠，常奔命不暇。'初仕監太原工作。建
中靖國間，黃庭堅魯直自黔中還，得其'江南梅子'之句，以為似謝元暉。然以尚氣
使酒，終不得美官。後為泗州通判，悒悒不得志，食宮祠祿，退居吳下。自衷其生平所
為歌詞，名東山樂府。（以上節錄葉夢得建康集卷八賀鑄傳）"後文略同，從略。

而成，雖欲已焉而不得者。若其粉澤之工，則其才之所至，亦不自知也。夫其盛麗如游金、張之堂，而妖冶如攬嬙、施之袪，幽潔如屈、宋，悲壯如蘇、李，覽者自知之，蓋有不可勝言者矣。（彊邨叢書本東山詞卷首）東山詞行世者，有侯文燦名家詞集本，王鵬運四印齋所刻詞本，陶湘涉園景宋金元明本詞續刊本，彊邨叢書本。朱本晚出，最完善。

【集評】

①張炎曰：詞中一箇生硬字用不得，須是深加煅煉，字字敲打得響，歌誦妥溜，方為本色語。如賀方回、吳夢窗，皆善於鍊字面，多於溫庭筠、李長吉詩中來。（詞源卷下）王國維曰：北宋名家，以方回為最次，其詞如歷下、新城之詩，非不華贍，惜少真味。（人間詞話卷下）夏敬觀曰：王直方詩話謂方回言：學詩於前輩，得八句云：「平淡不涉於流俗，奇古不鄰於怪僻，題詠不窘於物義，叙事不病於聲律，比興深者通物理，用事工者如己出，格見於成篇渾然不可鎪，氣出於言外浩然不可屈。」此八語，余謂亦方回作詞之訣也。小令喜用前人成句，其造句亦恆類晚唐人詩。慢詞命辭遣意，多自唐賢詩篇得來，不施破碎藻采，可謂無假脂粉，自然穠麗。張叔夏謂「與吳夢窗皆善於鍊字面者，多於李長吉、溫庭筠詩中來」，大謬不然。方回詞取材於長吉、飛卿者不多，所以整而不碎也。（手批東山詞）況周頤曰：按填詞以厚為要恉。蘇、辛詞皆極厚，然不易學，或不能得其萬一，而轉滋流弊，如纚率、跕囂、瀾浪之類。東山詞亦極厚，學之却無流弊。信能得其神似，進而闖蘇、辛堂奧，何難矣。厚之一字，關係性情。「解道江南斷腸句，」方回之深於情也。企鴻軒蓄書萬餘卷，得力於醞釀者又可知。張叔夏作詞源，於方回但許其善鍊字面，詎深知方回者耶？（歷代詞人考略卷十四）

---

① 舊版集評尚有："王灼曰：賀方回語意清新，用心甚苦。集中如青玉案者甚眾，大抵卓然自立，不肯浪下筆。（碧雞漫志）""周濟曰：方回鎔景入情，故穠麗。（介存齋論詞雜著）"

晁補之 十首 　錄自汲古閣宋六十家詞本晁氏琴趣外篇

摸魚兒 一首

東皋寓居

*買陂塘、旋栽楊柳，依稀淮岸江浦。東皋嘉雨新痕漲，沙觜鷺來鷗聚。堪愛處，最好是一川夜月光流渚。無人獨舞。任翠幄張天，柔茵藉地，酒盡未能去。　青綾被，莫憶金閨故步，儒冠曾把身誤。弓刀千騎成何事？荒了邵平瓜圃。君試覷，滿青鏡星星鬢影今如許！功名浪語。便似得班超，封侯萬里，歸計恐遲暮。

【西塘集耆舊續聞卷三】晁無咎閒居濟州金鄉，葺東皋歸去來園，樓觀堂亭，位置極蕭灑，盡用陶語名目之，自畫為大圖，書記其上。

【藝概卷四】无咎詞，堂廡頗大。人知辛稼軒摸魚兒"更能消幾番風雨"一闋，為後來名家所競效。其實辛詞所本，即无咎摸魚兒"買陂塘旋栽楊柳"之波瀾也。

黃鶯兒 一首

南園佳致偏宜暑。兩兩三三，脩篁新筍出初齊，猗猗過簷侵戶。聽亂颭芰荷風，細灑梧桐雨。午餘簾影參差，遠林蟬聲，幽夢殘處。　凝竚，既往盡成空，暫遇何曾住？算人間事，豈足追思，依依夢中情緒。觀數點茗浮花，一縷香縈炷。怪來人道：陶潛做得羲皇侶。

梁州令疊韻 一首

田野閒來慣，睡起初驚曉燕。樵青走挂小簾鉤，南園昨夜，細雨紅芳遍。 平蕪一帶烟花（宋本作"光"，是。）淺，過盡南歸雁。江雲渭樹俱遠，凭闌送目空腸斷。 好景難常占，過眼韶華如箭。莫教鵾鳩送韶華，多情楊柳，為把長條絆。 清樽滿酌誰為伴？花下提壺勸：何妨醉臥花底，愁容不上春風面。

金鳳鉤 一首

送春

春辭我，向何處？怪草草、夜來風雨。一簪華髮少歡饒，恨無計、殢春且住。 春回常恨尋無路，試向我、小園徐步。一欄紅藥，倚風含露，春自未曾歸去。

水龍吟 一首

次韻林聖予惜春

*問春何苦匆匆？帶風伴雨如馳驟。幽葩細萼，小園低檻，甕培未就。吹盡繁紅，占春長久，不如垂柳。算春常不老，人愁春老，愁只是，人間有。 春恨十常八九，忍輕辜、芳醪經口。那知自是，桃花結子，不因春瘦。世上功名，老來風味，春歸時候。縱樽前痛飲，狂歌似舊，情難依舊。

【樂府雅詞卷上】"縱樽前"三句作"最多情猶有，樽前青眼，相逢依舊。"

鹽角兒 一首

亳社觀梅

*開時似雪，謝時似雪，花中奇絕。香非在蕊，香非在萼，骨中香徹。 占溪風，留溪月，堪羞損、山桃如血。直饒更疏疏淡淡，終有一般情別。

迷神引 一首

貶玉溪，對江山作。

*黯黯青山紅日暮，浩浩大江東注。餘霞散綺，回（宋本無"回"字，是。）向煙波路。使人愁，長安遠，在何處？幾點漁燈小，迷近塢。一片客帆低，傍前浦。 暗想平生，自悔儒冠誤。覺阮途窮，歸心阻。斷魂素月，一千里，傷平楚。怪竹枝歌，聲聲怨，為誰苦？猿鳥一時啼，驚島嶼。燭暗不成眠，聽津鼓。

憶少年 一首

別歷下

*無窮官柳，無情畫舸，無根行客。南山尚相送，只高城人隔。 罨畫園林溪紺碧，算重來、盡成陳迹。劉郎鬢如此，況桃花顏色！

臨江仙 一首

信州作

*謫宦江城無屋買，殘僧野寺相依。松間藥臼竹間衣。水窮行到處，雲起坐看時。 一箇幽禽緣底事？苦來醉耳邊啼。月斜西院愈聲悲。青山無限好，猶道不如歸。

洞仙歌 一首

泗州中秋作

*青烟冪處，碧海飛金鏡，永夜閒階臥桂影。露涼時，零亂多少寒螿，神京遠，惟有藍橋路近。 水晶簾不下，雲母屏開，冷浸佳人淡脂粉。待都將許多明，付與金尊，投曉共流霞傾盡。更攜取胡牀上南樓，看玉做人間，素秋千頃。

【漁隱叢話後集卷三十九】苕溪漁隱曰：凡作詩、詞，要當如常山之蛇，救首救尾，不可偏也。如晁無咎作中秋洞仙歌辭，其首云：“青煙冪處，碧海飛金鏡，永夜閒階臥桂影。”固已佳矣。其後云：“待都將許多明，付與金樽，投曉共流霞傾盡。更攜取胡牀上南樓，看玉做人間，素秋千頃。”若此，可謂善救首尾者也。至朱希真作中秋念奴嬌，則不知出此。其首云：“插天翠柳，被何人推上，一輪明月？照我藤牀涼似水，飛入瑤臺銀闕。”亦已佳矣。其後云：“洗盡凡心，滿身清露，冷浸蕭蕭髮。明朝塵世，記取休向人說。”此兩句全無意味，收拾得不佳，遂并全篇氣索然矣。
【毛晉晁氏琴趣外篇跋】无咎雖游戲小詞，不作綺豔語，殆因法秀禪師諄諄戒山谷老人，不敢以筆墨勸淫耶？大觀四年（一一一〇）卒于泗州官舍。自畫山水留春堂大屏上，題云：“胸中正可吞雲夢，璗底何妨對聖賢？有意清秋入衡霍，為君無盡寫江天。"又詠洞仙歌一闋，遂絕筆。

【傳記】

　　晁補之（一〇五三——一一一〇）字無咎，濟州鉅野人。十七歲，從父官杭州倅，蘇軾稱其文博辯雋偉，絕人遠甚，必顯於世，由是知名。舉進士，調北京國子監教授。元祐初，為太學正。李清臣薦堪館閣，召試，除秘書省正字，遷校書郎，以秘閣校理通判揚州。坐修神宗實錄失實，降通判應天府亳州，又貶監處、信二州酒稅。徽宗立，復以著作召，拜禮部郎中，兼國史編修實錄檢討官。出知河中府，徙湖州、密州、果州，遂主管鴻慶宮。還家，葺歸來園，自號歸來子。大觀末，出黨籍，起知達州，改泗州，卒，年五十八。補之才氣飄逸，嗜學不知倦，文章溫潤典縟，其凌麗奇卓，出於大成。（節錄宋史卷四百四十四文苑傳）補之嘗評本朝樂章云：世言柳耆卿曲俗，非也。如八聲甘州云："漸霜風淒緊，關河冷落，殘照當樓。"此真唐人語，不減高處矣。歐陽永叔浣溪沙云："堤上游人逐畫船，拍堤春水四垂天，綠楊樓外出鞦韆。"要皆絕妙，然只一"出"字，自是後人道不到處。蘇東坡詞，人謂多不諧音律，然居士詞橫放傑出，自是曲子中縛不住者。黃魯直間作小詞，固高妙；然不是當行家語，自是著腔子唱好詩。晏元獻不蹈襲人語，而風調閑雅。如"舞低楊柳樓心月，歌盡桃花扇底風。"知此人不住三家村也。張子野與柳耆卿齊名，而時以子野不及耆卿；然子野韻高，是耆卿所乏處。近世以來，作者皆不及秦少游。如"斜陽外，寒鴉萬點，流水遶孤村。"雖不識字人，亦知是天生好言語。（能改齋漫錄卷十六。漁隱叢話後集卷三十三引復齋漫錄，文字小有出入。）補之詞稱琴趣外篇，有汲古閣刊宋六十家詞本，吳昌綬雙照樓景宋元明本詞本[1]。

---

[1]　舊版此處尚有"吳重熹氏石蓮庵山左人詞本、商務印書館排印本"。前文略同，不錄。

【集評】

陳振孫曰：晁嘗云：“今代詞手，唯秦七、黃九，他人不能及也。”
然二公之詞，亦自有不同者。若晁无咎佳者，固未多遜也。（直齋書錄
解題卷二十一）劉熙載曰：東坡詞，在當時鮮與同調，不獨秦七、黃
九，別成兩派也。晁无咎坦易之懷，磊落之氣，差堪驂靳，然懸崖撒
手處，无咎莫能追躡矣。（藝概卷四）馮煦曰：晁无咎為蘇門四士之
一，所為詩餘，無子瞻之高華，而沈咽則過之。（宋六十一家詞選例
言）張爾田曰：學東坡者，必自無咎始，再降則為葉石林，此北宋正
軌也。（忍寒詞序）

陳師道 一首　錄自汲古閣宋六十家詞本後山詞

菩薩蠻 一首

七夕

行雲過盡星河爛，爐煙未斷蛛絲滿。想得兩眉顰，停鍼憶遠人。　河橋知有路，不解留郎住。天上隔年期，人間長別離。

【傳記】

陳師道（一○五三——一一○一）字履常，一字無己，彭城人。年十六，以文謁曾鞏。鞏一見奇之，留受業。元祐初，蘇軾、傅堯俞、孫覺薦其文行，起為徐州教授。又用梁燾薦為太學博士。家素貧，或經日不炊，妻子慍見，弗恤也。久之，召為秘書省正字。卒年四十九，友人鄒浩買棺斂之。師道高介有節，喜作詩，自云學黃庭堅，至其高處，或謂過之，然小不中意，輒焚去。與趙挺之友壻，素惡其人，適預郊祀行禮，寒甚，衣無綿，妻就假於挺之家，問所從得，卻去不肯服，遂以寒疾死。（摘錄宋史卷四百四十四文苑傳）師道所作後山詞，刊入汲古閣宋六十家詞內，僅四十九闋。

【集評】

王灼曰：陳無己所作數十首，號曰語業，妙處如其詩。但用意太深，有時僻澀。（碧雞漫志卷二）陸游曰：陳無己詩妙天下，以其餘作詞，宜其工矣，顧乃不然，殆未易曉也。（放翁題跋）王鵬運曰：詞名詩餘，後山詞其詩之餘矣。卷中精警之句，亦復隱秀在神，蘊豔為質，秦七、黃九蔑以加。昔杜少陵詩云："文章千古事，得失寸心知。"國朝納蘭容若自言其為詩詞，"如魚飲水，冷暖自知而已。"篤行如後山，詎漫然自矜許者？（案漁隱叢話述師道語，謂於詞不減秦七、黃九。）特可為知者道耳。（歷代詞人考略卷十二）

王　雱 二首 錄自唐宋諸賢絕妙詞選卷二及詞綜卷八

倦尋芳 一首

露晞向曉，簾幙風輕，小院閒晝。翠徑鶯來，驚下亂紅鋪繡。倚危欄，登高榭，海棠著雨胭脂透。算韶華，又因循過了，清明時候。　倦游燕，風光滿目，好景良辰，誰共攜手？悵被榆錢，買斷兩眉長皺。憶得高陽人散後，落花流水還依舊。這情懷，對東風、盡成消瘦。

【詞林紀事卷七引摭牁新語】王元澤一生不作小詞。或者笑之，元澤遂作倦尋芳慢一首，時服其工。今人多能誦之。然元澤自此遂不復作。

眼兒媚 一首

楊柳絲絲弄輕柔，烟縷織成愁。海棠未雨，梨花先雪，一半春休。　而今往事難重省，歸夢遶秦樓。相思只在，丁香枝上，豆蔻梢頭。

【歷代詞人考略卷十八引古今詞話】王荆公子雱多病，因令其妻樓居而獨處，荆公別嫁之。雱念之，為作秋波媚詞云云。

【傳記】

　　王雱字元澤，安石子。性敏甚，未冠，已著書數萬言。舉進士，調旌德尉。雱氣豪，睥睨一世，不能作小官，作策二十餘篇，極論天下事。召見，除太子中允，崇政殿說書，擢天章閣待制，兼侍講。安石更張政事，雱實導之。常稱商鞅為豪傑之士，言不誅異議者法不行。卒時纔三十三。（節錄宋史卷三百二十七王安石附子雱傳）雱詞傳世，僅二闋。

晁端禮 一首　錄自四部叢刊影鈔本樂府雅詞卷中

鴨頭綠 一首

晚雲收，紺天一片琉璃。爛銀盤、來從海底，皓色千里澄輝。瑩無塵、素娥澹佇，靜可數、丹桂參差。玉露初零，金風未凜，一年無似此佳時。露坐久，疎螢時度，烏鵲正南飛。瑤臺冷，欄干凭暖，欲下遲遲。　念佳人音塵隔後，聽此應解相思。最關情、漏聲正永，暗斷腸、花影潛移。料得來宵，清光未減，陰晴天氣又爭知？共凝戀，如今別後，還是隔年期。人強健，清樽素月，長願相隨。

【漁隱叢話後集卷三十九】苕溪漁隱曰：中秋詞，自東坡水調歌頭一出，餘詞盡廢。然其後亦豈無佳詞？如晁次膺綠頭鴨一詞殊清婉，但樽俎間歌喉，以其篇長，憚唱，故湮沒無聞焉。"紺"作"淡"，"露坐"作"回坐"，"疎螢"作"疎星"，"強健"作"縱健"。

【傳記】

晁端禮，字次膺，其先澶州清豐人，徙家彭門。熙寧六年進士，兩為縣令，忤上官，坐廢。（詞林紀事卷六）政和癸巳（一一一三），大晟樂成，嘉瑞既至。蔡元長（京）以晁端禮次膺薦於徽宗，詔乘驛赴闕。次膺至都，會禁中嘉蓮生，分苞合跗，夐出天造，人意有不能形容者。次膺效樂府體，屬詞以進，名並蒂芙蓉。上覽之，稱善，除大晟府協律郎，不克受而卒。（能改齋漫錄卷十六）晁補之常與唱和，稱之為次膺十二叔。（晁氏琴趣外篇）曾慥樂府雅詞錄其詞十九首。詞集名閒齋琴趣，有吳昌綬雙照樓影宋刊本。

趙令畤 四首 前三首錄自樂府雅詞卷中，後一首錄自唐宋諸賢絕妙詞選卷六。

菩薩蠻 一首

輕鷗欲下春塘浴，雙雙飛破春烟綠。兩岸野薔薇，翠籠薰繡衣。　凭船閒弄水，中有相思意。憶得去年時，水邊初別離。

蝶戀花 二首

欲減羅衣寒未去。不捲珠簾，人在深深處。紅杏枝頭花幾許？啼痕只恨清明雨。　盡日沈煙香一縷。宿酒醒遲，惱破春情緒。飛燕又將春信誤，小屏風上西江路。

卷絮風頭寒欲盡。墜粉飄香，日日紅成陣。新酒又添殘酒困，今春不減前春恨。　蝶去鶯飛無處問。隔水高樓，望斷雙魚信。惱亂橫波秋一寸，斜陽只與黃昏近。

【清沈雄古今詞話詞品卷下】山谷謂：“好詞惟取陡健圓轉。”屯田意過久許，筆猶未休。待制滔滔滂滂，不能盡變。如趙德麟云：“新酒又添殘酒困，今春不減前春恨。”陸放翁云：“只有夢魂能再遇，堪嗟夢不由人做。”又山谷云：“春未透，花枝瘦，正是愁時候。”梁貢父云：“拚一醉留春，留春不住，醉裏春歸。”此則陡健圓轉之榜樣也。

烏夜啼 一首

春思

樓上縈簾弱絮，牆頭礙月低花。年年春事關心事，腸斷欲棲鴉。　舞鏡鸞衾翠減，啼朱鳳蠟紅斜。重門不鎖相思夢，隨意遶天涯。

【花草蒙拾】"重門不鎖相思夢，隨意遶天涯"，與"枕上片時春夢中，行盡江南數千里"同一機杼，然趙詞較勝岑詩。

【傳記】

　　趙令畤，初字景貺，蘇軾為改字德麟，自號聊復翁，太祖次子燕王德昭玄孫。元祐六年（一〇九一）簽書潁州公事。時軾為守，薦其才於朝。軾被竄，坐交通，罰金。紹聖初，官至右朝請大夫，改右監門衛大將軍，歷榮州防禦使，洪州觀察使。紹興初，襲封安定郡王，遷寧遠軍承宣使，同知行在大宗正事。（歷代詞人考略卷十六）傳世有侯鯖錄，內載蝶戀花鼓子詞十二闋，詠元稹會真記事。樂府雅詞錄趙詞二十二首，唐宋諸賢絕妙詞選錄九首。近人趙萬里從諸選本輯得三十六首，仍題聊復集一卷，刊入校輯宋金元人詞第一冊中。

【集評】

　　王灼曰：趙德麟、李方叔（廌），皆東坡客，其氣味殊不近，趙婉而李俊，各有所長。晚年皆荒醉汝、潁、京、洛間，時出滑稽語。（碧雞漫志卷二）

李 廌 一首 <small>錄自唐宋諸賢絕妙詞選卷四</small>

虞美人 一首

　　玉闌干外清江浦，渺渺天涯雨。好風如扇雨如簾，時見岸花汀草漲痕添。　青林枕上關山路，臥想乘鸞處。碧蕪千里思悠悠，惟有霎時涼夢到南州。

【蕙風詞話卷二】李方叔虞美人過拍云：“好風如扇雨如簾，時見岸花汀草漲痕添。”春夏之交，近水樓臺，確有此景。好風句絕新，似乎未經人道。歇拍云：“碧蕪千里思悠悠，唯有霎時涼夢到南州。”尤極淡遠清疏之致。

【傳記】

　　李廌，字方叔，其先自郹徙華。謁蘇軾於黃州，贄文求知。軾謂其筆墨瀾翻，有飛沙走石之勢。拊其背曰：“子之才，萬人敵也。抗之以高節，莫之能禦矣。”鄉舉試禮部，軾典貢舉，遺之，賦詩以自責。中年絕進取意，謂潁為人物淵藪，始定居長社，縣令李佐及里人買宅處之，卒年五十一。（節錄宋史卷四百四十四文苑傳）唐宋諸賢絕妙詞選錄存其虞美人、清平樂各一首。

晁冲之 二首　錄自趙萬里輯晁叔用詞

臨江仙 一首

憶昔西池池上飲，年年多少歡娛？別來不寄一行書。尋常相見了，猶道不如初。　安穩錦屏今夜夢，月明好渡江湖。相思休問定何如。情知春去後，管得落花無？

漢宮春 一首

梅

瀟洒江梅，向竹梢稀處，橫兩三枝。東君也不愛惜，雪壓風欺。無情燕子，怕春寒、輕失花期。惟是有、南來歸雁，年年長見開時。　清淺小溪如練，問玉堂何似，茅舍疏籬？傷心故人去後，冷落新詩。微雲淡月，對孤芳、分付他誰？空自倚、清香未減，風流不在人知。

【獨醒雜志卷四】政和間，置大晟樂府，建立長屬。晁冲之叔用作梅詞以見蔡攸，攸持以白其父曰：“今日於樂府中得一人。”元長（京）覽之，即除大晟丞。詞中云：“無情燕子，怕春寒常失花期。惟有南來塞雁，年年長占開時。”時以為燕雁與梅不相關，而挽入，故見筆力。

【傳記】

晁冲之，字叔用，一字用道，鉅野人。舉進士。紹聖初，以黨論被逐，隱居具茨山下，號具茨先生。（歷代詩餘卷一百三）樂府雅詞卷中錄沖之詞十三首，唐宋諸賢絕妙詞選卷五錄五首。趙萬里輯得十六首為晁叔用詞一卷，刊入校輯宋金元人詞第一冊中。

【集評】

況周頤曰：晁叔用慢詞，紆徐排調，略似柳耆卿。（歷代詞人考略卷十六）

王　觀 二首 錄自趙萬里輯冠柳集

卜算子 一首

送鮑浩然之浙東

水是眼波橫，山是眉峯聚。欲問行人去那邊？眉眼盈盈處。　才始送春歸，又送君歸去。若到江南趕上春，千萬和春住。

【能改齋漫錄卷十六】王逐客送鮑浩然遊浙東，作長短句云：“水是眼波橫”云云。韓子蒼在海陵送葛亞卿詩斷章云：“今日一杯愁送君，明日一杯愁送君。君應萬里隨春去，若到桃源問歸路。”詩、詞意同。

慶清朝慢 一首

調雨為酥，催冰做水，東君分付春還。何人便將輕暖，點破殘寒？結伴踏青去好，平頭鞋子小雙鸞。煙郊外，望中秀色，如有無間。　晴則箇，陰則箇，餖飣得天氣有許多般。須教鏤花撥柳，爭要先看。不道吳綾繡襪，香泥斜沁幾行斑。東風巧，盡收翠綠，吹在眉山。

【唐宋諸賢絕妙詞選卷五】風流楚楚，詞林中之佳公子也。世謂柳耆卿工為浮豔之詞，方之此作，蔑矣。詞名“冠柳”，豈偶然然哉？
【皺水軒詞筌】詞之最醜者，為酸腐，為怪誕，為麤莽。然險麗，貴矣，須泯其鏤劃之痕乃佳。如蔣捷“燈搖縹暈茸窗冷”，可謂工矣，覺斧痕猶在。如王通叟春游曰：“晴則箇，陰則箇”云云，則痕跡都無，真猶石尉香塵，漢皇掌上也。兩“箇”字尤弄姿無限。

【傳記】

王觀，字通叟，如皋人。試開封府第一，中元祐二年（一〇八七）進士第，官翰林學士，以賦應制詞被謫，因自號逐客。（歷代詩餘卷一百三詞人姓氏。編者案：能改齋漫錄卷十七：「王觀學士嘗應制撰清平樂詞云：『黃金殿裏』云云，高太皇以為媟瀆神宗，翌日罷職，世遂有逐客之號。」）一云：高郵人，嘉祐二年（一〇五七）進士，累遷大理丞，知江都縣，著揚州賦、芍藥譜，有冠柳詞。（詞林紀事卷五）唐宋諸賢絕妙詞選卷五錄通叟詞九首。趙輯冠柳集一卷，都十五首，刊入校輯宋金元人詞第一冊中。

【集評】

王灼曰：王逐客才豪，其新麗處與輕狂處，皆足驚人。（碧雞漫志卷二）

舒　亶 三首 <small>錄自四部叢刊影鈔本樂府雅詞卷中</small>

虞美人 一首

寄公度

芙蓉落盡天涵水，日暮滄波起。背飛雙燕貼雲寒，獨向小樓東畔倚欄看。　浮生只合樽前老，雪滿長安道。故人早晚上高臺，贈我江南春色一枝梅。

一落索 一首

蔣園和李朝奉

正是看花天氣，為春一醉。醉來卻不帶花歸，悄不解看花意。　試問此花明媚，將花誰比？只應花好似年年，花不似人憔悴。

菩薩蠻 一首

畫船搥鼓催君去，高樓把酒留君住。去住若為情，西江潮欲平。　江潮容易得，只是人南北。今日此樽空，知君何日同？

【艇齋詩話】舒信道亦工小詞，如云："畫船椎鼓催君去"云云，亦甚有思致。

【傳記】

　　舒亶，字信道，明州慈谿人。試禮部第一，調臨海尉。張商英稱其材，用為審官院主簿，遷奉禮郎。鄭俠既貶，復被逮。亶承命往捕，遇諸陳，搜俠篋，得所錄名士諫草，有言新法事及親朋書，悉按姓名治之，竄俠嶺南，馮京、王安國諸人皆得罪。擢亶太子中允。元豐初，加集賢校理，同李定劾蘇軾作為歌詩譏訕時事。始亶以商英薦得用，後反陷之。超拜給事中，權直學士院。逾月，為御史中丞，舉劾多私，氣燄薰灼，見者側目。坐罪廢斥，遠近稱快。崇寧初，知南康軍。蔡京使知荊南，以開邊功，由直龍圖閣進待制，卒。（節錄宋史卷三百二十九舒亶傳）樂府雅詞錄其詞四十八首，趙萬里輯為舒學士詞一卷，刊入校輯宋金元人詞第一冊中。

【集評】

　　王灼曰：舒信道、李元膺，思致妍密，要是波瀾小。（碧雞漫志卷二）丁紹儀曰：舒亶與蘇門四學士同時，詞亦不減秦、黃。（聽秋聲館詞話卷二）

毛 滂 一首 錄自彊邨叢書本東堂詞

惜分飛 一首

富陽僧舍代作別語

　　淚溼闌干花著露，愁到眉峯碧聚。此恨平分取，更無言語
空相覷。　斷雨殘雲無意緒，寂寞朝朝暮暮。今夜山深處，斷魂
分付潮回去。

【宋周煇清波雜志卷九】秦少游發郴州，反顧有所屬，其詞曰："霧失
樓臺"云云。山谷云："語意極似劉夢得楚、蜀間語。""淚溼闌干花
著露"云云，毛澤民元祐間罷杭州法曹至富陽所作贈別詞也。因是受
知東坡。語盡而意不盡，意盡而情不盡，何酷似少游也？乾道間，舅
氏張仁仲宰武康，煇往，見留三日，遍覽東堂之勝。蓋澤民嘗宰是邑，
於彼老士人家見別語墨迹。

【傳記】

　　毛滂，字澤民，江山人。元祐間，為杭州法曹。元符二年
（一〇九九），知武康縣。蘇軾嘗以文章典麗可備著述科薦之。官至祠
部員外郎，知秀州。（歷代詞人考略卷十四）王明清曾記其軼事云："毛
澤民受知曾文肅，擢寘館閣。文肅南遷，坐黨與得罪，流落久之。蔡
元度鎮潤州，與澤民俱臨川王氏壻，澤民傾心事之惟謹。一日，家集，
觀池中鴛鴦，元度席上賦詩，末句云：'莫學飢鷹飽便飛。'澤民即席
和以呈元度曰：'貪戀恩波未肯飛。'元度夫人笑曰：'豈非適從曾相
公池中飛過來者耶？'澤民慚，不能舉首。"（揮塵後錄卷七）滂所作東
堂樂府二卷，見陳振孫直齋書錄解題。今行世者改題東堂詞，有汲古
閣宋六十家詞及彊邨叢書本。

李元膺 二首 　錄自四部叢刊影鈔本樂府雅詞卷上

鷓鴣天 　一首

寂寞秋千兩繡旗，日長花影轉階遲。燕驚午夢周遭語，蝶
困春遊落拓飛。　思往事，入顰眉。柳梢陰重又當時。薄情風絮
難拘束，飛過東牆不肯歸。

洞仙歌 　一首

一年春物，惟梅柳間意味最深。至鶯花爛熳時，則春已衰遲，使人無復新意。
予作洞仙歌，使探春者歌之，無後時之悔。

雪雲散盡，放曉晴池院，楊柳于人便青眼。更風流多處，
一點梅心，相映遠，約略顰輕笑淺。　一年春好處，不在濃芳，
小豔疏香最嬌軟。到清明時候，百紫千紅，花正亂，已失春風
一半。盍占取韶光共追遊，但莫管春寒，醉紅自暖。

【詞品卷二】潘佑，南唐人，事後主，與徐鉉、湯悅、張泌俱有文名，
而佑好直諫，嘗應後主令作小詞，有云：「樓上春寒山四面，桃李不須
誇爛熳，已失了春風一半。」蓋諷其地漸侵削也。可謂得諷諭之旨。
【歷代詞人考略卷十八】李元膺洞仙歌句云：「已失春風一半。」劉公勇
謂是「鯢居之諷」，（七頌堂詞繹）則此詞殆作於南渡後乎？

【傳記】

李元膺，東平人，南京教官。紹聖間，李孝美作墨譜法式，元膺
為序，蓋此時人也。（詞林紀事卷七）樂府雅詞錄元膺詞八首。趙萬里
輯得九首，為李元膺詞一卷，刊入校輯宋金元人詞第一 中。

張舜民 一首　錄自知不足齋叢書本畫墁集卷四

賣花聲 一首

題岳陽樓

木葉下君山，空水漫漫。十分斟酒斂芳顏。不是渭城西去客，休唱陽關。　醉袖撫危欄，天淡雲閑。何人此路得生還？回首夕陽紅盡處，應是長安。

【宋張舜民畫墁集卷八郴行錄】辛卯，登岳陽樓。據圖誌，岳陽樓經始於張燕公（說），終唐之世，屢圮，皆完葺。慶曆中，滕宗諒謫守，始大加增飾，規制宏敞，甲冠上流。

【宋費袞梁谿漫志卷七】張芸叟詞云："回首夕陽紅盡處，應是長安。"人喜誦之。樂天題岳陽樓詩云："春岸綠時連夢澤，夕波紅處近長安。"蓋芸叟用此換骨也。

【藝蘅館詞選乙卷】麥孺博云：聲可裂石。

【傳記】

張舜民，字芸叟，邠州人。第進士。元祐初，除監察御史。徽宗朝，以龍圖閣待制知同州。坐元祐黨，貶商州，（歷代詩餘卷一百三作"謫楚州"。）卒。自號浮休居士，又號矴齋。娶陳師道之姊。有畫墁集。（詞林紀事卷七）彊邨叢書有輯本畫墁詞，僅四首。

僧 揮 五首 錄自四部叢刊影明刊本唐宋諸賢絕妙詞選卷九

訴衷情 二首

寶月山作

清波門外擁輕衣，楊花相送飛。西湖又還春晚，水樹亂鶯啼。 閑院宇，小簾幃。晚初歸。鐘聲已過，篆香才點，月到門時。

寒食

湧金門外小瀛洲，寒食更風流。紅船滿湖歌吹，花外有高樓。 晴日暖，淡烟浮。恣嬉遊。三千粉黛，十二闌干，一片雲頭。

【唐宋諸賢絕妙詞選卷九】仲殊之詞多矣，佳者固不少，而小令為最，小令之中，訴衷情一調又其最。蓋篇篇奇麗，字字清婉，高處不減唐人風致也。

南柯子 一首

憶舊

十里青山遠，潮平路帶沙。數聲啼鳥怨年華，又是凄涼時候在天涯！ 白露收殘月，清風散曉霞。綠楊堤畔問荷花：記得年時沽酒那人家？

柳梢青　一首

吳中

岸草平沙，吳王故苑，柳裊烟斜。雨後寒輕，風前香軟，春在梨花。　行人一棹天涯，酒醒處、殘陽亂鴉。內外秋千，牆頭紅粉，深院誰家？

夏雲峯　一首

傷春

天闊雲高，溪橫水遠，晚日寒生輕暈。閑堦靜、楊花漸少，朱門掩、鶯聲猶嫩。悔匆匆過卻清明，旋占得餘芳，已成幽恨。都幾日陰沈，連宵慵困，起來韶華都盡。　怨入雙眉閑鬬損。乍品得情懷，看承全近。深深態、無非自許，厭厭意、終羞人問。爭知道夢裏蓬萊，待忘了餘香，時傳音信。縱留得鶯花，東風不住，也則眼前愁悶。

【傳記】

僧仲殊，名揮，姓張氏，安州進士，棄家為僧，居杭州吳山寶月寺，東坡所稱“蜜殊”者是也。有詞七卷，沈注為序。（唐宋諸賢絕妙詞選卷九）其逸事散見諸宋人筆記，採錄二則如下：【東坡志林卷二】蘇州仲殊師利和尚，能文，善詩及歌詞，皆操筆立成，不點竄一字。予（蘇軾）曰：“此僧胸中無一毫髮事，故與之游。”【老學庵筆記卷七】族伯父彥遠言：“少時識仲殊長老，東坡為作安州老人食蜜歌者。一日，與數客過之，所食皆蜜也。豆腐、麵觔、牛乳之類，皆漬蜜食之。客多不能下箸，惟東坡性亦酷嗜蜜，能與之共飽。崇寧中，忽上堂辭衆，是夕閉方丈門自縊死。及火化，舍利五色，不可勝計。鄒忠公為作詩云：'逆行天莫測，雉作瀆中經。漚滅風前質，蓮開火後形。鉢盂殘蜜白，爐篆冷煙青。空有誰家曲，人間得細聽。'"彥遠又云："殊少為士人，遊蕩不羈，為妻投毒羹虀中，幾死，啖蜜而解。醫言：'復食肉則毒發不可復療。'遂棄家為浮屠。鄒公所謂'誰家曲'者，謂其雅工於樂府詞，猶有不羈之餘習也。"仲殊詞集已失傳，趙萬里輯得三十首為寶月集一卷，刊入校輯宋金元人詞第一冊中。

【集評】

王灼曰：賀方回、周美成、晏叔原、僧仲殊，各盡其才力，自成一家。賀、周語意精新，用心甚苦。毛澤民、黃載萬次之。叔原如金陵王、謝子弟，秀氣勝韻，得之天然，將不可學。仲殊次之。殊之贍，晏反不逮也。（碧雞漫志卷二）

李之儀 三首　錄自汲古閣宋六十家詞本姑溪詞

謝池春 一首

殘寒銷盡，疏雨過，清明後。花徑款餘紅，風沼縈新皺。乳燕穿庭戶，飛絮沾襟袖。正佳時，仍晚晝。著人滋味，真箇濃如酒。　頻移帶眼，空只恁厭厭瘦。不見又思量，見了還依舊。為問頻相見，何似長相守？天不老，人未偶。且將此恨，分付庭前柳。

卜算子 一首

我住長江頭，君住長江尾。日日思君不見君，共飲長江水。　此水幾時休？此恨何時已？只願君心似我心，定不負相思意。

【毛晉姑溪詞跋】中多次韻小令，更長於淡語、景語、情語，如"鴛衾半擁空床月。"又如"步懶恰尋牀，臥看游絲到地長。"又如"時時浸手心頭熨，受盡無人知處涼。"卽置之片玉、漱玉集中，莫能伯仲。至若"我住長江頭，君住長江尾，日日思君不見君，共飲長江水"，真是古樂府俊語矣。

憶秦娥 一首

用太白韻

清溪咽，霜風洗出山頭月。山頭月，迎得雲歸，還送雲

別。 不知今是何時節？凌歊望斷音塵絕。音塵絕，帆來帆去，
天際雙闕。

【傳記】

　　李之儀，字端叔，滄州無棣人。登第幾三十年，乃從蘇軾於定州
幕府，歷樞密院編修官，通判原州。元符中，監內香藥庫。御史石豫
言其嘗從蘇軾辟，不可以任京官。詔勒停。徽宗初，提舉河東常平，
坐為范純仁遺表作行狀，編管太平，遂居姑熟。久之，徙唐州，終
朝議大夫。之儀能為文，尤工尺牘，軾謂："入刀筆三昧"。（宋史卷
三百四十四李之純傳附）年八十而卒。（揮塵後錄卷六）之儀論詞云：
"長短句於遣詞中最為難工，自有一種風格，稍不如格，便覺齟齬。唐
人但以詩句而用和聲抑揚以之之，若今之歌陽關詞是也。至唐末，遂
因其聲之長短句而以意填之，始一變以成音律。大抵以花間集中所載
為宗，然多小闋。至柳耆卿，始鋪叙展衍，備足無餘，形容盛明，千
載如逢當日。較之花間所集，韻終不勝。由是知其為難能也。張子野
獨矯拂而振起之，雖刻意追逐，要是才不足而情有餘。良可佳者，晏
元憲。歐陽文忠、宋景文，則以其餘力遊戲，而風流閒雅，超出意表，
又非其類也。諦味研究，字字皆有據，而其妙見於卒章，語盡而意不
盡，意盡而情不盡，豈平平可得髣髴哉？"（姑溪居士文集卷四十跋吳
師道小詞）自作有姑溪詞，在汲古閣刊宋六十家詞內。

【集評】

　　馮煦曰：姑溪詞長調近柳，短調近秦，而均有未至。（宋六十一家
詞選例言）

魏夫人 二首 　錄自四部叢刊影鈔本樂府雅詞卷下

菩薩蠻 二首

溪山掩映斜陽裏，樓臺影動鴛鴦起。隔岸兩三家，出牆紅杏花。　綠楊堤下路，早晚溪邊去。三見柳緜飛，離人猶未歸。

紅樓斜倚連溪曲，樓前溪水凝寒玉。蕩漾木蘭船，船中人少年。　荷花嬌欲語，笑入鴛鴦浦。波上暝烟低，菱歌月下歸。

【傳記】

魏夫人，襄陽人，道輔之姊，曾子宣（布）丞相之妻，封魯國夫人。朱晦庵（熹）云：“本朝婦人能文者，唯魏夫人及李易安二人而已。”（詞林紀事卷十九）曾子宣丞相，元豐間，帥慶州，未至，召還，至陝府，復還慶州，往來潼關。夫人魏氏作詩戲丞相云：“使君自為君恩厚，不是區區愛華山。”（老學庵筆記卷七）樂府雅詞錄魏夫人詞十首。

周邦彦 三十一首 錄自鄭文焯校覆宋淳熙刊本清真集

瑞龍吟 一首

*章臺路，還見褪粉梅梢，試華桃樹。愔愔坊陌人家，定巢燕子，歸來舊處。 黯凝佇，因記箇人癡小，乍窺門戶，侵晨淺約宮黃，障風映袖，盈盈笑語。 前度劉郎重到，訪鄰尋里，同時歌舞，唯有舊家秋娘，聲價如故。吟牋賦筆，猶記燕臺句。知誰伴、名園露飲，東城閒步？事與孤鴻去。探春盡是傷離意緒。官柳低金縷。歸騎晚，纖纖池塘飛雨。斷腸院落，一簾風絮。

【唐宋諸賢絕妙詞選卷七】今按：此詞自"章臺路"至"歸來舊處"是第一段，自"黯凝佇"至"盈盈笑語"是第二段，此謂之"雙拽頭"，屬正平調。自"前度劉郎"以下，即犯大石，係第三段。至"歸騎晚"以下四句，再歸正平。今諸本皆於"吟牋賦筆"處分段者，非也。
【樂府指迷】結句須要放開，合有餘不盡之意，以景結情最好。如清真之"斷腸院落，一簾風絮"，又"掩重關、遍城鐘鼓"之類是也。
【宋四家詞選】"事與孤鴻去"一句，化去町畦。不過"人面桃花"舊曲翻新耳。看其由無情入、結歸無情、層層脫換、筆筆往復處。
【夏敬觀評清真集】詞中對偶句，最忌堆砌板重。如此詞"褪粉"二句，"名園"二句，皆極流動，所以妙也。"愔愔"、"侵晨"挺接。末段挺接處尤妙，用"潛氣內轉"之筆行之。

風流子 二首

楓林凋晚葉，關河迥，楚客慘將歸。望一川暝靄，雁聲哀怨；半規涼月，人影參差。酒醒後，淚花銷鳳蠟，風幕卷金泥。
砧杵韻高，喚回殘夢；綺羅香減，牽起餘悲。 亭皋分襟地，難
堪處、偏是掩面牽衣。何況怨懷長結，重見無期？想寄恨書中，
銀鉤空滿；斷腸聲裏，玉筯還垂。多少暗愁密意，唯有天知。

【夏評】此詞四句對偶凡三處，句調皆變換不同。通篇一氣銜貫。

新綠小池塘，風簾動，碎影舞斜陽。羨金屋去來，舊時巢
燕；土花繚繞，前度莓牆。繡閣裏、鳳幃深幾許？聽得理絲簧。
欲說又休，慮乖芳信；未歌先噎，愁轉清商。 遙知新妝了，開
朱戶、應自待月西廂。最苦夢魂，今宵不到伊行。問甚時卻與，
佳音密耗，寄將秦鏡，偷換韓香？天便教人，霎時廝見何妨？

【蕙風詞話卷二】元人沈伯時作樂府指迷，於清真詞推許甚至，唯以
"天便教人，霎時廝見何妨"、"夢魂凝想鴛侶"等句為不可學，則非真
能知詞者也。清真又有句云："多少暗愁密意，唯有天知。""最苦夢魂，
今宵不到伊行。""拚今生對花對酒，為伊淚落。"此等語愈樸愈厚，愈
厚愈雅，至真之情，由性靈肺腑中流出，不妨說盡而愈無盡。

蘭陵王 一首

柳

*柳陰直，煙裏絲絲弄碧。隋隄上、曾見幾番，拂水飄綿送
行色？登臨望故國。誰識，京華倦客？長亭路、年去歲來，應
折柔條過千尺。 閒尋舊蹤跡。又酒趁哀絃，燈照離席。梨花榆
火催寒食。愁一箭風快，半篙波暖，回頭迢遞便數驛，望人在

天北。 悽惻，恨堆積。漸別浦縈迴，津堠岑寂。斜陽冉冉春無
極。念月榭攜手，露橋聞笛。沈思前事，似夢裏，淚暗滴。

① 【宋毛幵樵隱筆錄】紹興初，都下盛行周清真詠柳蘭陵王慢，西樓南
瓦皆歌之，謂之“渭城三疊”。以周詞凡三換頭，至末段，聲尤激越，
惟教坊老笛師能倚之以節歌者。其譜傳自趙忠簡家。忠簡於建炎丁未
九日南渡，泊舟儀真江口，遇宣和大晟樂府協律郎某，叩獲九重故譜，
因令家伎習之，遂流傳於外。

【宋四家詞選】客中送客，一“愁”字代行者設想，以下不辨是情、是
景，但覺煙靄蒼茫，“望”字、“念”字尤幻。

【譚評詞辨卷一】已是磨杵成針手段，用筆欲落不落。（謂起處）此類
噴醒，非玉田所知。（謂第二段過片）“斜陽”七字，微吟千百遍，當
入三昧，出三昧。

【藝蘅館詞選乙卷】梁啓超云：“斜陽”七字，綺麗中帶悲壯，全首精
神提起。

隔浦蓮近拍 一首

中山縣圃姑射亭避暑作

新篁搖動翠葆，曲徑通深窈。夏果收新脆，金丸落，驚飛
鳥。濃靄迷岸草。蛙聲鬧，驟雨鳴池沼。 水亭小，浮萍破處，
簷花簾影顛倒。綸巾羽扇，困臥北窗清曉。屏裏吳山夢自到。
驚覺，依然身在江表！

① 舊版尚有：“王灼曰：世間有離騷，惟賀方回、周美成，時時得之。賀六州歌頭、
望湘人、吳音子諸曲，周大酺、蘭陵王諸曲最奇崛。或謂深勁乏韻，此遭柳氏野狐涎
吐不出者也。（碧雞漫志）”

蘇幕遮 一首

*燎沈香，消溽暑。鳥雀呼晴，侵曉窺簷語。葉上初陽乾宿雨。水面清圓，一一風荷舉。 故鄉遙，何日去？家住吳門，久作長安旅。五月漁郎相憶否？小楫輕舟，夢入芙蓉浦。

① 【人間詞話卷上】美成青玉案（案當作蘇幕遮）詞："葉上初陽乾宿雨。水面清圓，一一風荷舉。"此真能得荷之神理者。覺白石念奴嬌、惜紅衣二詞，猶有隔霧看花之恨。

齊天樂 一首

*綠蕪彫盡臺城路，殊鄉又逢秋晚。暮雨生寒，鳴蛩勸織，深閣時聞裁剪。雲窗靜掩。歎重拂羅裀，頓疏花簟。尚有練囊，露螢清夜照書卷。 荊江留滯最久，故人相望處，離思何限？渭水西風，長安亂葉，空憶詩情宛轉。憑高眺遠。正玉液新蒭，蟹螯初薦。醉倒山翁，但愁斜照斂。

【宋四家詞選】此清真荊南作也，胸中猶有塊壘。南宋諸公多模倣之。身在荊南，所思在關中，故有"渭水"、"長安"之句。碧山用作故實。
【譚評詞辨卷一】起句亦是以掃為生法。"荊江"句應"殊鄉"。"渭水"二句，點化成句，開後來多少章法。結束出奇，正是哀樂無端。

---

① 舊版尚有："周濟曰：若有意，若無意，使人神眩。（宋四家詞選）"

六醜　一首

薔薇謝後作

*正單衣試酒，恨客裏光陰虛擲。願春暫留，春歸如過翼，一去無迹。為問花何在？夜來風雨，葬楚宮傾國。釵鈿墮處遺香澤。亂點桃蹊，輕翻柳陌。多情最誰追惜？但蜂媒蝶使，時叩窗隔。　東園岑寂，漸蒙籠暗碧。靜遶珍叢底，成歎息。長條故惹行客。似牽衣待話，別情無極。殘英小、強簪巾幘。終不似一朵釵頭顫裊，向人欹側。漂流處、莫趁潮汐。恐斷紅尚有相思字，何由見得？

【宋四家詞選】"願春暫留，春歸如過翼，一去無跡。"十三字，千迴百折，千錘百鍊，以下如鵰羽自逝。不說人惜花，卻說花戀人。不從無花惜春，卻從有花惜春。不惜已簪之"殘英"，偏惜欲去之"斷紅"。

【譚評詞辨卷一】"願春"三句，逆入平出，亦平入逆出。"為問"三句，搏兔用全力。"靜遶珍叢底"以下，處處斷，處處連。"強簪巾幘"應"願春暫留"，"莫趁潮汐"應"春歸如過翼"。結筆仍用逆挽，此片玉所獨。

【夏評】一氣貫注，轉折處如"天馬行空"。所用虛字，無一不與文情相合。

夜飛鵲　一首

別情

*河橋送人處，良夜何其？斜月遠墮餘輝。銅盤燭淚已流盡，霏霏涼露霑衣。相將散離會，探風前津鼓，樹杪參旗。花驄會意，縱揚鞭、亦自行遲。　迢遞路回清野，人語漸無聞，空

帶愁歸。何意重經前地，遺鈿不見，斜徑都迷。兔葵燕麥，向
殘陽、影與人齊。但徘徊班草，欷歔酹酒，極望天西。

【宋四家詞選】"班草"是散會處，"酹酒"是送人處，二處皆前地也，
雙起，故須雙結。
【藝蘅館詞選乙卷】"兔葵燕麥"二句，與柳屯田之"曉風殘月"，可稱
送別詞中雙絕，皆鎔情入景也。

滿庭芳 一首

夏日溧水無想山作

*風老鶯雛，雨肥梅子，午陰佳樹清圓。地卑山近，衣潤費
爐煙。人靜烏鳶自樂，小橋外、新淥濺濺。憑闌久，黃蘆苦竹、
疑泛九江船。　年年，如社燕，飄流瀚海，來寄脩椽。且莫思身
外，長近尊前。憔悴江南倦客，不堪聽、急管繁絃。歌筵畔，
先安簟枕，容我醉時眠。

【鄭文焯校語】案清真集強煥序云："溧水為負山之邑。待制周公，元
祐癸酉（一〇九三）為邑長於斯。所治後圃，有亭曰姑射，有堂曰蕭
閒，皆取神仙中事，揭而名之。"此云無想山，蓋亦美成所名，亦神仙
家言也。
【樂府指迷】詞中多有句中韻，人多不曉，不惟讀之可聽，而歌時最要
叶韻應拍，不可以為閒字而不押。如木蘭花云："傾城盡尋勝去，""城"
字是韻，又如滿庭芳過處："年年如社燕，""年"字是韻，不可不察也。
【宋四家詞選】"人靜"二句，體物入微，夾入上下文中，似褒似貶，
神味最遠。[1]

---

[1] 舊版尚有："譚獻曰：'地卑'二句，覺離騷廿五，去人不遠。'且莫'二句，杜
詩韓筆。（譚評詞辨）"

【藝蘅館詞選乙卷】最頹唐語，卻最含蓄。

花犯 一首

詠梅

粉牆低，梅花照眼，依然舊風味。露痕輕綴。疑淨洗鉛華，無限佳麗。去年勝賞曾孤倚，冰盤共燕喜。更可惜、雪中高士，香篝熏素被。　今年對花最匆匆，相逢似有恨，依依愁悴。吟望久，青苔上、旋看飛墜。相將見、脆圓薦酒，人正在、空江煙浪裏。但夢想、一枝瀟灑，黃昏斜照水。

【唐宋諸賢絕妙詞選卷七】此只詠梅花，而紆餘反覆，道盡三年間事。昔人謂好詩圓美流轉如彈丸，余於此詞亦云。
【宋四家詞選】清真詞之清婉者如此，故知建章千門，非一匠所營。
【譚評詞辨卷一】“依然”句逆入，“去年勝賞”句平出，“今年對花”句放筆為直幹，“吟望久”以下筋搖脈動，“相將見”二句如顏魯公書，力透紙背。

大酺 一首

春雨

*對宿煙收，春禽靜，飛雨時鳴高屋。牆頭青玉旆，洗鉛霜都盡，嫩梢相觸。潤逼琴絲，寒侵枕障，蟲網吹黏簾竹。郵亭無人處，聽簷聲不斷，困眠初熟。奈愁極頻驚，夢輕難記，自憐幽獨。　行人歸意速，最先念、流潦妨車轂。怎奈向、蘭成憔悴，樂廣清羸，等閒時、易傷心目。未怪平陽客，雙淚落、笛

中哀曲。況蕭索青蕪國，紅糝鋪地，門外荆桃如菽。夜遊共誰秉燭？

【樂府指迷】詞中用事，使人姓名，須委曲得不用出最好。清真詞多要兩人名對使，亦不可學。他如宴清都云："庾信愁多，江淹恨極。"西平樂云："東陵晦迹，彭澤歸來。"大酺云："蘭成憔悴，衞玠清羸。"過秦樓云："才減江淹，情傷荀倩。"之類是也。

【譚評詞辨卷一】"牆頭"三句，辟灌皆有賦心。前周後吳，所以為大家也。"行人"二句，亦新亭之淚。"況蕭索"下，一句一折，一步一態，然周昉美人，非時世妝也。

【藝蘅館詞選乙卷】"流潦妨車轂"句，託想奇拙，清真最善用之。

渡江雲　一首

晴嵐低楚甸，暖回雁翼，陣勢起平沙。驟驚春在眼，借問何時，委曲到山家。塗香暈色，盛粉飾、爭作妍華。千萬絲、陌頭楊柳，漸漸可藏鴉。　堪嗟，清江東注，畫舸西流，指長安日下。愁宴闌、風翻旗尾，潮濺烏紗。今宵正對初弦月，傍水驛、深艤蒹葭。沈恨處，時時自剔燈花。

應天長　一首

寒食

條風布暖，霏霧弄晴，池臺遍滿春色。正是夜堂無月，沈沈暗寒食。梁間燕，社前客，似笑我、閉門愁寂。亂花過，隔苑芸香，滿地狼籍。　長記那回時，邂逅相逢，郊外駐油壁。又見漢宮傳燭，飛煙五侯宅。青青草，迷路陌，強載酒、細尋前迹。市橋遠，柳下人家，猶自相識。

【宋四家詞選】前遍生辣，後遍"青青草"以下，反剔所尋不見。

玉樓春 一首

桃溪不作從容住，秋藕絕來無續處。當時相候赤闌橋，今日獨尋黃葉路。 煙中列岫青無數，雁背夕陽紅欲暮。人如風後入江雲，情似雨餘黏地絮。

【宋四家詞選】只賦天台事，態濃意遠。

蝶戀花 一首

早行

月皎驚烏栖不定。更漏將闌，轆轤牽金井。喚起兩眸清炯炯，淚花落枕紅綿冷。 執手霜風吹鬢影。去意徘徊，別語愁難聽。樓上闌干橫斗柄，露寒人遠雞相應。

【明王世貞藝苑厄言】美成能作景語，不能作情語，能入麗字，不能入雅字，以故價微劣於柳。然至"枕痕一綫紅生玉。"又"喚起兩眸清炯炯，淚花落枕紅綿冷。"其形容睡起之妙，真能動人。

少年遊 一首

感舊

*并刀如水，吳鹽勝雪，纖指破新橙。錦幄初溫，獸香不

斷，相對坐吹笙。 低聲問：向誰行宿？城上已三更。馬滑霜
濃，不如休去，直是少人行！

【宋四家詞選】此亦本色佳製也。本色至此便足，再過一分，便入山谷
惡道矣。
【譚評詞辨卷一】麗極而清，清極而婉，然不可忽過"馬滑霜濃"
四字。

解連環　一首

怨懷無託。嗟情人斷絕，信音遼邈。縱妙手能解連環，似
風散雨收，霧輕雲薄。燕子樓空，暗塵鎖一牀絃索。想移根換
葉，盡是舊時手種紅藥。　汀洲漸生杜若。料舟依岸曲，人在天
角。漫記得、當日音書，把閒語閒言，待總燒卻。水驛春回，
望寄我江南梅萼。拚今生、對花對酒，為伊淚落。

憶舊遊　一首

記愁橫淺黛，淚洗紅鉛，門掩秋宵。墜葉驚離思，聽寒螿
夜泣，亂雨蕭蕭。鳳釵半脫雲鬢，窗影燭花搖。漸暗竹敲涼，
疏螢照曉，兩地魂銷。　迢迢，問音信，道徑底花陰，時認鳴
鑣。也擬臨朱戶，歎因郎憔悴，羞見郎招。舊巢更有新燕，楊
柳拂河橋。但滿眼京塵，東風竟日吹露桃。

拜星月慢　一首

*夜色催更，清塵收露，小曲幽坊月暗。竹檻燈窗，識秋娘

庭院。笑相遇，似覺瓊枝玉樹相倚，暖日明霞光爛。水盼蘭情，總平生稀見。　畫圖中、舊識春風面。誰知道、自到瑤臺畔，眷戀雨潤雲溫，苦驚風吹散。念荒寒寄宿無人館，重門閉、敗壁秋蟲歎。怎奈向、一縷相思，隔溪山不斷。

【宋四家詞選】全是追思，卻純用實寫，但讀前闋，幾疑是賦也。換頭再為加倍跌宕之，他人萬萬無此力量。

關河令 一首

秋陰時晴漸向暝，變一庭淒冷。佇聽寒聲，雲深無雁影。　更深人去寂靜，但照壁孤燈相映。酒已都醒，如何消夜永？

解語花 一首

上元

*風銷絳蠟，露浥紅蓮，燈市光相射。桂華流瓦，纖雲散、耿耿素娥欲下。衣裳淡雅，看楚女纖腰一把。簫鼓喧，人影參差，滿路飄香麝。　因念都城放夜，望千門如畫，嬉笑游冶。鈿車羅帕，相逢處、自有暗塵隨馬。年光是也，唯只見舊情衰謝。清漏移，飛蓋歸來，從舞休歌罷。

【詞源卷下】昔人詠節序，不為不多，付之歌喉者，類是率俗，不過為應時納祜之聲耳。所謂清明：「拆桐花爛漫。」端午：「梅霖初歇。」七夕：「炎光謝。」若律以詞家調度，則皆未然。豈如美成解語花賦元夕云："風銷焰名蠟"云云，如此等妙詞，不獨措辭精粹，又且見時序風物之盛，人家宴樂之同。

【宋四家詞選】此美成在荊南作，當與齊天樂同時，到處歌舞太平，京師尤為絕盛。

【人間詞話卷上】詞忌用替代字。美成解語花之"桂華流瓦"，境界極妙，惜以"桂華"二字代"月"耳。夢窗以下，則用代字更多。其所以然者，非意不足則語不妙也。蓋意足則不暇代，語妙則不必代。此少游之"小樓連苑"、"綉轂雕鞍"，所以為東坡所譏也。

過秦樓　一首

　*水浴清蟾，葉喧涼吹，巷陌馬聲初斷。閒依露井，笑撲流螢，惹破畫羅輕扇。人靜夜久凭闌，愁不歸眠，立殘更箭。歎年華一瞬，人今千里，夢沈書遠。　空見說、鬢怯瓊梳，容銷金鏡，漸懶趁時勻染。梅風地溽，虹雨苔滋，一架舞紅都變。誰信無聊，為伊才減江淹，情傷荀倩。但明河影下，還看稀星數點。

【宋四家詞選】入"梅風地溽"以下三句，意味深厚。
【陳洵海綃說詞】換頭三句承"人今千里"，"梅風"三句承"年華一瞬"，然後以"無聊為伊"三句結情，以"明河影下"兩句結景，篇法之妙，不可思議。

氐州第一　一首

　波落寒汀，村渡向晚，遙看數點帆小。亂葉翻鴉，驚風破雁，天角孤雲縹緲。官柳蕭疏，甚尚挂微微殘照？景物關情，川途換目，頓來催老。　漸解狂朋歡意少，奈猶被思牽情繞。座上琴心，機中錦字，覺最縈懷抱。也知人懸望久，薔薇謝、歸來一笑。欲夢高唐，未成眠、霜空已曉。

尉遲杯　一首

離恨

*隋隄路、漸日晚、密靄生深樹。陰陰淡月籠沙，還宿河橋深處。無情畫舸，都不管煙波隔前浦，等行人醉擁重衾，載將離恨歸去。　因思舊客京華，長偎傍疎林小檻歡聚。冶葉倡條俱相識，仍慣見珠歌翠舞。如今向漁村水驛，夜如歲、焚香獨自語。有何人念我無聊？夢魂凝想鴛侶。

【宋四家詞選】南宋諸公所斷不能到者，出之平實，故勝。一結拙甚。

繞佛閣　一首

旅況

暗塵四斂，樓觀迥出，高映孤館。清漏將短，厭聞夜久籤聲動書幔。桂華又滿，閒步露草，偏愛幽遠。花氣清婉。望中迤邐城陰度河岸。　倦客最蕭索，醉倚斜橋穿柳綫。還似汴隄虹梁橫水面，看浪颭春燈，舟下如箭。此行重見。歎故友難逢，羈思空亂，兩眉愁、向誰行展？

西河　一首

金陵懷古

*佳麗地，南朝盛事誰記？山圍故國，繞清江、髻鬟對起。

怒濤寂寞打孤城，風檣遙度天際。 斷崖樹，猶倒倚，莫愁艇子曾繫。空餘舊迹，鬱蒼蒼、霧沈半壘。夜深月過女牆來，傷心東望淮水。 酒旗戲鼓甚處市？想依稀王謝鄰里。燕子不知何世，向尋常巷陌人家相對，如說興亡斜陽裏。

【藝蘅館詞選乙卷】張玉田謂："清真最長處，在善融化詩句，如自己出。"讀此詞，可見此中三昧。

瑞鶴仙 一首

*悄郊原帶郭，行路永、客去車塵漠漠。斜陽映山落，斂餘紅猶戀、孤城闌角。凌波步弱，過短亭、何用素約？有流鶯勸我，重解繡鞍，緩引春酌。 不記歸時早暮，上馬誰扶？醒眠朱閣。驚飆動幕。扶殘醉，繞紅藥。歎西園已是花深無地，東風何事又惡？任流光過卻，猶喜洞天自樂。

【宋四家詞選】只閒閒說起。不扶殘醉，不見紅藥之繫情，東風之作惡。因而追溯昨日送客後，薄暮入城，因所攜之妓，倦游訪伴，小憩復成酣飲。換頭句透出一醒字，"驚飆"句倒插"東風"，然後以"扶殘醉"三字點睛，結構精奇，金鍼度盡。

浪淘沙慢 一首

*曉陰重，霜凋岸草，霧隱城堞。南陌脂車待發，東門帳飲乍闋。正拂面垂楊堪攬結，掩紅淚、玉手親折。念漢浦離鴻去何許？經時信音絕。 情切，望中地遠天闊。向露冷風清無人處，耿耿寒漏咽。嗟萬事難忘，唯是輕別。翠尊未竭，憑斷雲

留取西樓殘月。 羅帶光銷紋衾疊，連環解、舊香頓歇。怨歌永、瓊壺敲盡缺。恨春去不與人期，弄夜色，空餘滿地梨花雪。

【宋四家詞選】空際出力，夢窗最得其訣。"翠尊"以下三句，一氣趕下，是清真長技。鉤勒勁健峭舉。①

浣溪沙 一首

雨過殘紅溼未飛，疏籬一帶透斜暉，遊蜂釀蜜竊香歸。 金屋無人風竹亂，衣篝盡日水沈微，一春須有憶人時。

夜游宮 一首

*葉下斜陽照水，捲輕浪、沈沈千里。橋上酸風射眸子。立多時，看黃昏，燈火市。 古屋寒窗底，聽幾片、井桐飛墜。不戀單衾再三起。有誰知? 為蕭娘，書一紙。

【宋四家詞選】此亦是層層加倍寫法。本只"不戀單衾"一句耳，加上前闋，方覺精力彌滿。

附錄

瑣窗寒

暗柳啼鴉，單衣佇立，小簾朱戶。桐花半畝，靜鎖一庭愁

---

① 舊版尚有："譚獻曰：'正拂面'二句，以見難忘在此。'翠尊'三句，所謂以無厚入有閒也。斷字殘字，皆不輕下。末三句，本是人去不與春期，翻說是無聊之思。（譚評詞辨）"

雨。灑空階、夜闌未休，故人剪燭西窗語。似楚江暝宿，風燈零亂，少年羈旅。 遲暮。嬉遊處。正店舍無煙，禁城百五。旗亭喚酒，付與高陽儔侶。想東園、桃李自春，小脣秀靨今在否？到歸時、定有殘英，待客攜尊俎。

漁家傲

灰暖香融消永晝，葡萄架上春藤秀。曲角欄干羣雀鬪。清明後，風梳萬縷亭前柳。 日照釵梁光欲溜，循階竹粉霑衣袖。拂拂面紅如著酒。沈吟久，昨宵正是來時候。

宴清都

地僻無鍾鼓。殘燈滅，夜長人倦難度。寒吹斷梗，風翻暗雪，灑窗填戶。賓鴻謾說傳書，算過盡、千儔萬侶。始信得、庾信愁多，江淹恨極須賦。 淒涼病損文園，徽弦乍拂，音韻先苦。淮山夜月，金城暮草，夢魂飛去。秋霜半入清鏡，歎帶眼、都移舊處。更久長、不見文君，歸時認否？

霜葉飛

露迷衰草。疏星掛，涼蟾低下林表。素蛾青女鬪嬋娟，正倍添淒悄。漸颯颯、丹楓撼曉。橫天雲浪魚鱗小。似故人相看，又透入、清輝半餉，特地留照。 迢遞望極關山，波穿千里，度日如歲難到。鳳樓今夜聽秋風，奈五更愁抱。想玉匣、哀絃閉了。無心重理相思調。見皓月，牽離恨，屏掩孤顰，淚流多少！

倒犯

新月

霽景對、霜蟾乍升，素煙如掃。千林夜縞。徘徊處、漸移深窈。何人正弄，孤影蹁躚，西窗悄。冒霜冷貂裘，玉斝邀雲表。共寒光、飲清醥。　淮左舊游，記送行人，歸來山路杳。駐馬望素魄，印遙碧，金樞小。愛秀色，初娟好。念漂浮、縣縣思遠道。料異日宵征，必定還相照。奈何人自衰老！

意難忘

美詠

衣染鶯黃。愛停歌駐拍，勸酒持觴。低鬟蟬影動，私語口脂香。檐露滴，竹風涼。拚劇飲淋浪。夜漸深、籠燈就月，子細端相。　知音見說無雙。解移宮換羽，未怕周郎。長顰知有恨，貪耍不成妝。些個事，惱人腸。試說與何妨？又恐伊、尋消問息，瘦減容光。

【傳記】

周邦彥（一〇五七——一一二一）字美成，錢塘人。疎雋少檢，不為州里推重，而博涉百家之書。元豐初，游京師，獻汴都賦萬餘言。神宗異之，命侍臣讀於邇英閣，召赴政事堂，自太學諸生一命為正。居五歲不遷，益盡力於辭章。出教授廬州，知溧水縣。還為國子主簿。

哲宗召對，使誦前賦，除秘書省正字，歷校書郎、考功員外郎、衞尉宗正少卿，兼議禮局檢討，以直龍圖閣知河中府。徽宗欲使畢禮書，復留之。踰年，乃知隆德府，徙明州。入拜秘書監，進徽猷閣待制，提舉大晟府。未幾，知順昌府，徙處州，卒，年六十六。邦彥好音樂，能自度曲，製樂府長短句，詞韻清蔚，傳於世。（宋史卷四百四十四文苑傳）邦彥詞名片玉集，有汲古閣宋六十家詞本，西泠詞萃本。又名清真集，有四印齋所刻詞本，鄭文焯校刊本。又陳元龍注片玉集，有武進陶氏涉園景宋金元明本詞續本，歸安朱氏彊邨叢書本。

【集評】

①陳振孫曰：清真詞多用唐人詩語，檃括入律，渾然天成；長調尤善鋪叙，富豔精工，詞人之甲乙也。（直齋書錄解題卷二十）陳郁曰：美成自號清真，二百年來，以樂府獨步。貴人、學士、市儈、妓女，皆知美成詞為可愛。（藏一話腴）劉肅曰：周美成以旁搜遠紹之才，寄情長短句，縝密典麗，流風可仰。其徵辭引類，推古誇今，或借字用意，言言皆有來歷，真足冠冕詞林，歡筵歌席，率知崇愛。（陳元龍集注本片玉集序）張炎曰：古之樂章、樂府、樂歌、樂曲，皆出於雅正。粵自隋、唐以來，聲詩閒為長短句，至唐人則有尊前、花間集。迄於崇寧，立大晟府，命周美成諸人討論古音，審定古調。淪落之後，少得存者。由此八十四調之聲稍傳。而美成諸人又復增演慢曲、引、近，或移宮換羽，為三犯、四犯之曲，按月律為之，其曲遂繁。美成負一代詞名，所作之詞，渾厚和雅，善於融化詩句，而於音譜且閒有未諧，可見其難矣。（詞源卷下）沈義父曰：凡作詞當以清真為主。蓋清真最為知音，且無一點市井氣，下字運意，皆有法度，往往自唐、宋諸賢詩句中來，而不用經、史中生硬字面，此所以為冠絕也。（樂府指迷）②

① 舊版尚有："樓鑰曰：清真樂府播傳，風流自命，顧曲名堂，不能自已。（清真先生文集序）"
② 舊版尚有："王世貞曰：美成能作景語，不能作情語；能入麗字，不能入雅字，以故價微劣於柳。然至‘枕痕一線紅生玉’，又‘喚起兩眸清炯炯’‘淚花落枕紅綿冷’，其形容睡起之妙，真能動人。（藝苑卮言）"

彭孫遹曰：美成詞如十三女子，玉豔珠鮮，政未可以其軟媚而少之也。（金粟詞話）周濟曰：美成思力，獨絕千古，如顏平原書，雖未臻兩晉，而唐初之法，至此大備。後有作者，莫能出其範圍矣。讀得清真詞多，覺他人所作，都不十分經意。鉤勒之妙，無如清真。他人一鉤勒便薄，清真愈鉤勒愈渾厚。（介存齋論詞雜著）劉熙載曰：周美成詞，或稱其無美不備。余謂論詞莫先於品。美成詞信富豔精工，只是當不得一箇貞字。是以士大夫不肯學之，學之則不知終日意縈何處矣。周美成律最精審，史邦卿句最警鍊。然未得為君子之詞者，周旨蕩而史意貪也。（藝概卷四）馮煦曰：陳氏子龍曰：「以沈摯之思，而出之必淺近，使讀之者驟遇之如在耳目之前，久誦之而得雋永之趣，則用意難也。以儇利之詞，而製之必工鍊，使篇無累句，句無累字，圓潤明密，言如貫珠，則鑄詞難也。其為體也纖弱，明珠翠羽，猶嫌其重，何況龍鸞？必有鮮妍之姿，而不藉粉澤，則設色難也。其為境也婉媚，雖以驚露取妍，實貴含蓄不盡，時在低回唱歎之餘，則命篇難也。」張氏綱孫曰：「結構天成，而中有豔語、雋語、奇語、豪語、苦語、癡語、沒要緊語，如巧匠運斤，毫無痕跡。」毛氏先舒曰：「北宋詞之盛也，其妙處不在豪快而在高健，不在豔冶而在幽咽。豪快可以氣取，豔冶可以言工，高健幽咽，則關乎神理，難可強也。」又曰：「言欲層深，語欲渾成。」諸家所論，未嘗專屬一人，而求之兩宋，惟片玉、梅溪，足以備之。周之勝史，則又在渾之一字，詞至於渾而無可復進矣。（宋六十一家詞選例言）王國維曰：美成深遠之致，不及歐、秦，唯言情體物，窮極工巧，故不失為第一流之作者。但惟創調之才多，創意之才少耳。詞之雅、鄭，在神不在貌。永叔、少游，雖作豔語，終有品格，方之美成，便有淑女與倡伎之別。（人間詞話卷上）以宋詞比唐詩，則東坡似太白，歐、秦似摩詰，耆卿似樂天，方回、叔原則大曆十子之流，南宋惟一稼軒可比昌黎，而詞中老杜，非先生不可。讀先生之詞，於文字之外，須更味其音律。今其聲雖亡，讀其詞者，猶覺拗怒之中，自饒和婉，曼聲促節，繁會相宣，清濁抑揚，轆轤交往，兩宋之間，一人而已。（清真先生遺事）

万俟詠 五首 錄自唐宋諸賢絕妙詞選卷七

昭君怨 一首

春到南樓雪盡，驚動燈期花信。小雨一番寒，倚闌干。 莫把闌干頻倚，一望幾重煙水。何處是京華？暮雲遮。

訴衷情 一首

送春

一鞭清曉喜還家，宿醉困流霞。夜來小雨新霽，雙燕舞風斜。 山不盡，水無涯，望中賒。送春滋味，念遠情懷，分付楊花。

憶少年 一首

隴首山

隴雲溶洩，隴山峻秀，隴泉嗚咽。行人暫駐馬，已不勝愁絕。 上隴首、凝眸天四闊，更一聲塞雁淒切。征書待寄遠，有知心明月。

長相思 二首

雨

一聲聲，一更更。窗外芭蕉窗裏燈，此時無限情。 夢難成，恨難平。不道愁人不喜聽，空階滴到明。

山驛

短長亭，古今情。樓外涼蟾一暈生，雨餘秋更清。　暮雲平，暮山橫。幾葉秋聲和雁聲，行人不要聽。

【傳記】

万俟雅言，自號詞隱。崇寧中，充大晟府制撰，與晁次膺按月律進詞。其清明應制一首尤佳，即"見梨花初帶夜月，海棠半含朝雨"之詞也。（歷代詩餘卷二百十六引古今詞話）有大聲集五卷，周美成為序，山谷亦稱之為一代詞人。（唐宋諸賢絕妙詞選卷七）王灼記雅言行實云："万俟詠雅言，元祐詩賦科老手也。三舍法行，不復進取，放意歌酒，自號大梁詞隱。每出一章，信宿喧傳都下。政和初，召試補官，實大晟樂府製撰之職。新廣八十四調，患譜弗傳。雅言請以盛德大業及祥瑞事迹制詞實譜。有旨：'依月用律，月進一曲。'自此新譜稍傳。"又稱："沈公述、李景元、孔方平、處度叔姪、晁次膺、万俟雅言，皆有佳句，就中雅言又絕出。然六人者，源流從柳氏來，病於無韻。雅言初自集分兩體：曰'雅詞'，曰'側豔'，目之曰'勝萱麗藻'。後召試入官，以側豔體無賴太甚，削去之。再編成集，分五體：曰'應制'，曰'風月脂粉'，曰'雪月風花'，曰'脂粉才情'，曰'雜類'。周美成目之曰'大聲'。"（碧雞漫志卷二）大聲集失傳已久，劉毓盤、趙萬里各有輯本，劉輯得二十三首，趙輯得二十七首，趙輯晚出，較精審。

【集評】

黃昇曰：雅言之詞，詞之聖者也。發妙音於律呂之中，運巧思於斧鑿之外，平而工，和而雅，比諸刻琢句意而求精麗者遠矣。（唐宋諸賢絕妙詞選卷七）

曹組 四首 錄自四部叢刊影鈔本樂府雅詞卷下

如夢令 一首

門外綠陰千頃，兩兩黃鸝相應。睡起不勝情，行到碧梧金井。人靜，人靜，風動一枝花影。

憶少年 一首

年時酒伴，年時去處，年時春色。清明又近也，卻天涯為客。 念過眼光陰難再得，想前歡、盡成陳迹。登臨恨無語，把闌干暗拍。（原缺暗字，依唐宋諸賢絕妙詞選卷八補。）

品令 一首

乍寂寞，簾櫳靜、夜久寒生羅幕。窗兒外、有個梧桐樹，早一葉兩葉落。 獨倚屏山欲寐，月轉驚飛烏鵲。促織兒聲響雖不大，敢教賢睡不著。

青玉案 一首

碧山錦樹明秋霽，路轉陡，疑無地。忽有人家臨曲水。竹籬茅舍，酒旗沙岸，一簇成村市。 淒涼只恐鄉心起，鳳樓遠、回頭謾凝睇。何處今宵孤館裏？一聲征雁，半窗殘月，總是離人淚。

【傳記】

曹組字元寵，陽翟人。宣和三年（一一二一），登進士第。（宋詩紀事卷四十）以閤門宣贊舍人為睿思殿應制，以占對開敏得幸。（宋史卷三百七十九）王灼曰："元祐間王齊叟彥齡，政和間曹組元寵，皆能文，每出長短句，膾炙人口。彥齡以滑稽語謔河朔。組潦倒無成，作紅窗迥及雜曲數百解，聞者絕倒，滑稽無賴之魁也。夤緣遭遇，官至防禦使。"（碧雞漫志卷二）組有箕潁集，久佚。樂府雅詞錄其詞三十一首。劉毓盤、趙萬里各有輯本，趙輯得三十五首，校勘精審勝劉輯。

蘇　庠 二首 錄自四部叢刊影鈔本樂府雅詞卷下

菩薩蠻 一首

宜興作

北風振野雲平屋，寒溪淅淅流冰谷。落日送歸鴻，夕嵐千
萬重。　荒陂垂斗柄，直北鄉山近。何必苦言歸？石亭春滿枝。

木蘭花 一首

江雲叠叠遮鴛浦，江水無情流薄暮。歸帆初張去聲葦邊風，
客夢不禁篷背雨。　渚花不解留人住，只作深愁無盡處。白沙煙
樹有無中，雁落滄洲何處所？

【傳記】

蘇庠字養直，澧州人，伯固（堅）之子。初以病目，自號眚翁，
徙居丹陽之後湖，更號後湖病民。（宋詩紀事卷四十一）紹興間，與徐
師川（俯）同召，師川赴，養直辭。師川造朝，便道過養直，留飲甚
歡。二公平日對弈，徐高於蘇。是日，養直拈一子，笑視師川曰："今
日須還老夫下此一著。"師川有愧色。（鶴林玉露卷五）樂府雅詞錄庠
詞二十三首。劉毓盤輯後湖詞一卷，得二十六首。易大厂校印北宋三
家詞，內有後湖詞一卷，亦據舊輯本也。

李 甲 一首　錄自四部叢刊影鈔本樂府雅詞卷下

帝臺春 一首

芳草碧色，萋萋遍南陌。暖絮亂紅，也知人春愁無力。憶得盈盈拾翠侶，共攜賞鳳城寒食。到今來、海角逢春，天涯為客。　愁旋釋，還似織；淚暗拭，又偷滴。漫竚立、倚遍危欄，儘黃昏、也只是暮雲凝碧。拚則而今已拚了，忘則怎生便忘得？又還問鱗鴻，試重尋消息。

【傳記】

李甲字景元，華亭人。（詞綜卷十）善為詞，小令有聞於時。工畫，得意外之趣，米海嶽嘗稱之。有自題山水詩曰：「誰撥煙雲六尺綃，寒山秋樹晚蕭蕭。十年來往吳淞口，錯認溪南舊板橋。」蘇軾東坡集亦有題嘉興景福寺李景元畫竹詩曰：「聞說神仙郭恕先，醉中狂筆勢瀾翻。百年寥落何人在？只有華亭李景元。」其見重如此。（劉毓盤輯李景元詞跋）樂府雅詞錄景元詞八首。劉輯本得十四首，其中憶王孫四首，出於唐宋諸賢絕妙詞選卷七，題為李重元作，殆不容牽合為出於景元之手也。

魯逸仲 一首 錄自唐宋諸賢絕妙詞選卷八

南浦 一首

旅懷

風悲畫角，聽單于三弄落譙門。投宿駸駸征騎，飛雪滿孤村。酒市漸闌燈火，正敲窗亂葉舞紛紛。送數聲驚雁，下離煙水，嘹唳度寒雲。 好在半朧溪月，到如今、無處不銷魂。故國梅花歸夢，愁損綠羅裙。為問暗香閑豔，也相思萬點付啼痕。算翠屏應是，兩眉餘恨倚黃昏。

【傳記】

孔夷字方平，孔子四十七代孫，元祐中隱士。父旼，隱居汝州龍興縣龍山之滍陽城，夷因自號滍皋漁父。所作詞或託名魯逸仲云。（歷代詞人考略卷十八）王灼曰："蘭畹曲會，孔寧極先生之子方平所集，序引稱無為莫知非，其自作者稱魯逸仲，皆方平隱名，如子虛、烏有、亡是之類。孔平日自號滍皋漁父，與姪處度齊名，李方叔詩酒侶也。（碧雞漫志卷二）黃昇曰："魯逸仲詞意婉麗，似万俟雅言"。（唐宋諸賢絕妙詞選卷八）花庵詞選錄逸仲詞三首。

廖世美 二首 錄自唐宋諸賢絕妙詞選卷四

好事近 一首

夕景

落日水鎔金，天淡暮煙凝碧。樓上誰家紅袖？靠闌干無力。　鴛鴦相對浴紅衣，短棹弄長笛。驚起一雙飛去，聽波聲拍拍。

燭影搖紅 一首

安陸齊雲　樓原題"別愁"，此從詞綜卷十改。

靄靄春空，畫樓森聳凌雲渚。（原作漢，依詞綜改。）紫薇登覽最關情，絕妙誇能賦。惆悵相思遲暮，記當日、朱欄共語。塞鴻難問，岸柳何窮，別愁紛緒。　催促年光，舊來流水知何處？斷腸何必更殘陽，極目傷平楚。晚霽波聲帶雨，悄無人、舟橫古渡。數峯江上，芳草天涯，參差煙樹。

【蕙風詞話卷二】廖世美燭影搖紅過拍云："塞鴻難問，岸柳何窮？別愁紛絮。"神來之筆，即已佳矣。換頭云："催促年光，舊來流水知何處？斷腸何必更殘陽，極目傷平楚。晚霽波聲帶雨，悄無人舟橫古渡。"語淡而情深，令子野、太虛輩為之，容或未必能到。此等詞一再吟誦，輒沁入心脾，畢生不能忘。花庵絕妙詞選中，真能不愧絕妙二字，如世美之作，殊不多觀。

陳　克 二首　錄自四部叢刊影鈔本樂府雅詞卷下

菩薩蠻 二首

赤欄橋盡香街直，籠街細柳嬌無力。金碧上青空，花晴簾影紅。　黃衫飛白馬，日日青樓下。醉眼不逢人，午香吹暗塵。

綠蕪牆遶青苔院，中庭日淡芭蕉卷。蝴蝶上階飛，烘簾自在垂。　玉鉤雙語燕，寶甃楊花轉。幾處簸錢聲，綠窗春睡輕。

【詞林紀事卷十】盧申之云：子高菩薩蠻云：“幾處簸錢聲，綠窗春夢輕。”謁金門云：“檀炷遶窗燈背壁，畫簷聞雨滴。”殊覺其香蒨。

【傳記】

陳克字子高，天台人。呂安老帥建康，辟為參議。（唐宋諸賢絕妙詞選卷八）一云：臨海人。紹興中，為勅令所刪定官。自號赤城居士，僑居金陵。（詞林紀事卷十）樂府雅詞錄克詞三十六首。彊邨叢書本赤城詞一卷，共四十首。趙萬里別有輯本，得四十一首，刊入校輯宋金元人詞第一冊中。

【集評】

陳振孫曰：子高詞格頗高麗，晏、周之流亞也。（直齋書錄解題卷二十一）周濟曰：子高不甚有重名，然格韻絕高，昔人謂“晏、周之流亞”。晏氏父子俱非其敵，以方美成，則又擬不於倫；其溫、韋高弟乎？比溫則薄，比韋則悍，故當出入二氏之門。（介存齋論詞雜著）

李清照 十三首 錄自趙萬里輯本漱玉詞

如夢令 一首

昨夜雨疏風驟，濃睡不消殘酒。試問捲簾人，卻道海棠依舊。知否？知否？應是綠肥紅瘦。

【漁隱叢話前集卷六十】苕溪漁隱云：近時婦人能文詞如李易安，頗多佳句。小詞云："綠肥紅瘦。"此語甚新。又九日詞云："簾捲西風，人似黃花瘦。"此語亦婦人所難到也。

浣溪沙 二首

淡蕩春光寒食天，玉爐沈水裊殘煙，夢回山枕隱花鈿。　海燕未來人鬥草，江梅已過柳生綿，黃昏疏雨濕秋千。

*髻子傷春懶更梳，晚風庭院落梅初，淡雲來往月疏疏。　玉鴨熏鑪閒瑞腦，朱櫻斗帳掩流蘇，通犀還解辟寒無？

【譚評詞辨卷一】易安居士獨此篇有唐調。選家鑪冶，遂標此奇。

醉花陰 一首

*薄霧濃雲愁永晝，瑞腦消金獸。佳節又重陽，玉枕紗廚，半夜涼初透。　東籬把酒黃昏後，有暗香盈袖。莫道不消魂，簾捲西風，人比黃花瘦。

【元伊世珍瑯環記卷中】易安以重陽醉花陰詞函致明誠。明誠嘆賞，自愧弗逮，務欲勝之，一切謝客，忘食忘寢者三日夜，得五十闋，雜易安作以示友人陸德夫。德夫玩之再三，曰："只三句絕佳。"明誠詰之，答曰："莫道不消魂，簾捲西風，人似黃花瘦。"政易安作也。

鷓鴣天　一首

*寒日蕭蕭上瑣窗，梧桐應恨夜來霜。酒闌更喜團茶苦，夢斷偏宜瑞腦香。　秋已盡，日猶長，仲宣懷遠更淒涼。不如隨分尊前醉，莫負東籬菊蕊黃。

小重山　一首

*春到長門春草青。江梅些子破，未開勻。碧雲籠碾玉成塵。留曉夢，驚破一甌春。　花影壓重門。疏簾鋪淡月，好黃昏。二年三度負東君。歸來也！著意過今春。

一翦梅　一首

*紅藕香殘玉簟秋。輕解羅裳，獨上蘭舟。雲中誰寄錦書來？雁字回時，月滿西樓。　花自飄零水自流。一種相思，兩處閒愁。此情無計可消除，才下眉頭，卻上心頭。

【瑯環記卷中】趙明誠、易安結褵未久，明誠即負笈遠遊，易安殊不忍別，覓錦帕，書一翦梅詞以送之。

蝶戀花　一首

*暖雨晴風初破凍。柳眼梅腮，已覺春心動。酒意詩情誰與共？淚融殘粉花鈿重。　乍試夾衫金縷縫。山枕斜敧，枕損釵頭鳳。獨抱濃愁無好夢，夜闌猶剪燈花弄。

漁家傲　一首

*天接雲濤連曉霧，星河欲轉千帆舞。彷彿夢魂歸帝所。聞天語，殷勤問我歸何處？　我報路長嗟日暮，學詩謾有驚人句。九萬里風鵬正舉。風休住，蓬舟吹取三山去。

鳳凰臺上憶吹簫　一首

依樂府雅詞卷下

*香冷金猊，被翻紅浪，起來人未梳頭。任寶奩閒掩，日上簾鉤。生怕閒愁暗恨，多少事、欲說還休。今年瘦，非干病酒，不是悲秋。　明朝，這回去也，千萬遍陽關，也即難留。念武陵春晚，雲鎖重樓。記取樓前綠水，應念我、終日凝眸。凝眸處，從今更數，幾段新愁。

【唐宋諸賢絕妙詞選卷十】"人未"作"慵自"，"閒掩"作"塵滿"，"閒愁暗恨"作"離懷別苦"，"今年"作"新來"，"明朝"作"休休"，"也即"作"也則"，"春晚"作"人遠"，"雲鎖重樓"作"煙鎖秦樓"，"記取"作"惟有"，"綠水"作"流水"，"更數幾段"作"又添一段"。

聲聲慢　一首

　　*尋尋覓覓，冷冷清清，悽悽慘慘戚戚。乍暖還寒時候，最難將息。三杯兩盞淡酒，怎敵他、晚來風急？雁過也，正傷心，卻是舊時相識。　滿地黃花堆積，憔悴損，如今有誰堪摘？守著窗兒，獨自怎生得黑？梧桐更兼細雨，到黃昏、點點滴滴。這次第，怎一箇愁字了得？

【宋羅大經鶴林玉露卷十二】近時李易安詞云："尋尋覓覓，冷冷清清，悽悽慘慘戚戚。"起頭連疊七字，以一婦人乃能創意出奇如此！
【清劉體仁七頌堂詞繹】易安居士："最難將息，""怎一箇愁字了得？"深妙穩雅，不落蒜酪，亦不落絕句，真此道本色當行第一人也。

念奴嬌　一首

　　*蕭條庭院，又斜風細雨，重門須閉。寵柳嬌花寒食近，種種惱人天氣。險韻詩成，扶頭酒醒，別是閒滋味。征鴻過盡，萬千心事難寄。　樓上幾日春寒，簾垂四面，玉闌干慵倚。被冷香消新夢覺，不許愁人不起。清露晨流，新桐初引，多少遊春意！日高煙斂，更看今日晴未？

【唐宋諸賢絕妙詞選卷十】前輩嘗稱易安"綠肥紅瘦"為佳句。余謂此篇"寵柳嬌花"之語，亦甚奇俊，前此未有能道之者。
【清王又華古今詞論】毛稚黃曰：李易安春情："清露晨流，新桐初引。"用世說全句，渾妙。嘗論詞貴開宕，不欲沾滯，忽悲忽喜，乍遠乍近，斯為妙耳。如遊樂詞，須微著愁思，方不癡肥。李春情詞本閨怨，結云："多少遊春意，""更看今日晴未？"忽爾拓開，不但不為題束，并不為本意所苦，直如行雲舒卷自如，人不覺耳。

【金粟詞話】李易安："被冷香消新夢覺，不許愁人不起。""守著窗兒，獨自怎生得黑？"皆用淺俗之語，發清新之思，詞意並工，閨情絕調。

永遇樂 一首

*落日鎔金，暮雲合璧，人在何處？染柳煙濃，吹梅笛怨，春意知幾許？元宵佳節，融和天氣，次第豈無風雨？來相召、香車寶馬，謝他酒朋詩侶。 中州盛日，閨門多暇，記得偏重三五。鋪翠冠兒，撚金雪柳，簇帶爭濟楚。如今憔悴，風鬟霧鬢，怕見夜間出去。不如向簾兒底下，聽人笑語。

【貴耳集卷上】易安居士李氏，趙明誠之妻。金石錄亦筆削其間。南渡以來，常懷京、洛舊事，晚年賦元宵永遇樂詞云："落日鎔金，暮雲合璧。"已自工緻。至於"染柳煙輕，吹梅笛怨，春意知幾許？"氣象更好。後段云："于今憔悴，風鬟霜鬢，怕見夜間出去。"皆以尋常語度入音律，鍊句精巧則易，平淡入調者難。

附錄

如夢令

常記溪亭日暮，沈醉不知歸路，興盡晚回舟，誤入藕花深處。爭渡，爭渡，驚起一灘鷗鷺。

多麗

詠白菊

小樓寒，夜長簾幕低垂。恨瀟瀟、無情風雨，夜來揉損瓊肌。也不似、貴妃醉臉，也不似、孫壽愁眉。韓令偷香，徐娘傅粉，莫將比擬未新奇。細看取，屈平陶令，風韻正相宜。微風起，清芬醞藉，不減酴醾。　漸秋闌、雪清玉瘦，向人無限依依。似愁凝、漢皋解佩，似淚灑、紈扇題詩。朗月清風，濃煙暗雨，天教憔悴瘦芳姿。縱愛惜，不知從此，留得幾多時。人情好，何須更憶，澤畔東籬。

添字采桑子

芭蕉

窗前種得芭蕉樹，陰滿中庭。陰滿中庭，葉葉心心，舒卷有餘情。　傷心枕上三更雨，點滴淒清。點滴淒清，愁損離人，不慣起來聽。

點絳脣

寂寞深閨，柔腸一寸愁千縷。惜春春去，幾點催花雨。　倚遍闌干，祇是無情緒。人何處？連天芳草，望斷歸來路。

滿庭芳

殘梅

小閣藏春，閒窗鎖晝，畫堂無限深幽。篆香燒盡，日影下簾鉤。手種江梅漸好，又何必、臨水登樓？無人到，寂寥恰似，何遜在揚州。　從知韻勝，難禁雨藉，不耐風揉。更誰家橫笛，吹動濃愁？莫恨香消玉減，須信道、掃跡情留。難言處，良宵淡月，疏影尚風流。

浣溪沙

樓上晴天碧四垂，樓前芳草接天涯。傷心莫上最高梯。　新筍已成堂下竹，落花都入燕巢泥。忍聽林表杜鵑啼。

怨王孫

帝里春晚，重門深院。草綠階前，暮天雁斷。樓上遠信誰傳？恨綿綿。　多情自是多沾惹。難拚捨，又是寒食也。秋千巷陌人靜，皎月初斜，浸梨花。

蝶戀花

永夜懨懨歡意少。空夢長安，認取長安道。為報今年春色好，花光月影宜相照。　隨意杯盤雖草草。酒美梅酸，恰稱人懷抱。醉裏插花花莫笑，可憐春似人將老。

【傳記】

易安居士李清照，宋濟南人。父格非，母王狀元拱辰孫女，皆工文章。居歷城城西南之柳絮泉上。易安幼有才藻。元符二年（一〇九九），年十八，適太學生諸城趙明誠。明誠父挺之，時為吏部侍郎，格非為禮部員外郎。李、趙宦族，然素貧儉。每朔望，明誠太學謁告出，質衣，取半千錢，步入相國寺，市碑文、果實歸，夫妻相對展玩咀嚼，嘗自謂"葛天氏之民"也。後二年，明誠出仕宦，挺之為宰相，居政府，親舊在館閣者多，有亡詩、逸史，汲冢、魯壁所未見之書，盡力傳寫。或古今名人書畫、三代奇器，質衣物市之。挺之在徽宗時，易安進詩曰："炙手可熱心可寒。"挺之排元祐黨人甚力，格非以黨籍罷。易安上詩挺之曰："何況人間父子情？"讀者哀之。易安自少年兼有詩名，才力華贍，逼近前輩。傳誦者："詩情如夜鵲，三繞未能安。""少陵也是可憐人，更待明年試春草。"世又傳："兩漢本繼紹，新室如贅疣，所以嵇中散，至死薄殷周。"以為佳境。明誠後屏居鄉里十年，衣食有餘。及起知青、萊二州，皆政簡，日事鉛槧，易安與共校勘，作金石錄，考證精鑿，多足正史書之失。每獲一書，即校勘、整集、籤題，得書畫、彝鼎，摩玩舒卷，指摘疵病，夜盡一燭為率。所藏紙札精緻，字畫完整，冠諸收書家。易安性強記，每飯罷，與明誠坐歸來堂，烹茶，指堆積書史，言某事在某書幾卷、幾葉、幾行，以中否決勝負為飲茶先後，中即舉杯，往往大笑，茶傾覆懷中，反不得飲而起。其收藏既富，歸來堂起書庫，大櫥簿甲乙，置書冊，當講讀，即請鑰上簿，關出卷帙，或少損污，必懲責、揩完、塗改。又置副本，便繙討。書史百家字不刓、本不誤謬者，常兼三四本，皆精絕。靖康二年（一一二七）春，明誠奔母喪於金陵，半棄所藏。其年十二月，金人陷青州，火其書十餘屋。建炎二年（一一二八），明誠起復，知江寧府。易安在江寧日，每值天大雪，即頂笠、披簑，循城遠覽，得句必邀賡和，明誠每苦之。三年，明誠罷，將家於贛水。四月，高宗如江寧，詔明誠知湖州。明誠赴行在，感暑，疧發，八月卒。紹興元年（一一三一），易安之越，二年之杭，年五十有一矣，作金石錄後序。四年，避亂西上，過嚴子陵釣臺，至金華，卜居焉。居金華，有武陵春詞曰："風住塵香花已盡，日晚倦梳頭。物是人非事事休，欲語淚先流。聞說雙溪春尚好，也擬泛輕舟。只恐雙溪舴艋

舟，載不動許多愁。"流寓有故鄉之思。其事非閨閫文筆自記者莫能知，
或曰依弟迒，老於金華。（節錄俞正燮癸巳類稿易安居士事輯）易安嘗
歷評唐、宋以來歌詞，皆摘其短，無一免者。其言曰："樂府聲詩並著，
最盛于唐。開元、天寶間，有李八郎者，能歌擅天下。時新及第進士開
宴曲江。榜中一名士先召李，使易服，隱名姓，衣冠故敝，精神慘沮，
與同之宴所，曰：'表弟願與坐末。'眾皆不顧。即酒行，樂作，歌者進。
時曹元謙、念奴為冠，歌罷，眾皆咨嗟稱賞。名士忽指李曰：'請表弟
歌。'眾皆哂，或有怒者。及轉喉發聲歌一曲，眾皆泣下，羅拜，曰：
'此李八郎也。'自後鄭、衛之聲日熾，流靡之變日煩，已有菩薩蠻、春
光好、莎雞子、更漏子、浣溪沙、夢江南、漁父等詞，不可遍舉。五代
干戈，四海瓜分豆剖，斯文道熄。獨江南李氏君臣尚文雅，故有'小樓
吹徹玉笙寒，''吹皺一池春水'之詞，語雖奇甚，所謂'亡國之音哀以
思'也。逮至本朝，禮樂文武大備，又涵養百餘年，始有柳屯田永者，
變舊聲作新聲，出樂章集，大得聲稱於世，雖協音律，而詞語塵下。又
有張子野、宋子京兄弟、沈唐、元絳、晁次膺輩繼出，雖時時有妙語，
而破碎何足名家。至晏元獻、歐陽永叔、蘇子瞻，學際天人，作為小歌
詞，直如酌蠡水于大海，然皆句讀不葺之詩爾，又往往不協音律者，何
耶？蓋詩文分平側，而歌詞分五音，又分五聲，又分六律，又分清濁、
輕重。且如近世所謂聲聲慢、雨中花、喜遷鶯，既押平聲韻，又押入聲
韻。玉樓春本押平聲韻，又押上、去聲，又押入聲。本押仄聲韻，如押
上聲則協，如押入聲則不可歌矣。王介甫、曾子固文章似西漢，若作一
小歌詞，則人必絕倒，不可讀也。乃知別是一家，知之者少。後晏叔
原、賀方回、秦少游、黃魯直出，始能知之。又晏苦無鋪敘，賀苦少典
重；秦即專主情致而少故實，譬如貧家美女，雖極妍麗豐逸，而終乏富
貴態；黃即尚故實而多疵病，譬如良玉有瑕，價自減半矣。"（苕溪漁隱
叢話後集卷三十三）[1] 易安所為漱玉詞，直齋書錄解題作一卷，唐宋諸賢

---

[1]　舊版作者小傳為："李氏名清照，號易安居士。（生於神宗元豐七年，至高宗紹興
十一年，年六十歲尚在。卒年無考。）禮部員外郎格非女，諸城翰林承旨趙明誠妻。幼
有才藻。既長，適明誠。結縭未久，明誠即負笈出遊，清照書詞錦帕送之。嘗
以所作詞函致明誠。明誠歎息媿弗逮，謝客忘寢食者三日夜，得五十闋，雜清
照詞，示友人陸德夫。德夫稱絕佳者，正清照作也。其舅挺之相徽宗，清照（接下

絕妙詞選作三卷，宋史藝文志作六卷，元以後皆不存。今所見虞山毛氏詩詞雜俎本及臨桂王氏四印齋本，俱非其舊，惟樂府雅詞所載二十三首為最可信耳。近人趙萬里輯得四十三首，附錄十七首，為漱玉詞定本一卷，刊入校輯宋金元人詞第二冊中，較世行各本為精審。別有大興李文裿輯漱玉集，兼收詩文，亦足為研討之助。

【集評】

王灼曰：易安居士作長短句，能曲折盡人意，輕巧尖新，姿態百出。（碧雞漫志卷二）沈謙曰：男中李後主，女中李易安，極是當行本色。（填詞雜說）王士禛曰：張南湖論詞派有二：一曰婉約，一曰豪放。僕謂婉約以易安為宗，豪放惟幼安稱首，皆吾濟南人，難乎為繼矣！（花草蒙拾）李調元曰：易安在宋諸媛中，自卓然一家，不在秦七、黃九之下。詞無一首不工，其鍊處可奪夢窗之席，其麗處直參片玉之班，蓋不徒俯視巾幗，直欲壓倒鬚眉。（雨村詞話卷三）沈曾植曰：易安跌宕昭彰，氣度極類少游，刻摯且兼山谷，篇章惜少，不過窺豹一斑，閨房之秀，固文士之豪也。才鋒太露，被謗殆亦因此。自明以來，墮情者醉其芬馨，飛想者賞其神駿，易安有靈，後者當許為知己。漁洋稱易安、幼安為濟南二安，難乎為繼，易安為婉約主，幼安為豪放主，此論非明代諸公所及。（菌閣瑣談）

頁）獻詩，有云：'炙手可熱心可寒。'挺之排元祐黨人甚力，格非以黨籍罷。清照上詩救格非云：'何況人間父子情？'識者哀之。明誠好儲經籍，及三代鼎彝、書畫、金石刻。連知萊、淄二州，竭俸入以事鉛槧，清照與共校勘。明誠作金石錄，考據精確，多足正史書之失，清照實助之。靖康二年春，明誠奔祖喪於建康，半塗所藏。其年十二月，金人陷青州，火其藏書十餘屋。明誠諸城人，而家於青也。建炎二年，起復，知建康府。三年，召知湖州。至行在，病卒，清照自為文祭之。既葬，清照赴台州，依其弟迒，輾轉避難於越、衢諸州。紹興二年，又赴杭州，所攜古器物，以次失去。乃為金石錄後序，自述流離狀況。清照為詞家大宗，嘗謂：詞自唐五代，無合格者。宋柳永雖協音律而詞語塵下。張子野、宋子京兄弟、晁次膺，有妙語者傷破碎。晏元獻、歐陽永叔、蘇子瞻所作，似詩之句讀不葺者。蓋詞別是一家，知之者少。晏叔原、賀方回、秦少游、黃魯直能知之。晏苦無鋪敘，賀少典重；秦專主情致而少故實，黃尚故實而多疵病。（此段詳見苕溪漁隱叢話）世以為名論。（以上錄道光濟南府志列女傳。欲知其詳，須參閱清照自為金石錄後序，及俞正燮癸巳類稿中之易安居士事輯。）"後版本部分略同新版而較略，不錄。

孫道絢 二首 錄自唐宋諸賢絕妙詞選卷十

清平樂 一首

雪

悠悠颺颺，做盡輕模樣。夜半蕭蕭窗外響，多在梅邊竹上。衆朱樓向曉簾開，六花片片飛來。無奈熏爐煙霧，騰騰扶上金釵。

醉思仙 一首

寓居妙湛，悼亡，作此。

晚霞紅，看山迷暮靄，烟暗孤松。動翩翩風袂，輕若驚鴻。心似鑑，鬢如雲，弄清影，月明中。謾悲涼，歲冉冉，蕣華潛改衰容。衆前事銷凝久，十年光景匆匆。念雲軒一夢，回首春空。彩鳳遠，玉簫寒，夜悄悄，恨無窮。歎黃塵，久埋玉，斷腸揮淚東風。

【傳記】

孫道絢，號冲虛居士，黃穀城之母。（唐宋諸賢絕妙詞選卷十）穀城名銖，字子厚，富沙浦城人。與朱文公（熹）為交友，長於詩。劉潛夫（克莊）宰建陽，刻其穀城集於縣齋。黃之母筆力甚高，張世南曾親見銖親錄其遺詞六首以贈鄭昭先。（張世南游宦紀聞卷八）唐宋諸賢絕妙詞選稱為“孫夫人”，錄其詞五首，有三首與銖手錄相同。趙萬里輯得九首，附錄三首，為冲虛詞一卷，刊入校輯宋金元人詞第二冊中。

張元幹 七首 錄自汲古閣宋六十家詞本蘆川詞

賀新郎 二首

送胡邦衡待制赴新州

*夢繞神州路。悵秋風、連營畫角，故宮離黍。底事崑崙傾砥柱，九地黃流亂注？聚萬落千村狐兔。天意從來高難問，況人情老易悲難訴！更南浦，送君去。衆涼生岸柳催殘暑。耿斜河、疎星淡月，斷雲微度。萬里江山知何處？回首對牀夜語。雁不到、書成誰與？目盡青天懷今古，肯兒曹恩怨相爾汝？舉大白，聽金縷。

【宋王明清揮麈後錄卷十】紹興戊午（一一三八），秦會之（檜）再入相，遣王正道（倫）為計議使，以修和盟。十一月，樞密院編修官胡銓邦衡上書，（文長不錄。）請斬王倫、秦檜、孫近三人之頭。疏入，責為昭州鹽倉，而改送吏部，與合入差遣，注福州簽判，蓋上初無深怒之意也。至壬戌歲（一一四二），慈寧歸養，秦諷言臣，論其前言弗劾，詔除名勒停，送新州編管。張仲宗元幹寓居三山，以長短句送其行。

寄李伯紀丞相

*曳杖危樓去。斗垂天、滄波萬頃，月流煙渚。掃盡浮雲風不定，未放扁舟夜渡。宿雁落寒蘆深處。悵望關河空弔影，正人間鼻息鳴鼉鼓。誰伴我，醉中舞？衆十年一夢揚州路。倚高寒、愁生故國，氣吞驕虜。要斬樓蘭三尺劍，遺恨琵琶舊語。謾暗澀銅華塵土。喚取謫仙平章看，過苕溪尚許垂綸否？風浩蕩，欲飛舉。

【四庫全書總目卷一百九十八蘆川詞提要】紹興八年十一月，待制胡銓謫新州，元幹作賀新郎以送，坐是除名。又李綱疏諫和議，在是年十一月。綱斯時已提舉洞霄宮矣，元幹又有寄詞一闋。今觀此集，即以此二闋壓卷，蓋有深意。其詞慷慨悲涼，數百年後，尚想其抑塞磊落之氣。然其他作，則多清麗婉轉，與秦觀、周邦彥可以肩隨。

滿江紅 一首

自豫章阻風吳城山作

春水迷天，桃花浪、幾番風惡。雲乍起、遠山遮盡，晚風還作。綠遍芳洲生杜若，楚帆帶雨煙中落。傍向來沙嘴共停橈，傷飄泊。眾寒猶在，衾偏薄。腸欲斷，愁難著。倚篷窗無寐，引杯孤酌。寒食清明都過卻，最憐輕負年時約。想小樓終日望歸舟，人如削。

蘭陵王 一首

春恨

卷珠箔，朝雨輕陰乍閣。闌干外、煙柳弄晴，芳草侵階映紅藥。東風妒花惡，吹落，梢頭嫩萼。屏山掩、沈水倦熏，中酒心情怕杯勺。眾尋思舊京洛，正年少疏狂，歌笑迷著。障泥油壁催梳掠。曾馳道同載，上林攜手，燈夜初過早共約。又爭信飄泊？眾寂寞，念行樂。甚粉淡衣襟，音斷絃索？瓊枝璧月春如昨。恨別後華表，那回雙鶴。相思除是，向醉裏，暫忘卻。

石州慢　一首

己酉秋，吳興舟中。

*雨急雲飛，瞥然驚散，暮天涼月。誰家疏柳低迷，幾點流螢明滅。夜帆風駛，滿湖煙水蒼茫，菰蒲零亂秋聲咽。夢斷酒醒時，倚危檣清絕。衆心折，長庚光怒，羣盜縱橫，逆胡猖獗。欲挽天河，一洗中原膏血。兩宮何處？塞垣秖隔長江，唾壺空擊悲歌缺。萬里想龍沙，泣孤臣吳越。

水調歌頭　一首①

追和

*舉手釣鼇客，削跡種瓜侯。重來吳會，三伏行見五湖秋。耳畔風波搖蕩，身外功名飄忽，何路射旄頭？孤負男兒志，悵望故園愁。衆夢中原，揮老淚，遍南州。元龍湖海豪氣，百尺臥高樓。短髮霜黏兩鬢，清夜盆傾一雨，喜聽瓦鳴溝。猶有壯心在，付與百川流。

浣溪沙　一首

山繞平湖波撼城，湖光倒影浸山青，水晶樓下欲三更。衆霧柳暗時雲度月，露荷翻處水流螢，蕭蕭散髮到天明。

---

① "一首"二字原缺，按體例補。

附錄

石州慢

　　寒水依痕，春意漸回，沙際煙闊。溪梅晴照生香，冷蕊數枝爭發。天涯舊恨，試看幾許消魂？長亭門外山重疊。不盡眼中青，是愁來時節。衆情切。畫樓深閉，想見東風，暗銷肌雪。辜負枕前雲雨，樽前花月。心期切處，更有多少凄涼，殷勤留與歸時說！到得再相逢，恰經年離別。

【傳記】

　　張元幹（一〇六七——一一六〇後）字仲宗，三山人，太學上舍。紹興中，坐送胡銓及寄李綱詞除名。自號蘆川居士。（歷代詩餘卷一百四）周必大云：“長樂張元幹，字仲宗，在政和、宣和間，已有能樂府聲，今傳于世，號蘆川集，凡百六十篇，以賀新郎二篇為首。”（益公題跋）蘆川詞有毛氏汲古閣宋六十家詞本，吳氏雙照樓影宋元明本詞本。

【集評】

　　毛晉曰：[①]蘆川詞，人稱其長於悲憤。及讀花菴、草堂所選，又極嫵秀之致，真堪與片玉、白石並垂不朽。（蘆川詞跋）

---

① 舊版尚有：“仲宗平生忠義自矢，不屑與奸佞同朝，飄然挂冠。紹興辛酉，胡澹菴上書乞斬秦檜，被謫，作賀新郎一闋送之，坐是與作詩王民瞻同除名。兹集以此詞壓卷，其旨微矣。”

葉夢得 七首　錄自汲古閣宋六十家詞本石林詞

賀新郎 一首

*睡起流鶯語。掩蒼苔、房櫳向晚，亂紅無數。吹盡殘花無人見，惟有垂楊自舞。漸暖靄初回輕暑。寶扇重尋明月影，暗塵侵、上有乘鸞女。驚舊恨，遽如許！衾江南夢斷橫江渚。浪黏天、葡萄漲綠，半空煙雨。無限樓前滄波意，誰採蘋花寄取？但悵望蘭舟容與。萬里雲颿何時到？送孤鴻、目斷千山阻。誰為我，唱金縷？

【宋劉昌詩蘆浦筆記卷十】葉石林賀新郎詞，有"誰採蘋花寄與？但悵望蘭舟容與。"下"與"字去聲。漢禮樂志："練時日，澹容與。"顏注："閑舒也。"今歌者不辨音義，乃以其疊兩"與"字，妄改上"與"作"寄取"而不以為非，良可笑也。慶元庚申（一二〇〇），石林之孫筠守臨江，嘗從容語及，謂賦此詞時，年方十八。而傳者乃云為儀真妓女作。詳味句意，皆不相干，或是書此以遺之爾。

水調歌頭 二首

九月望日，與客習射西園，余病不能射。

*霜降碧天靜，秋事促西風。寒聲隱地，初聽中夜入梧桐。起瞰高城回望，寥落關河千里，一醉與君同。疊鼓鬧清曉，飛騎引雕弓。衆歲將晚，客爭笑，問衰翁：平生豪氣安在？走馬為誰雄？何似當筵虎士，揮手弦聲響處，雙雁落遙空。老矣真堪愧！回首望雲中。

前調

秋色漸將晚，霜信報黃花。小窗低戶，深映微路繞敧斜。為問山公何事？坐看流年輕度，拚卻鬢雙華。徙倚望滄海，天淨水明霞。衆念平昔，空飄蕩，遍天涯。歸來三徑重掃，松竹本吾家。卻恨悲風時起，冉冉雲間新雁，邊馬怨胡笳。誰似東山老，談笑淨胡沙？

八聲甘州 一首

壽陽樓八公山作

*故都迷岸草，望長淮依然繞孤城。想烏衣年少，芝蘭秀發，戈戟雲橫。坐看驕兵南渡，沸浪駭犇鯨。轉眄東流水，一顧功成。衆千歲八公山下，尚斷崖草木，遙擁崢嶸。漫雲濤吞吐，無處問豪英。信勞生空成今古，笑我來何事愴遺情？東山老，可堪歲晚，獨聽桓箏！

臨江仙 二首

與客湖上飲歸

*不見跳魚翻曲港，湖邊特地經過。蕭蕭疏雨亂風荷。微雲吹盡散，明月墮平波。衆白酒一杯還徑醉，歸來散髮婆娑。無人能唱採菱歌。小軒敧枕簟，檐影挂星河。

熙春臺與王取道、賀方回、曾公袞會別。

自笑天涯無定準，飄然到處遲留。興闌卻上五湖舟。鱸蓴新有味，碧樹已驚秋。衆臺上微涼初過雨，一尊聊記同遊。寄聲時為到滄洲。遙知敧枕處，萬壑看交流。

虞美人　一首

雨後，同幹譽、才卿置酒來禽花下作。

*落花已作風前舞，又送黃昏雨。曉來庭院半殘紅，惟有游絲千丈罥晴空。衆愍勤花下同攜手，更盡杯中酒。美人不用斂蛾眉，我亦多情無奈酒闌時！

附錄

念奴嬌

雲峰橫起，障吳關三面，真成尤物。倒卷回潮，目盡處、秋水黏天無壁。綠鬢人歸，如今雖在，空有千莖雪。追尋如夢，謾餘詩句猶傑。衆聞道尊酒登臨，孫郎終古恨，長歌時發。萬里雲屯瓜步晚，落日旌旗明滅。鼓吹風高，畫舫遙想，一笑吞窮髮。當時曾照，更誰重問山月？

南鄉子

癸卯種梅於西巖。地瘦，離立石間無花。今歲十一月，輒先開數枝，喜而為賦

山畔小池臺，曾記幽人著意栽。亂石參差春至晚，徘徊。素景衝寒卻自開。　絕絕照瓊瑰，孤負芳心巧翦裁。應恐練裙驚

縞夜，殘杯。且放疎枝待我來。

【傳記】

葉夢得（一〇七七——一一四八）字少蘊，蘇州吳縣人。（據湖州府志：葉元輔居烏程，至夢得已四世。）嗜學早成，多識前言往行。紹聖四年（一〇九七）登進士第。徽宗朝，自婺州教授，召為議禮武選編修官。用蔡京薦，召對。累官龍圖閣直學士，知汝州、蔡州，移帥潁昌府。高宗駐蹕杭州，以夢得深曉財賦，乃除資政殿學士，提舉中太一宮，專一提領戶部財用，充車駕巡幸頓遞使，辭不拜。紹興初，起為江東安撫大使，兼知建康府。八年（一一三八），除江東安撫制置大使，兼知建康府，行宮留守。夢得兼總四路漕計，以給饋餉，軍用不乏，故諸將得悉力以戰。詔加觀文殿學士，移知福州，兼福建安撫使。上章請老，特遷一官，提舉臨安府洞霄宮，尋拜崇信軍節度使，致仕。十八年，卒湖州。（節錄宋史卷四百四十五文苑傳）有石林詞一卷，刊入汲古閣宋六十家詞中。

【集評】

關注曰：葉公以經術文章，為世宗儒，翰墨之餘，作為歌詞，亦妙天下。……味其詞婉麗，綽有溫、李之風。晚歲落其華而實之，能於簡淡時出雄傑，合處不減靖節、東坡之妙，豈近世樂府之流哉！（題石林詞）王灼曰：後來學東坡者，葉少蘊、蒲大受亦得六七，其才力比晁、黃差劣。（碧雞漫志卷二）毛晉曰：少蘊自號石林居士，晚年居卞山下，奇石森列，藏書數萬卷，嘯詠自娛。所撰詩文甚富。……石林詞一卷，與蘇、柳並傳，綽有林下風，不作柔語殢人，真詞家逸品也。（石林詞跋）馮煦曰：葉少蘊主持王學，所著石林詩話，陰抑蘇、黃，而其詞顧挹蘇氏之餘波，豈此道與所問學固多歧出耶？（宋六十一家詞選例言）

汪 藻 二首 錄自彊邨叢書本浮溪詞

點絳脣 一首

新月娟娟，夜寒江靜山銜斗。起來搔首，梅影橫窗瘦。 好箇霜天，閒卻傳杯手。君知否？亂鴉啼後，歸興濃於酒。

【能改齋漫錄卷十六】汪彥章在翰苑，屢致言者。嘗作點絳脣。或問曰：“歸夢濃於酒，何以在曉鴉啼後？”公曰：“無奈這一隊畜生聒噪何！”

小重山 一首

月下潮生紅蓼汀。殘霞都斂盡，四山青。柳梢風急墮流螢。隨波處，點點亂寒星。 別語寄丁寧。如今能間隔，幾長亭？夜來秋氣入銀屏。梧桐雨，還恨不同聽。

【傳記】

汪藻（一〇七九——一一五四）字彥章，饒州德興人。入太學，中進士第，累官翰林學士，知湖州，升顯謨閣學士，知徽州、宣州。藻博極羣書，老不釋卷。工儷語，所為制詞，人多傳誦。（宋史卷四百四十五文苑傳）彊邨叢書收浮溪詞三首，題婺源汪藻撰。

陳與義 三首 錄自四部叢刊影宋刊本簡齋詩集附無住詞

臨江仙 一首

高詠楚詞酬午日，天涯節序匆匆。榴花不似舞裙紅。無人知此意，歌罷滿簾風。 萬事一身傷老矣！戎葵凝笑牆東。酒杯深淺去年同。試澆橋下水，今夕到湘中。

虞美人 一首

大光祖席，醉中賦長短句。

張帆欲去仍搔首，更醉君家酒。吟詩日日待春風，及至桃花開後卻匆匆。 歌聲頻為行人咽，記著樽前雪。明朝酒醒大江流，滿載一船離恨向衡州。

臨江仙 一首

夜登小閣，憶洛中舊遊。

憶昔午橋橋上飲，坐中多是豪英。長溝流月去無聲。杏花疏影裏，吹笛到天明。 二十餘年如一夢，此身雖在堪驚。閒登小閣看新晴。古今多少事，漁唱起三更。

【漁隱叢話後集卷三十四】苕溪漁隱曰：去非憶洛中舊遊詞云：“憶昔午橋橋上飲，坐中多是豪英。長溝流月去無聲。杏花疏影裏，吹笛至天明。”此數語奇麗。簡齋集後載數詞，惟此詞最優。

【詞源卷下令曲】若陳簡齋"杏花疏影裏，吹笛到天明"之句，真是自然而然。

【藝概卷四】詞之好處，有在句中者，有在句之前後際者。陳去非虞美人："吟詩日日待春風，及至桃花開後卻匆匆。"此好在句中者也。臨江仙："杏花疏影裏，吹笛到天明。"此因仰承"憶昔"，俯注"一夢"，故此二句不覺豪酣，轉成悵惘，所謂好在句外者也。儻謂現在如此，則駭甚矣。

【傳記】

陳與義（一〇九〇——一一三八）字去非，洛人。登政和三年（一一一三）上舍甲科，授開德府教授，累遷太學博士。及金人入汴，高宗南遷，遂避亂襄漢，轉湖湘，踰嶺嶠。久之，召為兵部員外郎。紹興元年（一一三一）夏，至行在，遷中書舍人，兼掌內制，拜吏部侍郎。尋以徽猷閣直學士知湖州。六年，拜翰林學士，知制誥。七年，參知政事。三月，從帝如建康。明年，扈蹕還臨安，以疾請，復以資政殿學士知湖州。卒年四十九。與義尤長於詩，體物寓興，清邃紆餘，高舉橫厲，上下陶、謝、韋、柳之間。（節錄宋史卷四百四十五文苑傳）有簡齋詩集，附無住詞十八首，四部叢刊影宋刊本。汲古閣宋六十家詞亦有無住詞一卷。

【集評】

黃昇曰：無住詞一卷，詞雖不多，語意超絕，識者謂其可摩坡仙之壘也。（中興以來絕妙詞選卷一）

岳 飛 二首 錄自藝海珠塵本岳忠武王集

滿江紅 一首

怒髮衝冠，憑闌處、瀟瀟雨歇。擡望眼、仰天長嘯，壯懷
激烈。三十功名塵與土，八千里路雲和月。莫等閒白了少年頭，
空悲切。 靖康恥，猶未雪。臣子憾，何時滅？駕長車踏破，賀
蘭山缺。壯志飢餐胡虜肉，笑談渴飲匈奴血。待從頭收拾舊山
河，朝天闕。

小重山 一首

昨夜寒蛩不住鳴。驚回千里夢，已三更。起來獨自遶階行。
人悄悄，簾外月朧明。 白首為功名。舊山松竹老，阻歸程。欲
將心事付瑤箏。知音少，絃斷有誰聽？

【歷代詩餘卷一百十七引陳郁藏一話腴】武穆賀講和赦表云："莫守金
石之約，難充谿壑之求。"故作詞云："欲將心事付瑤箏，知音少，絃
斷有誰聽？"蓋指和議之非也。又作滿江紅，忠憤可見。其不欲"等閒
白了少年頭"，足以明其心事。

【傳記】

　　岳飛（一一〇三———一一四一）字鵬舉，相州湯陰人。世力農。
父和，能節食以濟饑者。飛少負氣節，沈厚寡言，家貧，力學，尤好
左氏春秋，孫、吳兵法。宣和四年（一一二二）應募，旋隸留守宗澤，
戰開、德、曹州，皆有功。澤大奇之，曰："爾智勇才藝，古良將不能

過。然好野戰，非萬全計。”因授以陣圖。飛曰：“陣而後戰，兵法之常。運用之妙，存乎一心。”高宗時，屢破金兵，以恢復為己任，不肯附和議。秦檜以飛不死，己必及禍，故力謀殺之。死時年三十九。孝宗詔復飛官，以禮改葬，諡武穆。（節錄宋史卷三百六十五岳飛傳）飛兼工詩、詞，自抒懷抱，惜傳作不多耳。

呂本中 五首　錄自趙萬里輯紫微詞

采桑子　一首

恨君不似江樓月，南北東西。南北東西，只有相隨無別離。　恨君卻似江樓月，暫滿還虧。暫滿還虧，待得團團是幾時？

減字木蘭花　一首

去年今夜，同醉月明花樹下。此夜江邊，月暗長堤柳暗船。　故人何處？帶我離愁江外去。來歲花前，又是今年憶昔年。

菩薩蠻　一首

高樓只在斜陽裏，春風淡蕩人聲喜。攜客不嫌頻，使君如酒醇。　花光人不會，月色須君醉。月色與花光，共成今夜長。

踏莎行　一首

雪似梅花，梅花似雪，似和不似都奇絕。惱人風味阿誰知？請君問取南樓月。　記得去年，探梅時節，老來舊事無人說。為誰醉倒為誰醒？到今猶恨輕離別。

清平樂　一首

柳塘書事

　　柳塘新漲，艇子操雙槳。閒倚曲欄成悵望，是處春愁一樣。　傍人幾點飛花，夕陽又送栖鴉。試問畫樓西畔，暮雲恐近天涯。

【傳記】

　　呂本中（一〇八四——一一四五）字居仁，壽州人，元祐宰相公著之曾孫。紹興六年（一一三六），賜進士出身，擢起居舍人。累官中書舍人，兼直學士院。以忤秦檜，劾罷，提舉太平觀，卒，學者稱東萊先生。（節錄宋史卷三百七十六）嘗集江西宗派詩。（中興以來絕妙詞選卷一）曾季貍曰："東萊晚年長短句，尤渾然天成，不減唐花間之作。"（艇齋詩話）近人趙萬里輯得本中詞二十六首，為紫微詞一卷，刊入校輯宋金元人詞第二冊中。

朱敦儒 十四首 錄自彊邨叢書本樵歌

水龍吟 一首

放船千里淩波去，略為吳山留顧。雲屯水府，濤隨神女，九江東注。北客翩然，壯心偏感，年華將暮。念伊嵩舊隱，巢由故友，南柯夢，遽如許！ 回首妖氛未掃，問人間英雄何處？奇謀報國，可憐無用，塵昏白羽。鐵鎖橫江，錦帆衝浪，孫郎良苦。但愁敲桂櫂，悲吟梁父，淚流如雨。

念奴嬌 三首

插天翠柳，被何人推上，一輪明月？照我藤牀涼似水，飛入瑤臺瓊闕。霧冷笙簫，風輕環佩，玉鎖無人掣。閒雲收盡，海光天影相接。 誰信有藥長生？素娥新鍊就，飛霜凝雪。打碎珊瑚，爭似看、仙桂扶疏橫絕。洗盡凡心，滿身清露，冷浸蕭蕭髮。明朝塵世，記取休向人說。

【貴耳集卷上】朱希真，南渡以詞得名。月詞有"插天翠柳，被何人推上，一輪明月"之句，自是豪放。賦梅詞如不食煙火人語。"橫枝消瘦一如無，但空裏疏花數點。"語意奇絕。

晚涼可愛，是黃昏人靜，風生蘋葉。誰做秋聲穿細柳？初聽寒蟬淒切。旋采芙蓉，重熏沈水，暗裏香交徹。拂開冰簟，小牀獨臥明月。 老來應免多情，還因風景好，愁腸重結。可惜良宵人不見，角枕蘭衾虛設。宛轉無眠，起來閒步，露草時明滅。銀河西去，畫樓殘角嗚咽。

垂虹亭

放船縱櫂，趁吳江風露，平分秋色。帆卷垂虹波面冷，初落蕭蕭楓葉。萬頃琉璃，一輪金鑑，與我成三客。碧空寥廓，瑞星銀漢爭白。　深夜悄悄魚龍，靈旗收暮靄，天光相接。瑩澈乾坤，全放出、疊玉層冰宮闕。洗盡凡心，相忘塵世，夢想都銷歇。胸中雲海，浩然猶浸明月。

臨江仙　一首

直自鳳凰城破後，擘釵破鏡分飛。天涯海角信音稀。夢回遼海北，魂斷玉關西。　月解重圓星解聚，如何不見人歸？今春還聽杜鵑啼。年年看塞雁，一十四番回。

鷓鴣天　二首

檢盡曆頭冬又殘，愛他風雪忍他寒。拖條竹杖家家酒，上箇籃輿處處山。　添老大，轉癡頑，謝天教我老來閒。道人還了鴛鴦債，紙帳梅花醉夢間。

唱得梨園絕代聲，前朝惟數李夫人。自從驚破霓裳後，楚奏吳歌扇裏新。　秦嶂雁，越溪砧，西風北客兩飄零。尊前忽聽當時曲，側帽停杯淚滿巾。

朝中措 二首

先生笻杖是生涯，挑月更擔花。把住都無憎愛，放行總是煙霞。 飄然攜去，旗亭問酒，蕭寺尋茶。恰似黃鸝無定，不知飛到誰家？

紅稀綠暗掩重門，芳徑罷追尋。已是老於前歲，那堪窮似他人！ 一杯自勸，江湖倦客，風雨殘春。不是酴醿相伴，如何過得黃昏？

好事近 二首

漁父詞

搖首出紅塵，醒醉更無時節。活計綠蓑青笠，慣披霜衝雪。 晚來風定釣絲閒，上下是新月。千里水天一色，看孤鴻明滅。

短櫂釣船輕，江上晚煙籠碧。塞雁海鷗分路，占江天秋色。 錦鱗撥剌滿籃魚，取酒價相敵。風順片帆歸去，有何人留得？

卜算子 二首

古澗一枝梅，免被園林鎖。路遠山深不怕寒，似共春相趂。 幽思有誰知？託契都難可。獨自風流獨自香，明月來尋我。

旅雁向南飛，風雨羣初失。飢渴辛勤兩翅垂，獨下寒汀立。 鷗鷺苦難親，矰繳憂相逼。雲海茫茫無處歸，誰聽哀鳴急？

相見歡 一首

金陵城上西樓，倚清秋，萬里夕陽垂地大江流。 中原亂，簪纓散，幾時收？試倩悲風吹淚過揚州。

【傳記】

朱敦儒字希真，河南人。志行高潔，雖為布衣，而有朝野之望。避亂客南雄州。紹興二年（一一三二），詔以為右迪功郎，下肇慶府，敦遣詣行在。既至，賜進士出身，為秘書省正字，俄兼兵部郎官，遷兩浙東路提點刑獄。十九年，上疏請歸，許之。敦儒素工詩及樂府，婉麗清暢。時秦檜當國，喜獎用騷人墨客，以文太平。檜子熺亦好詩。於是先用敦儒子為刪定官，復除敦儒鴻臚少卿。檜死，敦儒亦廢。（節錄宋史卷四百四十五文苑傳）敦儒晚居嘉禾。所作樵歌三卷，有王氏四印齋刊本及朱氏彊邨叢書本。

張孝祥 六首　錄自四部叢刊影宋本于湖居士樂府

六州歌頭 一首

　　*長淮望斷，關塞莽然平。征塵暗，霜風勁，悄邊聲，黯銷凝。追想當年事，殆天數，非人力，洙泗上，絃歌地，亦羶腥。隔水氈鄉，落日牛羊下，區脫縱橫。看名王宵獵，騎火一川明，笳鼓悲鳴，遣人驚。　念腰間箭，匣中劍，空埃蠹，竟何成！時易失，心徒壯，歲將零。渺神京，干羽方懷遠，靜烽燧，且休兵。冠蓋使，紛馳騖，若為情。聞道中原遺老，常南望、翠葆霓旌。使行人到此，忠憤氣填膺，有淚如傾。

【歷代詩餘卷一百十七引朝野遺記】張孝祥紫微雅詞，湯衡稱其平昔未嘗著稿，筆醉興健，頃刻即成，却無一字無來處。一日，在建康留守席上作六州歌頭，張魏公讀之，罷席而入。
【藝概卷四】詞莫要於有關係。張元幹仲宗因胡邦衡謫新州，作賀新郎送之，坐是除名，然身雖黜而義不可沒也。張孝祥安國於建康留守席上賦六州歌頭，致感重臣罷席。然則詞之興、觀、羣、怨，豈下於詩哉？

念奴嬌 一首

過洞庭

　　*洞庭青草，近中秋、更無一點風色。玉鑑瓊田三萬頃，著我扁舟一葉。素月分輝，明河共影，表裏俱澄澈。悠然心會，妙處難與君說。　應念嶺表經年，孤光自照，肝膽皆冰雪。短髮

蕭騷襟袖冷，穩泛滄浪空闊。盡吸西江，細斟北斗，萬象為賓客。扣舷獨笑，不知今夕何夕？

【清厲鶚絕妙好詞箋卷一】四朝聞見錄云：張于湖嘗舟過洞庭，月照龍堆，金沙盪射。公得意命酒，唱歌所作詞，呼羣吏而酌之曰："亦人子也。"其坦率皆類此。鶴山魏了翁跋此詞真蹟云：張于湖有英姿奇氣，著之湖湘間，未為不遇。洞庭所賦，在集中最為傑特。方其吸江酌斗、賓客萬象時，詎知世間有紫微青瑣哉？

西江月　一首

丹陽湖（依絕妙好詞補題，毛本題作"洞庭"。）

*問訊湖邊春色，重來又是三年。東風吹我過湖船，楊柳絲絲拂面。　世路如今已慣，此心到處悠然。寒光亭下水如天，飛起沙鷗一片。

水調歌頭　二首

泛湘江（毛本作"過瀟湘寺"。）

*濯足夜灘急，晞髮北風涼。吳山楚澤行遍，只欠到瀟湘。買得扁舟歸去，此事天公付我，六月下滄浪。蟬蛻塵埃外，蝶夢水雲鄉。　製荷衣，紉蘭佩，把瓊芳。湘妃起舞一笑，撫瑟奏清商。喚起九歌忠憤，拂拭三閭文字，還與日爭光。莫遣兒輩覺，此樂未渠央。

和龐佑父（毛本作"聞采石戰勝"。）

雪洗虜塵靜，風約楚雲留。何人為寫悲壯？吹角古城樓。

湖海平生豪氣，關塞如今風景，剪燭看吳鈎。臏喜燃犀處，駭浪與天浮。 憶當年，周與謝，富春秋。小喬初嫁，香囊未解，勳業故優游。赤壁磯頭落照，肥水橋邊衰草，渺渺喚人愁。我欲乘風去，擊楫誓中流。

浣溪沙 一首

荊州約馬舉先登城樓觀塞（宋本無題，依毛本補。）

*霜日明霄水蘸空，鳴鞘聲裏繡旗紅，澹煙衰草有無中。 萬里中原烽火北，一尊濁酒戍樓東，酒闌揮淚向悲風。

附錄

水調歌頭

桂林中秋

今夕復何夕，此地過中秋。賞心亭上喚客，追憶去年游。千里江山如畫，萬井笙歌不夜，扶路看遨頭。玉界擁銀闕，珠箔卷瓊鈎。 馭風去，忽吹到，嶺邊州。去年明月依舊，還照我登樓。樓下水明沙淨，樓外參橫斗轉，搔首思悠悠。老子興不淺，聊復此淹留。

清平樂

殿廬有作

光塵撲撲，宮柳低迷綠。鬭鴨闌干春詰曲，簾額微風繡矗。 碧雲青翼無憑，困來小倚銀屏。楚夢不禁春晚，黃鸝猶自聲聲。

卜算子

雪月最相宜，梅雪都清絕。去歲江南見雪時，月底梅花發。 今歲早梅開，依舊年時月。冷豔孤光照眼明，只欠些兒雪。

【傳記】

張孝祥字安國，歷陽烏江人。讀書一過目不忘。紹興二十四年（一一五四），廷試第一。歷中書舍人，直學士院，兼都督府參贊軍事，領建康留守，集賢殿修撰，知靜江府，廣南西路經略安撫使，知潭州，徙知荊南湖北路安撫使。築守金隄，自是荊州無水患。進顯謨閣直學士，致仕，卒，年三十八。（節錄宋史卷三百八十九張孝祥傳）所作于湖詞，有毛氏汲古閣宋六十家詞本，四部叢刊影宋刊于湖居士集本。吳氏雙照樓影刊宋元明本詞本。

【集評】

陳應行曰：比遊荊、湖間，得公于湖集，所作長短句，凡數百篇。讀之，泠然、灑然，真非煙火食人辭語。予雖不及識荊，然其瀟散出塵之姿，自在如神之筆，邁往凌雲之氣，猶可以想見也。（毛本于湖詞序）湯衡曰：衡嘗獲從公游，見公平昔為詞，未嘗著稿，筆酣興健，頃刻即成，初若不經意，反復究觀，未有一字無來處。如歌頭、凱歌、登無盡藏、岳陽樓諸曲，所謂駿發踔厲，寓以詩人句法者也。（同上）

韓元吉 二首 錄自彊邨叢書本南澗詩餘

好事近 一首

汴京賜宴，聞教坊樂，有感。

凝碧舊池頭，一聽管絃淒切。多少梨園聲在，總不堪華髮。 杏花無處避春愁，也傍野煙發。惟有御溝聲斷，似知人嗚咽。

【絕妙好詞箋卷一】金史交聘表云："大定十三年（一一七三）三月癸巳朔，宋遣試禮部尚書韓元吉、利州觀察使鄭興裔等賀萬春節。"按：宋孝宗乾道九年，為金世宗大定十三年。南澗汴京賜宴之詞，當是此時作。

六州歌頭 一首

桃花

東風著意，先上小桃枝。紅粉膩，嬌如醉，倚朱扉。記年時，隱映新妝面，臨水岸，春將半，雲日暖，斜橋轉，夾城西。草軟莎平，跋馬垂楊渡，玉勒爭嘶。認蛾眉凝笑，臉薄拂燕支。繡戶曾窺，恨依依。 共攜手處，香如霧，紅隨步，怨春遲。銷瘦損，憑誰問？只花知，淚空垂。舊日堂前燕，和煙雨，又雙飛。人自老，春長好，夢佳期。前度劉郎，幾許風流地，花也應悲。但茫茫暮靄，目斷武陵谿，往事難追。

【傳記】

　　韓元吉（一一一八——一一八七）字无咎，號南澗，許昌人，門下侍郎維四世孫，東萊先生呂伯恭之外舅也。（絕妙好詞箋卷一）寓居信州。隆興間，官吏部尚書。有南澗甲乙稿。（詞林紀事卷十）元吉與張孝祥、范成大、陸游、辛棄疾等常以詞相唱和。彊邨叢書刊有南澗詩餘一卷。

陸 游 九首 錄自汲古閣宋六十家詞本放翁詞

鷓鴣天 一首

*家住蒼煙落照間，絲毫塵事不相關。斟殘玉瀣行穿竹，卷罷黃庭臥看山。 貪嘯傲，任衰殘，不妨隨處一開顏。元知造物心腸別，老卻英雄似等閒！

釵頭鳳 一首

紅酥手，黃縢酒，滿城春色宮牆柳。東風惡，歡情薄。一懷愁緒，幾年離索。錯！錯！錯！ 春如舊，人空瘦，淚痕紅浥鮫綃透。桃花落，閒池閣。山盟雖在，錦書難託。莫！莫！莫！

【耆舊續聞卷十】余弱冠客會稽，遊許氏園，見壁間有陸放翁題詞，筆勢飄逸，書於沈氏園。辛未（一一五一）三月題。放翁先室內琴瑟甚和，然不當母夫人意，因出之。夫婦之情，實不忍離。後適南班士名某，家有園館之勝。務觀一日至園中，去婦聞之，遣遺黃封酒果饌，通慇懃。公感其情，為賦此詞。其婦見而和之，有“世情薄，人情惡”之句，惜不得其全闋。未幾，怏怏而卒。聞者為之愴然。此園後更許氏。淳熙間，其壁猶存，好事者以竹木來護之。今不復有矣。

【宋周密齊東野語卷一】陸務觀初娶唐氏，閎之女也，於其母夫人為姑姪。伉儷相得而弗獲於其姑，既出而未忍絕之，則為別館時時往焉，姑知而掩之，雖先知挈去，然事不得隱，竟絕之，亦人倫之變也。唐後改適同郡宗子士程。嘗以春日出遊，相遇於禹跡寺南之沈氏園。唐以語趙，遣致酒餚。翁悵然久之，為賦釵頭鳳一詞，題園壁間。實紹興乙亥歲（一一五五）也。翁居鑑湖之三山，晚歲每入城，必登寺眺望，不能勝情。嘗賦二絕云：“夢斷香銷四十年，沈園柳老不飛綿。此身行作稽山土，猶弔遺蹤一悵然。”又云：“城上斜陽畫角哀，沈園無復舊池臺。傷心橋下春波綠，曾是驚鴻照影來。”蓋慶元己未（一一九九）歲也。未久，唐氏死。至紹熙壬子（一一九二）歲，復有詩序云：“禹跡寺南，有沈氏小園。四十年前，嘗題小詞一闋壁間。偶復一到，而園已三易主，讀之悵然。”詩云：“楓葉初丹槲葉黃，河陽愁鬢怯新霜。林亭感舊空回首，泉路憑誰說斷腸？壞壁醉題塵漠漠，斷雲幽夢事茫茫。年來妄念消除盡，回向蒲龕一炷香。”（案此段應在“翁居鑑湖”一段前，當係傳刻之誤。）又至開禧乙丑（一二〇五）歲暮，夜夢遊沈氏園，又兩絕句云：“路近城南已怕行，沈家園裏更傷情。香穿客袖梅花在，綠蘸寺橋春水生。”“城南小陌又逢春，只見梅花不見人。玉骨久成泉下土，墨痕猶鎖壁間塵。”沈園後屬許氏，又為汪之道宅云。

【歷代詩餘卷一百十八引夸娥齋主人說】陸放翁娶婦，琴瑟甚和，而不當母夫人意，遂至解褵。然猶餽遺殷勤，嘗貯酒贈陸，陸謝以詞，有“東風惡，歡情薄”之句，蓋寄聲釵頭鳳也。婦亦答詞云：“世情薄，人情惡，雨送黃昏花易落。曉風乾，淚痕殘。欲箋心事，獨語斜闌。難！難！難！人成各，今非昨，病魂常似秋千索。角聲寒，夜闌珊。怕人尋問，咽淚妝歡。瞞！瞞！瞞！”未幾，以愁怨死。

卜算子　一首

詠梅

*驛外斷橋邊，寂寞開無主。已是黃昏獨自愁，更著風和雨。　無意苦爭春，一任羣芳妒。零落成泥碾作塵，只有香如故。

夜遊宮 一首

記夢，寄師伯渾。

*雪曉清笳亂起，夢遊處、不知何地？鐵騎無聲望似水。想關河，雁門西，青海際。 睡覺寒燈裏，漏聲斷、月斜牕紙。自許封侯在萬里。有誰知？鬢雖殘，心未死。

漁家傲 一首

寄仲高

*東望山陰何處是？往來一萬三千里。寫得家書空滿紙！流清淚，書回已是明年事。 寄語紅橋橋下水，扁舟何日尋兄弟？行遍天涯真老矣！愁無寐，鬢絲幾縷茶煙裏。

鵲橋仙 二首

一竿風月，一蓑煙雨，家在釣臺西住。賣魚生怕近城門，況肯到紅塵深處？ 潮生理棹，潮平繫纜，潮落浩歌歸去。時人錯把比嚴光，我自是無名漁父。

夜聞杜鵑

*茅簷人靜，蓬牕燈暗，春晚連江風雨。林鶯巢燕總無聲，但月夜常啼杜宇。 催成清淚，驚殘孤夢，又揀深枝飛去。故山猶自不堪聽，況半世飄然羈旅。

【詞林紀事卷十一引詞統】去國離鄉之感，觸緒紛來，讀之令人於邑。

訴衷情　一首

當年萬里覓封侯，匹馬戍梁州。關河夢斷何處？塵暗舊貂裘。　胡未滅，鬢先秋，淚空流。此生誰料，心在天山，身老滄洲！

謝池春　一首

*壯歲從戎，曾是氣吞殘虜。陣雲高、狼煙夜舉。朱顏青鬢，擁雕戈西戍。笑儒冠自來多誤。　功名夢斷，卻泛扁舟吳楚。漫悲歌、傷懷弔古。煙波無際，望秦關何處？歎流年又成虛度！

附錄

好事近

登梅仙山絕頂望海

揮袖上西峯，孤絕去天無尺。拄杖下臨鯨海，數煙帆歷歷。　貪看雲氣舞青鸞，歸路已將夕。多謝半山松吹，解慇懃留客。

朝中措

梅

幽姿不入少年場，無語只淒涼。一箇飄零身世，十分冷淡心腸。 江頭月底，新詩舊夢，孤恨清香。任是春風不管，也曾先識東皇。

齊天樂

左綿道中

角殘鐘晚關山路，行人乍依孤店。塞月征塵，鞭絲帽影，常把流年虛占。藏鴉柳暗。歎輕負鶯花，謾勞書劍。事往關情，悄然頻動壯遊念。 孤懷誰與強遣？市壚沽酒，酒薄怎當愁釅！倚瑟妍詞，調鉛妙筆，那寫柔情芳豔。征途自厭。況煙斂蕪痕，雨稀萍點。最是眠時，枕寒門半掩。

桃園憶故人

中原當日三川震，關輔回頭煨燼。淚盡兩河征鎮，日望中興運。秋風霜滿青青鬢，老卻新豐英俊。雲外華山千仞，依舊無人問。

【傳記】

陸游（一一二五——一二〇九）字務觀，越州山陰人。年十二，能詩、文，蔭補登仕郎。鎖廳薦送第一，秦檜孫塤適居其次。檜怒，至罪主司。明年，試禮部，主司復置游前列。檜顯黜之。孝宗即位，賜進士出身，出通判建康府，尋易隆興府，免歸。久之，通判夔州。王炎宣撫川、陝，辟為幹辦公事。游為炎陳進取之策，以為經略中原，必自長安始，取長安必自隴右始。范成大帥蜀，游為參議官。以文字交，不拘禮法，人譏其頹放，因自號放翁。後累遷江西常平提舉，知嚴州。嘉泰二年（一二〇二），以孝宗、光宗兩朝實錄及三朝史未就，詔游權同修國史實錄院同修撰，尋兼秘書監。三年，書成，遂升寶章閣待制，致仕。嘉定二年卒，年八十五。（節錄宋史卷三百九十五陸游傳）游與淞皆佃之孫。游尤長於詩，與尤袤、楊萬里、范成大為南宋四大家。兼喜填詞，嘗作詞云：“橋如虹，水如空，一葉飄然煙雨中，天教稱放翁。”（鶴林玉露卷四）自謂：“少時汨於世俗，頗有所為，晚而悔之，然漁歌菱唱，猶不能止。”（放翁詞自序）汲古閣宋六十家詞有放翁詞一卷，吳氏雙照樓景宋元明本詞有景宋本渭南詞二卷。

【集評】

劉克莊曰：放翁長短句，其激昂感慨者，稼軒不能過；飄逸高妙者，與陳簡齋、朱希真相頡頏；流麗綿密者，欲出晏叔原、賀方回之上；而歌之者絕少。（後村大全集卷一百八十詩話續集）又曰：放翁、稼軒，一掃纖豔，不事斧鑿，但時時掉書袋，要是一癖。（詞林紀事卷十一引）毛晉曰：楊用修云：“放翁詞纖麗處似淮海，雄慨處似東坡。”予謂超爽處更似稼軒耳。（放翁詞跋）劉熙載曰：陸放翁詞，安雅清贍，其尤佳者，在蘇、秦間。然乏超然之致，天然之韻，是以人得測其所至。（藝概卷四）馮煦曰：劍南屏除纖豔，獨往獨來，其逋峭沈鬱之概，求之有宋諸家，無可方比。提要以為：“詩人之言，終為近雅，與詞人之冶蕩有殊，”是也。至謂：“游欲驛騎東坡、淮海之間，故奄有其勝，而皆不能造其極，”則或非放翁之本意歟？（宋六十一家詞選例言）

范成大 五首　錄自彊邨叢書本石湖詞

南柯子 一首

恨望梅花驛，凝情杜若洲。香雲低處有高樓，可惜高樓不近木蘭舟。　緘素雙魚遠，題紅片葉秋。欲憑江水寄離愁，江已東流那肯更西流。

醉落魄 一首

棲烏飛絕，絳河綠霧星明滅。燒香曳簟眠清樾。花影吹笙，滿地淡黃月。　好風碎竹聲如雪，昭華三弄臨風咽。鬢絲撩亂綸巾折。涼滿北窗，休共軟紅說。

【清宋翔鳳樂府餘論】高江村（士奇）曰："笙字疑當作簾，不然，與下昭華句相犯。"按：高說非也。此詞正詠吹笙。上解從夜中情景點出吹笙。下解"好風碎竹聲如雪，"寫笙聲也。"昭華三弄臨風咽，"吹已止也。"鬢絲撩亂，"言執笙而吹者，其竹參差，時時侵鬢也。如吹時風來則"綸巾折，"知"涼滿北窗"也。若易去笙字，則後解全無意味，且花影如何吹簾？語更不屬。

眼兒媚 一首

萍鄉道中乍晴，臥輿中困甚，小憩柳塘。

酣酣日腳紫煙浮，妍暖試輕裘。困人天氣，醉人花底，午夢扶頭。　春慵恰似春塘水，一片縠紋愁。溶溶洩洩，東風無

力，欲皺還休。◎

【范成大驂鸞錄】乾道癸巳（一一七三）閏正月二十六日，宿萍鄉縣，泊萍實驛。人以此地為楚王得萍實之地，然距大江遠，非是。
【蕙風詞話卷二】詞亦文之一體，昔人名作，亦有理脈可尋，所謂蛇灰、蚓綫之妙。如范石湖眼兒媚萍鄉道中云云，"春慵"緊接"困"字、"醉"字來，細極。

秦樓月　一首

樓陰缺，闌干影臥東廂月。東廂月，一天風露，杏花如雪。　隔煙催漏金蚪咽，羅幃暗淡燈花結。燈花結，片時春夢，江南天闊。

霜天曉角　一首

梅

晚晴風歇，一夜春威折。脈脈花疏天淡，雲來去，數枝雪。　勝絕，愁亦絕，此情誰共說？惟有兩行低雁，知人倚，畫樓月。

【傳記】

范成大（一一二六——一一九三）字致能，吳郡人。紹興二十四年（一一五四），擢進士第。隆興元年（一一六四），累遷著作佐郎。旋假資政殿大學士，充金祈請國信使，竟得全節而歸。除敷文閣待制，四川制置使。凡人才可用者，悉致幕下，用所長，不拘小節。召對，除權吏部尚書，拜參知政事。出知明州，尋帥金陵。以病請閑，進資政殿學士。紹熙三年，加大學士，四年卒。有石湖集、攬轡錄、桂海虞衡集，行于世。（節錄宋史卷三百八十六）所作石湖詞一卷，有鮑氏知不足齋叢書本、彊邨叢書本。彊邨本附有補遺。

辛棄疾 四十四首　錄自汲古閣影宋鈔本稼軒詞甲乙丙丁集

摸魚兒 一首

淳熙己亥，自湖北漕移湖南，同官王正之置酒小山亭，為賦。

*更能消幾番風雨，匆匆春又歸去。惜春長恨花開早，何況
落紅無數。春且住！見說道、天涯芳草迷歸路。怨春不語。算
只有殷勤，畫簷蛛網，盡日惹飛絮。　長門事，準擬佳期又誤。
蛾眉曾有人妒。千金縱買相如賦，脈脈此情誰訴？君莫舞，君
不見、玉環飛燕皆塵土。閑愁最苦。休去倚危樓，斜陽正在，
烟柳斷腸處。

【鶴林玉露卷一】辛幼安晚春詞："更能消幾番風雨"云云，詞意殊怨。
"斜陽煙柳"之句，其與"未須愁日暮，天際乍輕陰"者異矣。使在
漢、唐時，寧不買種豆、種桃之禍哉？愚聞壽皇見此詞，頗不悅，然
終不加罪，可謂至德也已。

【譚評詞辨卷二】權奇倜儻，純用太白樂府詩法。"見說道"句是開，
"君不見"句是合。

【藝蘅館詞選丙卷】梁啟超曰：迴腸盪氣，至於此極，前無古人，後無來者。①

沁園春 一首

帶湖新居將成

三徑初成，鶴怨猿驚，稼軒未來。甚雲山自許，平生意氣；

---

① 舊版尚有："王闓運曰：'算只有'三句，是指張浚、秦檜一班人。又曰：亡國
之音，不為諷刺。（湘綺樓詞選）"

衣冠人笑，抵死塵埃。意倦須還，身閑貴早，豈為蓴羹鱸膾哉？秋江上，看驚弦雁避，駭浪船回。　東岡更葺茅齋，好都把軒窗臨水開。要小舟行釣，先應種柳；疎籬護竹，莫礙觀梅。秋菊堪餐，春蘭可佩，留待先生手自栽。沈吟久，怕君恩未許，此意徘徊。

【清嘉慶重修一統志江西省廣信府古蹟】稼軒在上饒縣北，宋辛棄疾所居，因以自號。

水龍吟　二首

為韓南澗尚書壽，甲辰歲。

渡江天馬南來，幾人真是經綸手？長安父老，新亭風景，可憐依舊！夷甫諸人，神州沈陸，幾曾回首？算平戎萬里，功名本是，真儒事，君知否？　況有文章山斗，對桐陰滿庭清晝。當年墮地，而今試看，風雲奔走。綠野風烟，平泉草木，東山歌酒。待他年整頓，乾坤事了，為先生壽。

【案】韓南澗即韓元吉，與棄疾同以北人寓居上饒。甲辰歲為淳熙十一年（一一八四）。
【一統志江西省廣信府】韓元吉墓，在上饒縣東。

登建康賞心亭

*楚天千里清秋，水隨天去秋無際。遙岑遠目，獻愁供恨，玉簪螺髻。落日樓頭，斷鴻聲裏，江南游子。把吳鉤看了，欄杆拍遍，無人會，登臨意。　休說鱸魚堪膾，盡西風、季鷹歸

未？求田問舍，怕應羞見，劉郎才氣。可惜流年，憂愁風雨，樹猶如此！倩何人喚取，盈盈翠袖，搵英雄淚？

【張舜民畫墁集卷七郴行錄】率董謀父登賞心亭。賞心、白鷺二亭相連，南北對偶，以扼淮口，憑望煙渚，杳無邊際。白鷺、蔡州皆在其下，亦金陵設險之地也。丁晉公登賞心亭，以家藏袁安臥雪圖張掛之於屏風。

【一統志江蘇省江寧府】賞心亭在江寧縣西下水門城上，輿地紀勝："亭下臨秦淮，丁謂建。"

【譚評詞辨卷二】裂竹之聲，何嘗不潛氣內轉？①

滿江紅　一首

江行，和楊濟翁韻。

過眼溪山，怪都似、舊時曾識。是夢裏、尋常行遍，江南江北。佳處徑須攜杖去，能消幾兩平生屐？笑塵埃三十九年非，長為客。　吳楚地，東南坼。英雄事，曹劉敵。被西風吹盡，了無陳迹。樓觀纔成人已去，旌旗未捲頭先白。嘆人間哀樂轉相尋，今猶昔。

---

① 舊版尚有："陳洵曰：起句破空而來。'秋無際'，從'水隨天去'中見。'玉簪螺髻'之'獻愁供恨'，從'遠目'中見。'江南遊子'，從'斷鴻落日'中見，純用倒捲之筆。'吳鉤看了'、'闌干拍遍'，仍縮入'江南遊子'上。'無人會'縱開，'登臨意'收合。後片愈轉愈奇。季鷹未歸則鱸膾徒然，一轉。劉郎羞見則田舍徒然，一轉。如此，則'江南遊子'亦惟長抱此憂以老而已。卻不說出，而以'樹猶如此'作半面語縮住。'倩何人'以下十三字，應上'無人會登臨意'作結。稼軒縱橫豪宕，而筆筆能留，字字有脈絡如此。學者苟能於此得法，則清真、稼軒、夢窗三家實一家。若徒視為真率，則失此賢矣。清真、稼軒、夢窗，各有神采。清真出於韋端己，夢窗出於溫飛卿，稼軒出於南唐李主，莫不有一己之性情境地。而平平轍迹，則殊塗同歸。而或者以鹵莽學之，或者委為不可學。嗚呼！鮮能知味，小技猶然，況大道乎！（海綃翁說詞稿本）"

【宋楊萬里誠齋集卷一百十四詩話】予族弟炎正，字濟翁，年五十二，乃登第。

【清厲鶚宋詩紀事卷五十九】楊炎正字濟翁，廬陵人。

【鶚案】炎正工詞，有西樵語業一卷。毛氏汲古閣刊本誤作楊炎，號止濟翁。予見舊鈔本，作楊炎正濟翁，是炎正其名，濟翁其字也。今考武林舊事有楊炎正詩，全芳備祖有楊濟翁詩，即是一人，毛氏之誤可見矣。

水調歌頭 二首

盟鷗

*帶湖吾甚愛，千丈翠奩開。先生杖屨無事，一日走千回。凡我同盟鷗鳥，今日既盟之後，來往莫相猜。白鶴在何處？嘗試與偕來。 破青萍，排翠藻，立蒼苔。窺魚笑汝癡計，不解舉吾杯。廢沼荒丘疇昔，明月清風此夜，人世幾歡哀？東岸綠陰少，楊柳更須栽。

【耆舊續聞卷五】近日辛幼安作長短句，有用經語者，水調歌云："凡我同盟鷗鷺，今日既盟之後，來往莫相猜。"亦為新奇。

舟次揚州，和人韻。

落日塞塵起，胡騎獵清秋。漢家組練十萬，列艦聳高樓。誰道投鞭飛渡？憶昔鳴髇血污，風雨佛狸愁。季子正年少，匹馬黑貂裘。 今老矣！搔白首，過揚州。倦遊欲去江上，手種橘千頭。二客東南名勝，萬卷詩書事業，嘗試與君謀。莫射南山虎，直覓富民侯。

念奴嬌 一首

書東流村壁

*野棠花落，又匆匆過了，清明時節。剗地東風欺客夢，一夜雲屏寒怯。曲岸持觴，垂楊繫馬，此地曾輕別。樓空人去，舊遊飛燕能說。 聞道綺陌東頭，行人長見，簾底纖纖月。舊恨春江流未斷，新恨雲山千疊。料得明朝，尊前重見，鏡裏花難折。也應驚問，近來多少華髮？

【譚評詞辨卷二】大踏步出來，與眉山同工異曲。然東坡是衣冠偉人，稼軒則弓刀游俠。“樓空”二句，當識其俊逸清新，兼之故實。

鷓鴣天 二首

代人賦

*撲面征塵去路遙，香篝漸覺水沈銷。山無重數周遭碧，花不知名分外嬌。 人歷歷，馬蕭蕭，旌旗又過小紅橋。愁邊剩有相思句，搖斷吟鞭碧玉梢。

鵝湖歸，病起作。

*枕簟溪堂冷欲秋，斷雲依水晚來收。紅蓮相倚渾如醉，白鳥無言定自愁。 書咄咄，且休休，一丘一壑也風流。不知筋力衰多少，但覺新來懶上樓！

【一統志江西省廣信府】鵝湖山在鉛山縣北稍東十五里。舊志鄱陽記云：“山上有湖，多生荷，舊名荷湖山。晉末有龔氏蓄鵝於此，更名鵝湖山。周四十餘里，諸峯聯絡，以一二十計，最高處名峯頂，有三峯揭秀。"鵝湖寺在鉛山縣北十五里，舊名仁壽院。

醜奴兒 　一首

博山道中，效李易安體。

千峯雲起，驟雨一霎兒價。更遠樹斜陽，風景怎生圖畫？青旗賣酒，山那畔別有人間，只消山水光中，無事過這一夏。　午醉醒時，松窗竹戶，萬千瀟洒。野鳥飛來，又是一般閑暇。卻怪白鷗，覷著人欲下未下。舊盟都在，新來莫是，別有說話？

【一統志江西省廣信府】博山在廣豐縣西南三十餘里，南臨溪流，遠望如廬山之香鑪峯。

菩薩蠻 　一首

書江西造口壁

*鬱孤臺下清江水，中間多少行人淚？東北是長安，可憐無數山！　青山遮不住，畢竟江流去！江晚正愁予，山深聞鷓鴣。

【四印齋本】"東北是"作"西北望"。"江流"作"東流"。
【鶴林玉露卷三】吉州吉水縣，江濱有石材廟。隆祐太后避虜，御舟泊廟下，一夕，夢神告曰："速行，虜至矣！"太后驚寤，卽命發舟指章貢。虜果躡其後，追至造口，不及而還。
【一統志江西省贛州府】鬱孤臺在府治西南，卽賀蘭山，隆阜鬱然孤起，故名。唐郡守李勉，登臨北望，改名望闕。宋郡守曾慥，增築二臺，南為鬱孤，北為望闕。趙抃、蘇軾皆有詩。[1]

【譚評詞辨卷二】"西北望長安"二句，宕逸中亦深鍊。

【藝蘅館詞選丙卷】菩薩蠻如此大聲鏜鞳，未曾有也。

木蘭花慢 一首

滁州送范倅

*老來情味減，對別酒，怯流年。況屈指中秋，十分好月，不照人圓。無情水都不管，共西風只等送歸船。秋晚蓴鱸江上，夜深兒女燈前。　征衫，便好去朝天，玉殿正思賢。想夜半承明，留教視草，卻遣籌邊。長安故人問我，道尋常泥酒只依然。目斷秋霄落雁，醉來時響空絃。

祝英臺令 一首

晚春

*寶釵分，桃葉渡，烟柳暗南浦。怕上層樓，十日九風雨。斷腸片片飛紅，都無人管，倩誰喚流鶯聲住？　鬢邊覷，試把花卜心期，纔簪又重數。羅帳燈昏，嗚咽夢中語：是他春帶愁來，春歸何處？卻不解將愁歸去。

【稼軒長短句】"祝英臺令"作"祝英臺近"。

【清沈謙填詞雜說】稼軒詞以激揚奮厲為工，至"寶釵分，桃葉渡"一

---

① 舊版此處尚有兩條："羅大經曰：南渡之初，虜人迫隆祐太后御舟至造口，不及而還。幼安因此起興。'鷓鴣'之句，謂恢復之事行不得也。(鶴林玉露)""周濟曰：借水怨山。(宋四家詞選)"

曲，昵狎溫柔，魂銷意盡，才人伎倆，真不可測。昔人論畫云："能寸人豆馬，可作千丈松。"知言哉！

【譚評詞辨卷二】"斷腸"三句，一波三過折。結筆託興深切，亦非全用直筆。①

青玉案　一首

元夕

*東風夜放花千樹，更吹落，星如雨。寶馬雕車香滿路。鳳簫聲動，玉壺光轉，一夜魚龍舞。　蛾兒雪柳黃金縷，笑語盈盈暗香去。眾裏尋他千百度。驀然迴首，那人却在，燈火闌珊處。

【金粟詞話】稼軒："驀然回首，那人却在，燈火闌珊處。"秦、周之佳境也。②

【藝蘅館詞選丙卷】自憐幽獨，傷心人別有懷抱。

霜天曉角　一首

旅興

吳頭楚尾，一棹人千里。休說舊愁新恨，長亭樹，今如此！　宦遊吾倦矣！玉人留我醉。明日落花寒食，得且住，為佳耳。

---

① 舊版有"紀事"："貴耳集：呂婆，呂正己之妻。正已為京畿漕，有女事辛幼安，因以微事觸其怒，竟逐之。今稼軒桃葉渡詞，因此而作。按此說恐非是，以與詞意不甚相關也。"

② 舊版此處尚有："譚獻曰：稼軒心胸發其才氣，改之而下則獷。起二句賦色瑰異，收處和婉。（譚評詞辨）"

清平樂 二首

茅簷低小，溪上青青草。醉裏蠻音相媚好，白髮誰家翁媼？ 大兒鋤豆溪東，中兒正織雞籠。最喜小兒無賴，溪頭臥剝蓮蓬。

又

獨宿博山王氏菴

*遶牀飢鼠，蝙蝠翻燈舞。屋上松風吹急雨，破紙窗間自語。 平生塞北江南，歸來華髮蒼顏。布被秋宵夢覺，眼前萬里江山！

滿江紅 二首

敲碎離愁，紗窗外、風搖翠竹。人去後，吹簫聲斷，倚樓人獨。滿眼不堪三月暮，舉頭已覺千山綠。但試將一紙寄來書，從頭讀。 相思字，空盈幅。相思意，何時足？滴羅襟點點，淚珠盈掬。芳草不迷行客路，垂楊只礙離人目。最苦是立盡月黃昏，闌干曲。

暮春

家住江南，又過了、清明寒食。花徑裏，一番風雨，一番狼籍。流水暗隨紅粉去，園林漸覺清陰密。算年年落盡刺桐花，寒無力。 庭院靜，空相憶。無說處，閑愁極。怕流鶯乳燕，得知消息。尺素如今何處也？綠雲依舊無蹤跡。謾教人羞去上層樓，平蕪碧。

賀新郎 二首

陳同父自東陽來過余，留十日，與之同遊鵝湖，且會朱晦菴於紫溪，不至，飄然東歸。既別之明日，余意中殊戀戀，復欲追路，至鷺鷥林，則雪深泥滑，不得前矣。獨飲方村，悵然久之，頗恨挽留之不遂也。夜半投宿泉湖吳氏四望樓，聞鄰笛悲甚，為賦賀新郎以見意。又五日，同父書來索詞。心所同然者如此，可發千里一笑。

*把酒長亭說。看淵明、風流酷似，臥龍諸葛。何處飛來林間鵲？蹙踏松梢微雪，要破帽多添華髮。剩水殘山無態度，被疏梅料理成風月。兩三雁，也蕭瑟。　佳人重約還輕別。悵清江、天寒不渡，水深冰合。路斷車輪生四角，此地行人銷骨。問誰使君來愁絕？鑄就而今相思錯，料當初費盡人間鐵。長夜笛，莫吹裂。

聽琵琶 （四印齋本作“賦琵琶”）

*鳳尾龍香撥。自開元、霓裳曲罷，幾番風月？最苦潯陽江頭客，畫舸亭亭待發。記出塞、黃雲堆雪。馬上離愁三萬里，望昭陽宮殿孤鴻沒。絃解語，恨難說。　遼陽驛使音塵絕。瑣窗寒、輕攏慢撚，淚珠盈睫。推手含情還却手，一抹涼州哀徹。千古事、雲飛煙滅。賀老定場無消息，想沈香亭北繁華歇。彈到此，為嗚咽。

【宋四家詞選】上半闋刺讒逐正人，以致離亂。下半闋刺晏安江沱，不
復北望。

【藝蘅館詞選丙卷】琵琶故事，網羅臚列，亂雜無章，惟其大氣足以包
舉之，故不覺粗率，非其人，勿學步也。

水龍吟 一首

用些語再題瓢泉，歌以飲客，聲韻甚諧，客為之釂。

聽兮清珮瓊瑤些，明兮鏡秋毫些。君無去此，流昏漲膩，
生蓬蒿些。虎豹甘人，渴而飲汝，寧猿猱些。大而流江海，覆
舟如芥，君無助狂濤些。　路險兮山高些，愧余獨處無聊些。冬
槽春盎，歸來為我，製松醪些。其外芳芬，團龍片鳳，煮雲膏
些。古人兮既往，嗟余之樂，樂簞瓢些。

【一統志江西省廣信府】瓢泉在鉛山縣東二十五里，形如瓢。宋辛棄疾
有瓢泉詞，稼軒書院在其中。

沁園春 一首

再到期思卜築

一水西來，千丈晴虹，十里翠屏。喜草堂經歲，重來杜老；
斜川好景，不負淵明。老鶴高飛，一枝投宿，長笑蝸牛戴屋行。
平章了，待十分佳處，著箇茅亭。　青山意氣崢嶸，似為我歸來
嫵媚生。解頻教花鳥，前歌後舞；更催雲水，暮送朝迎。酒聖
詩豪，可能無勢？我乃而今駕馭卿。清溪上，被山靈卻笑，白
髮歸耕。

【清辛啟泰稼軒先生年譜】慶元二年（一一九六），所居燬於火，徙居
鉛山縣期思市瓜山之下，有期思卜築詞。

水龍吟 一首

過南劍雙溪樓

*舉頭西北浮雲，倚天萬里須長劍。人言此地，夜深長見，
斗牛光餤。我覺山高，潭空水冷，月明星淡。待燃犀下看，凭
闌却怕，風雷怒，魚龍慘。 峽束蒼江對起，過危樓、欲飛還
斂。元龍老矣！不妨高臥，冰壺涼簟。千古興亡，百年悲笑，
一時登覽。問何人又卸，片帆沙岸，繫斜陽纜？①

鷓鴣天 三首

鵝湖歸，病起作。

著意尋春懶便回，何如信步兩三杯？山纔好處行還倦，詩
未成時雨早催。 攜竹杖，更芒鞋。朱朱粉粉野蒿開。誰家寒食
歸寧女，笑語柔桑陌上來？

重九席上再賦

*有甚閑愁可皺眉？老懷無緒自傷悲。百年旋逐花陰轉，萬
事長看鬢髮知。 溪上枕，竹間棋，怕尋酒伴懶吟詩。十分筋力
誇強健，只比年時病起時！

① 舊版下有評語："周濟曰：欲抉浮雲，必須長劍。長劍不可得出，安得不恨魚
龍？（宋四家詞選）"

代人賦

*陌上柔條初破芽，東鄰蠶種已生些。平岡細草鳴黃犢，斜
日寒林點暮鴉。 山遠近，路橫斜，青旗沽酒有人家。城中桃李
愁風雨，春在溪頭野薺花。

西江月 一首

夜行黃沙道中

*明月別枝驚鵲，清風半夜鳴蟬。稻花香裏說豐年，聽取蛙
聲一片。 七八箇星天外，兩三點雨山前。舊時茅店社林邊，路
轉溪橋忽見。

鵲橋仙 一首

山行書所見

松岡避暑，茅簷避雨，閑去閑來幾度？醉扶孤石看飛泉，
又卻是前回醒處。 東家娶婦，西家歸女，燈火門前笑語。釀成
千頃稻花香，夜夜費一天風露。

蝶戀花 一首

戊申元日立春，席間作。

*誰向椒盤簪綵勝？整整韶華，爭上春風鬢。往日不堪重記
省，為花長把新春恨。 春未來時先借問，晚恨開遲，早又飄零

近。今歲花期消息定，只愁風雨無憑準。①

清平樂 一首

題上盧橋

清溪奔快，不管青山礙。千里盤盤平世界，更著溪山襟帶。 古今陵谷茫茫，市朝往往耕桑。此地居然形勝，似曾小小興亡！

賀新郎 二首

別茂嘉十二弟。鵜鴂、杜鵑實兩種，見離騷補注。

*綠樹聽鵜鴂。更那堪、鷓鴣聲住，杜鵑聲切。啼到春歸無尋處，苦恨芳菲都歇。算未抵人間離別。馬上琵琶關塞黑，更長門翠輦辭金闕。看燕燕，送歸妾。 將軍百戰身名裂，向河梁、回頭萬里，故人長絕。易水蕭蕭西風冷，滿座衣冠似雪。正壯士悲歌未徹。啼鳥還知如許恨，料不啼清淚長啼血。誰共我，醉明月？

②【沈曾植稼軒長短句小箋】龍洲詞有送辛稼軒弟赴桂林官沁園春詞，有："三齊盜起，兩河民散，勢傾似土，國泛如杯。猛士雲飛，狂胡灰滅，機會之來人共知。何為者？望桂林西去，一騎星馳。"云云。又云："入幕來南，籌邊如北，翻覆手高來去某。"似即贈茂嘉者。詞語

---

① 舊版有評語："譚獻曰：末二句旋撤旋挽。（譚評詞辨）"
② 舊版尚有："張惠言曰：茂嘉蓋以得罪謫徙，故有是言。（張惠言詞選）"

可與此章相發，第彼顯此隱耳。

【宋四家詞選】上半闋北都舊恨，下半闋南渡新恨。

【藝蘅館詞選丙卷】賀新郎調，以第四韻之單句為全篇筋節，如此句最可學。

【人間詞話卷下】稼軒賀新郎詞送茂嘉十二弟，章法絕妙，且語語有境界，此能品而幾於神者。然非有意為之，故後人不能學也。

邑中園亭，僕皆為賦此詞。一日，獨坐停雲，水聲山色，競來相娛。意溪山欲援例者，遂作數語，庶幾彷彿淵明思親友之意云。

甚矣吾衰矣！恨平生、交游零落，只今餘幾？白髮空垂三千丈，一笑人間萬事，問何物能令公喜？我見青山多嫵媚，料青山見我應如是。情與貌，略相似。 一尊搔首東窗裏，想淵明、停雲詩就，此時風味。江左沈酣求名者，豈識濁醪妙理？回首叫雲飛風起。不恨古人吾不見，恨古人不見吾狂耳！知我者，二三子。

沁園春 一首

將止酒，戒酒杯使勿近。

杯汝來前！老子今朝，點檢形骸。甚長年抱渴，咽如焦釜；於今喜睡，氣似奔雷。漫說劉伶，古今達者，醉後何妨死便埋。渾如此，嘆汝於知己，真少恩哉！ 更憑歌舞為媒，算合作平居鴆毒猜。況怨無大小，生於所愛；物無美惡，過則為災。與汝成言，勿留亟退，吾力猶能肆汝杯。杯再拜道：麾之即去，招則須來。

【七頌堂詞繹】稼軒詞："杯汝來前，"毛穎傳也；"誰共我醉明月，"恨賦也；皆非倚聲本色。

粉蝶兒 一首

和晉臣賦落花

*昨日春如十三女兒學繡，一枝枝不教花瘦。甚無情便下得雨僝風僽，向園林鋪作地衣紅縐。　而今春似輕薄蕩子難久。記前時送春歸後，把春波都釀作一江春酎，約清愁楊柳岸邊相候。

【夏敬觀評稼軒詞】連續誦之，如笛聲宛轉，乃不得以他文詞繩之，勉強斷句。此自是好詞，雖去別調不遠，卻仍是穠麗一派也。

漢宮春 一首

立春日

*春已歸來，看美人頭上，裊裊春旛。無端風雨，未肯收盡餘寒。年時燕子，料今宵夢到西園。渾未辦黃柑薦酒，更傳青韭堆盤。　卻笑東風從此，便薰梅染柳，更沒些閑。閑時又來鏡裏，轉變朱顏。清愁不斷，問何人會解連環？生怕見花開花落，朝來塞雁先還。

【宋四家詞選】"春旛"九字，情景已極不堪。燕子猶記年時好夢，"黃柑"、"青韭"，極寫燕安酖毒。換頭又提動黨禍；結用"雁"與"燕"

激射，卻捎帶五國城舊恨。辛詞之怨，未有甚於此者。①

太常引 一首

建康中秋，為呂叔潛賦。

　　*一輪秋影轉金波，飛鏡又重磨。把酒問姮娥：被白髮欺人奈何？　乘風好去，長空萬里，直下看山河。斫去桂婆娑，人道是清光更多。

【宋四家詞選】所指甚多，不止秦檜一人而已。

沁園春 一首

靈山齊菴賦，時築偃湖未成。

　　疊嶂西馳，萬馬回旋，衆山欲東。正驚湍直下，跳珠倒濺；小橋橫截，缺月初弓。老合投閑，天教多事，檢校長身十萬松。吾廬小，在龍蛇影外，風雨聲中。　爭先見面重重，看爽氣朝來三數峯。似謝家子弟，衣冠磊落；相如庭戶，車騎雍容。我覺其間，雄深雅健，如對文章太史公。新堤路，問偃湖何日，煙水濛濛？

【詞品卷四】且說松而及謝家、相如、太史公，自非脫落故常者，未易闖其堂奧。劉改之所作沁園春，雖頗似其豪，而未免於粗。

---

① 舊版尚有："譚獻曰：以古文長篇法行之。（譚評詞辨）"

破陣子 一首

為陳同父賦壯語以寄

*醉裏挑燈看劍，夢回吹角連營。八百里分麾下炙，五十絃翻塞外聲，沙場秋點兵。 馬作的盧飛快，弓如霹靂弦驚。了卻君王天下事，贏得生前身後名，可憐白髮生！

【藝蘅館詞選丙卷】無限感慨，哀同父，亦自哀也。
【歷代詩餘卷一百十八引古今詞話】陳亮過稼軒，縱談天下事。亮夜思幼安素嚴重，恐為所忌，竊乘其厩馬以去。幼安賦破陣子詞寄之。

鷓鴣天 一首

有客慨然談功名，因追念少年時事，戲作。

*壯歲旌旗擁萬夫，錦襜突騎渡江初。燕兵夜娖側角切銀胡䩮，漢箭朝飛金僕姑。 追往事，嘆今吾，春風不染白髭鬚。都將萬字平戎策，換得東家種樹書。

【元劉祁歸潛志卷八】党承旨懷英、辛尚書棄疾俱山東人，少同舍。屬金國初遭亂，俱在兵間。辛一旦率數千騎南渡，顯於宋。党在北方，擢第入翰林，有名，為一時文字宗主。二公雖所趨不同，皆有功業榮寵，視前朝陶穀、韓熙載，亦相況也。後辛退閒，有詞鷓鴣天云："壯歲旌旗擁萬夫"云云，蓋紀其少時事也。

鵲橋仙 一首

贈鷺鷥

溪邊白鷺，來吾告汝：溪裏魚兒堪數。主人憐汝汝憐魚，要物我欣然一處。 白沙遠浦，青泥別渚，剩有鰕跳鰍舞。任君飛去飽時來，看頭上風吹一縷。

西江月 一首

遣興

醉裏且貪歡笑，要愁那得工夫？近來始覺古人書，信著全無是處。 昨夜松邊醉倒，問松：我醉何如？只疑松動要來扶，以手推松曰：去！

永遇樂 一首 錄自四印齋本稼軒長短句

京口北固亭懷古

*千古江山，英雄無覓，孫仲謀處。舞榭歌臺，風流總被，雨打風吹去。斜陽草樹，尋常巷陌，人道寄奴曾住。想當年金戈鐵馬，氣吞萬里如虎。 元嘉草草，封狼居胥，贏得倉皇北顧。四十三年，望中猶記，烽火揚州路。可堪回首，佛貍祠下，一片神鴉社鼓。憑誰問，廉頗老矣，尚能飯否？

【一統志江蘇省鎮江府】北固山在丹徒縣北一里。南史："京城西有別嶺入江，高數十丈，號曰北固。蔡謨起樓其上。梁大同十年

（五四四），帝登望久之，曰：'此嶺不足須固守，然於京口，實乃壯觀。'乃改曰北顧。"元和志："在縣北一里，下臨長江，其勢險固，因以為名。"輿地志："天清景明，登之，望見廣陵（揚州）城，如在青霄中。"①

附錄

鷓鴣天

石門道中

山上飛泉萬斛珠，懸崖千丈落鼪鼯。已通樵徑行還礙，似有人聲聽卻無。　閑略彴，遠浮屠，溪南修竹有茅廬。莫嫌杖履頻來往，此地偏宜著老夫。

西江月

示兒曹以家事付之（宋本作以家付兒曹示之）

萬事雲煙忽過，百年（宋本作一身）蒲柳先衰。而今何事最相宜？宜醉宜遊宜睡。　早趁催科了納，更量出入收支。迺翁依舊管些兒，管竹管山管水。

---

① 舊版尚有兩條："周濟曰：有英主則可以隆中興，此是正說。英主必起於草澤，此是反說。又曰：繼世圖功，前車如此。（宋四家詞選）""譚獻曰：起句嫌有獷氣。且使事太多，宜為岳氏所譏。（見岳珂桯史）非稼軒之盛氣，勿輕染指也。（譚評詞辨）"

好事近

送李復州致一席上和韻

和淚唱陽關，依舊字嬌聲穩。回首長安何處，怕行人歸晚。　垂楊折盡只啼鴉，把離愁勾引。卻笑遠山無數，被行雲低損。

浣溪沙

黃沙嶺

寸步人間百尺樓，孤城春水一沙鷗。天風吹樹幾時休？　突兀趁人山石狠，朦朧避路野花羞。人家平水廟東頭。

浣溪沙

常山道中即事

北隴田高踏水頻，西溪禾早已嘗新。隔牆沽酒煮纖鱗。　忽有微涼何處雨？更無留影霎時雲。賣瓜人過竹邊村。

【傳記】

辛棄疾（一一四〇──一二〇七）字幼安，齊之歷城人。耿京聚兵山東，棄疾為掌書記，即勸京決策南向。紹興三十二年（一一六二），京令棄疾奉表歸宋。高宗勞師建康，召見，嘉納之，授承務郎，改差江陰簽判。棄疾時年二十三。乾道四年（一一六八），通判建康府。六年，孝宗召對延和殿。時虞允文當國，帝銳意恢復。棄疾因論南北形勢及三國、晉、漢人才，持論勁直，不為迎合。以講和方定，議不行。出知滁州，辟江東安撫司參議官。留守葉衡雅重之。

衡入相，力薦棄疾慷慨有大略。召見，遷倉部郎官，提點江西刑獄，加秘閣修撰。調京西轉運判官，差知江陵府，兼湖北安撫。遷知隆興府，兼江西安撫。以大理少卿召，出為湖北轉運副使，改湖南，尋知潭州，兼湖南安撫。奏乞別創一軍，以湖南飛虎為名。軍成，雄鎮一方，為江上諸軍之冠。加右文殿修撰，差知隆興府，兼江西安撫，以言者落職。紹熙二年（一一九一），起福建提點刑獄。召見，遷大理少卿，加集英殿修撰，知福州，兼福建安撫使。又欲造萬鎧，招強壯，補軍額，嚴訓練。事未行，臺臣王藺劾其“用錢如泥沙，殺人如草芥，且夕望端坐閩王殿。”遂丐祠歸。慶元元年（一一九五）落職。久之，起知紹興府，兼浙東安撫使。四年，寧宗召見，加顯謨閣待制，尋差知鎮江府。坐繆舉，降朝散大夫，提舉沖佑觀。進樞密都承旨，未受命而卒。棄疾豪爽，尚氣節，識拔英俊。嘗謂：“人生在勤，當以力田為先。北方之人，養生之具，不求於人，是以無甚富甚貧之家。南方多末作以病農，而兼并之患興，貧富斯不侔矣。”故以稼名軒。雅善長短句，悲壯激烈，有稼軒集行世。（節錄宋史卷四百一辛棄疾傳）[1] 今所傳稼軒長短句十二卷，有王氏四印齋所刻詞本，吳氏石蓮庵刻山左人詞本，陶氏涉園影宋金元明本詞續刊本。又稼軒詞四卷，有毛氏汲古閣宋六十家詞本。萬載辛啟泰刻稼軒集鈔存，詩文輯自永樂大典，並附年譜，詞則全依毛本，所謂辛氏祠堂本也。又汲古閣影宋鈔稼軒詞甲乙丙丁集，有商務印書館影印本，甚精。近人鄧廣銘著稼軒詞編年箋注，附辛稼軒先生年譜，採輯之富，為歷來治辛詞者所未有。年

---

① 作者小傳舊版作：“辛棄疾字幼安，齊之歷城人。少師蔡伯堅，與黨懷英同學，號辛黨。耿京聚兵山東，節制山東河北忠義軍，棄疾為掌書記，即勸京決策南向。紹興三十二年，京令棄疾奉表歸宋。高宗勞師建康，召見，嘉納之，授承務郎，天平節度掌書記，改差江陰僉判，時年二十三。乾道四年，通判建康府，遷司農主簿。出知滁州，提點江西刑獄，加秘閣修撰。歷大理少卿，湖北湖南運副，擢知潭州，兼湖南安撫使。加右文殿修撰，差知隆興，兼江西安撫使，坐言罷。紹熙二年，起福建安撫提刑，加集賢殿修撰，知福州，知福州，丐祠歸。再起知紹興，兼浙東安撫使。進寶文閣待制，樞密院都承旨。又進龍圖閣，知江陵府。開禧三年，令赴行在奏事，試兵部侍郎，辭免家居。九月初十日卒。棄疾晚家上饒，以所居毀於火，徙居鉛山，辛葬鉛山縣南十五里陽源山。德祐初，以謝枋得請，贈少師，諡忠敏。（事詳宋史卷四百七本傳及予所著稼軒年譜訂補）”

譜有商務印書館本，箋注尚待印行云。[1]

【集評】

劉克莊曰：公所作大聲鏜鞳，小聲鏗鍧，橫絕六合，掃空萬古，自有蒼生所未見。其穠纖綿密者，亦不在小晏、秦郎之下。（後村大全集卷九十八辛稼軒集序）[2]毛晉曰：稼軒晚年來卜築奇獅，專工長短句，累五百首有奇。但詞家爭鬥穠纖，而稼軒率多撫時感事之作，磊砢英多，絕不作妮子態。（汲古閣本稼軒詞跋）鄒祗謨曰：稼軒雄深雅健，自是本色，俱從南華、沖虛得來。然作詞之多，亦無如稼軒者。中調、短令亦間作嫵媚語。觀其得意處，真有壓倒古人之意。（遠志齋詞衷）彭孫遹曰：稼軒之詞，胸有萬卷，筆無點塵，激昂排宕，不可一世。今人未有稼軒一字，輒紛紛有異同之論，宋玉罪人，可勝三歎。（金粟詞話）[3]吳衡照曰：辛稼軒別開天地，橫絕古今，論、孟、詩小序、左氏春秋、南華、離騷、史、漢、世說、選學、李、杜詩，拉雜運用，彌見其筆力之峭。（蓮子居詞話卷一）周濟曰：稼軒不平之鳴，隨處輒發，有英雄語，無學問語，故往往鋒穎太露。然其才情富豔，思力果銳，南北兩朝，實無其匹，無怪流傳之廣且久也。世以蘇、辛並稱。蘇之自在處，辛偶能到之；辛之當行處，蘇必不能到；二公之詞，不可同日語也。後人以麤豪學稼軒，非徒無其才，並無其情。稼

---

[1] 作品版本舊版作："所為稼軒長短句十二卷，有毛氏汲古閣本，（合并四卷題曰稼軒詞）王氏四印齋影元刊本，吳氏石蓮庵山左人詞本，武進陶氏景宋本。（分甲乙丙丁四集缺丁集）又景小草齋鈔本，（十二卷本）萬載辛氏祠堂本。中以王本最備，陶景宋本最精。辛本有補遺，為彊邨叢書所從出。此外又有天津圖書館藏明鈔唐宋百家詞本，日本靜嘉堂藏陸敕先校本。"

[2] 舊版此處尚有："楊慎曰：辛稼軒，自非脫落故常者，未易窺其堂奧。（詞品）""賀裳曰：稼軒雖入矗豪，尚饒氣骨。（皺水軒詞筌）""俞彥曰：唐詩三變愈下，宋詞殊不然。歐蘇黃秦，足當高岑王李。南渡以後，矯矯陡健，即不得稱中宋晚宋也。惟辛稼軒自度梁肉不勝前哲，特出奇險，為珍錯供，與劉後村輩，俱曹洞旁出，學者正可欽佩，不必反脣并捧心也。（爰園詞話）"

[3] 舊版此處尚有："沈謙曰：稼軒詞以激揚奮厲為工。至'寶釵分，桃葉渡'一曲，昵狎溫柔，魂銷意盡，才人伎倆，真不可測。（古今詞話引）""樓敬思曰：稼軒驅使莊騷經史，無一點斧鑿痕，筆力甚峭。（詞林紀事引）"

軒固是才大，然情至處後人萬不能及。北宋詞多就景叙情，故珠圓玉潤，四照玲瓏。至稼軒、白石，一變而為即事叙景，使深者反淺，曲者反直。吾十年來，服膺白石，而以稼軒為外道。由今思之，可謂瞽人捫籥也。稼軒鬱勃，故情深；白石放曠，故情淺；稼軒縱橫，故才大；白石局促，故才小。惟暗香、疏影二詞，寄意題外，包蘊無窮，可與稼軒伯仲，餘俱據事直書，不過手意近辣耳。（介存齋論詞雜著）蘇、辛並稱。東坡天趣獨到處，殆成絕詣，而苦不經意，完璧甚少。稼軒則沈著痛快，有轍可循，南宋諸公，無不傳其衣蓋，固未可同年而語也。稼軒由北開南，夢窗由南追北，是詞家轉境。（宋四家詞選序論）①劉熙載曰：蘇、辛皆至情至性人，故其詞瀟灑卓犖，悉出於溫柔敦厚。世或以粗獷託蘇、辛，固宜有視蘇、辛為別調者矣。張玉田盛稱白石，而不甚許稼軒，耳食者遂於兩家有軒輊意。不知稼軒之體，白石嘗效之矣。集中如永遇樂、漢宮春諸闋，均次稼軒韻，其吐屬氣味，皆若秘響相通，何後人過分門戶耶？稼軒詞龍騰虎擲，任古書中理語、瘦語，一經運用，便得風流，天姿是何敻異！（藝概卷四）謝章鋌曰：學稼軒，要於豪邁中見精緻。近人學稼軒，只學得莽字、粗字，無怪闌入打油惡道。試取辛詞讀之，豈一味叫囂者所能望其頂踵？蔣藏園（士銓）為善於學稼軒者。稼軒是極有性情人。學稼軒者，胸中須先具一段真氣、奇氣，否則雖紙上奔騰，其中俄空焉，亦蕭蕭索索，如牖下風耳。（賭棋山莊詞話卷一）晏、秦之妙麗，源於李太白、溫飛卿；姜、史之清真，源於張志和、白香山。惟蘇、辛在詞中，則藩籬獨闢矣。讀蘇、辛詞，知詞中有人，詞中有品，不敢自為菲薄。然辛以畢生精力注之，比蘇尤為橫出。吳子律曰：“辛之於蘇，猶詩中山谷之視東坡也。東坡之大，殆不可以學而至。”此論或不盡然。蘇風格自高，而性情頗歉。辛卻纏綿悱惻，且辛之造語俊於蘇。若僅以大論也，則室之大不如堂，而以堂為室，可乎？（卷九）②王國維曰：南宋詞人，白石有格而無情，劍南有氣而乏韻，其堪與北宋人頡頏者，唯一幼安耳。近人祖南宋而祧北宋，以南宋之詞可學，北宋不可學也。學南宋者，不祖白石則祖夢窗，以白石、夢窗可學，幼安不可學也。學幼安者，率祖其粗獷滑稽，以其粗獷滑稽處可學，佳處不可學也。幼安之佳處，在有性情，有境界，即以氣象論，亦有傍素波、干青雲之概，寧後世齷齪小生所可擬耶？東坡之詞曠，稼軒之詞豪。無二人之胸襟而學其詞，猶東施之效"捧心"也。讀東坡、稼軒詞，須觀其雅量高致，有伯夷、柳下惠之風。白石雖似蟬蛻塵埃，然不免局促轅下。稼軒中秋飲酒達旦，用"天問"體，作木蘭花慢以送月曰："可憐今夜月，向何處，去悠悠？是別有人間，那邊才見，光景東頭"。詞人想像，直悟月輪遶地之理，與科學家密合，可謂神悟！（人間詞話卷上）

效之。乃至里俗浮囂之子，亦靡不推波逐瀾，自託辛、劉，以屏蔽其陋，則非稼軒之咎，而不善學之咎也。即如集中所載水調歌頭'長恨復長恨'一闋，水龍吟'昔時曾有佳人'一闋，連綴古語，渾然天成，既非東家所能效顰，而摸魚兒、西河、祝英臺近諸作，推剛爲柔，纏綿悱惻，尤與粗獷一派，判若秦越。（宋六十家詞選例言）""況周頤曰：性情少，勿學稼軒。非絕頂聰明，勿學夢窗。東坡、稼軒，其秀在骨，其厚在神。初學看之，但得其矗率而已。其實二公不敬意處，是真率，非矗率也。（香海棠館詞話）""周爾墉曰：今人祇以粗獷學蘇辛，真不直一噱。余作論詞絕句，有云：稼軒奇氣欲拏雲，字字莊嚴劫外身。夜半傳衣誰得髓？西風吹面庾郎塵。（周評絕妙好詞傳鈔本）"

陳 亮 五首 錄自汲古閣宋六十家詞本龍川詞

水調歌頭 一首

送章德茂大卿使虜

不見南師久，謾說北羣空。當場隻手，畢竟還我萬夫雄。自笑堂堂漢使，得似洋洋河水，依舊只流東。且復穹廬拜，會向藁街逢。 堯之都，舜之壤，禹之封。於中應有，一個半個恥臣戎。萬里腥羶如許，千古英靈安在？磅礴幾時通？胡運何須問，赫日自當中。

念奴嬌 一首

登多景樓

危樓還望，嘆此意、今古幾人曾會？鬼設神施，渾認作、天限南疆北界。一水橫陳，連崗三面，做出爭雄勢。六朝何事，只成門戶私計？ 因笑王謝諸人，登高懷遠，也學英雄涕。憑却江山管不到，河洛腥羶無際。正好長驅，不須反顧，尋取中流誓。小兒破賊，勢成寧問彊對？

【一統志江蘇省鎮江府】多景樓在丹徒縣北固山甘露寺內，宋郡守陳天麟建，唐時臨江亭故址。

鷓鴣天 一首

懷王道甫

落魄行歌記昔遊，頭顱如許尚何求？心肝吐盡無餘事，口腹安然豈遠謀？　纔怕暑，又傷秋，天涯夢斷有書不？大都眼孔新來淺，羨爾微官作計周。

水龍吟 一首

春恨

鬧花深處層樓，畫簾半捲東風軟。春歸翠陌，平莎茸嫩，垂楊金淺。遲日催花，淡雲閣雨，輕寒輕暖。恨芳菲世界，游人未賞，都付與，鶯和燕。　寂寞憑高念遠，向南樓一聲歸雁。金釵鬥草，青絲勒馬，風流雲散。羅綬分香，翠綃封淚，幾多幽怨？正銷魂又是，疏煙淡月，子規聲斷。

【藝概卷四】同甫水龍吟云：「恨芳菲世界，游人未賞，都付與，鶯和燕。」言近指遠，直有宗留守（澤）大呼渡河之意。

虞美人 一首

春愁

東風蕩颺輕雲縷，時送蕭蕭雨。水邊臺榭燕新歸，一口香泥溼帶落花飛。　海棠糝徑鋪香繡，依舊成春瘦，黃昏庭院柳啼鴉，記得那人和月折梨花。

【傳記】

　　陳亮（一一四三——一一九四）字同父，婺州永康人。為人才氣
超邁，喜談兵，論議風生，下筆數千言立就。隆興初，與金人約和，
天下忻然，幸得蘇息，獨亮持不可。婺州方以解頭薦，因上中興五論，
奏入，不報。已而退修於家，學者多歸之，益力學著書者十年。淳熙
五年（一一七八），詣闕上書。孝宗欲官之。亮笑曰：“吾欲為社稷開
數百年之基，寧用以博一官乎？”亟渡江而歸。日落魄醉酒，與邑之
狂士飲。亮自以豪俠，屢遭大獄，歸家，益厲志讀書。嘗曰：“堂堂之
陣，正正之旗，風雨雲雷，交發而並至，龍蛇虎豹，變現而出沒，推
倒一世之智勇，開拓萬古之心胸，自謂差有一日之長。”光宗策進士，
擢第一，授僉書建康府判官廳公事，未至官，一夕卒。（節錄宋史卷
四百三十六儒林傳）亮所著龍川詞，刊入汲古閣宋六十家詞內。

【集評】

　　毛晉曰：龍川詞一卷，讀至卷終，不作一妖語、媚語，殆所稱不
受人憐者歟？（龍川詞跋）劉熙載曰：陳同甫與稼軒為友，其人才相
若，詞亦相似。（藝概卷四）

劉 過 三首 錄自汲古閣宋六十家詞本龍洲詞

沁園春 一首

寄辛承旨。時承旨招，不赴。

斗酒彘肩，風雨渡江，豈不快哉？被香山居士，約林和靖，與坡仙老，駕勒吾回。坡謂："西湖，正如西子，濃抹淡妝臨照臺。"二公者，皆掉頭不顧，只管傳杯。 白言："天竺去來，圖畫裏崢嶸樓閣開。愛縱橫二澗，東西水遶；兩峯南北，高下雲堆。"逋曰："不然，暗香浮動，不若孤山先訪梅。須晴去，訪稼軒未晚，且此徘徊。"

【宋岳珂桯史卷二】嘉泰癸亥（一二〇三）歲，改之在中都。時辛稼軒棄疾帥越，聞其名，遣介招之。適以事不及行，作書歸輅者，因傚辛體沁園春一詞，併緘往，下筆便逼真。其詞曰："斗酒彘肩"云云。辛得之，大喜，致餽數百千，竟邀之去，館燕彌月，酬倡疊疊，皆似之，逾喜，垂別，賙之千緡，曰："以是為求田資。"改之歸，竟蕩於酒，不問也。詞語峻拔，如尾腔對偶錯綜，蓋出唐王勃體而又變之。余時與之飲西園，改之中席自言，掀髯有得色。余率然應之曰："詞句固佳，然恨無刀圭藥療君白日見鬼證耳。"坐中哄堂一笑。既而別去，如崑山，姓某氏者愛之，女焉。
【詞林紀事卷十一引俞文豹吹劍錄】此詞雖粗而局段高。與三賢游，固可睨視稼軒。視林、白之清致，則東坡所謂"淡妝濃抹"已不足道，稼軒富貴，焉能浼我哉？

賀新郎　一首

老去相如倦，向文君、說似而今，怎生消遣？衣袂京塵曾染處，空有香紅尚軟。料彼此魂銷腸斷。一枕新涼眠客舍，聽梧桐疎雨秋風顫。燈暈冷，記初見。　樓低不放珠簾捲。晚妝殘、翠蛾狼藉，淚痕流臉。人道愁來須殢酒，無奈愁深酒淺。但託意焦琴紈扇。莫鼓琵琶江上曲，怕荻花楓葉俱淒怨。雲萬疊，寸心遠。

【自跋】去年秋，余試牒四明，賦贈老娼，至今天下與禁中皆歌之。江西人來，以為鄧南秀詞，非也。

糖多令　一首

安遠樓小集，侑觴歌板之姬黃其姓者，乞詞於龍洲道人，為賦此糖多令。同柳阜之、劉去非、石民瞻、周嘉仲、陳孟參、孟容。時八月五日也。

蘆葉滿汀洲，寒沙帶淺流。二十年重過南樓。柳下繫船猶未穩，能幾日？又中秋。　黃鶴斷磯頭，故人曾到不？舊江山渾是新愁。欲買桂花同載酒，終不似，少年遊！

【傳記】

劉過（一一五四——一二〇六）字改之，號龍洲道人，太和人。（絕妙好詞箋卷一）能詩詞，流落江湖，酒酣耳熱，出語豪縱，自謂晉、宋間人物。（游宦紀聞卷一）卒葬崑山，今其墓尚在。所作龍洲詞，有汲古閣宋六十家詞本，彊邨叢書本，上虞羅氏仿宋聚珍本。

【集評】

黃昇曰：改之，稼軒之客。王簡卿侍郎嘗贈以詩云：“觀渠論到前賢處，據我看來近世無。”其詞多壯語，蓋學稼軒者也。（中興以來絕妙詞選卷五）張炎曰：辛稼軒、劉改之作豪氣詞，非雅詞也。於文章餘暇，戲弄筆墨，為長短句之詩耳。（詞源卷下）劉熙載曰：劉改之詞，狂逸之中，自饒俊致，雖沈著不及稼軒，足以自成一家。其有意效稼軒體者，如沁園春：“斗酒彘肩”等闋，又當別論。（藝概卷四）馮煦曰：龍洲自是稼軒附庸，然得其豪放，未得其宛轉。（宋六十家詞選例言）

姜　夔 二十三首　錄自彊邨叢書本白石道人歌曲

小重山令　一首

賦潭州紅梅

*人繞湘皋月墜時，斜橫花樹小，浸愁漪。一春幽事有誰知？東風冷，香遠茜裙歸。　鷗去昔遊非。遙憐花可可，夢依依。九疑雲杳斷魂啼，相思血，都沁綠筠枝。

江梅引　一首

丙辰之冬，予留梁谿，將詣淮而不得，因夢思以述志。

人間離別易多時。見梅枝，忽相思。幾度小窗幽夢手同攜？今夜夢中無覓處，漫裴回。寒侵被，尚未知。　淒紅恨墨淺封題。寶箏空，無雁飛。俊遊巷陌，算空有古木斜暉。舊約扁舟心事已成非！歌罷淮南春草賦，又萋萋。漂零客，淚滿衣。

鬲溪梅令（仙呂調）　一首

丙辰冬，自無錫歸，作此寓意。

好花不與殢香人，浪粼粼。又恐春風歸去綠成陰，玉鈿何處尋？　木蘭雙槳夢中雲，小橫陳。漫向孤山山下覓盈盈，翠禽啼一春。

點絳脣 一首

丁未冬，過吳松作。

*燕雁無心，太湖西畔隨雲去。數峯清苦，商略黃昏雨。 第四橋邊，擬共天隨住。今何許？凭闌懷古，殘柳參差舞。

【絕妙好詞箋卷二】吳郡志云：松江在郡南四十五里，禹貢三江之一也。南與太湖接，吳江縣在江濱，垂虹跨其上，天下絕景也。

鷓鴣天 二首

正月十一日觀燈

巷陌風光縱賞時，籠紗未出馬先嘶。白頭居士無呵殿，只有乘肩小女隨。 花滿市，月侵衣，少年情事老來悲。沙河塘上春寒淺，看了遊人緩緩歸。

元夕有所夢

肥水東流無盡期，當初不合種相思。夢中未比丹青見，暗裏忽驚山鳥啼。 春未綠，鬢先絲，人間別久不成悲。誰教歲歲紅蓮夜，兩處沈吟各自知。

【太平寰宇記】廬州合肥縣，肥水出縣西南八十里藍家山，東南流，入於巢湖。

踏莎行　一首

自沔東來，丁未元日至金陵，江上感夢而作。

燕燕輕盈，鶯鶯嬌軟，分明又向華胥見。夜長爭得薄情知？春初早被相思染。　別後書辭，別時針綫，離魂暗逐郎行遠。淮南皓月冷千山，冥冥歸去無人管。

【人間詞話卷下】白石之詞，余所最愛者，亦僅二語，曰："淮南皓月冷千山，冥冥歸去無人管。"

慶宮春　一首

紹熙辛亥除夕，予別石湖歸吳興，雪後，夜過垂虹，嘗賦詩云："笠澤茫茫雁影微，玉峯重疊護雲衣。長橋寂寞春寒夜，只有詩人一舸歸。"後五年冬，復與俞商卿、張平甫、銛朴翁自封禺同載詣梁溪，道經吳松，山寒天迥，雲浪四合。中夕相呼步垂虹，星斗下垂，錯雜漁火。朔吹凜凜，厄酒不能支，朴翁以衾自纏，猶相與行吟，因賦此闋，蓋過旬塗槀乃定。朴翁咎予無益，然意所耽，不能自已也。平甫、商卿、朴翁皆工於詩，所出奇詭。予亦強追逐之。此行既既歸，各得五十餘解。

*雙槳蓴波，一蓑松雨，暮愁漸滿空闊。呼我盟鷗，翩翩欲下，背人還過木末。那回歸去，蕩雲雪、孤舟夜發。傷心重見，依約眉山，黛痕低壓。　采香徑裏春寒，老子婆娑，自歌誰答？垂虹西望，飄然引去，此興平生難遏。酒醒波遠，政凝想、明璫素韤。如今安在？唯有闌干，伴人一霎。

【宋周密癸辛雜識別集上】葛天民字無懷，後為僧，名義銛，字朴翁。其後返初服，居西湖上，一時所交皆勝士。

【宋張端義貴耳錄卷上】銛朴翁、秦望山人，能詩，詩愈工，俗念愈
熾，後加冠巾，曰葛天民，築室蘇堤，自號柳下。清明訪白石云："花
薺懸燈柳插檐，老懷那復似餳甜？畫船已載先生去，燕子無人自入簾。"
【清厲鶚宋詩紀事卷五十八】俞灝字商卿，世居杭。紹熙四年
（一一九三）進士，歷麾節，皆有聲。寶慶二年（一二二六）致仕，築
室九里松，自號青松居士。
【唐圭璋宋詞三百首箋】張平甫名鑑，張鎡功甫之異母弟。蘇州府志：
采香徑在香山之旁，小溪也。吳王種香於香山，使美人泛舟於溪以采
香。今自靈巖山望之，一水直如矢，故俗名箭徑。

齊天樂（黃鍾宮）一首

　　丙辰歲，與張功父會飲張達可之堂。聞屋壁間蟋蟀有聲，功父約予同賦，
以授歌者。功父先成，辭甚美。予裴回末利花間，仰見秋月，頓起幽思，尋亦得此。
蟋蟀，中都呼為促織，善鬥。好事者或以三二十萬錢致一枚，鏤象齒為樓觀以貯之。

　　*庾郎先自吟愁賦，淒淒更聞私語。露溼銅鋪，苔侵石井，
都是曾聽伊處。哀音似訴。正思婦無眠，起尋機杼。曲曲屏山，
夜涼獨自甚情緒？　西窗又吹暗雨。為誰頻斷續，相和砧杵？
候館迎秋，離宮弔月，別有傷心無數。豳詩漫與。笑籬落呼燈，
世間兒女。寫入琴絲，一聲聲更苦。宣、政間，有士大夫製蟋蟀吟。

【中興以來絕妙詞選卷三】張功甫名鎡，號約齋居士，西秦人。楊誠齋
極稱其詩。滿庭芳促織兒云："月洗高梧，露漙幽草，寶釵樓外秋深。
土花沿翠，螢火墜牆陰。靜聽寒聲斷續，微韻轉、淒噎悲沈。爭求侶，
殷勤勸織，促破曉機心。兒時曾記得，呼燈灌穴，斂步隨音。任滿身
花影，猶自追尋。攜向華堂戲鬥，亭臺小、籠巧粧金。今休說，從渠
牀下，涼夜聽孤吟。"
【詞源卷下】作慢詞、看是甚題目，先擇曲名，然後命意，命意既了，

思量頭如何起？尾如何結？方始選韻而後述曲，最是過片不要斷了曲意，須要承上接下。如姜白石詞云："曲曲屏山，夜涼獨自甚情緒？"於過片則云："西窗又吹暗雨。"則曲之意脈不斷矣。[1]

【鄭文焯批】負暄雜錄："鬬蟋之戲，始於天寶間，長安富人鏤象牙為籠而蓄之，以萬金之資付之一喙。"此敍所記"好事者"云云，可知其習尚，至宋宣、政間，殆有甚於唐之天寶時矣。功父滿庭芳詞詠促織兒，清雋幽美，實擅詞家能事，有"觀止"之歎。白石別構一格，下闋託寄遙深，亦足千古已！

滿江紅　一首

滿江紅，舊調用仄韻，多不協律。如末句云"無心撲"三字，歌者將"心"字融入去聲，方諧音律。予欲以平韻為之，久不能成。因泛巢湖，聞遠岸簫鼓聲，問之舟師，云："居人為此湖神姥壽也。"予因祝曰："得一席風，徑至居巢，當以平韻滿江紅為迎送神曲。"言訖，風與筆俱駛，頃刻而成。末句云"聞佩環"，則協律矣。書以綠牋，沈於白浪。辛亥（一一九一）正月晦也。是歲六月，復過祠下，因刻之柱間。有客來自居巢，云："土人祠姥，輒能歌此詞。"按：曹操至濡須口，孫權遺操書曰："春水方生，公宜速去。"操曰："孫權不欺孤。"乃徹軍還。濡須口與東關相近，江湖水之所出入。予意春水方生，必有司之者，故歸其功於姥云。

仙姥來時，正一望千頃翠瀾。旌旗共亂雲俱下，依約前山。命駕羣龍金作軛，相從諸娣玉為冠。廟中列坐如夫人者三十人。向夜深風定悄無人，聞佩環。　神奇處，君試看。奠淮右，阻江南。遣六丁雷電，別守東關。卻笑英雄無好手，一篙春水走曹瞞。又怎知人在小紅樓，簾影間？

[1]　舊版所錄為："張炎曰：詩難於詠物，詞為尤難。體認稍真，則拘而不暢；模寫差遠，則晦而不明。要須收縱聯密，用事合題。一段意思，全在結句，斯為絕妙。如白石齊天樂賦促織云云，皆全章精粹，所詠瞭然在目，且不留滯於物。（詞源卷下）"

一萼紅 一首

丙午（一一八六）人日，予客長沙別駕之觀政堂。堂下曲沼，沼西負古垣，有盧橘幽篁，一逕深曲。穿逕而南，官梅數十株，如椒、如菽，或紅破白露，枝影扶疏。著屐蒼苔細石間，野興橫生。亟命駕登定王臺，亂湘流，入麓山，湘雲低昂，湘波容與，興盡悲來，醉吟成調。

*古城陰，有官梅幾許，紅萼未宜簪。池面冰膠，牆腰雪老，雲意還又沈沈。翠藤共閒穿逕竹，漸笑語驚起臥沙禽。野老林泉，故王臺榭，呼喚登臨。　南去北來何事？蕩湘雲楚水，目極傷心。朱戶黏雞，金盤簇燕，空歎時序侵尋。記曾共西樓雅集，想垂楊還裊萬絲金。待得歸鞍到時，只怕春深。①

念奴嬌 一首

予客武陵，湖北憲治在焉。古城野水，喬木參天。予與二三友，日蕩舟其間，薄荷花而飲，意象幽閒，不類人境。秋水且涸，荷葉出地尋丈。因列坐其下，上不見日，清風徐來，綠雲自動，間於疏處，窺見遊人畫船，亦一樂也。竭來吳興，數得相羊荷花中，又夜泛西湖，光景奇絕，故以此句寫之。

*鬧紅一舸，記來時、嘗與鴛鴦為侶。三十六陂人未到，水佩風裳無數。翠葉吹涼，玉容銷酒，更灑菰蒲雨。嫣然搖動，冷香飛上詩句。　日暮，青蓋亭亭，情人不見，爭忍淩波去？只恐舞衣寒易落，愁入西風南浦。高柳垂陰，老魚吹浪，留我花間住。田田多少，幾回沙際歸路。

---

① 舊版有評語："周爾墉曰：石帚詞換頭處多不放過，最宜深味。（周評絕妙好詞）"

琵琶仙　一首

吳都賦云："戶藏煙浦，家具畫船。"唯吳興為然。春遊之勝，西湖未能過也。己酉歲，予與蕭時父載酒南郭，感遇成歌。

*雙槳來時，有人似、舊曲桃根桃葉。歌扇輕約飛花，蛾眉正奇絕。春漸遠、汀洲自綠，更添了幾聲啼鴂。十里揚州，三生杜牧，前事休說。　又還是宮燭分煙，奈愁裏恩恩換時節。都把一襟芳思，與空階榆莢。千萬縷、藏鴉細柳，為玉尊起舞回雪。想見西出陽關，故人初別。

【詞源卷下】離情當如此作，全在情景交鍊，得言外意。

探春慢　一首予

予自孩幼，從先人宦于古沔，女須因嫁焉。中去復來，幾二十年，豈惟姊弟之愛，沔之父老兒女子亦莫不予愛也。丙午冬，千巖老人約予過苕雪，歲晚乘濤載雪而下，顧念依依，殆不能去，作此曲，別鄭次皋、辛克清、姚剛中諸君。

*衰草愁煙，亂鴉送日，風沙回旋平野。拂雪金鞭，欺寒茸帽，還記章臺走馬。誰念漂零久，謾贏得幽懷難寫。故人清沔相逢，小窗閒共情話。　長恨離多會少，重訪問竹西，珠淚盈把。雁蹟波平，漁汀人散，老去不堪遊冶。無奈苕溪月，又照我扁舟東下。甚日歸來？梅花零亂春夜。

八歸 一首

湘中送胡德華

*芳蓮墜粉，疎桐吹綠，庭院暗雨乍歇。無端抱影銷魂處，還見篠牆螢暗，蘚階蛩切。送客重尋西去路，問水面琵琶誰撥？最可惜一片江山，總付與啼鴂！　長恨相從未款，而今何事，又對西風離別？渚寒煙淡，棹移人遠，縹緲行舟如葉。想文君望久，倚竹愁生步羅襪。歸來後、翠尊雙飲，下了珠簾，玲瓏閒看月。

【藝蘅館詞選丙卷】麥孺博云：全首一氣到底，刀揮不斷。

揚州慢 中呂宮 一首

淳熙丙申至日，予過維揚。夜雪初霽，薺麥彌望。入其城則四顧蕭條，寒水自碧，暮色漸起，戍角悲吟。予懷愴然，感慨今昔，因自度此曲。千巖老人以為有"黍離"之悲也。

*淮左名都，竹西佳處，解鞍少駐初程。過春風十里，盡薺麥青青。自胡馬窺江去後，廢池喬木，猶厭言兵。漸黃昏，清角吹寒，都在空城。　杜郎俊賞，算而今重到須驚。縱豆蔻詞工，青樓夢好，難賦深情。二十四橋仍在，波心蕩冷月無聲。念橋邊紅藥，年年知為誰生？①

【鄭文焯批】紹興三十年，完顏亮南寇，江淮軍敗，中外震駭。亮尋為其臣下弒於瓜洲。此詞作於淳熙三年，寇平已十有六年，而景物蕭條，依然廢池喬木之感。此與淒涼犯當同屬江淮亂後之作。

---

① 舊版注："鄭文焯云：角藥夾協。"

長亭怨慢　中呂宮　一首

予頗喜自製曲，初率意為長短句，然後協以律，故前後闋多不同。桓大司馬云："昔年種柳，依依漢南。今看搖落，悽愴江潭。樹猶如此，人何以堪？"此語予深愛之。

*漸吹盡枝頭香絮，是處人家，綠深門戶。遠浦縈回，暮帆零亂向何許？閱人多矣，誰得似長亭樹？樹若有情時，不會得青青如此！　日暮，望高城不見，只見亂山無數。韋郎去也，怎忘得玉環分付？第一是早早歸來，怕紅萼無人為主。算空有并刀，難翦離愁千縷。

【藝蘅館詞選丙卷】麥孺博云：渾灝流轉，奪胎稼軒。

淡黃柳　正平調近　一首

客居合肥南城赤闌橋之西，巷陌淒涼，與江左異。唯柳色夾道，依依可憐。因度此闋，以紓客懷。

*空城曉角，吹入垂楊陌。馬上單衣寒惻惻。看盡鵝黃嫩綠，都是江南舊相識。　正岑寂，明朝又寒食。強攜酒，小橋宅。怕梨花落盡成秋色。燕燕飛來，問春何在？唯有池塘自碧。

【譚評詞辨卷二】白石、稼軒，同音笙磬。但清脆與鏜鞳異響，此事自關性分。

暗香 仙呂宮 一首

辛亥之冬，予載雪詣石湖，止既月，授簡索句，且徵新聲，作此兩曲。石湖把玩不已，使工妓隸習之，音節諧婉，乃名之曰暗香、疏影。

*舊時月色，算幾番照我，梅邊吹笛？喚起玉人，不管清寒與攀摘。何遜而今漸老，都忘卻春風詞筆。但怪得竹外疏花，香冷入瑤席。 江國，正寂寂。歎寄與路遙，夜雪初積。翠尊易泣，紅萼無言耿相憶。長記曾攜手處，千樹壓西湖寒碧，又片片吹盡也，幾時見得？①

疏影 一首

*苔枝綴玉，有翠禽小小，枝上同宿。客裏相逢，籬角黃昏，無言自倚修竹。昭君不慣胡沙遠，但暗憶江南江北。想佩環月夜歸來，化作此花幽獨。 猶記深宮舊事，那人正睡裏，飛近蛾綠。莫似春風，不管盈盈，早與安排金屋。還教一片隨波去，又卻怨玉龍哀曲。等恁時重覓幽香，已入小窗橫幅。

【詞源卷下】詩之賦梅，惟和靖（"疏影橫斜水清淺，暗香浮動月黃

---

① 舊版有下列評語："張惠言曰：題曰'石湖詠梅'，此為石湖作也。時石湖蓋有隱遯之志，故作此二詞以沮之。白石石湖仙云：'須信石湖仙，似鴟夷飄然引去。'末云：'聞好語，明年定在槐府。'此與同意。又曰：首章言已嘗有用世之志。今老無能，但望之石湖也。（張惠言詞選）""周濟曰：前半闋言盛時如此，後半闋想其盛時，感其衰時。（宋四家詞選）""周爾墉曰：此詞上半以舊時而今作開合耳。而夭嬌變化，能令讀者攬把不盡，是為筆妙，亦由胸次高妙，不煩皁莢相料理故也。又云：發端縹緲。（周評絕妙好詞）""譚獻曰：石湖詠梅，是堯章獨到處。翠尊二句，深美有騷辨意。（譚評詞辨）""王闓運曰：如此起法，即不是詠梅矣。暗香、疏影二詞最有名，然語高品下，以其用典故也。（湘綺樓詞選）"

昏。”）一聯而已。世非無詩，不能與之齊驅耳。詞之賦梅，惟姜白石暗香、疏影二曲，前無古人，後無來者，自立新意，真為絕唱。詞用事最難，要體認著題，融化不澀。如白石疏影：“猶記深宮舊事”三句，用壽陽事；“昭君不慣胡沙遠”四句，用少陵詩；皆用事不為事所使。

【張選】此章更以二帝之憤發之，故有昭君之句。①

【鄭批】此蓋傷心二帝蒙塵，諸后妃相從北轅，淪落胡地，故以昭君託喻，發言哀斷。考唐王建塞上詠梅詩曰：“天山路旁一株梅，年年花發黃雲下。昭君已沒漢使回，前後征人誰繫馬？”白石詞意當本此。近世讀者多以意疏解，或有嫌其舉典擬不於倫者，殆不自知其淺闇矣。詞中數語，純從少陵詠明妃詩義檃括，出以清健之筆，如聞空中笙鶴，飄飄欲仙，覺草窗、碧山所作弔雪香亭梅諸詞，皆人間語，視此如隔一塵，宜當時傳播吟口，為千古絕唱也。至下闋藉宋書壽陽公主故事，引申前意，寄情遙遠，所謂怨深文綺，彌得風人溫厚之旨已。②

淒涼犯　一首

　　合肥巷陌皆種柳，秋風夕起騷騷然。予客居闔戶，時聞馬嘶，出城四顧，則荒煙野草，不勝淒黯，乃著此解。琴有淒涼調，假以為名。凡曲言犯者，謂以宮犯商、商犯宮之類，如道調宮上字住，雙調亦上字住，所住字同，故道調曲中犯雙調，或於雙調曲中犯道調，其他準此。唐人樂書云：“犯有正、旁、偏、側。宮犯宮為正，宮犯商為旁，宮犯角為偏，宮犯羽為側。”此說非也。十二宮所住字各不同，不容相犯，十二宮特可犯商、角、羽耳。予歸行都，以此曲示國工田正德，使以啞觱栗角吹之，其韻極美。亦曰瑞鶴仙影。

① 舊版此處尚有：“周濟曰：此詞以‘相逢’‘化作’‘莫似’六字作骨。‘莫似’五句，言其不能挽留，聽其自為盛衰也。（宋四家詞選）”“周爾墉曰：何遜、昭君，皆屬隸事，但運氣空靈，變化虛實，不同獺祭鈍機耳。（周評絕妙好詞）”“譚獻曰：‘還教’二句，跌宕昭影。（譚評詞辨）”
② 舊版有附錄：“硯北雜志：小紅，范成大青衣也，有色藝。成大請老，姜夔詣之。一日，授簡徵新聲。夔製暗香、疏影兩曲，成大使二妓習之，音節清婉。成大尋以小紅贈之。其夕大雪，過垂虹，賦詩曰：‘自喜新詞韻最嬌，小紅低唱我吹簫。曲終過盡松陵路，回首煙波十四橋。’”

*綠楊巷陌秋風起，邊城一片離索。馬嘶漸遠，人歸甚處？戍樓吹角。情懷正惡，更衰草寒煙淡薄。似當時將軍部曲，迤邐度沙漠。　追念西湖上，小舫攜歌，晚花行樂。舊遊在否？想如今翠凋紅落。漫寫羊裙，等新雁來時繫著。怕恩恩不肯寄與，誤後約。

【鄭批】紹興庚辰，金人敗盟犯廬州，王權敗歸。太師陳秉伯請下詔親征，以葉義問督江淮軍，尋敗敵於采石。詞中所謂："似當時將軍部曲，迤邐度沙漠。"蓋隱寓其時戰事也。

翠樓吟　雙調　一首

淳熙丙午冬，武昌安遠樓成，與劉去非諸友落之，度曲見志。予去武昌十年，故人有泊舟鸚鵡洲者，聞小姬歌此詞，問之，頗能道其事，還吳，為予言之。興懷昔遊，且傷今之離索也。

*月冷龍沙，塵清虎落，今年漢酺初賜。新翻胡部曲，聽氈幕元戎歌吹。層樓高峙。看檻曲縈紅，簷牙飛翠。人姝麗，粉香吹下，夜寒風細。　此地，宜有詞仙，擁素雲黃鶴，與君遊戲。玉梯凝望久，歎芳草萋萋千里。天涯情味。仗酒祓清愁，花銷英氣。西山外，晚來還捲，一簾秋霽。

湘月　一首

長溪楊聲伯，典長沙楫櫂，居瀕湘江，窗間所見，如燕公郭熙畫圖，臥起幽適。丙午七月既望，聲伯約予與趙景魯、景望、蕭和父、裕父、時父、恭父大舟浮湘，放乎中流，山水空寒，煙月交映，淒然其為秋也。坐客皆小冠練服，或彈琴，或浩歌，或自酌，或援筆搜句。予度此曲，卽念奴嬌之鬲指聲也，於雙調中吹之。鬲指亦謂之過腔，見晁無咎集。凡能吹竹者，便能過腔也。

*五湖舊約，問經年底事，長負清景？暝入西山，漸喚我、一葉夷猶乘興。倦網都收，歸禽時度，月上汀洲冷。中流容與，畫橈不點清鏡。　誰解喚起湘靈，煙鬟霧鬢，理哀弦鴻陣？玉塵談玄，歡坐客、多少風流名勝。暗柳蕭蕭，飛星冉冉，夜久知秋信。鱸魚應好，舊家樂事誰省？

附錄

霓裳中序第一

丙午歲，留長沙，登祝融，因得其祠神之曲，曰《黃帝鹽》、《蘇合香》。又於樂工故書中，得商調《霓裳曲》十八闋，皆虛譜無辭。按沈氏《樂律》：《霓裳》道調。此乃商調。樂天詩云：散序六闋。此特兩闋。未知孰是。然音節閒雅，不類今曲。予不暇盡作，作中序一闋傳於世。予方羈遊，感此古音，不自知其辭之怨抑也。

亭皋正望極，亂落江蓮歸未得。多病卻無氣力。況紈扇漸疏，羅衣初索。流光過隙。歎杏梁、雙燕如客。人何在？一簾淡月，彷彿照顏色。　幽寂。亂蛩吟壁。動庾信、清愁似織。沈思年少浪迹。笛裏關山，柳下坊陌，墜紅無信息。漫暗水、涓涓溜碧。飄零久，而今何意，醉臥酒壚側。

眉嫵（一名百宜嬌）

戲張仲遠

看垂楊連苑，杜若侵沙，愁損未歸眼。信馬青樓去，重簾下、娉婷人妙飛燕。翠尊共款。聽艷歌、郎意先感。便攜手、月地雲階裏，愛良夜微暖。　無限風流疏散。有暗藏弓履，偷寄香翰。明日聞津鼓，湘江上、催人還解春纜。亂紅萬點。悵斷魂、煙水遙遠。又爭似、相攜乘一舸，鎮長見。

【紀事】耆舊續聞：堯章嘗寓吳興張仲遠家。屢出外。其室人知書，賓客通問，必先窺來札，性頗妒。堯章戲作百宜嬌詞以遺之，竟為所見。仲遠歸，竟莫能辨，則受其指爪損面，至不能出外云。

惜紅衣

吳興號水晶宮，荷花盛麗。陳簡齋云："今年何以報君恩？一路荷花相送到青墩。"亦可見矣。丁未之夏，予遊千巖，數往來紅香中，自度此曲，以無射宮歌之。

簟枕邀涼，琴書換日，睡餘無力。細灑冰泉，并刀破甘碧。牆頭喚酒，誰問訊、城南詩客。岑寂高柳晚蟬，說西風消息。　虹梁水陌，魚浪吹香，紅衣半狼藉。維舟試望故國，眇天北。可惜渚邊沙外，不共美人遊歷。問甚時同賦，三十六陂秋色？

角招

　　甲寅春，予與俞商卿燕遊西湖，觀梅于孤山之西村。玉雪照映，吹香薄人。已而商卿歸吳興，予獨來，則山橫春煙，新柳被水，遊人容與飛花中。悵然有懷，作此寄之。商卿善歌聲，稍以儒雅緣飾。予每自度曲，吟洞簫，商卿輒歌而和之，極有山林縹緲之思。今予離憂，商卿一行作吏，殆無復此樂矣。

　　為春瘦。何堪更繞湖，盡是垂柳。自看煙外岫。記得與君，湖上攜手。君歸未久。早亂落、香紅千畝。一葉淩波縹緲，過三十六離宮，遣遊人回首。　猶有，畫船障袖。青樓倚扇，相映人爭秀。翠翹光欲溜。愛著宮黃，而今時候。傷春似舊。蕩一點，春心如酒。寫入吳絲自奏。問誰識、曲中心，花前友？。

秋宵吟

　　古簾空，墜月皎。坐久西窗人悄。蛩吟苦，漸漏水丁丁，箭壺催曉。引涼颸，動翠葆。露腳斜飛雲表。因嗟念，似去國情懷，暮帆煙草。　帶眼銷磨，為近日、愁多頓老。衛娘何在，宋玉歸來，兩地暗縈繞。搖落江楓早。嫩約無憑，幽夢又杳。但盈盈、淚灑單衣，今夕何夕恨未了。

玲瓏四犯

越中歲暮，聞簫鼓，感懷。

　　疊鼓夜寒，垂燈春淺，匆匆時事如許。倦遊歡意少，俛仰悲今古。江淹又吟恨賦，記當時，送君南浦。萬里乾坤，百年身世，唯有此情苦。　揚州柳垂官路，有輕盈換馬，端正窺戶。酒醒明月下，夢逐潮聲去。文章信美知何用，漫贏得、天涯羈旅。教說與春來，要尋花伴侶。

【評】梁啟超曰：與清真之“斜陽冉冉春無極”，同一風格。（藝蘅館詞選）

【傳記】

姜夔字堯章，鄱陽人。蕭東夫（德藻）愛其詞，妻以兄子，因寓居吳興之武康，與白石洞天為鄰，自號白石道人。（絕妙好詞箋卷二）夔長於音律，嘗著大樂議（詳載宋史樂志），欲正廟樂。慶元三年，詔付奉常有司收掌，令太常寺與議大樂。時嫉其能，是以不獲盡其所議，人大惜之。（陸鍾輝刻本白石道人詩集引吳興掌故。）夔學詩於蕭千巖，琢句精工。（鶴林玉露卷十四）嘗為自叙：“某早孤不振，幸不墜先人之緒業。少日奔走，凡世之所謂名公鉅儒，皆嘗受其知矣。內翰梁公，於某為鄉曲，愛其詩似唐人，謂長短句妙天下。樞使鄭公愛其文，使坐上為之，因擊節稱賞。參政范公（成大）以為翰墨人品，皆似晉、宋之雅士。待制楊公（萬里）以為於文無所不工，甚似陸天隨，於是為忘年友。復州蕭公，世所謂千巖先生者也，以為四十年作詩，始得此友。待制朱公既愛其才，又愛其深於禮樂。丞相京公不特稱其禮樂之書，又愛其駢儷之文。丞相謝公愛其樂書，使次子來謁焉。稼軒辛公，深服其長短句。如二卿孫公從之、胡氏應期、江陵楊公、南州張公、金陵吳公及吳德夫、項平甫、徐子淵、曾幼度、商寉仲、王晦叔、易彥章之徒，皆當世俊士，不可悉數，或愛其人，或愛其詩，或愛其文，或愛其字，或折節交之。若東州之士，則樓公大防、葉公正則，則尤所賞激者。嗟乎！四海之內，知己者不為少矣，而未有能振之於竆困無聊之地者。舊所依倚，惟有張兄平甫，其人甚賢，十年相處，情甚骨肉，而某亦竭誠盡力，憂樂關念。平甫念其困躓場屋，至欲輸資以拜爵，某辭謝不願，又欲割錫山之膏腴，以養其山林無用之

身。惜乎平甫下世，今惘惘然若有所失。人生百年有幾？賓主如某與
平甫者復有幾？撫事感慨，不能為懷。平甫既歿，稚子甚幼。入其門
則必為之悽然，終日獨坐，逡巡而歸。思欲捨去，則念平甫垂絕之言，
何忍言去。留而不去，則既無主人矣，其能久乎？”（齊東野語卷十二）
夔晚居西湖，卒葬西馬塍。有白石道人詩集、白石道人歌曲、續書譜、
絳帖平等書傳世。①姜詞有汲古閣宋六十家詞本、江都陸氏姜白石詩詞
合集本、王氏四印齋所刻雙白詞本、許氏榆園叢刻本、朱氏彊邨叢書
本、沈氏遜齋影乾隆十四年張奕樞刊本。其自度曲，並綴音譜，為研
求宋詞樂譜之主要資料。

【集評】

黃昇曰：白石道人，中興詩家名流，詞極精妙，不減清真樂府，
其間高處，有美成所不能及。（中興以來絕妙詞選卷六）②沈義父曰：姜
白石清勁知音，亦未免有生硬處。（樂府指迷）朱彝尊曰：詞莫善於姜
夔，宗之者張輯、盧祖皋、吳文英、蔣捷、王沂孫、張炎、周密、陳
允平、張翥、楊基，皆具夔之一體，基之後，得其門者寡矣。（詞綜
序）③周濟曰：白石脫胎稼軒，變雄健為清剛，變馳驟為疏宕。蓋二

---

① 舊版作者小傳，作：“姜夔字堯章，九真姜氏，其先徙於饒州，遂為饒人。夔生
於饒，長于沔，流寓于湖。湖有白石洞，在苕弁之間，夔之家依焉，因號白石道人。
夔少孤貧，喜讀書，苦吟。知音，通陰陽律呂。古今南北樂部，凡管絃雜調，皆能以
詞譜其音。體貌清瑩，望之若神仙中人。善言論，工翰墨，尤精鑒法書古器。東南人
士，無不傾慕於夔。夔之家殆滿於天下，家居不問生產，然圖書古董之藏，恆縱橫几
榻，座上無虛客，雖內無儋石，亦每飯必食蜜方。夔居沔最久，居苕不數載，時時往
來江湖間。性孤癖，嘗遇溪山清絕處，縱情深詣，人莫知其所入。或夜深星月滿垂，
朗吟獨步。每乘濤朔吹，凜凜迫人，夷猶自若也。晚年倦於津梁，常僦居西湖，屢困
不能給資，貸于故人，或賣文以自食，然食客如故，亦仍不廢嘯傲。卒歿于湖上，葬
之馬塍之西。夔有詩二卷，歌曲六卷，續書譜一卷，蘭亭考一卷，絳帖評二十卷，行
于世。（節錄張羽白石道人傳）”
② 舊版此處尚有：“張炎曰：白石詞如野雲孤飛，去留無迹。又云：格調不侔，句
法挺異，特立清新之意，刪削靡曼之詞。（詞源）”“陳郁曰：白石道人意到語工，不
期高遠而自高遠。（藏一話腴）”
③ 舊版尚有：“宋翔鳳曰：詞家之有姜石帚，猶詩家之有杜少陵。繼往開來，文中
關鍵，其流落江湖，不忘君國，皆借託比興，於長短句寄之。如齊天樂，傷二帝北狩
也。揚州慢，惜無意恢復也。暗香、疏影，恨偏安也。蓋意愈切則辭愈微，（接下頁）

公皆極熱中，故氣味吻合。辛寬、姜窄，寬故容葸，窄故斸硬。白石
小序甚可觀，苦與詞複。若序其緣起，不犯詞境，斯為兩美矣。（宋
四家詞選序論）白石詞如明七子詩，看是高格響調，不耐人細思。白
石以詩法入詞，門徑淺狹，如孫過庭書，但使後人模倣。白石好為小
序，序即是詞，詞仍是序，反覆再觀，如同嚼蠟矣。詞序序作詞緣起，
以此意詞中未備也。今人論院本，尚知曲白相生，不許複沓，而津津
於白石詞序，一何可笑！（介存齋論詞雜著）王國維曰：白石寫景之
作，如："二十四橋仍在，波心蕩冷月無聲。""數峯清苦，商略黃昏
雨。""高樹晚蟬，說西風消息。"雖格韻高絕，然如霧裏看花，終隔
一層。梅溪、夢窗諸家寫景之病，皆在一隔字。北宋風流，渡江遂絕，
抑真有運會存乎其間耶？問隔與不隔之別。曰：陶、謝之詩不隔，延
年則稍隔矣。東坡之詩不隔，山谷則稍隔矣。"池塘生春草。""空梁落
燕泥"等二句，妙處唯在不隔。詞亦如是。即以一人一詞論，如歐陽
公少年遊詠春草上半闋云："闌干十二獨凭春，晴碧遠連雲。二月三月，
千里萬里，行色苦愁人。"語語都在目前，便是不隔。至云："謝家池
上，江淹浦畔。"則隔矣。白石翠樓吟："此地宜有詞仙，擁素雲黃鶴，
與君游戲。玉梯凝望久，嘆芳草萋萋千里。"便是不隔。至"酒祓清
愁，花消英氣。"則隔矣。然南宋詞雖不隔處，比之前人，自有淺深厚
薄之別。（人間詞話卷上）

屈宋之心，誰能見之！乃長短句中，復有白石道人也。（樂府餘論）"劉熙載曰：白
石詞幽韻冷香，令人挹之無盡。擬諸形容，在樂則琴，在花則梅也。又曰：白石，
才子之詞。（藝概）"許嵩廬曰：詞中之有白石，猶文中之有昌黎也。世固有以昌黎
為穿鑿生割者，則以白石為生硬也亦宜。"

史達祖 七首　錄自四印齋刊本梅谿詞

綺羅香　一首

詠春雨

*做冷欺花，將煙困柳，千里偷催春暮。盡日冥迷，愁裏欲飛還住。驚粉重、蝶宿西園，喜泥潤、燕歸南浦。最妨它佳約風流，鈿車不到杜陵路。　沈沈江上望極，還被春潮晚急，難尋官渡。隱約遙峯，和淚謝娘眉嫵。臨斷岸、新綠生時，是落紅、帶愁流處。記當日、門掩梨花，翦燈深夜語。

【中興絕妙詞選卷七】"臨斷岸"以下數語，最為姜堯章稱賞。[①]

雙雙燕　一首

詠燕

*過春社了，度簾幕中間，去年塵冷。差池欲住，試入舊巢相並。還相雕梁藻井，又軟語商量不定。飄然快拂花梢，翠羽分開紅影。　芳徑，芹泥雨潤。愛貼地爭飛，競誇輕俊。紅樓歸晚，看足柳昏花暝。應自棲香正穩，便忘了天涯芳信。愁損翠黛雙蛾，日日畫闌獨凭。

---

① 舊版評語："周爾墉曰：法度井井，其聲最和。（周評絕妙好詞）"

①【人間詞話卷下】賀黃公謂：「姜論史詞，不稱其‘軟語商量’而稱其‘柳昏花暝，’固知不免項羽學兵法之恨。」然「柳昏花暝」，自是歐、秦輩句法，前後有畫工、化工之殊，吾從白石，不能附和黃公矣。

三姝媚　一首

　　*煙光搖縹瓦，望晴檐多風，柳花如灑。錦瑟橫牀，想淚痕塵影，鳳弦常下。倦出犀帷，頻夢見王孫驕馬。諱道相思，偷理綃裙，自驚腰衱。　　惆悵南樓遙夜，記翠箔張燈，枕肩歌罷。又入銅駝，遍舊家門巷，首詢聲價。可惜東風，將恨與閒花俱謝。記取崔徽模樣，歸來暗寫。

臨江仙　二首

閨思

　　*倦客如今老矣，舊時不奈春何！幾曾湖上不經過？看花南陌醉，駐馬翠樓歌。　　遠眼愁隨芳草，湘裙憶著春羅。枉教裝得舊時多。向來簫鼓地，猶見柳婆娑。

　　*愁與西風應有約，年年同赴清秋。舊遊簾幕記揚州。一燈人著夢，雙燕月當樓。　　羅帶鴛鴦塵暗澹，更須整頓風流。天涯萬一見溫柔。瘦應因此瘦，羞亦為郎羞。

---

① 舊版評語：「黃昇曰：形容盡矣。又曰：姜堯章最賞其‘柳昏花暝’之句。（中興以來絕妙好詞）」「周爾墉曰：史生穎妙非常，此詞可謂能盡物性。（周評絕妙好詞）」「譚獻曰：起處藏過一番感歎，為‘還’字‘又’字張本。‘還相’二句，挑按見指法，再摶弄便薄。‘紅樓’句換筆，‘應自’句換意。‘愁損’二句收足，然無餘味。（譚評詞辨）」

【況周頤香海棠館詞話】"看花"二語，人人能道，上七字妙絕，似乎不甚經意，所謂得來容易卻艱辛也。

齊天樂　一首

中秋宿真定驛

西風來勸涼雲去，天東放開金鏡。照野霜凝，入河桂溼，一一冰壺相映。殊方路永。更分破秋光，盡成悲境。有客躊躇，古庭空自弔孤影。　江南朋舊在許，也能憐天際，詩思誰領？夢斷刀頭，書開蠆尾，別有相思隨定。憂心耿耿。對風鵲殘枝，露螿荒井。斟酌姮娥，九秋宮殿冷。

秋霽　一首

*江水蒼蒼，望倦柳愁荷，共感秋色。廢閣先涼，古簾空暮，雁程最嫌風力。故園信息，愛渠入眼南山碧。念上國，誰是繪鱸江漢未歸客？　還又歲晚，瘦骨臨風，夜聞秋聲，吹動岑寂。露螿悲、清燈冷屋，翻書愁上鬢毛白。年少俊遊渾斷得。但可憐處，無奈苒苒魂驚，采香南浦，翦梅煙驛。

附錄

陽春曲

杏花煙，梨花月，誰與暈開春色。坊巷曉惜惜，東風斷、舊火銷處近寒食。少年蹤跡。愁暗隔、水南山北。還是寶絡雕鞍，被鶯聲、喚來香陌。　記飛蓋西園，寒猶凝結。（陸校無結字）驚醉耳、誰家夜笛。燈前重簾不挂，殢華裾、粉淚曾拭。如今故里信息，賴海燕、年時相識。奈芳草、正鎖江南夢，春衫怨碧。

喜遷鶯

月波疑滴。望玉壺天近，了無塵隔。翠眼圈花，冰絲織練，黃道寶光相直。自憐詩酒瘦，難應接、許多春色。最無賴，是隨香趁燭，曾伴狂客。　蹤跡，漫記憶。老了杜郎，忍聽東風笛。柳院燈疏，梅廳雪在，誰與細傾春碧？舊情拘未定，猶自學、當年遊歷。怕萬一，誤玉人、夜寒簾隙。

【評】王闓運曰：富貴語無脂粉氣。諸家皆賞下二語，不知現寒乞相，正是此等處。（湘綺樓詞選）

湘江靜

暮草堆青雲浸浦，記恩恩倦篙曾駐。漁榔四起，沙鷗未落，怕愁沾詩句。碧袖一聲歌，石城怨西風隨去。滄波蕩晚，菰蒲弄秋，還重到，斷魂處。　酒易醒，思正苦。想空山、桂香懸樹。三年夢冷，孤吟意短，屢煙鐘津鼓。屐（陸校作履）齒厭登臨，移橙（朱校作燈）後、幾番涼雨。潘郎漸老，風流頓減，閒居未賦。

八歸

秋江帶雨，寒沙縈水，人瞰畫閣愁獨。煙蓑散響驚詩思，還被亂鷗飛去，秀句難續。冷眼盡歸圖畫上，認隔岸、微茫雲屋。想半屬、漁市樵村，欲暮競燃竹。　須信風流未老，憑持酒，（別本作憑持尊酒）慰此淒涼心目。一鞭南陌，幾篙官渡，賴有歌眉舒綠。只匆匆眺遠，早覺閒愁掛喬木。應難奈、故人天際，望徹淮山，相思無雁足。

【評】況周頤曰：此闋與玉蝴蝶，皆較疏俊者。（香海棠館詞話）

玉蝴蝶

晚雨未摧宮樹，可憐閒葉，猶抱涼蟬。短景歸秋，吟思又接愁邊。漏初長、夢魂難禁，人漸老、風月俱寒。想幽歡。土花庭甃，蟲網闌干。　無端。啼蛄攪夜，恨隨團扇，苦近秋蓮。一笛當樓，謝娘懸淚立風前。故園晚、強留詩酒，新雁遠、不致寒暄。隔蒼煙，楚香羅袖，誰伴嬋娟？

解佩令

人行花塢，衣沾香霧。有新詞、逢春分付。屢欲傳情，奈燕子、不曾飛去。倚珠簾、詠郎秀句。　相思一度，穠愁一度。最難忘、遮燈私語。澹月梨花，借夢來、花邊廊廡。指春衫、淚曾濺處。

【評】況周頤曰：以標韻勝。

東風第一枝

詠春雪

巧沁蘭心，偷黏草甲，東風欲障新暖。謾凝（朱校作疑）碧瓦難留，信知暮寒輕（陸校作較）淺。行天入鏡，做弄出、輕鬆纖軟。料故園、不捲重簾，誤了乍來雙燕。　青未了、柳回白眼。紅欲斷、杏開素面。舊遊憶著山陰，厚（朱校作後）盟遂妨上苑。寒（朱校作熏）爐重暖，（朱校作熨）便放慢、春衫針線。恐（朱校作怕）鳳鞾（朱校作鞵）挑菜歸來，萬一灞橋相見。

【傳記】

史達祖字邦卿，號梅谿，汴人，有梅谿詞一卷。（絕妙好詞箋卷二）韓（侂冑）為平章，事無決，專倚省吏史邦卿，奉行文字，擬帖撰旨，俱出其手。權炙縉紳，侍從簡札，至用申呈。時有李其姓者，嘗與史游，于史几間大書云：“危哉邦卿，侍從申呈。”未幾致黥云。（葉紹翁四朝聞見錄戊集）其詞集有嘉泰辛酉（一二〇一）張鎡所作序，略云：“生之作，辭情俱到，織綃泉底，去塵眼中，妥帖輕圓，特其餘事。至於奪苕豔於春景，起悲音於商素，有瑰奇、警邁、清新、閒婉之長，而無詆蕩汙淫之失，端可以分鑣清真，平睨方回，而紛紛三變行輩，幾不足比數。山谷以行誼文章，宗匠一代，至序小晏詞，激昂婉轉，以伸吐其懷抱，而‘楊花謝橋’之句，伊川猶稱可之。生滿襟風月，鸞吟鳳歎，鏘洋乎口吻之際者，皆自漱滌書傳中來。”梅谿詞有汲古閣宋六十家詞本及四印齋所刻詞本。

【集評】

姜夔曰：梅谿詞奇秀清逸，有李長吉之韻，蓋能融情景於一家，會句意於兩得。（中興以來絕妙詞選卷七引姜作梅谿詞序）王士禎曰：宋南渡後，梅谿、白石、竹屋、夢窗諸子，極妍盡態，反有秦、李未到者。雖神韻天然處或減，要自令人有觀止之歡，正如唐絕句，至晚唐劉賓客、杜京兆，妙處反進青蓮、龍標一塵。（花草蒙拾）[①]周濟曰：梅谿甚有心思，而用筆多涉尖巧，非大方家數，所謂一鉤勒即薄者。梅谿詞中，喜用偷字，足以定其品格矣。（介存齋論詞雜著）

---

① 舊版尚有："彭孫遹曰：南宋詞人，如白石、梅谿、竹屋、夢窗、竹山諸家之中，當以史邦卿為第一。昔人稱其'分鑣清真，平睨方回，紛紛三變行輩，不足比數'，非虛言也。（金粟詞話）""陳唐卿曰：梅谿、竹屋詞，要是不經人道語。其妙處，雖美成、少游不及也。（詞臨考鑒引）""劉熙載曰：史邦卿詞，句最警鍊，微嫌意貪。（藝概）"

朱淑真 三首 錄自四印齋刊本斷腸詞

菩薩蠻 一首

山亭水榭秋方半，鳳幃寂寞無人伴。愁悶一番新，雙蛾只暗鬥。 起來臨繡戶，時有疏螢度。多謝月相憐，今宵不忍圓。

清平樂 一首

惱煙撩露，留我須臾住。攜手藕花湖上路，一霎黃梅細雨。 嬌癡不怕人猜，和衣睡倒人懷。最是分攜時候，歸來懶傍妝臺。

蝶戀花 一首

樓外垂楊千萬縷，欲繫青春，少住春還去。猶自風前飄柳絮，隨春且看歸何處？ 綠滿山川聞杜宇，便做無情，莫也愁人意。把酒送春春不語，黃昏卻下瀟瀟雨。

【傳記】

朱淑真號幽棲居士，錢唐人，世居桃村，工詩，嫁為市井民妻，不得志歿。宛陵魏仲恭輯其詩，名曰斷腸集。（宋詩紀事卷八十七）四印齋刊本斷腸詞一卷，題“宋海寧幽栖居士朱淑真”，存詞三十一首。

劉克莊 十一首 錄自彊邨叢書本後村長短句

沁園春 一首

夢孚若

*何處相逢？登寶釵樓，訪銅雀臺。喚廚人斫就，東溟鯨膾；圉人呈罷，西極龍媒。天下英雄，使君與操，餘子誰堪共酒杯？車千兩，載燕南趙北，劍客奇才。　飲酣畫鼓如雷，誰信被晨雞輕喚回？歎年光過盡，功名未立；書生老去，機會方來。使李將軍，遇高皇帝，萬戶侯何足道哉？披衣起，但淒涼感舊，慷慨生哀。

【後村大全集卷一百六十六寶謨寺丞詩境方公行狀】方信孺，字孚若，莆田人。開禧三年（一二〇七），曾借知樞密院參謀官，持督帥知院張巖書，通問金國元帥府，不少屈憴。屢官大理丞、淮東轉運判官，兼提刑，知真州，轉承仕郎。虜入盱眙，游騎出沒天長、六合間。公乘小車慰拊，令民勿清野。帥司移文，報揚州已乘陴。公方就寢，鼻息如雷。公先築第城南，奉母居焉。中堂作複閣，扁以"詩境"。鑿田為壽湖，中累海石為山，環植荷、柳、松、菊，閒著茅亭、木棧。徜徉其間，若與世相忘者。以嘉定壬午（一二二二）臘月卒，享年四十六。公美姿容，性疎豁豪爽，幼及交辛稼軒、陳同甫諸賢。素不喜治生，視金帛如糞土。尤好士，所至從者如雲。閉戶累年，家無儋石，而食客常滿。著有南冠萃稿、曲江嘯詠、擊缶編等書。（宋史卷三百九十五有傳）

滿江紅 三首

夜雨涼甚，忽動從戎之興。

金甲凋戈，記當日、轅門初立。磨盾鼻、一揮千紙，龍蛇猶溼。鐵馬曉嘶營壁冷，樓船夜渡風濤急。有誰憐猿臂故將軍，無功級？　平戎策，從軍什，零落盡，慵收拾。把茶經香傳，時時溫習。生怕客談榆塞事，且教兒誦花間集。歎臣之壯也不如人，今何及！

送宋惠父入江西幕

滿腹詩書，餘事到、穰苴兵法。新受了、烏公書幣，著鞭垂發。黃紙紅旗喧道路，黑風青草空巢穴。向幼安宣子頂頭行，方奇特。　谿峒事，聽儂說。龔遂外，無長策。便獻俘非勇，納降非怯。帳下健兒休盡銳，草間赤子俱求活。到崆峒快寄凱歌來，寬離別。

和王實之韻，送鄭伯昌。

怪雨盲風，留不住、江邊行色。煩問訊、冥鴻高士，釣鼇詞客。千百年傳吾輩話，二三子繫斯文脈。聽王郎一曲玉簫聲，淒金石。　晞髮處，怡山碧。垂釣處，滄溟白。笑而今拙宦，他年遺直。只願常留相見面，未宜輕屈平生膝。有狂談欲吐且休休，驚鄰壁。

【詞品卷四】王邁字實之，號臞庵，莆陽人。丁丑（一二一七）第四人及第。劉後村贈之詞云：「天壤王郎，數人物、方今第一。談笑裏，風霆驚坐，雲烟生筆。落落元龍湖海氣，琅琅董相天人策。」其重之如此！

水龍吟　一首

自和己亥自壽

平生酷愛淵明，偶然一出歸來早。題詩信意，也書甲子，也書年號。陶侃孫兒，孟嘉甥子，疑狂疑傲。與柴桑樵牧，斜川魚鳥，同盟後，歸於好。　除了登臨吟嘯，事如天、莫相諮報。田園閒靜，市朝翻覆，回頭堪笑。節序催人，東籬把菊，西風吹帽。做先生處士，一生一世，不論資考。

賀新郎　四首

送陳真州子華

*北望神州路。試平章這場公事，怎生分付？記得太行山百萬，曾入宗爺駕馭。今把作握蛇騎虎。君去京東豪傑喜，想投戈下拜真吾父。談笑裏，定齊魯。　兩河蕭瑟惟狐兔。問當年祖生去後，有人來否？多少新亭揮淚客，誰夢中原塊土？算事業須由人做。應笑書生心膽怯，向車中閉置如新婦。空目送，塞鴻去。

【詞品卷五】後村別調一卷，大抵直致近俗，效稼軒而不及者也。其送陳子華帥真州詞，壯語亦可起懦。

端午

*深院榴花吐。畫簾開、綀衣紈扇，午風清暑。兒女紛紛誇結束，新樣釵符艾虎。早已有遊人觀渡。老大逢場慵作戲，任陌

頭年少爭旗鼓。溪雨急，浪花舞。　靈均標致高如許！憶生平、既紉蘭佩，更懷椒糈。誰信騷魂千載後，波底垂涎角黍？又說是蛟饞龍怒。把似而今醒到了，料當年醉死差無苦。聊一笑，弔千古。

九日

*湛湛長空黑。更那堪、斜風細雨，亂愁如織。老眼平生空四海，賴有高樓百尺。看浩蕩千崖秋色。白髮書生神州淚，儘淒涼不向牛山滴。追往事，去無迹。　少年自負淩雲筆。到而今、春華落盡，滿懷蕭瑟。常恨世人新意少，愛說南朝狂客，把破帽年年拈出。若對黃花孤負酒，怕黃花也笑人岑寂。鴻北去，日西匿。

實之三和，有憂邊之語，走筆答之。

國脈微如縷。問長纓、何時入手，縛將戎主？未必人間無好漢，誰與寬些尺度？試看取當年韓五。豈有穀城公付授，也不干曾遇驪山母。談笑起，兩河路。　少時棋柝曾聯句。歎而今、登樓攬鏡，事機頻誤。聞說北風吹面急，邊上衝梯屢舞。君莫道投鞭虛語。自古一賢能制難，有金湯便可無張許？快投筆，莫題柱。

風入松　一首

福清道中作

歸鞍尚欲小徘徊，逆境難排。人言酒是消憂物，奈病餘孤負金罍。蕭瑟攬衣時候，淒涼鼓缶情懷。　遠林搖落晚風哀，野店猶開。多情惟是燈前影，伴此翁同去同來。逆旅主人相問，今回老似前回！

【蕙風詞話卷二】後闋語真質可喜。

玉樓春　一首

戲林推

　*年年躍馬長安市，客舍似家家似寄。青錢換酒日無何，紅燭呼盧宵不寐。　易挑錦婦機中字，難得玉人心下事。男兒西北有神州，莫滴水西橋畔淚。

【蕙風詞話卷二】後邨玉樓春云："男兒西北有神州，莫滴水西橋畔淚。"楊升菴謂其壯語足以立懦，此類是已。

附錄

水調歌頭

解印有期戲作

　老子頗更事，打透利名關。百年擾擾于役，何異入槐安。夢裏偶然得意，醒後繞堪發笑，蟻穴駕車還。恰佩南柯印，彷彿轂曾丹。　客未散，日初映，酒猶殘。向來幻境安在？回首總成閒。莫問浮雲起滅，且跨剛風遊戲，露冷玉簫寒。寄語抱朴子，候我石樓山。

沁園春

送孫季蕃弔方漕西歸

歲暮天寒，一劍飄然，幅巾布裘。儘緣雲鳥道，躋攀絕頂，拍天鯨浸，笑傲中流。疇昔奇君，紫髯鐵面，生子當如孫仲謀。爭知道，向中年猶未，建節封侯。　南來萬里何求？因感慨、橋公成遠遊。歎名姬駿馬，都成昨夢，隻雞斗酒，誰弔新丘？天地無情，功名有命，千古英雄只麼休。平生客，獨羊曇一個，灑淚西州。

【傳記】

劉克莊（一一八七——一二六九）字潛夫，莆陽人，後村其號。學於真西山（德秀）。以廕入仕，除潮倅，遷建陽令，移仙都。嘗詠落梅，有「東君謬掌花權柄，却忌孤高不主張。」讒者箋其詩以示柄臣，由此病廢十載。因有病後訪梅絕句云：「夢得因桃却左遷，長源為柳忤當權。幸然不識桃并柳，也被梅花累十年。」後起至將作簿，兼參議。端平初，為玉牒所主簿，奉祠，起知袁州，累遷廣東運判，又奉祠，起江東提刑。召對，以將作監直華文閣，賜同進士出身，專史事。無何，用秘閣修撰出為福建提刑。（吳之振宋詩鈔後村詩鈔小傳）有後村大全集一百九十六卷傳世。汲古閣宋六十家詞有後村別調一卷。彊邨叢書則作後村長短句五卷，編次不同，蓋從大全集出者，較為完善。

【集評】

劉熙載曰：劉後村詞，旨正而語有致。其賀新郎席上聞歌有感云：「粗識國風關雎亂，羞學流鶯百囀。總不涉閨情春怨。」又云：「我有生平離鸞操，頗哀而不慍微而婉。」意殆自寓其詞品耶？（藝概卷四）馮煦曰：後村詞與放翁、稼軒，猶鼎三足。其生丁南渡，拳拳君國似放翁，志在有為、不欲以詞人自域似稼軒。如玉樓春云："男兒西北有神州，莫滴水西橋畔淚。"憶秦娥云："宣和宮殿，冷烟衰草。"傷時念亂，可以怨矣。又其宅心忠厚，亦往往於詞得之。滿江紅送宋惠父入江西幕云："帳下健兒休盡銳，草間赤子俱求活。"賀新郎壽張史君云："不要漢廷誇擊斷，要史家編入循良傳。"念奴嬌壽方德潤云："須信諂語尤甘，忠言最苦，橄欖何如蜜？"胸次如此，豈翦紅刻翠者比耶？升庵稱其壯語，子晉稱其雄力，殆猶之皮相也。（宋六十一家詞選例言）

吳文英 十首　錄自彊邨叢書本夢窗詞集

宴清都 一首

連理海棠

＊繡幄鴛鴦柱，紅情密，膩雲低護秦樹。芳根兼倚，花梢鈿合，錦屏人妒。東風睡足交枝，正夢枕瑤釵燕股。障灩蠟、滿照歡叢，嫠蟾冷落羞度。　人間萬感幽單，華清慣浴，春盎風露。連鬢並暖，同心共結，向承恩處。憑誰為歌長恨？暗殿鎖秋鐙夜語。叙舊期、不負春盟，紅朝翠暮。

【朱孝臧手批夢窗詞集】濡染大筆何淋漓！①

浣溪沙 一首

＊門隔花深夢舊遊，夕陽無語燕歸愁，玉纖香動小簾鉤。　落絮無聲春墮淚，行雲有影月含羞，東風臨夜冷於秋。②

---

① 舊版尚有："陳洵曰：只運化一篇長恨歌，乃放出如許異采，見事多，識理透故也。得力尤在換頭一句。人間萬感，天上嫠蟾，橫風忽斷，夾敘夾議，將全篇精神振起。'華清'以下五句，對上'幽單'，有好色不與民同意。天寶之不為靖康者幸耳，故曰'憑誰為歌長恨'。（海綃說詞）"
② 舊版有評語："陳洵曰：'夢'字點出所見。惟夕陽歸燕，玉纖香動，則可聞而不可見矣。是真是幻，傳神阿堵，門隔花深故也。'春墮淚'為懷人，'月含羞'因隔面，義兼比興。東風臨夜，回睇夕陽，俯仰之間，已為陳迹，即一夢亦有變遷矣。'秋'字不是虛擬，有事實在，即起句之舊遊也。秋去春來，又換一番世界，一'冷'字可思。此篇全從張子澄'別夢依依到謝家'一詩化出，須看其遊思縹紗，纏綿往復處。（海綃說詞）"

玉樓春 一首

京市舞女

*茸茸貍帽遮梅額，金蟬羅翦胡衫窄。乘肩爭看小腰身，倦態強隨閒鼓笛。 問稱家住城東陌，欲買千金應不惜。歸來困頓瘁春眠，猶夢婆娑斜趁拍。

【宋周密武林舊事卷二】都城自舊歲冬孟駕回，則已有乘肩小女、吹舞綰者數十隊，以供貴邸豪家幕次之翫，而天街茶肆，漸已羅列燈毬等求售，謂之燈市。自此以後，每夕皆然。三橋等處，客邸最盛，舞者往來最多。每夕樓燈初上，則簫鼓已紛然自獻於下，酒邊一笑，所費殊不多，往往至四鼓乃還。自此日盛一日。姜白石有詩云："燈已闌珊月色寒，舞兒往往夜深還。只應不盡婆娑意，更向街心弄影看。"又云："南陌東城盡舞兒，畫金刺繡滿羅衣。也知愛惜春遊夜，舞落銀蟾不肯歸。"吳夢窗玉樓春云："茸茸貍帽"云云，深得其意態也。

祝英臺近 一首

春日客龜溪，遊廢園。

*采幽香，巡古苑，竹冷翠微路。鬭草溪根，沙印小蓮步。自憐兩鬢清霜，一年寒食，又身在雲山深處。 晝閒度，因甚天也慳春，輕陰便成雨。綠暗長亭，歸夢趁風絮。有情花影闌干，鶯聲門徑，解留我霎時凝佇。

【朱孝臧夢窗詞集小箋】德清縣志：龜谿，古名孔愉澤，即餘不谿之上流也。昔孔愉微時，常經谿上，見漁者籠一白龜，買而放之中流，龜左顧數四而沒。

風入松 一首

*聽風聽雨過清明，愁草瘞花銘。樓前綠暗分攜路，一絲柳一寸柔情。料峭春寒中酒，交加曉夢啼鶯。　西園日日掃林亭，依舊賞新晴。黃蜂頻撲鞦韆索，有當時纖手香凝。惆悵雙鴛不到，幽階一夜苔生。

【譚評詞辨卷一】此是夢窗極經意詞，有五季遺響。"黃蜂"二句，西子奩裙拂過來，是癡語，是深語。結筆溫厚。①

鶯啼序 一首

殘寒正欺病酒，掩沈香繡戶。燕來晚、飛入西城，似說春事遲暮。畫船載、清明過卻，晴煙冉冉吳宮樹。念羈情遊蕩，隨風化為輕絮。　十載西湖，傍柳繫馬，趁嬌塵軟霧。遡紅漸招入仙溪，錦兒偷寄幽素。倚銀屏、春寬夢窄，斷紅溼歌紈金縷。暝隄空，輕把斜陽，總還鷗鷺。　幽蘭漸老，杜若還生，水鄉尚寄旅。別後訪六橋無信，事往花委，瘞玉埋香，幾番風雨？長波妒盼，遙山羞黛，漁燈分影春江宿，記當時短楫桃根渡。青樓彷彿，臨分敗壁題詩，淚墨慘澹塵土。　危亭望極，草色天涯，歎鬢侵半苧。暗點檢離痕歡唾，尚染鮫綃，嚲鳳迷

───────────

① 舊版尚有："陳洵曰：思去妾也，此意集中屢見。渡江雲題曰西湖清明，是邂逅之始，此則別後第一個清明也。'樓前綠暗分攜路'，此時覺翁當仍寓西湖。風雨新晴，非一日間事，除了風雨，即是新晴，蓋云我只如此度日。'掃林亭'猶望其還，'賞'則無聊消遣。見秋千而思纖手，因蜂撲而念香凝，純是癡望神理。'雙鴛不到'，猶望其到；'一夜苔生'，踪迹全無，則惟日日惆悵而已。當味其詞意醞釀處，不徒聲容之美。(海綃說詞)"

歸，破鸞慵舞。殷勤待寫，書中長恨，藍霞遼海沈過雁，漫相思彈入哀箏柱。傷心千里江南，怨曲重招，斷魂在否？①

高陽臺 一首

豐樂樓分韻得如字

*修竹凝妝，垂楊繫馬，憑闌淺畫成圖。山色誰題？樓前有雁斜書。東風緊送斜陽下，弄舊寒、晚酒醒餘。自消凝，能幾花前，頓老相如！　傷春不在高樓上，在鐙前敧枕，雨外熏鑪。怕艤遊船，臨流可奈清癯？飛紅若到西湖底，攪翠瀾、總是愁魚。莫重來，吹盡香緜，淚滿平蕪。②

① 舊版有評語："陳洵曰：第一段傷春起，卻藏過傷別，留作第三段點睛。燕子畫船，含無限情事；清明吳宮，是其最難忘處。第二段'十載西湖'提起，而以第三段'水鄉尚寄旅'作鉤勒。'記當時短楫桃根渡'，'記'字逆出，將第二段情事，盡銷納此一句中。'臨分'、'淚墨'、'十載西湖'，乃如此了矣。'臨分'於'別後'為倒應，'別後'於'臨分'為逆提。'漁燈分影'於'水鄉'為複筆，作兩番鉤勒，筆力最渾厚。'危亭望極，草色天涯'遙接'長波妒盼，遙山羞黛'，'望'字遠情，'歎'字近況，全篇神理，只消此二字。'歡唾'是第二段之歡會，'離痕'是第三段之臨分。'傷心千里江南，怨曲重招，斷魂在否'，應起段'遊蕩隨風，化為輕絮'作結。通體離合變幻，一片淒迷，細繹之正字有脈絡，然得其門者寡矣。（海綃說詞）"
② 舊版有評語："麥孺博曰：穠麗極矣，仍自清空。如此詞筆，安能以'七寶樓臺'誚之！""陳洵曰：'淺畫成圖'，半壁偏安也。'山色誰題'，無與託當者。'東風緊送'，則危急極矣。'凝妝'、'駐馬'，依然歡會。酒醒人老，偏念舊寒，燈前雨外，不禁傷春矣。'愁魚'，映及池魚之意。'淚滿平蕪'，則城邑邱墟，高樓何有焉，故曰'傷春不在高樓上'，是吳詞之極沈痛者。（海綃說詞）"

三姝媚　一首

過都城舊居，有感。

*湖山經醉慣，漬春衫、啼痕酒痕無限。又客長安，歎斷襟零袂，涴塵誰浣？紫曲門荒，沿敗井、風搖青蔓。對語東鄰，猶是曾巢，謝堂雙燕。　春夢人間須斷！但怪得當年，夢緣能短。繡屋秦箏，傍海棠偏愛，夜深開宴。舞歇歌沈，花未減、紅顏先變。竚久河橋欲去，斜陽淚滿。

【清周爾墉批絕妙好詞箋卷四】傷心哉此言！一"須"字、一"能"字，入破之音。①

八聲甘州　一首

靈巖陪庾幕諸公遊

*渺空煙四遠，是何年青天墜長星？幻蒼崖雲樹，名娃金屋，殘霸宮城。箭徑酸風射眼，膩水染花腥。時靸雙鴛響，廊葉秋聲。　宮裏吳王沈醉，倩五湖倦客，獨釣醒醒。問蒼天無語，華髮奈山青。水涵空、闌干高處，送亂鴉斜日落漁汀。連呼酒，上琴臺去，秋與雲平。

---

① 舊版有評語："陳洵曰：過舊居，思故國也。讀起句可見，'啼痕酒'，悲歡離合之迹。以下緣情布景，憑弔興亡，蓋非僅興懷陳迹矣。春夢須斷，往來常理；'人間'二字，不可忽過。正見天上可哀，'夢緣能短'，治日少也。'秦箏'三句，回首承平；'紅顏先變'，盛時已過，則惟有斜陽之淚，送此湖山耳。此蓋覺翁晚年之作，讀草窗'與君共是承平年少'，及玉田'獨憐水樓賦筆，有斜陽還怕登臨'，可與知此詞。（海綃說詞）"

【詞源卷下】詞中句法，要平妥精粹。一曲之中，安能句句高妙？只要拍搭襯副得去，於好發揮筆力處，極要用工，不可輕易放過，讀之使人擊節可也。如吳夢窗登靈巖云：“連呼酒，上琴臺去，秋與雲平。”閏重九云：“簾半捲，帶黃花、人在小樓。”姜白石揚州慢云：“二十四橋仍在，波心蕩冷月無聲。”皆平易中有句法。

【藝蘅館詞選丙卷】麥孺博云：奇情壯采。①

唐多令 一首

何處合成愁？離人心上秋。縱芭蕉不雨也颼颼。都道晚涼天氣好，有明月，怕登樓。　年事夢中休，花空煙水流。燕辭歸、客尚淹留。垂柳不縈裙帶住，漫長是，繫行舟。

【詞源卷下】吳夢窗詞，如七寶樓臺，眩人眼目，碎拆下來，不成片段。此清空、質實之說。此詞疏快，卻不質實。如是者集中尚有，惜不多耳。

【周批絕妙好詞箋卷四】詞固佳，但非夢窗平生傑搆。玉田心賞，特以近自家手筆故也。玉田賞之，是矣，然而是極研鍊出之者，看似俊快，其實深美。

---

① 舊版有評語：“陳洵曰：換頭三句，不過言山容水態，如吳王范蠡之醉醒耳。‘蒼波’承‘五湖’，‘山青’承‘宮裏’，獨醒無語，沈醉奈何，是此詞最沈痛處。今更為推演之，蓋惜夫差之受欺越王也。長頸之毒，蠡知之而王不知，則王醉而蠡醒矣。女真之獵，甚於勾踐。北狩之辱，奇於甬東。五國城之崩，酷於卑猶位。遺民之憑弔，異於鴟夷之逍遙。而遊艮嶽，幸樊樓者，乃荒於吳宮之沈湎。北宋已矣，南渡宴安，又將发发，五湖倦客，今復何人！一‘倩’字有衆人皆醉意，不知當時庚幕諸公，何以對此！（海綃說詞）”

附錄

渡江雲三犯

西湖清明

羞紅顰淺恨，晚風未落，片繡點重茵。舊隄分燕尾，桂棹輕鷗，寶勒倚殘雲。千絲怨碧，漸路入、仙塢迷津。腸漫回，隔花時見，背面楚腰身。 逡巡。題門惆悵，墮履牽縈，數幽期難準。還始覺、留情緣眼，寬帶因春。明朝事與孤煙冷，做滿湖、風雨愁人。山黛暝，塵波澹綠無痕。

【評】陳洵曰：此詞與鶯啼序第二段參看。"漸路入仙塢迷津"，即"遡紅漸招入仙溪"。"題門""墮履"，與錦兒偷寄幽素，是一時事，蓋相遇之始矣。明朝以下，天地變色，於詞為奇幻，於事為不祥，宜其不終也。（海綃說詞）

霜葉飛

重九

斷煙離緒。關心事，斜陽紅隱霜樹。半壺秋水薦黃花，香噀西風雨。縱玉勒、輕飛迅羽，淒涼誰弔荒臺古？記醉踏南屏，綵扇咽寒蟬，倦夢不知蠻素。 聊對舊節傳杯，塵箋蠹管，斷闋經歲慵賦。小蟾斜影轉東籬，夜冷殘蛩語。早白髮、緣愁萬縷。驚飈從捲烏紗去。漫細將茱萸看，但約明年，翠微高處。

【評】陳洵曰：起七字已將"縱玉勒"以下攝起在句前。"斜陽"六字，依稀風景。“半壺”至“風雨”十四字，情隨事遷。以下五句，上二句突出悲涼，下三句平放和婉。“彩扇”屬“蠻素”，“倦夢”屬“寒蟬”。徒聞寒蟬，不見蠻素，但髣髴其歌扇耳，今則更成倦夢，故曰不知。兩句神理，結成一片，所謂關心事者如此。換頭於無聊中尋出消遣，“斷闋”“慵賦”，則仍是消遣不得。“殘蛩”對上“寒蟬”，又換一境。蓋蠻素既去，則事事都嫌矣。收句與“聊對舊節”一樣意思，見在如此，未來可知。極感愴，卻極閒冷，想見覺翁胸次。（海綃說詞）

瑞鶴仙

淚荷拋碎璧。正漏雲篩雨，斜捎窗隙。林聲怨秋色。對小山不迭，寸眉愁碧。涼欺岸幘。暮砧催、銀屏翦尺。最無聊、燕去堂空，舊幕暗塵羅額。　　行客。西園有分，斷柳淒花，似曾相識。西風破屐。林下路，水邊石。念寒蛩殘夢，歸鴻心事，那聽江村夜笛？看雪飛、蘋底蘆梢，未如鬢白。

【評】陳洵曰：此詞最驚心動魄，是“暮砧催銀屏翦尺”一句。蓋因聞砧而思裁翦之人也。堂空塵暗，則人去已久，是其最無聊處，風雨不過佐人愁耳。上文寫風雨，層聯而下，字字淒咽，誰知卻只為此“行客”點出。客即燕，三姝媚之“孤鴻”言客，此之“燕去”亦言客，皆言在此而意在彼也。“似曾相識”，言其不歸來。語含吞吐，此曲斷腸惟此聲矣。“林下”二句，西園陳迹，今則惟有“寒蛩殘夢，歸鴻心事”耳。一“念”字有無可告訴意。“夜笛”比“暮砧”又換一境，暮砧提起，夜笛益悲，人生如此，安得不老？結句情景雙融，神完氣足。（海綃說詞）

瑞鶴仙

晴絲牽緒亂。對滄江斜日，花飛人遠。垂楊暗吳苑。正旗亭煙冷，河橋風暖。蘭情蕙盼。惹相思、春根酒畔。又爭知、吟骨縈銷，漸把舊衫重翦。　凄斷。流紅千浪，缺月孤樓，總難留燕。歌塵凝扇。待憑信，拚分鈿。試挑鐙欲寫，還依不忍，箋幅偷和淚捲。寄殘雲賸雨蓬萊，也應夢見。

【評】朱孝臧曰：“待憑信”以下四句，力破餘地。（彊邨先生手批夢窗詞）陳洵曰：“吳苑”是其人所在。此時覺翁不在吳也，故曰“花飛人遠”。鶯啼序曰：“晴煙冉冉吳宮樹。”玉胡蝶曰：“羨故人還買吳航。”尾犯贈浪翁重客吳門曰：“長亭曾送客。”新雁過妝樓曰：“江寒夜楓怨落。”又是吳中事，是其人既去，由越入吳也。“旗亭”二句，當年邂逅，正是此時。“蘭情”二句，對面反擊，跌落下二句，思力沈透極矣。“舊衫”是其人所裁，“流紅千浪”，複上闋之“花飛”。“缺月孤樓，總難留燕”，複上闋之“人遠”，為“凄斷”二字鉤勒。“歌塵凝扇”，對上“蘭情蕙盼”，人一處，物一處。“待憑信，拚分鈿”，縱開；“還依不忍”，仍轉故步。“箋幅偷和淚捲”，複“挑鐙欲寫”，疑往而復，欲斷還連，是深得清真之妙者。“應夢見”，尚不曾夢見也。含思凄婉，低徊無盡。（海綃說詞）

解連環

暮檐涼薄。疑清風動竹，故人來邀。漸夜久、閒引流螢，弄微照素懷，暗呈纖白。夢遠雙成，鳳笙杳、玉繩西落。掩綀帷倦入，又惹舊愁，汗香闌角。　銀餅恨沈斷索。歎梧桐未秋，露井先覺。抱素影、明月空閒，早塵損丹青，楚山依約。翠冷紅衰，怕驚起、西池魚躍。記湘娥、絳綃暗解，褪花墜萼。

【評】陳洵曰：起三句與新雁過妝樓“風檐近渾疑玉佩丁東”同意，蓋亦思去妾而作也。暮涼起賦，"故人"點出。"來遲"一斷，卻以"夜久"承"暮涼"。"纖白"一斷，卻以"夢遠"承"來遲"。掩幃捲入，跌進一步，複以闌承檐。筆筆斷，筆筆續，須看其往復脫換處。換頭六字，一篇命意所注。"未秋""先覺"，加一倍寫，鉤勒渾厚。"抱素影"三句，謂舊意猶在，未忍棄捐。"翠冷"二句，謂其人已去。"絳綃暗解"，追憶相逢。"褪花墜萼"，則而今憔悴，人事風景，一氣鎔鑄，覺翁長技。"明月"謂扇，楚山扇中之畫，卻暗藏高唐神女事，疑其人此時已由吳入楚也。（海綃說詞）

解連環

留別姜石帚

思和雲結。斷江樓望睫，雁飛無極。正岸柳、衰不堪攀，忍持贈故人，送秋行色。歲晚來時，暗香亂、石橋南北。又長亭暮雪。點點淚痕，總成相憶。　杯前寸陰似擲。幾酬花唱月，連夜浮白。省聽風聽雨笙簫，向別枕倦醒，絮颺空碧。片葉愁紅，趁一舸、西風潮汐。歎滄波、路長夢短，甚時到得？

【評】陳洵曰：雲起夢結，游思縹緲，空際傳神。中間"來時"逆挽，"相憶"倒提。全章機杼，定此數處。其餘設情布景，皆隨手點綴，不甚著力。（海綃說詞）

齊天樂

齊雲樓

淩朝一片陽臺影，飛來太空不去。棟與參橫，簾鉤斗曲，西北城高幾許？天聲似語。便閶闔輕排，虹河平溯。問幾陰晴，霸吳平地漫今古。　西山橫黛瞰碧，眼明應不到，煙際沈鷺。臥笛長吟，層霾乍裂，寒月溟濛千里。憑虛醉舞。夢凝白闌干，化為飛霧。淨洗青紅，驟飛滄海雨。

齊天樂

新煙初試花如夢，疑收楚峯殘雨。茂苑人歸，秦樓燕宿，同惜天涯為旅。遊情最苦。早柔綠迷津，亂莎荒圃。數樹梨花，晚風吹墮半汀鷺。　流紅江上去遠，翠尊曾共醉，雲外別墅。澹月鞦韆，幽香巷陌，愁結傷春深處。聽歌看舞。駐不得當時，柳蠻櫻素。睡起慽慽，洞簫誰院宇？

齊天樂

煙波桃葉西陵路，十年斷魂潮尾。古柳重攀，輕鷗聚別，陳迹危亭獨倚。涼颸乍起。渺煙磧飛帆，暮山橫翠。但有江花，共臨秋鏡照憔悴。　華堂燭暗送客，眼波回盼處，芳豔流水。素骨凝冰，柔葱蘸雪，猶憶分瓜深意。清尊未洗。夢不溼行雲，漫沾殘淚。可惜秋宵，亂蛩疏雨裏。

【評】陳洵曰：此與鶯啼序蓋同一年作。彼云十載，此云十年也。“西陵”邂逅之地提起。“斷魂潮尾”，跌落中間送客一事，留作換頭點睛。三句相為起伏，最是局勢精奇處。譚復堂乃謂為平起，不知此中曲折也。“古柳重攀”，今日。“輕鷗聚別”，當時，平入逆出。“陳迹危亭獨倚”，歇步。“涼颸乍起”，轉身。“渺煙磧飛帆，暮山橫翠”，空際出力。“但有江花，共臨秋鏡照憔悴”，收合倚亭。送客者，送妾也。柳渾侍兒名琴客，故以客稱妾。新雁過妝樓之"宜城當時放客"，風入松之"舊曾送客"，尾犯之"長亭曾送客"，皆此客字。"眼波回盼"，是將去時之客。"素骨凝冰，柔蔥蘸雪"，是未去時之客。"猶憶分瓜深意"，別後始覺不祥，極幽抑怨斷之致，豈其人於此時已有去志乎？"清尊未洗"，此愁酒不能消。"涼颸"句是領下，此句是煞上。"行雲"句著一"溼"字，藏行雨在內。言朝來相思，至暮無夢也。夢窗運典隱僻，如詩家之玉谿。"亂蛩疎雨"，所謂"漫霑殘淚"。（海綃說詞）

西河

陪鶴林登袁園

春乍霽。清漣畫舫融洩。螺雲萬疊暗凝愁，黛蛾照水。漫將西子比西湖，溪邊人更多麗。　步危徑，攀豔蕊。掬霞到手紅碎。青虬細折小迴廊，去天半咫。畫闌日暮起東風，棋聲吹下人世。　海棠藉雨半繡地。正殘寒、初御羅綺。除酒銷春何計？向沙頭更續，殘陽一醉。雙玉杯和流花洗。

花犯

郭希道送水仙索賦

小娉婷，清鉛素靨，蜂黃暗偷暈。翠翹敧鬢。昨夜冷中庭，月下相認。睡濃更苦淒風緊。驚回心未穩。送曉色、一壺葱蒨，纔知花夢準。　湘娥化作此幽芳，凌波路、古岸雲沙遺恨。臨砌影，寒香亂、凍梅藏韻。熏爐畔、旋移傍枕，還又見、玉人垂紺鬢。料喚賞、清華池館，臺杯須滿引。

【評】陳洵曰：自起句至"相認"，全是夢境。"昨夜"逆入，"驚回"反跌，極力為"送曉色"一句追逼。復以"花夢準"三字鉤轉作結。後片是夢非夢，純是寫神。"還又見"應上"相認"，"料喚賞"應上"送曉色"。眉目清醒，度人金針。全從趙師雄夢梅花化出，須看其離合順逆處。（海綃說詞）

浣溪沙

波面銅花冷不收，玉人垂釣理纖鉤。月明池閣夜來秋。

江燕話歸成曉別，水花紅減似春休。西風梧井葉先愁。

【評】陳洵曰："玉人垂釣理纖鉤"，是下句倒影，非謂真有一玉人垂釣也。"纖鉤"是月，"玉人"言風景之佳耳。"月明池閣"，下句醒出。甲稿解蹀躞"可憐殘照西風，半妝樓上"，"半妝"亦謂"殘照"。西風、西子、西湖，比興常例，淺人不察，則謂覺翁晦耳。（海綃說詞）

點絳唇

時霎清明，載花不過西園路。嫩陰綠樹，正是春留處。

燕子重來，往事東流去。征衫貯。舊寒一縷，淚涴風簾絮。

【評】陳洵曰：此亦思去姬而作。"西園"，故居。"清明"，邂逅之始。"春留"，正見人去，卻只言往事，只言"舊寒"。既云"不過"，則綠陰燕子，皆是想像之詞，當前惟有征衫之淚耳。（海綃說詞）

點絳脣

試鐙夜初晴

捲盡愁雲，素娥臨夜新梳洗。暗塵不起，酥潤淩波地。輦路重來，彷彿鐙前事。情如水。小樓熏被，春夢笙歌裏。

【評】譚獻曰：起稍平，換頭見拗怒。"情如水"三句，足當咳唾珠玉四字。（譚評詞辨）

夜遊宮

竹窗聽雨，坐久，隱几就睡。既覺，見水仙娟娟於鐙影中。

窗外捎溪雨響。映窗裏、嚼花鐙冷。渾似瀟湘繫孤艇。見幽仙，步淩波，月邊影。　香苦欺寒勁。牽夢繞、滄濤千頃。夢覺新愁舊風景。紺雲敧，玉搔斜，酒初醒。

【評】陳洵曰：通章只做"夢覺新愁舊風景"一句。"見幽仙，步淩波，月邊影"，是覺。"紺雲敧，玉搔斜，酒初醒"，又復入夢矣。（海綃說詞）

霜花腴

重陽前一日，汎石湖。

翠微路窄，醉晚風、憑誰為整敧冠？霜飽花腴，燭消人瘦，秋光作也都難。病懷強寬。恨雁聲、偏落歌前。記年時、舊宿凄涼，暮煙秋雨野橋寒。　妝靨鬢英爭豔，度清商一曲，暗墜金蟬。芳節多陰，蘭情稀會，晴暉稱拂吟牋。更移畫船。引佩環、邀下嬋娟。算明朝、未了重陽，紫萸應耐看。

【評】陳洵曰：此汎石湖作，非身在翠微也。次句乃翻杜子美宴藍田莊詩意，言若翠微路窄，則誰為整冠乎？翻騰而起，擲筆空際，使人驚絕。三四五座中景如此一落，非具絕大神力不能。起句如神龍夭矯，奇采盤空。至此則雲收霧斂，曠然開朗矣。"病懷強寬"領起，"恨鴂聲偏落歌前"轉身，纔寬又恨，纔恨便記，以提為煞，漢魏六朝文，往往遇之，今復得之吳詞。換頭三句，遙接"歌前"，與"年時"相顧，正見哀樂無端。"芳節"二句，用反筆作脫，則"晴暉"句加倍有力。"多陰"，映"幕煙疏雨"。"稀會"，映"舊宿淒涼"。夾敘夾議，潛氣內轉。移船就月，再跌進一步，筆力酣暢極矣，收合有不盡之意。上文奇峯疊起，去路卻極坦夷，豈非神境？霜花腴名集，想見覺翁得意。於空際作奇重之筆，此詣讓覺翁獨步。（海綃說詞）

澡蘭香

淮安重午

盤絲繫腕，巧篆垂簪，玉隱紺紗睡覺。銀缾露井，綵箑雲窗，往事少年依約。為當時、曾寫榴裙，傷心紅綃褪萼。黍夢光陰，漸老汀洲煙蒻。　莫唱江南古調，怨抑難招，楚江沈魄。薰風燕乳，暗雨梅黃，午鏡澡蘭簾幕。念秦樓、也擬人歸，應翦菖蒲自酌。但悵望、一縷新蟾，隨人天角。

【評】陳洵曰：此懷歸之賦也。起五句全敘往事，至第六句點出，寫裙是睡中事。"榴"字融人事入風景。"褪萼"見人事都非，卻以風景不殊作結。後片純是空中設景，主意在"秦樓也擬人歸"一句。"歸"字緊與"招"字相應，言家人望己歸，如宋玉之招屈原也。既欲歸不得，故曰"難招"，曰"莫唱"，曰"但悵望"，則"也擬"亦徒然耳。擊首則尾應，擊尾則首應，擊中間則首尾皆應，陣勢奇變極矣。金針度人，全在數虛字。屈原事，不過借古以陳今。"薰風"三句，是家中節物。"秦樓"倒影，秦樓用弄玉事，謂家所在。（海綃說詞）

江神子

李別駕招飲海棠花下

翠紗籠袖映紅霏。冷香飛，洗凝脂。睡足嬌多，還是夜深宜。翻怕迴廊花有影，移燭暗，放簾垂。　尊前不按駐雲詞。料花枝，妒蛾眉。丁屬東風，莫送片紅飛。春重錦堂人盡醉，和曉月，帶花歸。

玉蝴蝶

角斷籤鳴疏點，倦螢透隙，低弄書光。一寸悲秋，生動萬種淒涼。舊衫染、唾凝花碧，別淚想、妝洗蜂黃。楚魂傷。雁汀沙冷，來信微茫。　都忘。孤山舊賞，水沈熨露，岸錦宜霜。敗葉題詩，御溝應不到流湘。數客路、又隨淮月，羨故人、還買吳航。兩凝望。滿城風雨，催送重陽。

【評】陳洵曰：此篇脈絡，頗不易尋，今為細繹之。當先認定"書光""書"字，謂得其去姬書札也。"生動""淒涼"，全為此書。所謂"萬種"，只此一事，秋氣特佐人悲耳。"舊衫"二句，乃從去時追寫。謂臨別之淚，染此衫中，今則已成舊色，為此書提起。而"花碧""蜂黃"，皆歷歷在目，所謂淒涼也。"傷"字又提。"楚魂"應"悲秋"；"雁汀""來信"，收束"書"字，以虛結實。"都忘"，反接最奇幻。得此二字，超然遐舉矣。言未得書前，往事都不記省也。"水沈"，花香。"岸錦"，葉色。"舊賞"，則未別前事。御溝題葉，又是定情之始。今則此情"應不到流湘"矣，蓋其人已由吳入楚也。"數客路又隨淮月"，又將由楚入淮，則身益零落，固不如居吳時也。吳則覺翁常游之地，故曰"羨故人還買吳航"，二語蓋皆書中所具。語語徵實，筆筆淩空，兩結尤極縹緲之致。（海綃說詞）

絳都春

為李簣房量珠賀

情黏舞線。悵駐馬灞橋，天寒人遠。旋翦露痕，移得春嬌，栽瓊苑。流鶯常語煙中怨。恨三月、飛花零亂。豔陽歸後，紅藏翠掩，小坊幽院。　誰見。新腔按徹，背鐙暗、共倚簣屏葱蒨。繡被夢輕，金屋妝深，沈香換。梅花重洗春風面。正溪上、參橫月轉。並禽飛上金沙，瑞香霧暖。

【評】陳洵曰："情黏舞線"，從題前起。"悵駐馬灞橋，天寒人遠"，反跌。"旋翦露痕"，入題。"移得春嬌栽瓊苑"，歇步。"流鶯"以下，空際取神，開合動蕩，卻純用興體，以起後闋所賦。"梅花"以下，又遙接"移得春嬌"，讀之但覺滿室春氣。詞中不外人事風景，鎔人事入風景，則實處皆空。鎔風景入人事，則空處皆實。此篇人事風景交鍊，表裏相宣，才情並美。應酬之作，難得如許精粹。（海綃說詞）

絳都春

燕亡久矣，京口適見似人，悵怨有感。

南樓墜燕。又鐙暈夜涼，疏簾空捲。葉吹暮喧，花露晨晞秋光短。當時明月娉婷伴。悵客路、幽局俱遠。霧鬟依約，除非照影，鏡空不見。　別館。秋娘乍識，似人處、最在雙波凝盼。舊色舊香，閒雨閒雲，情終淺？丹青誰畫真真面？便祇作、梅花頻看。更愁花變梨霙，又隨夢散。

【評】陳洵曰：“墜燕”，去妾也。已成往事，故曰“又”。“葉吹”十一字，言我朝暮只如此過。從“夜涼”再展一步，然後以“當時”句提起，“客路”句跌落。“霧鬟”三句，一步一轉，收合“明月娉婷”。“別館”正對“南樓”。“乍識似人”，從“不見”轉出。“舊色舊香”，又似真見，“閒雨閒雲情終淺”，則又不如不見矣。層層脫換，然後以真真難畫，只作花看收住，復轉一步作結，筆力直破餘地。（海綃說詞）

惜黃花慢

次吳江小泊，夜飲僧窗，惜別邦人。趙簿攜小妓侑尊，連歌數闋，皆清真詞。酒盡已四鼓，賦此詞餞尹梅津。

送客吳皋。正試霜夜冷，楓落長橋。望天不盡，背城漸杳，離亭黯黯，恨水迢迢。翠香零落紅衣老，暮愁鎖、殘柳眉梢。念瘦腰。沈郎舊日，曾繫蘭橈。　　仙人鳳咽瓊簫。悵斷魂送遠，《九辯》難招。醉鬟留盼，小窗翦燭，歌雲載恨，飛上銀霄。素秋不解隨船去，敗紅趁、一葉寒濤。夢翠翹，怨鴻料過南譙。

【評】陳洵曰：題外有事，當與瑞龍吟“黯分袖”參看。“沈郎”謂梅津，“繫蘭橈”蓋有所眷也。“仙人”謂所眷者，“鳳簫”則有夫婦之分。“斷魂”二句，言如此分別，雖《九辯》難招，況清真詞乎？含思淒婉，轉出下四句，實處皆空矣。“素秋”言此間風景，不隨船去，則兩地趁濤惟葉，依稀有情。“翠翹”即上之仙人，特不知與瑞龍吟所別，是一是二。（海綃說詞）

探芳信

為春瘦。更瘦如梅花，花應知否？任枕函雲墜，離懷半中酒。雨聲樓閣春寒裏，寂寞收鐙後。甚年年，鬬草心期，探花時候。　嬌懶強拈繡。暗背裏相思，閒供晴晝。玉合羅囊，蘭膏漬紅豆。舞衣疊損金泥鳳，妒折闌干柳。幾多愁，兩點天涯遠岫。

【評】陳洵曰：本是傷離，卻說"為春"。"鬬草""探花"，佳時易過，雨聲如此，晴晝奈何？曰"年年"，則離非一日。曰"半中酒"，則此懷何堪？用兩層逼出換頭一句。以下全寫相思。相思是骨，外面只見嬌懶，傳神阿堵，須理會此兩句。（海綃說詞）

聲聲慢

陪幕中餞孫無懷於郭希道池亭，閏重九前一日。

檀欒金碧，婀娜蓬萊，遊雲不蘸芳洲。露柳霜蓮，十分點綴成秋。新彎畫眉未穩，似含羞、低護牆頭。愁送遠，駐西臺車馬，共惜臨流。知道池亭多宴，掩庭花長是，驚落秦謳。膩粉闌干，猶聞凭袖香留。輸他翠漣拍甃，瞰新妝、時浸明眸。簾半捲，帶黃花、人在小樓。

【評】陳洵曰：郭希道池亭，即清華池館，是覺翁常遊之地。孫無懷只以別筵暫駐，平時之多宴，固未與也。"知道"二字，為無懷設想，真是黯然銷魂。"膩粉"以下純作癡戀語，為惜別加倍出力，學者須聽絃外音。人在、凝眸、瞰妝，純用倒捲。共惜、知道、輸他，是詞中點睛。起八字殊有拙致。（海綃說詞）

高陽臺

落梅

宮粉雕痕，仙雲墮影，無人野水荒灣。古石埋香，金沙鎖骨連環。南樓不恨吹橫笛，恨曉風、千里關山。半飄零，庭上黃昏，月冷闌干。　壽陽空理愁鸞。問誰調玉髓，暗補香瘢？細雨歸鴻，孤山無限春寒。離魂難倩招清些，夢縞衣、解佩溪邊。最愁人，啼鳥晴明，葉底青圓。

倦尋芳

花翁遇舊歡吳門老妓李憐，邀分韻同賦此詞。

墜鈿恨井，分鏡迷樓，空閉孤燕。寄別崔徽，清瘦畫圖春面。不約舟移楊柳繫，有緣人映桃花見。分攜，悔香瘢漫爇，綠鬟輕剪。　聽細雨、琵琶幽怨。客鬢蒼華，衫袖涇遍。漸老芙蓉，猶自帶霜宜看。一縷情深朱戶掩，兩痕愁起青山遠。被西風，又驚吹、夢雲分散。

三姝媚

吹笙池上道。為王孫重來，旋生芳草。水石清寒，過半春猶自，燕沈鶯悄。稗柳闌干，晴蕩漾、禁煙殘照。往事依然，爭忍重聽，怨紅凄調。　曲榭方亭初掃。印蘚迹雙鴛，記穿林窈。頓隔年華，似夢回花上，露晞平曉。恨逐孤鴻，客又去、清明還到。便鞁墻頭歸騎，青梅已老。

【評】陳洵曰：“池上道”，湖上故居。吹笙仙侶，“王孫重來”，客遊初歸，則別非一日矣。“旋生芳草”，倒鉤。“燕沈鶯悄”，杳無消息。“禁煙殘照”，時節關心，兩層聯下，為“往事”二字追逼。“怨紅淒調”，再跌進一步作歇。態濃意遠，顧望懷愁。“方亭”即西園之林亭，“雙鴛”即惆悵不到之雙鴛。彼猶有望，此但記憶，“記”字倒鉤。“頓隔年華”，起步。“似夢回花上，露晞平曉”，複留步，真有迴眸一笑之態。客即“孤鴻”，可與放客送客之客字參看，言在此而意在彼也。“又”字“還”字最幻，蓋其人之去，已兩清明矣。所謂“頓隔年華”，“青梅已老”，比怨紅更悲，卻是眼前景物。（海綃說詞）

夜合花

自鶴江入京，泊葑門外，有感。

柳暝河橋，鶯晴臺苑，短策頻惹春香。當時夜泊，溫柔便入深鄉。詞韻窄，酒杯長。翦蠟花、壺箭催忙。共追遊處，淩波翠陌，連棹橫塘。　十年一夢淒涼。似西湖燕去，吳館巢荒。重來萬感，依前喚酒銀罌。溪雨急，岸花狂。趁殘鴉、飛過蒼茫。故人樓上，憑誰指與，芳草斜陽？

【傳記】

吳文英字君特，號夢窗，晚號覺翁，四明人。於翁元龍為親伯仲，蓋本姓翁氏而出後於吳者也。紹定中，入蘇州倉幕。景定時，客榮王邸，受知於丞相吳潛，常往來於蘇、杭間。（參考杜文瀾曼陀羅華閣刊本夢窗詞劉毓崧序）沈義父著樂府指迷，稱：“壬寅（一二四二）秋，始識靜翁（元龍號處靜）於澤濱，癸卯（一二四三）識夢窗。暇日相與倡酬，率多填詞，因講論作詞之法，然後知詞之作難於詩。蓋音律欲其協，不協則成長短之詩；下字欲其雅，不雅則近乎纏令之體；用字不可太露，露則直突而無深長之味；發意不可太高，高則狂怪而失柔婉之意；思此則知所以為難。"此其議論，蓋得諸文英兄弟云。夢窗詞傳世者，有毛氏汲古閣宋六十家詞本、杜氏曼陀羅華閣本、王氏四印齋本、朱氏彊邨叢書本、彊邨遺書本、張氏四明叢書本。

【集評】

尹煥曰：求詞於吾宋者，前有清真，後有夢窗，此非煥之言，四海之公言也。（中興以來絕妙詞選卷十引山陰尹煥夢窗詞叙）[①] 沈義父曰：夢窗深得清真之妙，其失在用事下語太晦處，人不可曉。（樂府指迷）周濟曰：夢窗奇思壯采，騰天潛淵，返南宋之清泚，為北宋之穠摯。皋文不取夢窗，是為碧山門逕所限耳。夢窗立意高，取逕遠，皆非餘子所及。惟過嗜餖飣，以此被議。若其虛實兼到之作，雖清真不過也。（宋四家詞選序論）良卿曰：尹惟曉"前有清真，後有夢窗"之說，可謂知言。夢窗每於空際轉身，非具大神力不能。夢窗非無生澀處，總勝空滑。況其佳者，天光雲影，搖蕩綠波，撫玩無斁，追尋已遠。君特意思甚感慨，而寄情閒散，使人不能測其中之所有。（介存齋論詞雜著）周爾墉曰：堯章高遠，君特沈厚，各極其能。於逼塞中見空靈，於渾樸中見勾勒，於刻畫中見天然，讀夢窗詞，當於此著眼。性情能不為詞藻所掩，方是夢窗法乳。（周批絕妙好詞箋卷四）鄭文焯曰：君特為詞，用雋上之才，別構一格，拈韻習取古諧，舉典務出奇麗，如唐賢詩家之李賀，文流之孫樵、劉蛻，鎚幽鑿險，開逕自行，學者匪造次所能陳其細趣也。其取字多從長吉詩中得來，故造語奇麗。世士罕尋其源，輒疑太晦，過矣。（鄭校夢窗詞跋）況周頤曰：[②]近人學夢窗，輒從密處入手。夢窗密處，能令無數麗字一一生動飛舞，如萬花為春，非若珊瑚蹙繡，毫無生氣也。如何能運動無數麗字？恃聰明，尤恃魄力。如何能有魄力？唯厚乃有魄力。夢窗密處易學，厚處難學。（蕙風漫筆）宋詞有三要：重，拙，大。重者、沈著之謂，在

---

① 舊版尚有："張炎曰：吳夢窗詞，如七寶樓臺，眩人眼目，碎拆下來，不成片段。（詞源）"

② 舊版此處尚有況周頤評語："性情少，勿學稼軒。非絕頂聰明，勿學夢窗。（蕙風詞話）"

氣格，不在字句。於夢窗詞，庶幾見之。即其芬悱鏗麗之作，中間雋句豔字，莫不有沈摯之思，灝瀚之氣，挾之以流轉，令人玩索而不能盡，則其中之所存者厚。沈著者、厚之發見乎外者也。欲學夢窗之緻密，先學夢窗之沈著。即緻密，即沈著，非出乎緻密之外，超乎緻密之上，別有沈著之一境也。夢窗之詞，與東坡、稼軒諸公，實殊流而同源，其見為不同者，則夢窗緻密其外耳。其至高至精處，雖欲擬議形容之，猶苦不得其神似。穎惠之士，束髮操觚，勿輕言學夢窗也。（香海棠館詞話）①張爾田曰：夢窗詞，殿天水一朝，分鑣清真，碎璧零璣，觸之皆寶。雖薶藩溷，其精神行天壞，固自不敝。（遯堪文存）

---

① 舊版尚有："馮煦曰：夢窗之詞，麗而則，幽邃而緜密，脈絡井井，而卒焉不能得其端倪。尹惟曉比之清真。沈伯時亦謂深得清真之妙，而又病其晦。張叔夏則譬諸'七寶樓臺，眩人眼目'。蓋《山中白雲》專主清空，與夢窗家數相反，故於諸作中獨賞其唐多令之疏快。實則'何處合成愁'一闋，尚非君特本色。《提要》云：'天分不及周邦彥，而研鍊之功則過之。詞家之有文英，如詩家之有李商隱。'予則謂商隱學老杜，亦如文英之學清真也。（宋六十一家詞選例言）""樊增祥曰：世人無真見解，惑於樂笑翁七寶樓臺之論，遂謂夢窗詞多理少，能密緻不能清疏，真囈談耳。（樊評彊邨詞稿本）""王國維曰：周介存謂夢窗詞之佳者，如'天光雲影，搖蕩綠波，撫玩無斁，迫尋已遠'。余覽夢窗甲乙丙丁稿中，實無足當此者。有之其'隔江人在雨聲中，晚風菰葉生秋怨'二語乎？又曰：夢窗之詞，吾得取其詞中之一語以評之曰：'映夢窗淩亂碧。'（人間詞話）"

劉辰翁 十一首 錄自彊邨叢書本須溪詞

霜天曉角 一首

和中齋九日

騎臺千騎，有菊知何世？想見登高無處，淮以北，是平地。
老來無復味，老來無復淚。多謝白衣迢遞，吾病矣，不能醉。

【歷代詩餘卷一百十八引遂昌雜錄】鄧光薦號中齋，信國公（文天祥）
之客也。宋亡，以義行著。其所著鷗鴣詞，有曰：“行不得也哥哥！瘦
妻弱子羸犉馱，天長地闊多網羅，南音漸少北語多，肉飛不起可奈何？
行不得也哥哥！”

山花子 一首

春暮

東風解手卽天涯，曲曲青山不可遮。如此蒼茫君莫怪，是
歸家。　闔閭相迎悲最苦，英雄知道鬢先華。更欲徘徊春尚肯，
已無花！

柳梢青 一首

春感

鐵馬蒙氈，銀花灑淚，春入愁城。笛裏番腔，街頭戲鼓，
不是歌聲。　那堪獨坐青燈，想故國高臺月明！輦下風光，山
中歲月，海上心情。

踏莎行 一首

九日牛山作

日月跳丸，光陰脫兔，登臨不用深懷古。向來吹帽插花人，盡隨殘照西風去。　老矣征衫，飄然客路，炊煙三兩人家住。欲攜斗酒答秋光，山深無覓黃花處。

蘭陵王 一首

丙子送春

*送春去，春去人間無路。鞦韆外、芳草連天，誰遣風沙暗南浦？依依甚意緒？漫憶海門飛絮。亂鴉過、斗轉城荒，不見來時試燈處。　春去，最誰苦？但箭雁沈邊，梁燕無主，杜鵑聲裏長門暮。想玉樹凋土，淚盤如露，咸陽送客屢回顧，斜日未能度。　春去，尚來否？正江令恨別，庾信愁賦。二人皆北去。蘇堤盡日風和雨。歎神遊故國，花記前度。人生流落，顧孺子，共夜語。

【歷代詩餘卷一百十八引卓珂詞統】須溪蘭陵王首句，九字悲絕。換頭四句，淒清何減夜猿？其詞悠揚悱惻，即以為小雅、楚騷可也，填詞云乎哉？

寶鼎現 一首

*紅妝春騎，踏月影、竿旗穿市。望不盡樓臺歌舞，習習香塵蓮步底。簫聲斷、約彩鸞歸去，未怕金吾呵醉。甚輦路喧闐

且止？聽得念奴歌起。　父老猶記宣和事，抱銅仙、清淚如水。
還轉盼沙河多麗。溷漾明光連邸第，簾影凍、散紅光成綺。月
浸葡萄十里。看往來神仙才子，肯把菱花撲碎？　腸斷竹馬兒
童，空見說、三千樂指。等多時、春不歸來，到春時欲睡。又
說向燈前擁髻，暗滴鮫珠墜。便當日親見霓裳，天上人間夢裏。

【歷代詩餘卷一百十八】張孟浩云：劉辰翁作寶鼎現詞，時為大德元年
（一二九七），自題曰："丁酉元夕。"亦義熙舊人只書甲子之意。其詞
反反覆覆，字字悲咽，真孤竹、彭澤之流。

虞美人　一首

春曉

輕衫倚望春晴穩，雨壓青梅損。皺綃池影泛紅蕎，看取斷
雲來去似鑪煙。　愁春來暮仍愁暮，受卻寒無數。年來無地買
花栽，向道明年花信莫須來。

八聲甘州　一首

送春韻

看飄飄萬里去東流，道伊去如風。便錦纜危潮，青山御宿，
煙雨啼紅。愁是明朝酒醒，聽著返魂鐘。留得春如故，了不關
儂。　春亦去人遠矣！是別情何薄？歸興何濃？但江南好□，
未便到芙蓉。念今夜初程何處？有何人垂袖舞行宮。青青柳，
留君如此，如此悤悤！

永遇樂 一首

余自乙亥上元，誦李易安永遇樂，為之涕下。今三年矣！每聞此詞，輒不自堪，遂依其聲，又託之易安自喻，雖辭情不及，而悲苦過之。

*璧月初晴，黛雲遠澹，春事誰主？禁苑嬌寒，湖隄倦暖，前度遽如許！香塵暗陌，華燈明晝，長是懶攜手去。誰知道，斷煙禁夜，滿城似愁風雨。　宣和舊日，臨安南渡，芳景猶自如故。緗帙流離，風鬟三五，能賦詞最苦。江南無路，鄜州今夜，此苦又誰知否？空相對、殘釭無寐，滿村社鼓。

沁園春 一首

送春

春汝歸歟？風雨蔽江，煙塵晴天。況雁門阨塞，龍沙渺莽，東連吳會，西至秦川。芳草迷津，飛花擁道，小為蓬壺借百年。江南好，問夫君何事，不少留連？　江南正是堪憐！但滿眼楊花化白氈。看兔葵燕麥，華清宮裏；蜂黃蝶粉，凝碧池邊。我已無家，君歸何里？中路徘徊七寶鞭。風回處，寄一聲珍重，兩地潸然！

摸魚兒 一首

酒邊留同年徐雲屋

*怎知他春歸何處？相逢且盡尊酒。少年嫋嫋天涯恨，長結西湖煙柳。休回首！但細雨斷橋，憔悴人歸後。東風似舊。問

前度桃花，劉郎能記，花復認郎否？　君且住！草草留君翦韭。前宵正恁時候。深杯欲共歌聲滑，翻浥春衫半袖。空眉皺，看白髮尊前，已似人人有。臨分把手，歎一笑論文，清狂顧曲，此會幾時又？

附錄

瑣窗寒

和巽吾聞鶯

嫩綠如新，嬌鶯似舊，今吾非故。空山過雨，睍睆留春春去。似尊前、曲曲陽關，行人回首江南處。漫停雲低黯，征衫憔悴，酒痕猶污。　欲語，渾未住。記匹馬經行，風林煙樹。家山何在？想見綠窗啼霧。又何堪、滿目凄涼，故園夢裏能歸否？但數聲、驚覺行雲，重省佳期誤。

大聖樂

傷春（有序）

余嘗愛古詞云："休眉鎖，問朱顏去也，還更來麼？"音韻低黯，辭情跌宕，庶幾哀而不怨，有益於幽憂憔悴者。然二語外率鄙俚，因依聲彷彿，反之和之。此曲少有作者，流為善歌，則或數十疊，其聲皆不可考。今特以意高下，未必盡合本調，聊以紓思志感云爾。

芳草如雲，飛紅似雨，賣花聲過。況回首、洗馬塍荒，更寒食、宮人斜閉，煙雨銅駝。提壺盧、何所得酒，泥滑滑、行不得也哥哥。傷心處，斜陽巷陌，人唱西河。　天下事，不如意，十常八九，無奈何。論兵忍事，對客稱好，面皺如鞾。廣武噫嘻，東陵反覆，歡樂少兮哀怨多。休眉鎖，問朱顏去也，還更來麼？

憶舊遊

和巽吾相憶寄韻

渺山城故苑，煙橫綠野，林勝青油。甚相思只在，華清泉側，凝碧池頭。故人念我何處，墜淚水西流。念寒食如君，江南似我，花絮悠悠。　不知身南北，對斷煙禁火，塞六年留。恨聽鶯不見，到而今又恨，睍睆成愁。去年相攜流落，回首隔芳洲。但行去行來，春風春水無過舟。

水龍吟

巽吾賦溪南海棠花下有相憶之句，讀之不可為懷。和韻，並述江東旅行。

征衫春雨縱橫，可曾溼得飛花透？知君念我，溪南徙倚，誰家紅袖？藉草成眠，簪花倚醉，狂歌扶手。問故人何處，聞鵑墮淚，春去也，到家否？　說與東風情事，怕東風、似人眉皺。亂山華屋，殘鄰廢里，不堪回首。寒食江村，牛羊丘隴，茅檐酤酒。笑周秦來往，與誰同夢，說開元舊。

鶯啼序

感懷

恩恩何須驚覺，喚草廬人起？算成敗利鈍，非臣逆睹，至死後已。又何似、采桑八百，看蠶夜織小窗裏。漫二升自苦，教人弔、臥龍里。　別有佳人，追桃恨李，擁凝香繡被。爭知道、壯士悲歌，蕭蕭正度寒水。問荆卿田橫古墓，更誰載酒為君酹？過霜橋落月，老人不見遺履。　置之勿道，逝者如斯，甚矣衰久矣！君其為吾歸計，為耕計。但問某所泉甘，何鄉魚美。此生不願多才藝。功名馬上兜鍪出，莫書生、誤盡了人間事。昔年種柳江潭，攀枝折條，噫嘻樹猶如此！　登高一笑，把菊東籬，且復聊爾耳。試回首，龍山路斷，走馬臺荒，渭水秋風，沙河夜市。休休莫莫，毋多酌我，我狂最喜高歌去。但高歌、不是番腔底。此時對影成三，呼娥起舞，為何人喜？

水調歌頭

寂寂復寂寂，此月古時明。銀河也變成陸，灰㚬斷槎橫。歷落英雄孺子，滅沒龍光牛斗，勝敗黯然平。玉笛叫空闊，終有故人情。　雁南飛，烏繞樹，鶴歸城。問君有酒，何不鼓瑟更吹笙？我飲嗚嗚起舞，我舞傲傲白髮，顧影可憐生。舊日中秋客，幾處幾回晴。

【傳記】

劉辰翁（一二三二——一二九七）字會孟，廬陵人。少登陸象山

（九淵）之門，補太學生。景定壬戌（一二六二），廷試對策，忤賈似道，置丙第，以親老，請濂溪書院山長。薦居史館，又除太學博士，皆固辭。宋亡，隱居，卒。有須溪集。（宋詩紀事卷六十八）彊邨叢書收須溪詞一卷，又補遺四首。

【集評】

況周頤曰：近人論詞，或以須溪詞為別調，非知人之言也。須溪詞多真率語，滿心而發，不假追琢，有掉臂游行之樂。其詞筆多用中鋒，風格遒上，略與稼軒旗鼓相當。世俗之論，容或以稼軒為別調，宜其以別調目須溪也。（餐櫻廡詞話）

蔣　捷 六首　錄自汲古閣宋六十家詞本竹山詞

賀新郎　一首

懷舊

　　夢冷黃金屋。嘆秦箏、斜鴻陣裏，素絃塵撲。化作嬌鶯飛歸去，猶認紗窗舊綠。正過雨荊桃如菽。此恨難平君知否？似瓊臺湧起彈棊局。消瘦影，嫌明燭。　　鴛樓碎瀉東西玉。問芳踪、何時再展？翠釵難卜。待把宮眉橫雲樣，描上生綃畫幅。怕不是新來妝束。綵扇紅牙今都在，恨無人解聽開元曲。空掩袖，倚寒竹。

【譚評詞辨卷二】瑰麗處鮮妍自在，詞藻太密。

女冠子　一首

元夕

　　蕙花香也，雪晴池館如畫。春風飛到，寶釵樓上，一片笙簫，琉璃光射。而今燈謾掛，不是暗塵明月，那時元夜。況年來心懶意怯，羞與蛾兒爭耍。　　江城人悄初更打，問繁華誰解再向天公借？剔殘紅炧，但夢裏隱隱鈿車羅帕。吳牋銀粉砑，待把舊家風景，寫成閒話。笑綠鬟鄰女，綺窗猶唱，夕陽西下。

聲聲慢 一首

秋聲

黃花深巷，紅葉低窗，淒涼一片秋聲。豆雨聲來，中間夾帶風聲。疏疏二十五點，麗譙門不鎖更聲。故人遠，問誰搖玉珮？簷底鈴聲。　彩角聲吹月墮，漸連營馬動，四起笳聲。閃爍鄰燈，燈前尚有砧聲。知他訴愁到曉，碎噥噥多少蛩聲！訴未了，把一半分與雁聲。

虞美人 一首

聽雨

少年聽雨歌樓上，紅燭昏羅帳。壯年聽雨客舟中，江闊雲低斷雁叫西風。　而今聽雨僧廬下，鬢已星星也！悲歡離合總無情，一任階前點滴到天明。

一剪梅 一首

舟過吳江

一片春愁待酒澆，江上舟搖，樓上帘招。秋娘渡與泰娘橋，風又飄飄，雨又蕭蕭。　何日歸家洗客袍？銀字笙調，心字香燒。流光容易把人拋，紅了櫻桃，綠了芭蕉。

【校】“渡”原作“度”，“橋”原作“嬌”，依“行香子舟宿蘭灣”一闋：“秋娘渡，泰娘橋，”改。

燕歸梁　一首

風蓮

　　我夢唐宮春晝遲，正舞到，曳裾時。翠雲隊仗絳霞衣，慢騰騰，手雙垂。　忽然急鼓催將起，似綵鳳，亂驚飛。夢回不見萬瓊妃，見荷花，被風吹。

【傳記】

　　蔣捷字勝欲，陽羨人，德祐進士，自號竹山，遁跡不仕，以詞名。（宋詩紀事卷七十八）所作竹山詞一卷，見汲古閣宋六十家詞中。

【集評】

　　劉熙載曰：蔣竹山詞，未極流動自然，然洗鍊縝密，語多創獲，其志視梅溪較貞，其思視夢窗較清。劉文房為五言長城，竹山其亦長短句之長城歟？（藝概卷四）

周　密 五首 <small>錄自彊邨叢書本蘋洲漁笛譜</small>

曲遊春 <small>一首</small>

禁煙湖上薄遊，施中山賦詞甚佳，余因次其韻。蓋平時遊舫，至午後則盡入裏湖，抵暮始出斷橋，小駐而歸，非習於遊者不知也。故中山極擊節余"閒卻半湖春色"之句，謂能道人之所未云。

*禁苑東風外，颺暖絲晴絮，春思如織。燕約鶯期，惱芳情偏在，翠深紅隙。漠漠香塵隔，沸十里亂絃叢笛。看畫船盡入西泠，閒卻半湖春色。　柳陌，新煙凝碧，映簾底宮眉，堤上遊勒。輕暝籠寒，怕梨雲夢冷，杏香愁冪。歌管酬寒食，奈蝶怨良宵岑寂。正滿湖碎月搖花，怎生去得？

【武林舊事卷三】都城自過收燈，貴遊巨室，皆爭先出郊，謂之探春，至禁煙為最盛。龍舟十餘，綵旗疊鼓，交午曼衍，粲如錦繡。內有曾經宣喚者，則錦衣花帽，以自別於眾。京尹為立賞格，競渡爭標，內璫貴客，賞犒無算。都人士女，兩堤騈集，幾於無置足地。水面畫楫，櫛比如魚鱗，亦無行舟之路。歌歡簫鼓之聲，振動遠近，其盛可以想見。若遊之次第，則先南而後北，至午則盡入西泠橋裏湖，其外幾無一舸矣。弁陽老人有詞云："看畫船盡入西泠，閒卻半湖春色。"蓋紀實也。

夷則商國香慢 <small>一首</small>

賦子固淩波圖

玉潤金明，記曲屏小几，翦葉移根。經年汜人重見，瘦影

娉婷。雨帶風襟零亂，步雲冷、鵝管吹春。相逢舊京洛，素靨
塵緇，仙掌霜凝。　國香流落恨，正冰消翠薄，誰念遺簪？水
空天遠，應念鄩弟梅兄。渺渺魚波望極，五十絃、愁滿湘雲。
淒涼耿無語，夢入東風，雪盡江清。

一萼紅　一首

登蓬萊閣，有感。

*步深幽，正雲黃天淡，雪意未全休。鑑曲寒沙，茂林煙
草，俛仰千古悠悠。歲華晚、飄零漸遠，誰念我、同載五湖舟？
磴古松斜，厓陰苔老，一片清愁。　回首天涯歸夢，幾魂飛西
浦，淚灑東州。故國山川，故園心眼，還似王粲登樓。最負他、
秦鬟妝鏡，好江山、何事此時遊？為喚狂吟老監，共賦消憂。

閣在紹興，西浦、東州皆其地。

【周評絕妙好詞箋卷七】草窗擅美在縝密，如此章稍空闊，愈益佳妙。

獻仙音　一首

弔雪香亭梅

*松雪飄寒，嶺雲吹凍，紅破數椒春淺。襯舞臺荒，浣妝池
冷，淒涼市朝輕換。歎花與人凋謝，依依歲華晚。　共淒黯！
問東風、幾番吹夢，應慣識當年，翠屏金輦。一片古今愁，但
廢綠平煙空遠。無語消魂，對斜陽衰草淚滿。又西泠殘笛，低
送數聲春怨。

高陽臺　一首

寄越中諸友

小雨分江，殘寒迷浦，春容淺入蒹葭。雪霽空城，燕歸何處人家？夢魂欲渡蒼茫去，怕夢輕、翻被愁遮。感流年，夜汐東還，冷照西斜。　萋萋望極王孫草，認雲中煙樹，鷗外春沙。白髮青山，可憐相對蒼華。歸鴻自趁潮回去，笑倦遊、猶是天涯。問東風，先到垂楊，後到梅花？

附錄

繡鸞鳳花犯

賦水仙花（蘋洲漁笛譜作賦水仙）

楚江湄，湘娥乍見，無言灑清淚。淡然春意。空獨倚東風，芳思誰寄。淩波路冷秋無際。香雲隨步起。漫記得、漢宮仙掌，亭亭明月底。　冰絃寫怨更多情，騷人恨，枉賦芳蘭幽芷。春思遠，誰笑（笛譜作歎）賞、國香風味？相將共、歲寒伴侶，小窗淨、沈香熏翠被（笛譜作袂）。幽夢覺，涓涓清露，一枝鐙影裏。

【評】周濟曰：草窗長於賦物，然惟此及瑤花詠瓊花二闋，一意盤旋，毫無渣滓。他作縱極工切，不免就題尋典，就典趁韻，就韻成句，墮落苦海矣。特拈出之，以為南宋諸公鍼砭。（宋四家詞選）

瑤花慢

瓊花

朱鈿寶玦。天上飛瓊，比人間春別。江南江北，曾未見、漫擬梨雲梅雪。淮山春晚，問誰識、芳心高潔。消幾番、花落花開，老了玉關豪傑。　金壺翦送瓊枝，看一騎紅塵，香度瑤闕。韶華正好，應自喜、初識長安蠟蜨。杜郎老矣，想舊事、花須能說。記少年、一夢揚州，二十四橋明月。

玉京秋

秋思（蘋洲漁笛譜題云：長安獨客，又見西風。素月丹楓，凄然其為秋也。因調夾鐘羽一解。）

煙水闊。高林弄殘照，晚蜩凄切。碧砧度韻，銀牀飄葉。衣溼。桐陰露冷，采涼花、時賦秋雪。歎輕別。一襟愁思，砌蛩能說。　客思吟商還怯。怨歌長、瓊壺暗缺。翠扇恩疏，紅衣香褪，翻成消歇。玉骨西風，恨最恨、閒卻新涼時節。楚簫咽，誰倚西樓淡月？

【評】譚獻曰：南渡詞境，高處往往出於清真。“玉骨”二句，髀肉之歎也。（譚評詞辨）

大聖樂

東園餞春（蘋洲漁笛譜題云：東園餞春，即席分題。）

嬌綠迷雲，倦紅顰曉，婑晴芳樹。漸午陰、檐（笛譜作簾）

影移香，燕語夢回，千點碧桃吹雨。冷落錦宮人歸後，記前度、蘭橈停翠浦。凭闌久，漫凝想鳳翹，慵聽金縷。　留春問誰最苦。奈花自無言鶯自語。對畫樓殘照，東風吹遠，天涯何許。怕折露條愁輕別，更煙暝長亭嗁杜宇。垂楊晚，但羅袖、暗沾飛絮。（笛譜注：單煞）

【評】周濟曰：草窗最近夢窗。但夢窗思沈力厚，草窗則貌合耳。苦其鏤新鬭冶，固自絕倫。（宋四家詞選）

拜星月慢

春暮寄夢窗（蘋洲漁笛譜題云：癸亥春，沿檄荆溪，朱墨日，賓送忽忽，不知芳事落鵑聲草色間。郡僚間載酒相慰薦，長歌清醼，政爾供愁，客夢栩栩，已葦度四橋烟水外矣。醉餘短弄，歸日將大書之垂虹。）

膩葉陰清，孤花香冷，迤邐芳洲春換。薄酒孤吟，悵相如遊倦。想人在，絮幕香簾凝望，誤認幾許，煙檣風幔。芳草天涯，負華堂雙燕。　記簫聲、淡月梨花院。研箋紅漫寫東風怨。一夜落月嗁鵑，喚四橋吟纜。蕩歸心、已過江南岸。清宵夢、遠逐飛花亂。幾千萬縷垂楊，翦春愁不斷。

大酺

春陰懷舊

又子規嗁，荼蘼謝，寂寂春陰池閣。羅窗人病酒，奈牡丹初放，晚風還惡。燕燕歸遲，鶯鶯聲嬾，閒罥鞦韆紅索。三分春過二，向臘寒猶凝，翠衣香薄。傍鴛徑鸚籠，一池萍碎，半檐花落。　最憐春夢弱。楚臺遠，空負雨期雲約（笛譜作空負朝雲約）。漫念想、清歌錦瑟，翠管瑤尊，幾回重（笛譜作沈）醉東園酌。燕麥兔葵，倩（笛譜作恨倩）誰訪、畫闌紅藥？況多病，腰如削。相如老去，賦筆吟箋閒卻。此情怕人問著。

【傳記】

　　周密（一二三二——一三〇八）字公謹，號草窗，濟南人，流寓吳興，居弁山，自號弁陽嘯翁，又號蕭齋。淳祐中，為義烏令。有蠟屐集、齊東野語、癸辛雜識、志雅堂雜鈔、浩然齋視聽鈔、武林舊事、澄懷錄、雲煙過眼錄。（宋詩紀事卷八十）詩集曰草窗韻語，有烏程蔣氏密韻樓影宋刊本。詞集曰蘋洲漁笛譜，有廣陵江昱考證及輯本集外詞，刊入彊邨叢書。又題草窗詞，有鮑氏知不足齋叢書本，杜氏曼陀羅華閣本，朱氏無著庵校輯本。

【集評】

　　周濟曰：公謹敲金戞玉，嚼雪盥花，新妙無與為匹。公謹只是詞人，頗有名心，未能自克，故雖才情詣力，色色絕人，終不能超然遐舉。（介存齋論詞雜著）草窗鏤冰刻楮，精妙絕倫，但立意不高，取韻不遠，當與玉田抗行，未可方駕王、吳也。（宋四家詞選序論）戈載曰：草窗詞盡洗靡曼，獨標清麗，有韶倩之色，有綿渺之思，與夢窗旨趣相侔，二窗並稱，允矣無忝。其於律亦極嚴謹，蓋交游甚廣，深得切劘之益。（宋七家詞選）李慈銘曰：南宋之末，終推草窗、夢窗兩家為此事眉目，非碧山、竹屋輩所可頡頏。（孟學齋日記）

王沂孫 八首　錄自四印齋本花外集

水龍吟 一首

落葉

*曉霜初著青林，望中故國淒涼早。蕭蕭漸積，紛紛猶墜，門荒徑悄。渭水風生，洞庭波起，幾番秋杪？想重厓半沒，千峯盡出，山中路，無人到。　前度題紅杳杳，遡宮溝、暗流空繞。啼螿未歇，飛鴻欲過，此時懷抱。亂影翻窗，碎聲敲砌，愁人多少？望吾廬甚處？只應今夜，滿庭誰掃？ ①

無悶 一首

雪意

陰積龍荒，寒度雁門，西北高樓獨倚。恨短景無多，亂山如此！欲喚飛瓊起舞，怕攪碎紛紛銀河水。凍雲一片，藏花護玉，未教輕墜。　清致，悄無似。有照水一枝，已攬春意。誤幾度憑欄，莫愁凝睇。應是梨花夢好，未肯放東風來人世。待翠管吹破蒼茫，看取玉壺天地。

【宋四家詞選】何嘗不峭拔，然略粗，此其所以為碧山之清剛也。白石好處，無半點粗氣矣。

---

① 舊版有評語："況周頤曰：此較蒼淡之作。"

眉嫵　一首

新月

*漸新痕懸柳，澹彩穿花，依約破初暝。便有團圓意，深深拜、相逢誰在香徑？畫眉未穩，料素娥猶帶離恨。最堪愛、一曲銀鉤小，寶簾掛秋冷。　千古盈虧休問。歎慢磨玉斧，難補金鏡。太液池猶在，淒涼處、何人重賦清景？故山夜永，試待他窺戶端正。看雲外山河，還老桂花舊影。

【譚評詞辨卷一】[①]"便有"四句，寓意自深，音辭高亮。歐、晏如蘭亭真本，此僅一翻。後半闌蹊徑顯然。

齊天樂　三首

螢

*碧痕初化池塘草，熒熒野光相趁。扇薄星流，盤明露滴，零落秋原飛燐。練裳暗近。記穿柳生涼，度荷分暝。誤我殘編，翠囊空歎夢無準。　樓陰時過數點，倚闌人未睡，曾賦幽恨。漢苑飄苔，秦陵墜葉，千古淒涼不盡。何人為省？但隔水餘暉，傍林殘影。已覺蕭疎，更堪秋夜永！

【譚評詞辨卷一】"誤我"二句亦寓言。"樓陰"句拓成遠勢，過變中又一法。"漢苑"三句，可謂盤拏倔強矣。結筆繞梁之音。

---

① 舊版此處尚有："聖與精能，以婉約出之，以詩派律之，大曆諸家，去天寶未遠。又曰：玉田正是勁敵，但士氣則碧山勝矣。"

蟬

*綠槐千樹西窗悄，厭厭晝眠驚起。飲露身輕，吟風翅薄，半翦冰綃誰寄？淒涼倦耳。漫重拂琴絲，怕尋冠珥。短夢深宮，向人猶自訴憔悴。　殘虹收盡過雨。晚來頻斷續，都是秋意。病葉難留，纖柯易老，空憶斜陽身世！窗明月碎。甚已絕餘音，尚遺枯蛻？鬢影參差，斷魂青鏡裏。

*一襟餘恨宮魂斷，年年翠陰庭樹。乍咽涼柯，還移暗葉，重把離愁深訴。西窗過雨。怪瑤珮流空，玉箏調柱。鏡暗妝殘，為誰嬌鬢尚如許？　銅仙鉛淚似洗，歎移盤去遠，難貯零露。病翼驚秋，枯形閱世，消得斜陽幾度？餘音更苦！甚獨抱清高，頓成淒楚？謾想薰風，柳絲千萬縷。

【宋四家詞選】前闋身世之感，後闋家國之恨。
【譚評詞辨卷一】此是學唐人句法、章法，"庾郎先自吟愁賦，"遜其蔚跂。"西窗"句亦排宕法。"銅仙"三句，極力排盪。"病翼"三句，玩其絃指收裏處，有變徵之音。結筆掉尾，不肯直瀉，然未自在。

慶宮春 　一首

水仙花

*明玉擎金，纖羅飄帶，為君起舞回雪。柔影參差，幽芳零亂，翠圍腰瘦一捻。歲華相誤，記前度湘皋怨別。哀絃重聽，都是淒涼，未須彈徹。　國香到此誰憐？煙冷沙昏，頓成愁絕。花惱難禁，酒銷欲盡，門外冰澌初結。試招仙魄，怕今夜瑤簪凍折。攜盤獨出，空想咸陽，故宮落月。

【周評絕妙好詞箋卷七】用事有以鹽著水之妙，淒然厓海之音。

高陽臺　一首

　　*殘萼梅酸，新溝水綠，初晴節序暄妍。獨立雕欄，誰憐枉度華年？朝朝準擬清明近，料燕翎須寄銀箋。又爭知、一字相思，不到吟邊？　雙蛾不拂青鸞冷，任花陰寂寂，掩戶閒眠。屢卜佳期，無憑卻恨金錢。何人寄與天涯信？趁東風急整歸船。縱飄零、滿院楊花，猶是春前。

① 【香海棠館詞話】結筆低徊掩抑，盪氣迴腸。
【藝蘅館詞選丙卷】麥孺博云：此言半壁江山，猶可整頓也。睠懷君國，盼望中興，何減少陵？

附錄

天香

龍涎香

　　孤嶠蟠煙，層濤蛻月，驪宮夜採鉛水。汛遠槎風，夢深薇露，化作斷魂心字。紅甆候火，還乍識、冰環玉指。一縷縈簾翠影，依稀海天（樂府補題作海山）雲氣。幾回嬌半醉。翦春鐙、夜寒花碎。更好故溪飛雪，小窗深閉。荀令如今頓老，總忘卻、樽前舊風味。謾惜餘熏，空篝素被。

---

① 舊版尚有評語："周爾墉曰：莫兩山詞'直饒明日便春晴，已是一春閒過了'，與此收筆用意相反。一用進筆，一用縮筆，洵為異曲同工。（周評絕妙好詞）"

【評】周爾墉曰：密栗是極用力之作。（周評絕妙好詞箋）

高陽臺

和周草窗寄越中諸友韻

殘雪庭除，輕寒簾影，霏霏玉管春葭。小帖金泥，不知春在（詞綜誤作是）誰家。相思一夜窗前夢，奈個人、（別本作似人）水隔天遮。但淒然、滿樹幽香，滿地橫斜。　江南自是離愁苦，況游驄古道，歸雁平沙。怎得銀箋，殷勤與說年華。如今處處生芳草，縱憑高、不見天涯。更消他、幾度東風，幾度飛花。

【評】張惠言曰：此傷君臣晏安，不思國恥，天下將亡也。（詞選）
譚獻曰："相思"句點逗清醒，"游驄"二句又是一層鉤勒。（譚評詞辨）

鎖窗寒

春思

趁酒梨花，催詩柳絮，一窗春怨。疏疏過雨，洗盡滿堦芳片。數東風、二十四番，幾番誤了西園宴。認小簾朱戶，不如飛去，舊巢雙燕。　曾見，雙蛾淺。自別後多應，黛痕不展。撲蝶花陰，怕看題詩團扇。試憑他、流水寄情，溯紅不到春更遠。但無聊、病酒懨懨，夜月荼蘼院。

【評】譚獻曰："東風"二句，幽咽如訴。換頭處見章法。"流水"二句，宕逸得未曾有。碧山勝處獨擅。（譚評詞辨）

長亭怨

重過中庵故園

泛孤艇、東皋過遍。尚記當日，綠陰門掩。屐齒苔階，酒痕羅袖事何限。欲尋前迹，空惆悵，成秋苑。自約賞花人，別後總、風流雲散。　水遠。怎知流水外，卻是亂山尤遠。天涯夢短。想忘了、綺疏雕檻。望不盡、苒苒斜陽，撫喬木、年華將晚。但數點紅英，猶識（一作猶試）西園凄婉。

【評】周爾墉曰：後半闋一片神行，筆墨到此俱化。（周評絕妙好詞）

法曲獻仙音

聚景亭梅，次草窗韻。

層綠峨峨，纖瓊皎皎，倒壓波痕清淺。過眼年華，動人幽意，相逢幾番春換。記喚酒尋芳處，盈盈褪妝晚。　已銷黯。況淒涼、近來離思，應忘卻、明月夜深歸輦。荏苒一枝春，恨東風、人似天遠。縱有殘花，灑征衣、鉛淚都滿。但殷勤折取，自遣一襟幽怨。

【傳記】
　　王沂孫字聖與，號碧山，又號中仙，會稽人，與周公謹、唐玉潛諸公倡和，有詞，名花外集。（宋詩紀事卷八十）延祐四明志："至元中、王沂孫慶元路學正"。（絕妙好詞箋卷七）今傳世花外集，有知不足齋叢書本，四印齋所刻詞本。

【集評】

張炎曰：碧山能文，工詞，琢語峭拔，有白石意度。（山中白雲詞卷一瑣窗寒詞序）周濟曰：中仙最多故國之感，故著力不多，天分高絕，所謂意能尊體也。中仙最近叔夏一派，然玉田自遜其深遠。（介存齋論詞雜著）碧山胸次括淡，故"黍離"、"麥秀"之感，只以唱歎出之，無劍拔弩張習氣。詞以思筆為入門階陛。碧山思筆，可謂雙絕，幽折處大勝白石。惟圭角太分明，反復讀之，有水清無魚之恨。（宋四家詞選序論）戈載曰：予嘗謂白石之詞，空前絕後，匪特無可比肩，抑且無從入手，而能學之者則惟中仙。其詞運意高遠，吐韻妍和；其氣清，故無沾滯之音；其筆超，故有宕往之趣；是真白石之入室弟子也。（宋七家詞選）王鵬運曰：碧山詞頡頏雙白，揖讓二窗，實為南渡之傑。（花外集跋）況周頤曰：初學作詞，最宜讀碧山樂府，如書中歐陽信本，準繩規矩極佳。二晏如右軍父子，賀方回如李北海，白石如虞伯施而雋上過之，公謹如褚登善，夢窗如魯公，稼軒如誠懸，玉田如趙文敏。（香海棠館詞話）

文天祥 二首　錄自四部叢刊影明本文山先生全集指南後錄

酹江月　一首

驛中言別友人

水天空闊，恨東風、不借世間英物。蜀鳥吳花殘照裏，忍見荒城頹壁。銅雀春情，金人秋淚，此恨憑誰雪？堂堂劍氣，斗牛空認奇傑。　那信江海餘生，南行萬里，屬扁舟齊發。正為鷗盟留醉眼，細看濤生雲滅。睨柱吞嬴，回旗走懿，千古衝冠髮。伴人無寐，秦淮應是孤月。

【詞林紀事卷十四】陳臥子云：氣衝斗牛，無一毫委靡之色。

滿江紅　一首

和王夫人滿江紅韻，以庶幾后山"妾薄命"之意。

燕子樓中，又捱過、幾番秋色？相思處、青年如夢，乘鸞仙闕。肌玉暗消衣帶緩，淚珠斜透花鈿側。最無端蕉影上窗紗，青燈歇。　曲池合，高臺滅。人間事，何堪說！向南陽阡上，滿襟清血。世態便如翻覆雨，妾身元是分明月。笑樂昌一段好風流，菱花缺。

【指南後錄卷一下】王夫人至燕，題驛中云："太液芙蓉，全不是、舊時顏色。嘗記得、恩承雨露，玉階金闕。名播蘭簪妃后裏，暈潮蓮臉君王側。忽一朝鼙鼓揭天來，繁華歇。龍虎散，風雲滅。今古恨，憑誰說？顧山河百二，淚沾襟血。驛館夜驚塵土夢，宮車曉轉關山月。若嫦娥於我肯相容，從圓缺。”中原傳誦，惜末句少商量。

【傳記】

文天祥（一二三六——一二八二）字宋瑞，又字履善，吉之吉水人。體貌豐偉，美晢如玉，秀眉而長目，顧盼燁然。年二十，舉進士，理宗親拔為第一。考官王應麟奏曰：“是卷古誼若龜鑑，忠肝如鐵石，臣敢為得人賀。”屢官至右丞相，加少保，信國公。奉兩屛王，崎嶇嶺海，以圖興復。兵敗，被執，至潮陽，見張弘範，弘範與俱入厓山，使為書招張世傑，乃書所過零丁洋詩與之。其末有云：“人生自古誰無死？留取丹心照汗青。”弘範笑而置之，遣使護送天祥至京師。天祥在道，不食，八日不死。在燕凡三年，世祖知天祥終不屈，召入，諭之曰：“汝何願？”天祥曰：“天祥受宋恩、為宰相，願賜之一死足矣。”死數日，其妻歐陽氏收其屍，衣帶中有贊曰：“孔曰成仁，孟曰取義，惟其義盡，所以仁至。讀聖賢書，所學何事？而今而後，庶幾無愧。”（節錄宋史卷四百十八）傳世有文山先生集。江標刻宋元名家詞，有文山樂府一卷，得詞八首，類從本集指南錄中錄出者也。

【集評】

劉熙載曰：文文山詞，有“風雨如晦，鷄鳴不已”之意，不知者以為變聲，其實乃正之變也，故詞當合其人之境地以觀之。（藝概卷四）

張　炎 十四首　錄自彊邨叢書本山中白雲

高陽臺　一首

西湖春感

*接葉巢鶯，平波卷絮，斷橋斜日歸船。能幾番游？看花又是明年。東風且伴薔薇住，到薔薇、春已堪憐。更悽然，萬綠西泠，一抹荒煙。　當年燕子知何處？但苔深韋曲，草暗斜川。見說新愁，如今也到鷗邊。無心再續笙歌夢，掩重門、淺醉閒眠。莫開簾，怕見飛花，怕聽啼鵑。①

甘州　一首

辛卯歲，沈堯道同余北歸，各處杭、越。踰歲，堯道來問寂寞，語笑數日，又復別去。賦此曲，並寄趙學舟。

*記玉關踏雪事清游，寒氣脆貂裘。傍枯林古道，長河飲馬，此意悠悠。短夢依然江表，老淚灑西州。一字無題處，落葉都愁。　載取白雲歸去，問誰留楚佩，弄影中洲？折蘆花贈遠，零落一身秋。向尋常野橋流水，待招來不是舊沙鷗。空懷感，有斜陽處，卻怕登樓。

---

① 舊版有評語："譚獻曰：'能幾番遊'二句，運掉虛渾。'東風'二句是措注，惟玉田能之，為他家所無。換頭見章法。玉田云'最是過變不可斷了曲意'是也。（譚評詞辨）"

【譚評詞辨卷一】一氣旋折，作壯詞須識此法。"一字"二句頗恢詭。①

解連環 一首

孤雁

*楚江空晚，悵離羣萬里，恍然驚散。自顧影欲下寒塘，正沙淨草枯，水平天遠。寫不成書，只寄得相思一點。料因循誤了，殘氈擁雪，故人心眼。 誰憐旅愁荏苒？謾長門夜悄，錦箏彈怨。想伴侶猶宿蘆花，也曾念春前，去程應轉。暮雨相呼，怕驀地玉關重見。未羞他雙燕歸來，畫簾半卷。

【江疏卷一】至正直記：錢唐張叔夏，嘗賦孤雁詞，有"寫不成書，只寄得相思一點。"人皆稱之曰"張孤雁"。②

滿庭芳 一首

小春

*晴皎霜花，曉鎔冰羽，開簾覺道寒輕。誤聞啼鳥，生意又園林。閒了淒涼賦筆，便而今不聽秋聲。消凝處，一枝借暖，終是未多情。 陽和能幾許？尋芳探粉，也恁忪人。笑鄰娃癡小，料理護花鈴。卻怕驚回睡蝶，恐和他草夢都醒。還知否？能消幾日，風雪灞橋深。

【江疏卷一】昱按：此詞似以小春喻元朝也。

月下笛 一首

孤遊萬竹山中，閉門落葉，愁思黯然，因動"黍離"之感。時寓甬東積翠山舍。

*萬里孤雲，清游漸遠，故人何處？寒窗夢裏，猶記經行舊時路。連昌約略無多柳，第一是難聽夜雨。謾驚回淒悄，相看燭影，擁衾誰語？　張緒，歸何暮？半零落依依，斷橋鷗鷺。天涯倦旅，此時心事良苦。只愁重灑西州淚，問杜曲人家在否？恐翠袖正天寒，猶倚梅花那樹。

梅子黃時雨 一首

病後別羅江諸友

*流水孤村，愛塵事頓消，來訪深隱。向醉裏誰扶？滿身花影。鷗鷺相看如瘦，近來不是傷春病。嗟流景，竹外野橋，猶繫煙艇。　誰引，斜川歸興？便啼鵑縱少，無奈時聽！待棹擊空明，魚波千頃。彈到琵琶留不住，最愁人是黃昏近。江風緊，一行柳陰吹暝。

聲聲慢 一首

題吳夢窗遺筆

*煙堤小舫，雨屋深燈，春衫慣染京塵。舞柳歌桃，心事暗

惱東鄰。渾疑夜窗夢蝶，到如今、猶宿花陰。待喚起，甚江蘺
搖落，化作秋聲。　回首曲終人遠，黯消魂忍看，朵朵芳雲。潤
墨空題，悃悵醉魄難醒。獨憐水樓賦筆，有斜陽、還怕登臨。
愁未了，聽殘鶯啼過柳陰。

長亭怨　一首

舊居有感

*望花外小橋流水，門巷惝惝，玉簫聲絕。鶴去臺空，佩環
何處弄明月？十年前事，愁千折、心情頓別。露粉風香，誰為
主？都成消歇。　淒咽！曉窗分袂處，同把帶鴛親結。江空歲
晚，便忘了尊前曾說。恨西風不庇寒蟬，便掃盡一林殘葉。謝
楊柳多情，還有綠陰時節。

清平樂　一首

*候蛩淒斷，人語西風岸。月落沙平江似練，望盡蘆花無
雁。　暗教愁損蘭成，可憐夜夜關情。只有一枝梧葉，不知多少
秋聲？

朝中措　一首

清明時節雨聲譁，潮擁渡頭沙。翻被梨花冷看，人生苦戀
天涯。　燕簾鶯戶，雲窗霧閣，酒醒啼鴉。折得一枝楊柳，歸來
插向誰家？

阮郎歸 一首

有懷北遊

鈿車驕馬錦相連，香塵逐管絃。瞥然飛過水秋千，清明寒
食天。　花貼貼，柳懸懸，鶯房幾醉眠？醉中不信有啼鵑，江南
二十年！

鷓鴣天 一首

樓上誰將玉笛吹，山前水闊暝雲低。勞勞燕子人千里，落
落梨花雨一枝。　修禊近，賣餳時，故鄉惟有夢相隨。夜來折得
江頭柳，不是蘇堤也皺眉。

清平樂 一首

采芳人杳，頓覺游情少。客裏看春多草草，總被詩愁分
了。　去年燕子天涯，今年燕子誰家？三月休聽夜雨，如今不是
催花。

浪淘沙 一首

題陳汝朝百鷺畫卷

玉立水雲鄉，爾我相忘。披離寒羽庇風霜。不趁白鷗游海
上，靜看魚忙。　應笑我淒涼，客路何長！猶將孤影侶斜陽。花
底鷳行無認處，卻對秋塘。

附錄

淒涼犯

北遊道中寄懷

蕭疏野柳嘶寒馬，蘆花深、還見遊獵。山勢北來，甚時曾到，醉魂飛越。酸風自咽。擁吟鼻、征衣暗裂。正淒迷、天涯覊旅，不似灞橋雪。　誰念而今老，懶賦長楊，倦懷休說。空憐斷梗，夢依依、歲華輕別。待擊歌壺，怕如意、和冰凍折。且行行、平沙萬里盡是月。

瑣窗寒

王碧山又號中仙，越人也。能文，工詞，琢語峭拔，有白石意度，今絕響矣。余悼之玉笥山，所謂長歌之哀，過於痛哭。

斷碧分山，空簾剩月，故人天外。香留酒殢，蝴蝶一生花裏。想如今、醉魂未醒，夜臺夢語秋聲碎。自中仙去後，詞賤賦筆，便無清致。　都是，淒涼意。悵玉笥埋雲，錦袍歸水。形容憔悴，料應也、孤吟山鬼。那知人、彈折素絃，黃金鑄出相思淚。但柳枝、門掩枯陰，候蛩愁暗葦。

聲聲慢

送琴友季靜軒還杭

荷衣消翠，蕙帶餘香，燈前共語生平。苦竹黃蘆，都是夢裏游情。西湖幾番夜雨，怕如今、冷卻鷗盟。倩寄遠，見故人說道，杜老飄零。　難挽清風飛佩，有相思都在，斷柳長汀。此別何如，一笑寫入瑤琴。天空水雲變色，任惛惛、山鬼愁聽。興未已，更何妨、彈到廣陵。

探春慢

雪霽

銀浦流雲，綠房迎曉，一抹牆腰月淡。暖玉生煙，懸冰解凍，碎滴瑤階如霰。纔放些晴意，早瘦了、梅花一半。也知不做花看，東風何事吹散。　搖落似成秋苑。甚釀得春來，管教春見。野渡舟回，前村門掩，應是不勝清怨。次第尋芳去，灞橋外、蕙香波暖。猶妒簷聲，看燈人在深院。

探芳信

西湖春感寄草窗（別本作次周草窗韻）

坐清晝。正冶思縈花，餘酲倦酒。甚采芳人老，芳心尚如舊。消魂忍說銅駝事，不是因春瘦。向西園、竹堁頹垣，蔓蘿荒甃。　風雨夜來驟。歎歌冷鶯簾，恨凝蛾岫。愁到今年，多似去年否？舊情懶聽山陽笛，目極空搔首。我何堪，老卻江潭漢柳。

月下笛

寄仇山村溧陽

千里行秋，支笻背錦，頓懷清友。殊鄉聚首。愛吟猶自詩瘦。山人不解思猿鶴，笑問我、韋娘在否。記長堤畫舫，花柔春鬧，幾番攜手。　別後，都依舊。但靖節門前，近來無柳。盟鷗尚有。可憐西塞漁叟。斷腸不恨江南老，恨落葉、飄零最久。倦遊處、減羈愁，猶未消磨是酒。

綠意

碧圓自潔。向淺洲遠渚，亭亭清絕。猶有遺簪，不展秋心，能卷幾多炎熱。鴛鴦密語同傾蓋，且莫與、浣紗人說。恐怨歌、忽斷花風，碎卻翠雲千疊。　回首當年漢舞，怕飛去謾皺，留仙裙摺。戀戀青衫，猶染枯香，還嘆鬢絲飄雪。盤心清露如鉛水，又一夜、西風吹折。喜靜看、匹練秋光，倒瀉半湖明月。

新雁過妝樓

乙巳菊日寓溧陽，聞雁聲，因動脊令之感。

遍插茱萸，人何處、客裏頓懶攜壺。雁影涵秋，絕似暮雨相呼。料得曾留堤上月，舊家伴侶有書無？謾嗟吁。數聲怨抑，翻致無書。　誰識飄零萬里，更可憐倦翼，同此江湖。飲啄關心，知是近日何如。陶潛尚存菊徑，且休羨、松風陶隱居。沙汀冷，揀寒枝不似，煙水黃蘆。

甘州

餞草窗歸雪

記天風飛佩紫霞邊，顧曲萬花深。甚相如情倦，少陵愁老，還嘆飄零。短夢恍然今昔，故國十年心。回首三三徑，松竹成陰。　不恨片篷南浦，恨窮燈聽雨，誰伴孤吟？料瘦筇歸後，閒瑣北山雲。是幾番、柳邊行色，是幾番、同醉古園林？煙波遠，筆床茶竈，何處逢君？

【傳記】

張炎（一二四八——？）字叔夏，西秦人，循王（俊）之後。居杭，號玉田，又號樂笑翁。有詞源二卷，山中白雲八卷。（絕妙好詞箋卷六）鄭思肖序其詞云：「吾識張循王孫玉田先輩，喜其三十年汗漫南北數千里，一片空狂懷抱，日日化雨為醉。自仰扳姜堯章、史邦卿、盧蒲江、吳夢窗諸名勝，互相鼓吹春聲于繁華世界，飄飄徵情，節節弄拍，嘲明月以謔樂，賣落花而陪笑，能令後三十年西湖錦繡山水，猶生清響。」又舒岳祥序云：「玉田張君，自社稷變置，淩煙廢墮，落魄縱飲。北游燕、薊，上公車，登承明有日矣。一日，思江南菰米蓴絲，慨然襆被而歸，不入古杭，扁舟浙水東西，為漫浪游。散囊中千金裝，吳江楚岸，楓丹葦白，一奚童負錦囊自隨。詩有姜堯章深婉之風，詞有周清真雅麗之思，畫有趙子固瀟灑之意，未脫承平公子故態，笑語歌哭，騷姿雅骨，不以夷險變遷也。」（並見山中白雲卷首）於此，可略見其生平志趣。傳世山中白雲，有錢塘龔翔麟本、王氏四印齋雙白詞本、許氏榆園叢刻本、朱氏彊邨叢書江昱疏證本。[1]

---

[1]　舊版作者小傳作：「張炎字叔夏，號玉田，又號樂笑翁。本西秦人，家臨安，為循王俊五世孫。父樞字斗南，工長短句，李賀房每稱之。祖濡字子舍，濡染家學，別出機杼，獨自成家。曾祖鎡字功甫，有南湖詩餘，楊誠齋賞其詩，所謂‘新拜南湖為上將’是也。炎生於宋理宗淳祐戊申，曾北遊燕薊，後潛蹤不仕，縱遊浙東西，與並（接下頁）

【集評】

仇遠曰：山中白雲詞，意度超玄，律呂協洽，方之古人，當與白石老仙相鼓吹。(山中白雲序)鄧牧曰：美成、白石，逮今膾炙人口。知者謂麗莫如周，賦情或近俚；騷莫若姜，放意或近率。今玉田張君，無二家所短而兼所長。(伯牙琴張叔夏詞序)凌廷堪曰：美成如杜，白石兼王、孟、韋、柳之長，與白石並有中原者，後起之玉田也。白石老仙去後，祇有玉田與之並立。探春慢二詞，工力悉敵，試掩姓氏觀之，不辨孰為堯章？孰為叔夏？(詞潔)樓敬思曰：南宋詞人，姜白石外，唯張玉田能以翻筆、側筆取勝，其章法、句法俱超，清虛騷雅，可謂脫盡蹊徑，自成一家。迄今讀集中諸詞，一氣卷舒，不可方物，信乎其為山中白雲也。(詞林紀事卷十六引)[1]周濟曰：玉田，近人所最尊奉。才情詣力，亦不後諸人，終覺積穀作米，把纜放船，無開闊手段。然其清絕處，自不易到。玉田詞佳者匹敵聖與，往往有似是而非處，不可不知。叔夏所以不及前人處，只在字句上著功夫，不肯換意。若其用意佳者，即字字輝暎玉暎，不可指摘。近人喜學玉田，亦為修飾字句易，換意難。(介存齋論詞雜著)劉熙載曰：張玉田詞，清遠蘊藉，悽愴纏綿，大段瓣香白石，亦未嘗不轉益多師，即探芳信之次韻草窗，瑣窗寒之悼碧山，西子妝之悼夢窗可見。評玉田詞者，謂當與白石老仙相鼓吹。玉田作瑣窗寒悼王碧山，序謂：「碧山，其詞閒雅，有姜白石意。」今觀張、王兩家，情韻極為相似，如玉田高陽臺之「接葉巢鶯，」與碧山高陽臺之「殘萼梅酸，」尤同鼻息。玉田論詞曰：「蓮子熟時花自落。」予更益以太白詩二句，曰：「清水出芙蓉，天然去雕飾。」(藝概卷四)

世詞人，如吳文英、王沂孫、周密、仇遠等皆厚善。當宋邦淪覆，年已三十有二，猶及見臨安全盛之日。故所作往往蒼涼激楚，即景抒情，借寫其身世盛衰之感，非徒以翦紅刻翠為工。又嘗以春水詞得名，人因稱曰‘張春水’。其著作之傳世者，有山中白雲詞八卷，詞源二卷。山中白雲詞有毛氏汲古閣本，王氏四印齋本，許氏楡園叢刻本朱氏彊邨叢書本。朱本有江昱所撰疏證，於各詞本事，考證博洽，最便檢尋。」
① 舊版此處尚有：「秦敦夫曰：山中白雲詞，流連光景，噫嗚婉仰，備寫其身世盛衰之感，實能冠絕流輩，與白石競響，可謂詞家龍象矣。」

附錄

元好問 ①

水調歌頭

泛水故城登眺

牛羊散平楚，落日漢家營。龍拏虎擲何處？野蔓罥荒城。遙想朱旗回指，萬里風雲奔走，慘澹五年兵。天地入鞭箠，毛髮懍威靈。　一千年，成臯路，幾人經？長河浩浩東注，不盡古今情。誰謂麻池小豎，偶解東門長嘯，取次論韓彭。慷慨一尊酒，胸次若為平。

摸魚兒

乙丑歲，赴試並州，道逢捕鴈者，云今旦獲一鴈，殺之矣。其脫網者，悲鳴不能去，竟自投於地而死。予因買得之，葬之汾水之上，累石為識，號曰鴈邱。時同行者多為賦詩，予亦有鴈邱辭。舊所作無宮商，今改定之。

恨人閒、情是何物，直教生死相許？天南地北雙飛客，老翅幾回寒暑。歡樂趣，離別苦，是中更有癡兒女。君應有語。渺萬里層雲，千山暮雪，隻影為誰去？　橫汾路，寂寞當年簫鼓。荒煙依舊平楚。招魂楚些何嗟及，山鬼自啼風雨。天也妒。未信與、鶯兒燕子俱黃土。千秋萬古。為留待騷人，狂歌痛飲，來訪鴈邱處。

① 元好問詞十九首，惟舊版存，新版刪去。今據舊版增補，作為附錄。

摸魚兒

泰和中，大名民家小兒女，有以私情不如意赴水者，官為蹤跡之，無見也。其後踏藕者得二尸水中，衣服仍可驗，其事乃白。是歲此陂荷花開，無不並蒂者。沁水梁國用時為錄事判官，為李用章內翰言如此。此曲以樂府《雙蕖怨》命篇。"咀五色之靈芝，香生九竅；噀三清之瑞露，春動七情"，韓偓《香奩集》中自敍語。

問蓮根、有絲多少，蓮心知為誰苦？雙花脈脈嬌相向，只是舊家兒女。天已許。甚不教，白頭生死鴛鴦浦。夕陽無語。算謝客煙中，湘妃江上，未是斷腸處。　香奩夢，好在靈芝瑞露。人間俯仰今古。海枯石爛情緣在，幽恨不埋黃土。相思樹。流年度、無端又被西風誤。蘭舟少住。怕載酒重來，紅衣半落，狼藉臥風雨。

水龍吟

從商帥國器獵於南陽，同仲澤、鼎玉賦此。

少年射虎名豪，等閒赤羽千夫膳。金鈴錦領，平原千騎，星流電轉。路斷飛潛，霧隨騰沸，長圍高捲。看川空谷靜，旌旗動色，得意似，平生戰。　城月迢迢鼓角，夜如何、軍中高宴。江淮草木，中原狐兔，先聲自遠。蓋世韓彭，可能只辦，尋常鷹犬。問元戎早晚，鳴鞭徑去，解天山箭。

江城子

觀別

旗亭誰唱渭城詩？酒盈卮，兩相思。萬古垂楊都是折殘枝。舊見青山青似染，緣底事，澹無姿？　情緣不到木腸兒。鬢成絲，更須辭。只恨芙蓉，秋露洗胭脂。為問世間離別淚，何日是，滴休時？

臨江仙

與欽叔飲二首

邂逅一尊文字飲，春風為洗愁顏。花枝入鬢笑詩班。登臨千古意，天澹夕陽閒。　南去北來行老矣，人生茅屋三間。何人得似謝東山。紫簫明月底，高竹倚風鬢。

明月清風無盡藏，平生老子南樓。閭閻談笑說封侯。誰能知許事，一笑去來休？　舊見輞川圖畫裏，十年孤負歡游。百金早晚得菟裘。與君成二老，來往亦風流。

鵲橋仙

同欽叔、欽用賦梅

孤根漸煖，芳魂乍返。待吐檀心又懶。未先拈出一枝香，算只是、司花會揀。　情緣未斷，韶華易減。早去尋芳已晚。東風容易莫吹殘，暫留與、何郎慰眼。

鵲橋仙

梨花春暮，垂楊欲晚。歸袖無人重挽。浮雲流水十年間，算只有、青山在眼。 風臺月榭，朱脣檀板。多病全疏酒琖。劉郎爭得似當時，比前度、心情又減。

鷓鴣天

隆德故宮，同希顏、欽叔、知幾諸人賦。

臨錦堂前春水波，蘭皋亭下落梅多。三山宮闕空瀛海，萬里風埃暗綺羅。 雲子酒，雪兒歌。留連風月共婆娑。人間更有傷心處，奈得劉伶醉後何？

鷓鴣天

零落棲遲感興多，酒杯直欲捲銀河。人間清鏡悲華髮，世外仙棋爛斧柯。 長袖舞，抗音歌。月明人影兩婆娑。醉來知被旁人笑，無奈風情未減何。

鷓鴣天

只近浮名不近情，且看不飲更何成。三杯漸覺紛華近，一斗都澆磈磊平。 醒復醉，醉還醒。靈均憔悴可憐生。離騷讀殺渾無味，好箇詩家阮步兵。

鷓鴣天

枕上清風午夢殘，華胥東望海漫漫。湖山似要閒身管，花柳難將病眼看。　三徑在，一枝安。小齋容膝有餘寬。鹿裘孤坐千峯雪，耐與青松老歲寒。

鷓鴣天

薄命妾辭三首

複幕重簾十二樓，而今塵土是西州。香雲已失金鈿翠，小景猶殘畫扇秋。　天也老，水空流。春山供得幾多愁？桃花一簇開無主，儘著風吹雨打休。

顏色如花畫不成。命如葉薄可憐生。浮萍自合無根蒂，楊柳誰教管送迎。　雲聚散，月虧盈。海枯石爛古今情。鴛鴦只影江南岸，腸斷枯荷夜雨聲。

一日春光一日深。眼看芳樹綠成陰。娉婷盧女嬌無奈，流落秋娘瘦不禁。　霜塞闊，海煙沈。燕鴻何地更相尋。早教會得琴心了，醉盡長門買賦金

鷓鴣天

玉立芙蓉鏡裏看。鉛紅無地著邊鸞。半衾幽夢香初散，滿紙春心墨未乾。　深院落，曲闌干。舊歡新恨苧衣寬。幾時忘得分攜處，黃葉疏雲渭水寒

朝中措

時情天意枉論量。樂事苦相忘。白酒家家新釀，黃花日日重陽。　城高望遠，煙濃草澹，一片秋光。故國江山如畫，醉來忘卻興亡。

好事近

冬夜有懷

夢裏十年心，情味夢回猶惡。枕上數行清淚，被驚烏啼落。　西窗瓶水夜深寒，梅花瘦如削。只有一枝春在，問東君留著。

【傳記】

元好問字裕之，太原秀容人。七歲能詩。年十有四，從陵川郝晉卿學，不事舉業。淹貫經傳百家，六年而業成。下太行，渡大河，爲箕山琴臺等詩。禮部趙秉文見之，以為近代無此作也。由是名震京師。中興定五年第。歷內鄉令、正大中、南陽令。天興初，擢尚書省掾。頃之，除左司都事，轉行尚書省左司員外郎。金亡，不仕。其歌謠慷慨，挾幽并之氣。其長短句揄揚新聲，以寫恩怨者，又數百篇。年六十八卒。（節錄金史文藝傳）有遺山樂府。彊邨叢書本。

【集評】

張炎曰：遺山詞深於用事，精於鍊句，風流蘊藉處，不減周秦。（詞源）

劉熙載曰：金元遺山詩，兼杜韓蘇黃之勝，儼有集大成之意。以詞而論，疏快之中，自饒深婉。亦可謂集兩宋之大成者矣。（藝概）

　　況周頤曰：元遺山以絲竹中年，遭遇國變，崔立采望，勒授要職，非其意指。卒以抗節不仕，顒領南冠，二十餘稔。神州陸沈之痛，銅駝荊棘之傷，往往寄託於詞鷓鴣天三十七闋，泰半晚年手筆。其賦隆德故宮，及宮體八首，薄命妾辭諸作，蕃艷其外，醇至其內，極往復低徊掩抑零亂之致。而其苦衷之萬不得已，大都流露於不自知。此等詞，宋名家如辛稼軒固嘗有之，而猶不能若是其多也。遺山之詞，亦渾雅，亦博大，有骨榦，有氣象。以比坡公，得其厚矣，而雄不逮焉者，豪而後能雄，遺山所處不能豪，尤不忍豪。牟端明金縷曲云：“撲面胡塵渾未掃，強歡謳還肯軒昂否。”知此，可與論遺山矣。設遺山雖坎坷，猶得與坡公同，則其詞之所造，容或尚不止此。其水調歌頭賦三門津“黃河九天上”云云，何嘗不崎崛排奡，坡公之所不可及者，尤能於此等處不露筋骨耳。水調歌頭，當是遺山少作。晚歲鼎鑊餘生，栖遲蒿落，興會何能飆舉。知人論世，以謂遺山即金山之坡公，何遽有愧色耶！充類言之，坡公不過逐臣，遺山則遺臣孤臣也。其賦隆德故宮云：“人間更有傷心處，奈得劉伶醉後何。”宮體八首，其二云：“春風殢殺宮橋柳，吹盡香緜不放休。”其四云：“月明不放寒枝穩，夜夜烏嗁徹五更。”其七云：“花爛錦，柳烘煙，韶華滿意與歡緣。不應寂寞求風意，長對秋風泣斷絃。”薄命妾辭云：“桃花一簇開無主，儘着風吹雨打休。”其它如無題云：“墓頭不要征西字，元是中原一布衣。”又云：“幾時忘得分攜處，黃葉疏雲渭水寒。”又云：“籬邊老卻陶潛菊，一夜西風一夜寒。”又云：“殷勤未數閒情賦，不願將身作枕囊。”又云：“只緣攜手成歸計，不恨臨頭屈壯圖。”又云：“旁人錯比揚雄宅，笑殺韓家畫錦堂。”又云：“鹿裘孤坐千峯雪，耐與青松老歲寒。”又云：“諸葛菜，邵平瓜，白頭孤影一長嗟。南園睡足松陰轉，無數蜂兒趁晚衙。”又與欽叔京甫市飲云：“醒來門外三竿日，臥聽春泥過馬蹄。”句各有指知者可意會而得。其詞纏緜而婉曲若有難言之隱，而又不得已於言，可以悲其志而原其心矣，（蕙風詞話）

後　記

　　"詞"是經過音樂陶冶的文學語言，是"曲子詞"的簡稱。它的形式，是要受聲律約束的，所以一般把做詞都叫作"倚聲填詞"。

　　詞的發生和發展，是和隋、唐以來所有燕樂雜曲分不開的。在舊唐書卷三十音樂志上說起過："自開元以來，歌者雜用胡夷里巷之曲。"我們知道，漢、魏以來，就有了許多外來音樂，不斷地從各方面輸入；到了隋代，由於長期南北分裂的局面重歸統一，這外來音樂和民間歌曲結合起來，在中國樂壇上放射出異樣的光輝，從而打開唐、宋兩代"倚聲填詞"的風氣。這種綜合古今中外而富於創造性的新興歌曲，隨着經濟的繁榮和文化生活的需要，大大受到人民羣衆的喜愛和歡迎。那時的詩人們，也都以自己的詩篇能夠被樂家們所採用，配上流行的曲調，給姑娘們去演唱，引為莫大的榮寵。最初他們還是不肯犧牲個人運用慣了的五、七言詩體，來遷就"曲拍"；只是任憑樂家的擺佈，添上許多"泛聲"，勉強湊合着來唱。但是後來詩人們終於敵不過時代風氣的激盪，也就只好按譜填詞，於是"依曲拍為句"的長短句歌詞，就逐漸地盛行起來了。

　　唐末五代之亂，整個社會經濟日趨萎縮，因而影響及於這新興詞體的幼苗，不能夠很迅速地茁壯成長。只有西蜀、南唐，獲得一個比較安定的局面。這歌詞種子，也就在這兩個地方生起根來，以至開花、結子，再散播到各地方去。

　　到了宋朝，北宋的汴京（開封），南宋的臨安（杭州），是那時的政治中心，加上商業中心的揚州，都給這種新興歌曲以發榮滋長的有利條件。詞到北宋後期，早就發展到了高峯，而漸漸脫離音樂，作為文人用以抒情的新興詩體了。

　　在這四五百年中，這新興形式，經過長期的陶冶提鍊和無數作家的創造經營，因之在嚴格的聲律約束中，把它琢磨成"漸近自然"的格局。就是後來它已脫離了音樂而變為"長短不葺之詩"，我們把它朗誦起來，依然會感覺到每一個詞調的聲音節奏，都有它的特殊情趣。

　　詞一經和音樂脫離關係，就不復可歌了。南北曲次第興起，跟着產生另外一種新的曲詞；但是它的格局，依然是沿着"倚聲填詞"的道路向前進展。這"倚聲填詞"的辦法，一直應用了一千多年，所有戲曲裏面的唱詞，也都不能例外。我們要想在偉大祖國的文學遺產中吸取豐富的養料，尤其是歌詞和戲曲方面，把來作為"推陳出新"的借鑒，那麼，對唐、宋歌詞的深入瞭解，是有其必要的。

　　我這選本，原是在前暨南大學國文系用來教課的。嗣由開明書店出版發行，經過幾次的重印，足有二十多年了。這次得着修訂再版的機會，作了不少的增刪。只因時間精力的限制和參考圖書的不够完備，缺點還是很多的，希望讀者們不斷予以糾正。

龍榆生

一九五五年一月六日，上海。

初版自序

　　詞興於唐，而大盛於兩宋。古今選本，無慮數十百種之多，或以應歌，或以傳人，或以尊體，或以建立宗派，強古人以就我範疇。雖意趣各殊，瑕瑜互見，而其採掇茂製、揄揚聲學之旨則一也。

　　自詞與樂離，聲情之美，乃全託於文字。於是操選政者，始各出手眼，專注於意格與結構。有清一代，號為詞學中興。朱彝尊《詞綜》出，家白石而戶玉田，左右一時風氣。末流之弊，乃入於枯寂。張惠言起而振之，以附於風騷之遺。《詞選》一編，獨標比興，而門庭過隘，未足以窺見斯體之全。周濟更揭四家，領袖趙宋一代，又教學者問塗碧山，歷夢窗、稼軒，以還清真之渾化，規模視惠言為宏遠矣。獨於豪放一派，抑蘇而揚辛，未免本末倒置。又取碧山與三家並列，亦覺擬不於倫。承常派之流波，而能發揚光大，義豐文約，導來學以從人之塗者，其惟彊邨先生之《宋詞三百首》乎？

　　予曩從先生學詞，先生輯刻《彊邨叢書》方竟。時使予分任覆勘，因得盡窺先生手訂各家詞集，朱墨爛然，一集有圈識至三五遍者。因為錄出，益以鄭文焯手訂《花間集》及《白石道人歌曲》，復參己意，輯為茲編，以授暨南大學國文系諸生，忽忽又三載矣。頃應開明書店之約，重理印行，既略紀因緣，願更一申微旨。

　　予意詩詞之有選本，務須從全部作品，抉擇其最高足以代表其人者。未宜輒以私意，妄為軒輊其間。即如唐宋人詞，各因時代關係而異其風格。但求其精英呈露，何妨並蓄兼容。蓋自温、韋以來，迄於南唐之李後主、馮延己，北宋之晏殊、歐陽修、晏幾道，為令詞之極則，已儼然自成一階段焉。迨慢曲既興，作者益衆。疏密二派，疆域粗分。疏極於豪壯沉雄，自范仲淹、蘇軾以下，晁補之、葉夢得、張孝祥、辛棄疾、陸游、劉克莊、劉辰翁、元好問之徒屬之；密極於精深婉麗，自張先、柳永以下，秦觀、賀鑄、周邦彥、姜夔、史達祖、吳文英、王沂孫、張炎、周密之徒屬之。雖各家亦多開徑獨行，而淵源所自，昭然可覩。學者果能於三派之內，擷取精英，進而推求其所以"異趣"之故，則於欣賞與創作，皆當受用無窮矣。慮讀吾書者，怪其剛柔並用，疏密兼收，因為發凡於此云。

民國二十三年十一月，龍沐勛重校附識於暨南村寓廬。

初版凡例

一、本編所錄各家，以能卓然自樹，或別開風氣者為主。

一、本編所收作品，以能代表某一作家全部精神，或特殊風格者為主。

一、詞雖不復可歌，而其體原依曲拍，故於聲律亦未容忽而不講。其有意格雖佳，而聲情不相稱者不錄。

一、本編所收各作家，並附小傳，為知人論世之資。其詳略則視作者在詞壇上之地位而定。

一、本編所收評語，以於本詞意旨，及結構技術，有所闡明者為主。

一、詞因倚聲之作，舉凡抑揚抗墜、聲情緩急之間，關係於句讀韻叶者至鉅，故特創標點，以·表讀，△表句，◎表韻。藉便學者，兼寓詞譜之意。

一、本篇警句，參考朱（孝臧）鄭（文焯）二家圈識本，以密。表之。

一、詞中領句字，關係甚大。有一字領者，如柳永八聲甘州："漸霜風淒緊，關河冷落，殘照當樓。""漸"字領下四字三句。秦觀八六子："念柳外青驄別後，水邊紅袂分時。""念"字領下六字二句。有二字領者，如秦觀八六子："那堪片片飛花弄晚，濛濛殘雨籠晴。"周邦彥拜星月慢："似覺瓊枝玉樹相倚，暖日明霞光爛。""那堪"二字，及"似覺"二字，各領下六字二句。又五字句有上一下四者，亦最宜留意，如拜星月慢之"識秋娘庭院"、"總平生稀見"、"苦驚風吹散"、"隔溪山不斷"等句。類此者甚多，未易別作標識，特為舉例，以資隅反。

民國二十三年

出版後記

　　詞興於唐，盛於宋，式微於元明，復興於清。一千年來，詞家才俊並起，詞作浩如煙海。為便鑒賞，詞選本歷代亦不乏佳作，如五代之《花間集》《尊前集》，宋代之《陽春白雪》《絕妙好詞》，清代之《詞綜》《詞選（張惠言）》，皆為傳誦不絕的選本。龍榆生先生編選《唐宋名家詞選》《近三百年名家詞選》兩種，則為現代詞家所選、至今仍廣為流傳的兩種詞選本。

　　龍榆生（1902—1966）字沐勛，現代著名詞家。早年從黃侃求學；二十年代在上海任教職，得結識清季四大詞人之一朱祖謀（彊邨），遂服膺其詞學主張。彊邨研究推廣詞學不遺餘力，除澤被學界的《彊邨叢書》外，尚有《宋詞三百首》及《詞荄》兩種詞選本，清末以來流傳甚廣，影響極大。龍榆生先生亦有志於此，先後有《唐宋名家詞選》與《近三百年名家詞選》兩選問世，深受廣大讀者喜愛。

　　《唐宋名家詞選》初版於一九三四年，系先生在上海執教期間舊稿整理編成。全書收唐五代宋代詞人四十二家（含金代元好問一家），詞作四百八十九首。其編選原則，大抵遵循彊邨先生的傳統詞學觀，可說未出《宋詞三百首》乃至陳廷焯《白雨齋詞話》之範圍。以所選多為清末詞學推舉的唐宋名家，所選作品亦相對集中於名家名作，堪稱學詞的便捷途徑。此書一九三四年十二月出版，至一九四八年已經出至第七版。

　　一九五六年，本書修訂重版。此時先生體認心態丕變，新版體例亦頗有反映詞史的野心。所選詞人增至九十四家，詞作達七百八首。可見此書已非編選者獨特的詞作選本，而成為為唐宋詞史存詞存人的學術著作。然此版作為《唐宋名家詞選》的定本，多年來一直再版不絕：一九五六年古典文學出版社出版後，中華書局於一九六二年出版，上海古籍出版社復於一九八〇年出版。此後該書多次翻印，充斥坊間，皆來自一九五六年"定本"，一九三四年的初版本遂隱沒不彰。

經反复比對研究，我們認為，一九三四年初版本尚頗有參考價值，值得引介給廣大讀者。考慮到一九五六年重版本流布既廣，地位無可取代，我們以重版本（書內簡稱作"新版"）為底本，將初版本（書內簡稱作"舊版"）的異文補充進去，形成以新版為主體的"二合一"版本。具體的整理原則如下：

一、整理底本為上海古典文學出版社一九五六年第一版一九五七年第四次印刷本，補充校改本為上海開明書店民廿三年第一版所出民三十年第四版本。復以上海古籍出版社一九八〇年新一版一九八二年第三次印刷本訂正。

二、所選篇目悉依照新版，惟舊版與新版同時選入的篇目，在篇前加 * 號為標識。舊版獨有而新版刪去的篇目不列入正文，在所選作者全部選篇後增設"附錄"補入。

三、元好問一家舊版作為附錄收入，新版刪去。本書亦作為全書附錄補入之。

四、舊版前有"自序""凡例"二篇，收作本書附錄。

五、本書作者小傳、各篇評語及作者集評，兩版差異甚大。本書皆按新版錄入。小傳部分，若舊版與新版全同或基本相同，則不予註明；惟舊版差異較大，則錄於腳註。評語部分，新版獨有的內容不予註明，惟於腳註錄入舊版獨有的部分。

六、舊版以"。"號表示警句，本書從略。